Tohuwabohu

Tohuwabohu

Heiliges und Profanes,
gelesen und wiedergelesen
von **Arnold Stadler** nach
dem 11. September 2001
und darüber hinaus

DuMont

Der Verlag hat sich bemüht, alle Rechteinhaber ausfindig zu machen. Sollte dies im Einzelfall nicht gelungen sein, bitten wir um Benachrichtigung.

Erste Auflage 2002

Quellenhinweise am Schluß des Bandes
Ausstattung und Umschlag: Groothuis, Lohfert, Consorten (Hamburg)
Gesetzt aus der Proforma
Gedruckt auf säurefreiem und chlorfrei gebleichtem Papier
Satz: Greiner & Reichel, Köln
Druck und Verarbeitung: B.o.s.s Druck und Medien GmbH, Kleve
Printed in Germany
ISBN 3-8321-6014-0

Inhalt

Im Anfang schuf Gott Himmel und Erde;
die Erde aber war wüst und wirr.

(Genesis 1,1-2)

DER KUNDE *Gott hat die Welt in sechs Tagen erschaffen, und Sie schaffen es nicht, mir in sechs Monaten eine Hose zu machen.*

DER SCHNEIDER *Aber, mein Herr, sehen Sie sich doch die Welt an, und sehen Sie da Ihre Hose!*

(Samuel Beckett)

Tohuwabohu

Seit dem 11. September 2001 hörten und lasen wir – und konnten es schon nicht mehr hören –, daß sich die Welt verändert habe und daß nichts mehr so sei wie bisher. Der ursprüngliche Impuls für diese Anthologie war vom 11. September 2001 ausgegangen, dem Tag eines für einen Westmenschen unvergleichlichen Verbrechens. Aber nun liegt eine Sammlung von Texten vor, die über jeden 11. September hinaus zu lesen gedacht ist.

Vergegenwärtigung

Der 11. September 2001 war, zunächst auch für mich, ein schöner Tag, mit Schriftstellern unterwegs auf eine Halbinsel im Comer See, um dort die Nachricht per Handy zu empfangen, daß Manhattan brannte. Unerhörte Gleichzeitigkeit auf der Welt: Während die Katastrophe und ihr Tohuwabohu noch nicht einmal ihren traurigen Höhepunkt erreicht hatten, es war vor Ort zwischen neun und zehn Uhr morgens, ging es auf der schönen Halbinsel schon dem späten Nachmittag zu. Wir hatten gerade das Ausflugsboot verlassen und das schöne Land betreten, als uns schon fernmündlich die Bilder beschrieben wurden. Es war ein bis dahin niemals live übertragenes Tohuwabohu. Die Türme waren noch nicht eingestürzt, als wir erzählt bekamen, wie sie brannten, und was sonst noch war, nein: zu sehen war. Die Bilder des Schreckens, sowie der Schrecken selbst, der sich in meinem Kopf einstellte, besonders auch als noch gemeldet wurde, ein vorerst unbekannter Angreifer attackiere nun auch Washington und andere Ziele: eine Begegnung von Tohuwabohu (1. Buch, 1. Kapitel, 2. Vers der Heiligen Schrift) und Apokalypse (letztes Buch der Heiligen Schrift). Ich war vielleicht nicht der einzige, der an jenem Nachmittag (der in New York ein Morgen war) den Himmel über dem Comer See nach unbekannten Flugobjekten absuchte. Schließlich kam auch noch die Meldung, daß das Weiße Haus ebenfalls zerstört sei, was sich als Falschmeldung herausstellte, aber erst Stunden später, als wir schon vor dem Bildschirm saßen, immer noch mit neuen Attacken rechnend, aber immer wieder gezeigt bekamen, wie die Türme für immer in sich zusammenstürzen – und schlimmere Bilder: kleine, unvergeßliche Filmsequenzen, auf denen Menschen zu sehen waren.

Das Weiße Haus stand zwar, aber dafür war das Pentagon getroffen, die Zentrale der Groß- und Weltmacht, ein Umstand, der allerdings bald ausgeblendet wurde, denn darin war für die Strategen unter uns unschwer die eigentliche Katastrophe zu erkennen: daß es möglich war, ohne weiteres in das Pentagon, wo man vielleicht gerade Pläne extraterrestrischer Operationen spann, hineinzufliegen.

Die Bilder in mir waren am intensivsten auf der Rückfahrt, die wir antraten. Auf das weitere Ausflugsziel, Bellagio, Vorort einer schöneren Zeit (Belle Epoque), wo Cosima geboren wurde, verzichteten wir. Andererseits starb in Bellagio auch Marinetti (im Hotel Splendide, als Faschist), der in seinem Futuristischen Manifest unter anderem dazu aufgerufen hatte, Venedig zu zerstören. Marinetti fiel mir aber erst viel später ein: jetzt, heute, im Abstand.

Am Abend, so stand es auf dem Plan, hätte ich meinen kleinen Essay über das Wort »Z'semmekeit« (»zusammengefallen«, bzw. »eingestürzt«) aus dem Gedicht »Die Vergänglichkeit« von Johann Peter Hebel in der Villa Collina vor Schriftstellern, Professoren und sonstigen Kritikern vortragen sollen. Im Hebelgedicht vom Beginn des 19. Jahrhunderts geht es um die Vergegenwärtigung des Endes der Welt, wie dies einem Kind von seinem Vater erzählt wird; anhand der brennenden und rauchenden Stadt Basel um das Jahr 2000 anschaulich gemacht in einem Gedicht, wo alles eben »z'semmekeit« ist. Mein Beitrag wurde um einen Tag verschoben. Es hatte uns, wie man so sagt, vorerst die Sprache verschlagen, wenn auch nicht allen gleich. »Darin waren wir uns gleich, daß wir uns ungleich waren.« An jenem Abend saßen wir vor der Glotze und sahen, wie sich herausstellte, immer wieder dieselben Bilder von den einstürzenden, zusammenfallenden Türmen, als ob wir selbst eingestürzt wären, als ob die Welt zusammengefallen wäre, als ob wir es mit eigenen Augen gesehen hätten. Doch jene Bilder vor den Fernsehbildern, auf der Rückfahrt von der Halbinsel, als wir noch kein Bild gesehen, als noch ungewiß war, was nun sein würde, wie es weitergehen würde mit der Welt, also auch mit uns, also auch mit mir, waren die stärkeren Bilder. Mir fiel Jeremia ein, der Prophet, der seine tatsächlich zerstörte Stadt Jerusalem, das mehr als eine zerstörte Stadt, eine Welt war (585 vor unserer Zeitrechnung durch die Babylonier; Babylon ist jene mächtige Stadt, deren Ruinen in der Nähe des heutigen Bagdad liegen), in seinen Klageliedern (eines der Bücher der Heiligen Schrift) sieht und beweint. Auch seither ist die Welt eine andere, wenn auch nicht für alle. Immer wieder wurde die Welt eine andere, wenn auch nicht für alle, und nichts war wie bis dahin, dachte ich. Und alles ist immer lange her, und die Welt hat sich weitergedreht. Auch seit dem 11. September ist es weitergegangen.

Mittlerweile saßen und sitzen immer noch Taliban in Eisenkäfigen auf Kuba, wie einst Ezra Pound bei Pisa, und die morgendlichen Nachrichten (ganz ohne Bilder) begannen seit Anfang Oktober mit einer Variation des Satzes: »US-Kampfflugzeuge haben die bisher heftigsten Angriffe auf Kandahar und Tora Bora geflogen«, und es tauchten bisher nie gehörte Orte und Namen auf; die Zahl der sogenannten unschuldigen Todesopfer hat längst die des traurigen, spektakulären 11. September übertroffen; der Kampf gegen den Terrorismus eskalierte in einem Krieg in Afghanistan, von dem nur ausgewählte Fernsehbilder zu sehen waren und wir hören, (kein Jahr) nach dem 11. September 2001, daß die USA nun bald gegen den Irak losschlagen werden, denn immer noch gibt es Saddam Hussein, den es eigentlich seit dem Golfkrieg gar nicht mehr geben sollte, ebenso wenig wie Osama bin Laden, dem Hauptziel des »Kreuzzuges« gegen den Terrorismus, der im Sommer 2002 laut Bericht des Bundesnachrichtendienstes immer noch am Leben ist.

Schon auf der Halbinsel hörte ich, es handele sich möglicherweise um Terroristen aus dem Nahen Osten, die in Europa mehrere Flugzeuge gekapert hätten (noch eine Falschmeldung, die wirkte). Als ich hörte, daß es sich um Menschen handelte, die auf diese Weise ins Paradies kommen wollten, dachte ich mir, wenn doch auf dieser Welt nur solche Menschen handelten, die nicht mit dem Paradies rechneten, sondern allein mit dieser Erde hier. Menschen oder auch nur Politiker wünschte ich mir, die, der Erde zuliebe, so handelten, als ob diese Welt die einzige wäre, die mit nichts anderem rechneten, und die in diesem Leben auf der Erde nichts Vorläufiges sähen, sondern etwas Einmaliges. Die also so handelten, als ob sie nicht auf ein Leben nach diesem Leben und auf eine Welt nach dieser Welt hofften, dachte ich als Katholik. Der Erde zuliebe, die ja im Prinzip von einem einzigen zerstört, nicht aber gerettet werden kann, auch wenn dies einer wollte. Dazu müßte schon einer Gott sein. Mit Gott aber sollte ein Mensch, der Politik machen muß, der rechnen muß, nicht rechnen.

Der Horizont unserer schnellebigen und kurzatmigen Welt wird immer eingeschränkter. Und doch wird die Wirklichkeit von der Sehnsucht des Menschen nach dem ganz anderen konterkariert. Zu den unumstößlichen Tatsachen des Menschen gehört, daß diesem Menschen die Tatsachen nicht genügen, auch nicht die Summe der Tatsachen. Es ist eine Tatsache, daß der gewöhnliche Mensch Sehnsucht hat. (Dies bezeugen, im Prinzip, alle Texte, ob heilig oder profan, die in der Anthologie »Tohuwabohu« versammelt sind.) Der Mensch ist das sehnsuchtsbegabte Wesen. Es gibt ein schönes Lied von John Lennon, »Imagine«, »denk dir«. Was ich mir hier vorstellen soll, mag ich mir jedoch nicht einmal ausdenken und kann es auch gar nicht: there's no heaven, above us only sky – ein Himmel, der aus Wolken und Blau besteht, und nichts dahinter. Das ist eine grauenhafte Imagination, eine verfehlte Sehnsucht; jedoch wäre diese Vorstellung eine Handlungsvorgabe für Politiker, und alle, die etwas zu sagen haben, der Erde zuliebe. Paradoxerweise scheint in diesen Kriegstagen und -jahren der Papst der einzige zu sein, der die Erde ernst nimmt und will, daß sie bleibt, als ob sie die einzige wäre von allen, während die sogenannten Politiker (fast alle, die verstrickt sind, kommen aus dem sogenannten christlichen Lager) sorglos bombardierten und Terminator spielten.

* * *

Seit dem 11. September 2001 hörten wir also, daß sich die Welt verändert habe und daß nichts mehr so sei wie früher.

Es mag an dieser Empörung (das Wort kommt von: sich empören, d. h. sich aufrichten) auch etwas Mutwilliges sein, daß wir, also auch ich, dieses Datum auf diese Weise ernst nahmen und nehmen. Vielleicht, weil wir anderes, was empörend ist, nicht derart wahrnehmen, zum Beispiel die 4,5 Millionen Kinder, die bisher an AIDS gestorben sind. Die Katastrophe müßte wohl spektakulär sein, an einen Film erinnern: zwei Flugzeuge, die in zwei Türme hineinfliegen, die zuerst brennen und dann zusammenstürzen, damit wir sehen und nicht verstehen, doch bis in die Seele hinein frieren.

Ich bin kein Politiker, und auch nicht einmal Regierungssprecher. Ich darf mir also hier erlauben, nicht zynisch zu sein. Es muß wohl etwas Anschauliches, Vorstellbares sein, und nicht etwas Unvorstellbares, damit es uns erreicht. Es muß sich um Bilder handeln, die ankommen können. Gar kein Zynismus: Hollywood hat nun, auf lange Sicht, im Prinzip eine Story mehr, die Türme werden wiederaufgebaut und ihre Vorgeschichte wird verfilmt werden, so wie Pearl Harbour und die Titanic. Das Drehbuch ist im Prinzip schon geschrieben.

»Seit dem 11. September« – die Formel setzt Ausblendung voraus und Anspruch auf Definitionshoheit: von Ground Zero her als Mittelpunkt der Welt, die nun von da, wie einst von Greenwich aus, neu vermessen werden soll. Oder nicht?

Es gibt nach wie vor Menschen auf der Welt, die nichts gehört haben vom 11. September, und andere, für die sich die Welt nicht verändert hat, oder sogar eher zum Schlechten. Und sie sind auch auf der Welt, atmen und leben.

Was sich im sogenannten Westen, und in den USA ganz besonders, vorerst geändert hat, ist, daß die Angst zu einem Faktor geworden ist. Besonders im Land der unbegrenzten Möglichkeiten scheint die Angst, die es bisher in den Filmen gab, ins Leben eingekehrt. Wer weiß, wie lange. Die sogenannte Spaßgesellschaft hat sich schon längst wieder formiert.

Der Mensch scheint sich vor allem über das zu empören, was er gezeigt bekommt. So war die Empörung im Herbst 2000 groß, als die Öffentlichkeit gezeigt bekam, wie Queen Elizabeth II. einem englischen Fasan eigenhändig den Kopf umdreht.

Mittlerweile war die schwerbewaffnete Friedensmission unterwegs. Und mir fiel der Lateinunterricht ein. Auch Caesar hatte schon von Friedensmission gesprochen, die Völker pazifiziert, ihnen den Frieden gebracht, indem er sie besiegte und beherrschte. »Friedensmission« scheint mir ein klassischer Euphemismus; diese Friedensmission hat mit Frieden so viel zu tun wie die Deutsche Demokratische Republik mit Demokratie. Die Machtmenschen aller Zeiten hatten ihre Sprache, ihre Begründungen und ihre Logik. Es waren, glaube ich, Politiker, die zum ersten Mal das Wort »Lyrik« in die Politik einführten als ein Schimpfwort, um damit abweichende Meinungen niederzumachen und zu diffamieren. Das ist Lyrik! bedeutete in der Politik so viel wie: Unsinn, Hirngespinst. Die meisten Politiker sind ja, besonders ihre Leithammel, Juristen und sprechen Juristenprosa.

Zurück zum 11. September 2001! – Keine Lyrik und keine Prosa, sondern eine Beobachtung: einhergegangen mit der unverhohlenen Revitalisierung alter Kriegsterminologie und -praxis, dem Kampf gegen den Terror im fernen, armen Afghanistan, war die Einschränkung bzw. Gefährdung der Rechte des einzelnen Menschen, auch der sogenannten Menschenrechte in den USA selbst. Selbst die Einführung der Folter wurde in den USA im Zusammenhang mit dem 11. September allen Ernstes diskutiert (die doch vielleicht gar nie abgeschafft wurde – »Elektrischer Stuhl!«). Und was war mit den sonstigen sogenannten Werten, die der Westen auf diese Weise angeblich verteidigte? Um die Abschaffung der Todesstrafe, die Steinigung von Ehebrechern, das lebendige Begraben von Homosexuellen usf. konnte es den USA ja wohl nicht gegangen sein, da sie ähnliche Strafen auch kennen – und die Menschenrechte? Im mit den USA »befreundeten« Saudiarabien gelten Gesetze, die unter den sogenannten Taliban (»Koranschüler«) auch galten. Das selbständige Fahren von Autos wie noch ganz anderes ist Frauen in Saudiarabien nach wie vor verboten. Frauen erscheinen nur dann im Mittelpunkt der saudiarabischen Öffentlichkeit, wenn sie auf dem Marktplatz in Riad hingerichtet werden. Gewiß, wer atmete nicht auf, daß durch das Eingreifen der USA die Taliban ihren primitiven, abscheulichen Terror gegen Menschen (und Götter – Bamidschan) nicht mehr ausüben konnten. Doch schließlich wurden Afghanistan und die Menschheit nicht von den Taliban befreit, um die Todesstrafe für Ehebrecher oder Bibelleser zu verhindern; erklärtes Ziel der Operation war, Bin Laden zur Strecke zu bringen, ›dead or alive‹.

Zurück zu den Quellen

Es scheint, als ob sich der Zustand der Welt wieder jenem von Genesis 1,1–2 nähern würde, als die Erde ein Tohuwabohu war.

Ein Blick auf die heiligen Schriften zeigt, daß es schon von Anfang an rauh herging auf dieser Welt, die doch die einzige ist. Gott selbst reut es, daß er den Menschen geschaffen hat, er vertreibt ihn mehrfach, zuerst aus dem Paradies, und er vernichtet den Menschen immer wieder, wenn auch nie ganz: aus Sodom entkommen Lot und seine Familie. Lots sogenanntes Weib erstarrt allerdings zur Salzsäule, als sie sich auf der Flucht umdreht. In die Arche kommen die wenigsten; so viele von allen Lebewesen, damit das Leben weitergehen (und – in der Bibel und im Koran – weitererklärt werden) kann. Und so fort. Schon Genesis Kapitel 4 berichtet, wie der erstgeborene Sohn von Adam und Eva (welche die einzigen Menschen sind, die im Paradies gelebt haben), Kain, seinen Bruder Abel erschlägt. Der erstgeborene Mensch ist somit auch schon der erste Mörder der Menschengeschichte (Adam und Eva wurden nicht geboren, sondern geschaffen). Doch so alt wie die Gewalt und das Tohuwabohu ist die Sehnsucht nach dem Ende der Gewalt und des Tohuwabohu; sowie die Sehnsucht nach der Rückkehr ins Paradies oder doch wenigstens zu paradiesischen Zuständen: die hier versammelten Texte können dies (das eine wie das andere) bezeugen.

Auch im Koran wird dieses ersten Mordes, der sogleich ein Brudermord war, gedacht, wie überhaupt viele Texte der jüdischen und christlichen Offenbarungsgeschichte von Mohammed rühmend vergegenwärtigt und noch einmal, in seiner Version, erzählt werden. Die Geschichte aus der fünften Sure findet sich in der Anthologie, hier die Quintessenz: »Aus diesem Grunde haben wir den Kindern Israel verordnet, daß wer eine Seele ermordet (...) soll sein, wie einer, der die ganze Menschheit ermordet hat. Und wer einen am Leben erhält, soll sein, als hätte er die ganze Menschheit am Leben erhalten.« (Sure 5,35) Jeder

Täter vom 11. September 2001 wird also vom Koran her zurechtgewiesen. Es kann nicht sein, daß er sich gar auf dieses Buch beruft.

Die in Teil I (eine Synopse aus Altem Testament, Neuem Testament und Koran)* und Teil II (Texte aus der Welt der Literatur) zusammengestellten Texte konnten im Zusammenhang des 11. September gelesen werden; und genau dies habe ich getan.

Hinsichtlich der drei heiligen Schriften ist zunächst festzustellen (sage ich einmal ganz formell), daß viel von Gewalt und von Zerstörung, aber auch von deren Überwindung die Rede ist. Schließlich haben die Schriften mit dem Menschen zu tun und versuchen, ihn, von Adam und Kain an, in seiner Zerstörungs- und Gewaltbefähigung, ja gelegentlich -sucht, darzustellen und zu erklären. Zu verstehen, warum es so ist, wie es ist. Im Prinzip ist auch der Koran nur ein Kommentar; dazu, nach eigener Auffassung, eine Korrektur: die Wiederherstellung der richtigen Lesart der Heiligen Schrift.

Der Mensch, also auch die Verfasser der heiligen Schriften, war und ist bis zum heutigen Tag erschüttert und fasziniert von Katastrophen und Katastrophenberichten, nicht erst seit dem 11. September. Goethe erinnert sich in »Dichtung und Wahrheit« an das Erdbeben von Lissabon 1755 als der Katastrophe seiner Kindheit. Der Turmbau von Babel samt Einsturz (Gen 11) ist mehrfach gemalt, bedichtet und besungen worden, wie alle Katastrophen der alten und neuen Zeit, von denen wir ja nur wissen, weil sie uns auf diese Weise mitgeteilt worden sind. Mohammed kommt im Koran mindestens viermal ausführlicher auf die Zerstörung der Stadt Sodom zu sprechen, derart fasziniert muß er gewesen sein von dem zuerst in Genesis 19 berichteten Ereignis. Das ein-

* Zum Sprachgebrauch Altes Testament – Neues Testament: Die Einteilung sowie die Bezeichnung ist einzig aus praktischen Gründen beibehalten.

stürzende, in sich zusammenfallende Jericho inspirierte bis ins 20. Jahrhundert: Josua fit the battle of Jericho (Spiritual).

Die heiligen Texte führen die Katastrophenereignisse auf göttliches, vom Menschen verschuldetes Eingreifen zurück. Spätere Welterklärungen, die nicht mehr auf Gott zurückgreifen wollten, haben die Katastrophen dem Menschen oder der Natur angelastet. Neuerdings werden selbst Horrorszenarien wie das Ozonloch und die Klimakatastrophe einzig auf den Menschen zurückgeführt. Nur Katastrophen wie das so gut wie vergessene Erdbeben in Indien vom Januar 2001 (es war damals von bis zu 100 000 Toten die Rede) lastet man bis auf weiteres der Natur an. Auch ich hätte dieses Erdbeben vielleicht vergessen, wäre ich von ihm nicht eines Morgens (es war auch um 9 Uhr Ortszeit herum) in einem indischen Hotelbett in der Nähe von Bombay geweckt worden.

Die Autoren der heiligen Schriften sind also zunächst einmal Realisten: sie haben die Welt und ihre Menschen vor sich, und sie gehen von ihr und ihnen aus und beschreiben sie in ihrer Faktizität. Aber das kann nicht alles sein; und nicht einmal das Entscheidende. Irgendwann erscheint Gott, begegnet der Mensch Gott; und dieses Erscheinen wird ganz an den Anfang gelegt: Gott als Schöpfer. Durch den Menschen, jenes Geschöpf, das glanzvoll und unzulänglich und vergänglich ist, gut und böse, das hassen und lieben kann, kommt es zur Geschichte, wie sie in der Bibel erzählt und also gedeutet ist. »Die Menschen lügen, Alle« heißt es in den Psalmen. Das heißt soviel wie: daß der Mensch lügen kann. Einzig Gott ist jene Instanz, die von der Lüge frei ist. Und schon früh fragte sich der Mensch: »Warum toben die Heiden?« (Ps 2)

Weiterhin heißt es in den Psalmen vom Menschen: »Du hast ihn fast gottgleich geschaffen, hast ihn mit Glanz und Herrlichkeit gekrönt« (Ps 8). Die Frage von Psalm 8, und darüber hinaus aller heiligen Schriften, lautet: »Was ist der Mensch?« – Diese Frage liegt allen hier versammelten Texten zugrunde.

In den Erschaffungspassagen des Buches Genesis gibt es gleich zwei Versionen von der Entstehung des Menschen. Die ältere (Gen 2) berichtet, wie Gott dem Menschen Lebensatem einhaucht und denselben als Gärtner der Schöpfung einsetzt. In Genesis 1 wird der Mensch aus rötlich-brauner Ackererde (»adama«) geformt, und die Erde wird ihm überlassen. Laut Genesis 1,26–28 ist die Erde dem Menschen untertan. Er kann mit ihr machen, was er will. Die entsprechenden Verben dafür bedeuten auch: auf ihr herumgehen, herumtreten, ja -trampeln. Hier erscheint nicht so sehr die Widersprüchlichkeit als vielmehr eine Möglichkeit, den Menschen in seiner Widersprüchlichkeit von Anfang an zu deuten. Schon in Genesis 4 erscheint, wie gesagt, mit dem erstgeborenen Menschen, Kain, der erste Mörder in der Geschichte, aber auch das erste Opfer, Abel. Der Mensch ist also jener, der die Möglichkeit zu beidem hat: der tötet und getötet wird. Und das ist die Erfahrung, die bis zum 11. September 2001 geht, und weiter. Wie die Geschichte nach Kain und Abel weiterging, können wir in heiligen und profanen Texten nachlesen, und wir wissen es auch aus eigener Erfahrung, vor und nach dem 11. September 2001.

Zur Auswahl der Texte Teil I

Sämtliche Texte, die ich hier aufgenommen habe, verbindet die Voraussetzung, daß es Gott war, der die Welt und das Leben und den Menschen geschaffen hat, und daß der Mensch alles, was er hat und ist, auch sich selbst, nicht sich selbst verdankt. Das ist der Anfang.

Aus dem erst von den Christen so genannten, für die Juden als Tora, Propheten und Schriften bekannten Alten Testament habe ich solche Passagen gewählt, die das oben skizzierte Fundament reflektieren. Man mag die Texte als Synopse oder Enchridion (Handbüchlein), die das Ganze im Fragment enthalten, lesen. Es sind, im Horizont des 11. September zusammengestellt, Texte, die das Treiben und Leiden, das Betreiben und Erleiden des Menschen, der unterwegs ist, vergegenwärtigen. Von der Vertreibung aus dem Paradies an, also praktisch von Anfang an: das Herumirren des Menschen, sein Bauen und Zerstören. Auch Schlüsseltexte der Gottesoffenbarung (Moses am brennenden Dornbusch; Die Zehn Gebote) habe ich nach dem 11. September wiedergelesen. Mir scheint, daß all diese Texte gar nicht alt sind. Das gilt auch für das wenige, was ich aus den Psalmen und Propheten aufnehmen konnte. Sie durchleuchten den Menschen und seine zu allen Zeiten immer wieder eingestürzten Türme, den Menschen, der unterwegs ist, lebt und stirbt. So daß der Satz »Seit dem 11. September ist alles anders« nur dann weiterhin gilt, wenn aus der Geschichte des Menschen gar nichts bekannt ist, oder aber das unmittelbare Erleben als das Wichtigste angesehen wird, auch für solche, deren Leben seit dem 11. September sich überhaupt nicht verändert hat, jene, die nach wie vor am Leben und Sterben sind.

Die Bibel

Die Heilige Schrift oder Bibel, wie sie von den Christen gelesen und geglaubt wird, besteht aus über 70 einzelnen Büchern. Davon gehört der größere Teil zum sogenannten Alten Testament, den zuerst dem jüdischen Volk geoffenbarten und von den Christen »adoptierten« Büchern, vor allem deswegen, weil das Alte Testament die Bibel Jesu war. Der für die Christen jedoch wichtigere Teil der Bibel ist das Neue Testament, und hier sind es ganz besonders die Evangelien des Matthäus, Markus, Lukas und Johannes. Das Evangelium, wörtlich: die Frohe Botschaft, oder: die gute Nachricht, lautet: daß Gott Mensch geworden ist (Weihnachten) und daß der Mensch, also jeder Mensch, durch Jesu Tod am Kreuz aus seinem Elend erlöst ist, aus Liebe. Das neue Gebot lautet: »Ein neues Gebot gebe ich euch: Liebt einander, wie ich euch geliebt habe« (Joh Ev). Das ist neu und schön; indes zeigt die Geschichte, daß es nicht einfach war, nach diesem Gebot zu leben; gerade heute scheinen besonders jene Länder, deren Mehrheit sich zum Christentum bekennt, denkbar weit weg von allem, was das Genuine des Neuen Testaments ausmacht, bis hin zur Feindesliebe.

Ich habe solche Stellen ausgewählt, vor allem aus den Evangelien, die den Zusammenhang mit der Überlieferung akzentuieren, dieselbe aber im Licht und Horizont des Erscheinens von Jesus sehen und verstehen.

Der Koran

Die Geschichte ist eine Passionsgeschichte. Aber der Koran, jenes einzige von Allah einem Menschen geoffenbarte Buch, weist diesem den Weg zum Himmel. Außerdem enthalten die 114 nach Länge gestuften Suren des vom Himmel gekommenen Buches viele konkrete Anweisungen, wie das Leben auf dieser Erde zu sehen, einzurichten und zu gestalten ist. Der Islam ist eine Offenbarungsreligion, deren Botschaft im Prinzip an alle geht und von allen gehört und angenommen werden soll, eine Besonderheit, die ursprünglich auch das Christentum prägte, das schwerlich sonst diese Verbreitung gefunden hätte (»Geht hin in alle Welt und tauft!«). Während dieser Auftrag Jesu, kurz vor seiner Himmelfahrt, lange genug wörtlich verstanden wurde, spätestens aber seit dem 18. Jahrhundert bei den Theologen (die ja nicht zum Glauben verpflichtet sind) in Mißkredit geraten scheint, ein Auftrag, dessen sich die Mainstream-Christen heute zu schämen scheinen, gilt die Aufforderung des Koran gerade heute. Es besteht auch von da eine Asymmetrie zwischen Ost und West, Christ und Muslim. Inhaltlich und theologisch überwiegen die Gemeinsamkeiten zwischen Islam, Juden- und Christentum, gipfelnd im Glauben an den einen Gott, der sich dem Menschen geoffenbart hat. Der Text des Koran ist an Mohammed ergangen, und er schließt mit ihm als letztem Propheten (nach Jesus) die Zeit der

Offenbarung ab. Der Koran ist nach muslimischem Glauben die Wiederherstellung der reinen Lehre, die – so der Koran – durch Juden und Christen verfälscht worden sei. Es finden sich im Koran zahlreiche, zum Teil sehr ausführliche Referenzen zum Alten und Neuen Testament. Es handelt sich, nach muslimischer Auffassung, um Richtigstellungen. Der Koran ist eine einzige Richtigstellung, die – nach eigener Auffassung – die richtige Version wiedergibt, bis hin zur Verteidigung Marias als jungfräuliche Mutter Jesu, eine Glaubenswahrheit, die auch zu Mohammeds Zeiten mit ungläubigem Staunen bis hin zu Spott bedacht worden zu sein scheint. Überhaupt habe ich im Koran sehr viel von der Verletzlichkeit Mohammeds vernommen; er war tief getroffen von jenen, die seine Botschaft, die ja Allahs ist, in Frage stellten und ihn gar auslachten. Mehr noch als im Neuen Testament wird die Annahme oder Ablehnung der Botschaft darüber entscheiden, welch endgültiges Schicksal der Mensch zu gewärtigen hat: ob Paradies von Bächen durchflossen und mit Huris und ihren schwellenden Brüsten oder Ewiges Feuer. Die Schönheit des Koran wurde oft gerühmt (jüngst von Navid Kermani, »Gott ist schön« – Das ästhetische Erleben des Koran, München 1999) und ist ein nicht zu unterschätzender Faktor bei der Ausbreitung jener Religion, die auf diesem Buch allein gründet. Indes gilt Schönheit auch für das Alte und das Neue Testament, auch wenn die Heilige Schrift aus über siebzig Büchern besteht, mit vielleicht noch mehr Autoren, entstanden in einem Zeitraum von über tausend Jahren. Auch die Juden und Christen waren von Anfang an fasziniert von der sprachlichen Schönheit der Psalmen, Propheten, des Hohenliedes, Kohelets und Hiobs, eigentlich der gesamten Bibel vom ersten Vers des Buches Genesis an; sprachlich empfindsame Christenmenschen waren je schon bewegt von den Tonarten der Evangelien und oftmals schon erschüttert aufgrund eines beispielsweise einzigen Satzes: »Auch ich verurteile dich nicht!« Mir schien von Anfang an die Weise des Johannes-Evangeliums wunderschön. Es handelt sich ja bei der gesamten

Heiligen Schrift nicht um Juristenprosa, um eine schriftliche Bekanntgabe göttlicher Verlautbarungen. Denn das Wort Gottes ist schön gesagt. Ist Literatur, gewiß: Weltliteratur. Was ist Weltliteratur, wenn nicht das Buch der Bücher!

Zu Teil II der Anthologie

Nabukov wurde gefragt, was für eine Botschaft er zu übermitteln habe. Er antwortete etwa so: Ich bin doch kein Telegraphist! Ähnliches gilt auch für die Autoren, die in Teil II, in dieser Zusammenstellung und Reihenfolge wohl zum ersten Mal, versammelt sind.

Diese Texte reflektieren freilich nicht den 11. September 2001, sind sie doch Jahrhunderte, ja Jahrtausende vor diesem Datum entstanden.

Tohuwabohu ist eine Wortfügung aus dem 2. Vers der Heiligen Schrift; und wir wissen nicht genau, wie zu übersetzen, da es sich um ein Wort handelt, das nur ein einziges Mal in der Bibel erscheint. Wohl aber hat Tohuwabohu eine Bedeutungsgeschichte, die die Vorstellung von wüst, durcheinander, leer und wirr, von grauenhaft und schrecklich evoziert, genau wie der 11. September 2001. Es handelt sich bei der Anthologie um den Beitrag eines Lesers, der im Zusammenhang mit dem 11.9. die alten, das heißt: die am 11. September schon vorliegenden Texte gelesen hat, und gefunden hat, daß es die alten sind. Dies meint: wiedergelesen nach dem 11. September. Texte sind es, in denen ich wiedergefunden habe: das Unterwegssein, das Kommen und Gehen, das Wahrnehmen und Sehen, das Tun und Erleiden des Menschen, das Aufbauen und Zerstören. Dies in einer großen Gleichzeitigkeit von Glück und Unglück, Hoffnung und Verzweiflung, Klarheit und Wirrheit, von Wunder und Katastrophe. Texte sind es, die dies vergegenwärtigen, auch einen möglichen 11. September. Das haben auch schon die Stellen aus Teil I getan. Dies in einer Zeit und in Tagen, da die Menschheit, wie es mir scheint, von zwei Arten von Terror gestraft scheint: vom Terrorismus und vom Antiterrorismus.

We are all waves of the same sea – wir sind alle Wellen vom selben Meer her, ein Satz des großen amerikanischen Malers Mark Tobey, der 1890 in einem Dorf am Mississippi geboren wurde und nach einem Leben ohne festen Wohnsitz, aber an großen Orten des Ostens und Westens dieser Welt (u. a. Chicago, New York, Kyoto, London, Paris und Seattle) 1976 in Basel am Rhein starb.

Schreiben heißt: weiterschreiben. Sämtliche Autoren, die in Teil II erscheinen, sind ohne die Vorgabe der Heiligen Schrift der Bibel oder ohne Voraussetzung des ersten Buches Koran nicht denkbar. Genau besehen, ist jedes Buch, das im Umfeld der Offenbarungsreligionen geschrieben wurde, eine Variation der Heiligen Schrift. Und wäre es noch als Antithese formuliert. Kein einziges der Beispiele (um solche handelt es sich) ist denkbar ohne den Text, die Vorlage, das Buch der Bücher, in welchem Verhältnis zu dieser Vorlage der jeweilige Autor auch immer gestanden haben mochte. Brecht antwortete bekanntlich auf die Frage nach dem für ihn wichtigsten Buch: »Sie werden lachen: die Bibel.«

Das kurze erste Kapitel »Sprich auch du« ist als Einführung gedacht: was, nachdem schon gesprochen ist, der Dichter noch zu sagen hat in einer Welt, die er vorfindet. Es sind kurze Umstandsbestimmungen von Ort und Zeit in Gedichtform, beginnend mit Walter von der Vogelweide und seinem »Ich saß auf einem Steine« bis zu Celans, dem prophetischen Verkündigungsauftrag nachempfundenen »Sprich auch du«. Doch die Botschaft ist nicht mehr eindeutig, ja vielleicht lautet die Botschaft, daß es keine Botschaft mehr gibt.

Die Überschrift des zweiten Kapitels »Man muß beim Bauen auch ans Abreißen denken« stammt nicht aus dem Umfeld der Dekonstruktivisten. Ich habe diesen Satz im schönnamigen Rast gehört, einem Ort im

Hinterland des Bodensees (oder ist der Bodensee Hintersee meiner Landschaft?). Ich schreibe diesen Satz einem Baumeister zu, der damit auf Kritik an seiner unsoliden Bauweise reagierte. Er könnte aber auch jedem Baumeister zugedacht sein, ob er nun in die Höhe baut oder in die Tiefe, und jedem, der schreibt. Beginnen wollte ich dieses Kapitel ursprünglich mit einem Interview mit Paul Virillo, einem Stadtplaner und Architekturkritiker, der nach dem 11. September aufs Land, das heißt: in eine Kleinstadt am Meer gezogen ist. Es sollte auch eine kleine Presseschau nach dem 11. September, mit der Zwischenzeile »we stand together« (so die ganzseitige Traueranzeige der Dresdner Bank in den deutschen Zeitungen nach dem 11. September), als tour d'horizon aufgenommen werden, von Beckenbauers »Angst-kenne-ich-nicht«-Interview bis zu Schröders »Entscheidung zu Krieg ist keine Gewissensfrage«. Ich habe es gelassen (I dropped it) – nicht nur aus quantitativen Erwägungen. Es ist auch seither viel Wasser den Rhein, Euphrat und Tigris und den Mississippi heruntergeflossen und aus dem Aktuellen ist etwas Überholtes geworden. Dafür kommen umso mehr einzelne Stimmen zu Wort, die bleibende Fragen stellen, was der Mensch macht auf und mit der Welt, Menschen, die angesichts von Tohuwabohu geschrieben haben und weiterschreiben: ob Goethe nach dem Erdbeben von Lissabon oder Thomas Mann und Julien Green nach der Atombombe. Und so fort. Hier kommen Fragende zu Wort, die auf Probleme – ein globales Wort – stoßen, die vielleicht nur eine Geschichte, aber keine Lösung haben. Wie vielleicht alle großen Fragen des Menschen: Was ist der Mensch? Warum bin ich hier? Was mache ich hier? Was macht er hier?

Das dritte Kapitel lautet: Dum spiro spero (»Solange ich atme, hoffe ich«). Das ist der schöne Leitspruch nicht nur Friedrich von Spees, sondern auch dieses Kapitels, das ein großes Kapitel ist in der Geschichte der Dichtung. Die Hoffnung ist eine bestimmte Sehnsucht, der Liebe vergleichbar, im Idealfall eine Begegnung aus zwei Himmelsrichtungen. Doch: Einmal das Dorf hinauf und hinunter. So kurz scheint das Leben, und so sind wir unterwegs. Und unterwegs haben wir Hoffnung und atmen. Nur manchmal scheint diese Hoffnung aufgegeben (Walter Benjamin: so scheint auf der Welt unendlich viel Hoffnung, nur nicht für mich) wie die Hoffnung aufs Atmenkönnen (mein Großvater – das ist keine literarische Erfindung in Anlehnung an W. B. – sagte kurz vor seinem Tod, er starb an Lungenkrebs: soviel Luft ist auf der Welt, nur nicht für mich). Das Leben ist der Ort, wo Hoffnung möglich ist. Das gilt auch für Dostojewskijs Säufer Marmeladow in seinem Roman »Verbrechen und Strafe«, der in einem St. Petersburger Kellerloch seine Auferstehungsrede hält und ausgelacht wird von dieser Welt. Die anderen Fälle des Kapitels sind ähnlich gelagert. Hoffnung: in jüngster Zeit habe ich ansonsten wenig davon gelesen, weder in der Zeitung noch im Roman. Da war eher von Ficken und sonstigen Vokabeln aus dem Wellness-Bereich die Rede als von Hoffnung, worauf auch immer, und wäre es Gott. Dabei gab es nach wie vor Menschen auf derselben Welt, die von sich sagen konnten: »Ich sehnte mich nach einem Menschen, mit dem ich hätte über alles reden können, selbst über Gott, ohne ausgelacht zu werden.«

Gott scheint, schien sozusagen vom Tisch, wie das Tischgebet selbst. In die Tabuzone abgerutscht, peinlich in Gesellschaft wie der Tod oder die Frage nach dem Bankkonto oder der gewählten Partei. Dabei könnte es auch »Zeit an Gott zu denken« sein, wie ein schönes Buch von Kardinal Lehmann heißt.

Was ist der Mensch? Und: Was bin ich für ein Mensch? fragt sich der Ich-Erzähler im Roman »Mein Hund, meine Sau, mein Leben« ziemlich gegen Ende: »Was bin ich für ein Mensch? Im Supermarkt kaufe ich zwei Schnitzel, um zu vertuschen, daß ich allein am Tisch sitze; und auch mir selbst vertusche ich es, indem ich beide Schnitzel esse.« Dum spiro spero –

Bonhoeffer kann ein Lied davon singen. Und die anderen auch, selbst

Don Quixote und die große Dichterin Gottes, die arme Else Lasker-Schüler.

Das Schlußkapitel, Variationen über das Fahren, ist eine Variation der Überschrift von Teil II., und geht ebenfalls auf Tobey zurück: We are all waves to the same sea: »Wir alle sind Wellen zum selben Meer hin«.

In einer Welt, auf verschiedenen Wegen vielleicht, aber mit einem Ziel. Ob als Kolumbus oder wie Melville. Und früh auch schon der erste Absturz. Warum, ist bei Ovid nachzulesen.

Schließlich, am Ende, ist »dum spiro spero« verlängert und verlagert und aufgehoben in einem Gedicht – über jedes Datum hinaus. Über jeden Diskurs hinaus, über jeder Argumentations- oder Streitebene steht – oder soll ich sagen: währt? – das Gedicht. »Währt« nehme ich zurück, aber nicht ganz: ich ersetze es durch: leuchtet (wie der Leuchtturm – Liebe – im Shakespeare-Sonett 116, das tatsächlich, wie von Shakespeare um 1600 vorausgesagt, erleuchtet, ihm einleuchtet). Also: das Gedicht ist der Ort, wo alles, auch das Fragen, wenn es sich schon nicht aufhebt oder auflöst, so doch mündet und aufgehoben ist: Glaube, Hoffnung und Liebe, soviel deren Gegenteil. Das ganze Tohuwabohu und daraus resultierende »Bimbam der Worte« (Ingeborg Bachmann) – kurz: der Mensch ist aufgehoben, darin die Tatsache, daß der Mensch Sehnsucht hat (s.o.) und etwas sagen will. Nirgendwo sonst auf der Welt ist ihm dies mehr geglückt als im Gedicht.

Seit dem 11. September sei nichts wie bisher, hörte ich seit diesem, jenem 11. September sagen. Also, sagte ich mir, wollte ich meine Texte (jene über Gott und die Welt und die Menschen, also auch mich) wiederlesen und sehen, ob sie die alten sind, das heißt: mich fragen lassen. Und mir etwas sagen zu Fragen, auf die es vorerst keine Antwort gibt, die sich einzig der Mensch stellen kann. Ich las und sah, daß die Texte die alten sind, weil die Fragen die alten sind. Zum Beispiel, noch einmal, die Frage aus Psalm 8: »Was ist der Mensch?« – Dazu meine Frage, noch einmal: Was ist das für eine Welt, in der dieser Mensch lebt? Und was macht er hier, der Mensch? Vom 11. September 2001 und anderen traurigen Daten her scheint er zum Verzweifeln. Doch am Anfang stand einst das Staunen. Das muß lange her sein, ist aber immer noch möglich. Das ist es, was die hier zusammengestellten Texte bewegt: Kontinuität von Adam und Eva an. Wo bin ich und was mache ich hier? Unterwegs auf einer immer weniger werdenden Welt, wie der Heimat mit ihren Türmen, die der Mensch bauen und zerstören kann. (Definition Mensch: jener, der Türme bauen und zerstören kann; jener, der tötet und getötet wird, jener, der lebt und stirbt). Unterwegs ist er auf einer Welt und er kann über ihre höchsten Berge hinausfliegen. Berge sind nun, über ihnen unterwegs, etwas, das irgendwo unten liegt, auf das hinabgeschaut werden kann, und von oben her beschossen. Einzig die Tatsache, daß er vergänglich ist, ist unvergänglich an ihm, so wie die Hoffnung.

Was nicht gesagt werden kann, mag vielleicht gesungen.

Der analytische Philosoph Quine brüstete sich noch kurz vor seinem Tod damit, schon früh das Fragezeichen aus seinem *typewriter* ausgebaut zu haben. Es ist das Fragen, nach einer *relecture* der Texte, vielleicht doch noch nicht überflüssig geworden, wenn auch das Staunen selten geworden sein mag, die Skepsis aufgrund der Bilder sich aufdrängt und das Antworten (auf das Wort hin, das im Anfang war) unmöglich scheint. Aber wozu ist ein Dichter sonst auf der Welt? Vielleicht war es aber auch für den analytischen Philosophen ein Fehler, das Fragezeichen ausgebaut zu haben, wenn ich auch bewundere, daß er das eigenhändig geschafft hat. Das gilt auch nach dem 11. September 2001.

Teil I

»Näher als die Halsader«

1. Kapitel: Die Bibel – Altes Testament
»Es ist dir gesagt worden, Mensch, was gut ist«

Die Erschaffung der Welt

Im Anfang schuf Gott Himmel und Erde; die Erde aber war wüst und wirr. Finsternis lag über der Urflut, und Gottes Geist schwebte über dem Wasser.

Gott sprach: Es werde Licht. Und es wurde Licht. Gott sah, daß das Licht gut war. Gott schied das Licht von der Finsternis, und Gott nannte das Licht Tag, und die Finsternis nannte er Nacht. Es wurde Abend, und es wurde Morgen: erster Tag.

Dann sprach Gott: Ein Gewölbe entstehe mitten im Wasser und scheide Wasser von Wasser. Gott machte also das Gewölbe und schied das Wasser unterhalb des Gewölbes vom Wasser oberhalb des Gewölbes. So geschah es, und Gott nannte das Gewölbe Himmel. Es wurde Abend, und es wurde Morgen: zweiter Tag.

Dann sprach Gott: Das Wasser unterhalb des Himmels sammle sich an einem Ort, damit das Trockene sichtbar werde. So geschah es. Das Trockene nannte Gott Land, und das angesammelte Wasser nannte er Meer. Gott sah, daß es gut war. Dann sprach Gott: Das Land lasse junges Grün wachsen, alle Arten von Pflanzen, die Samen tragen, und von Bäumen, die auf der Erde Früchte bringen mit ihrem Samen darin. So geschah es. Das Land brachte junges Grün hervor, alle Arten von Pflanzen, die Samen tragen, alle Arten von Bäumen, die Früchte bringen mit ihrem Samen darin. Gott sah, daß es gut war. Es wurde Abend, und es wurde Morgen: dritter Tag.

Dann sprach Gott: Lichter sollen am Himmelsgewölbe sein, um Tag und Nacht zu scheiden. Sie sollen Zeichen sein und zur Bestimmung von Festzeiten, von Tagen und Jahren dienen; sie sollen Lichter am

Himmelsgewölbe sein, die über die Erde hin leuchten. So geschah es. Gott machte die beiden großen Lichter, das größere, das über den Tag herrscht, das kleinere, das über die Nacht herrscht, auch die Sterne. Gott setzte die Lichter an das Himmelsgewölbe, damit sie über die Erde hin leuchten, über Tag und Nacht herrschen und das Licht von der Finsternis scheiden. Gott sah, daß es gut war. Es wurde Abend, und es wurde Morgen: vierter Tag.

Dann sprach Gott: Das Wasser wimmele von lebendigen Wesen, und Vögel sollen über dem Land am Himmelsgewölbe dahinfliegen. Gott schuf alle Arten von großen Seetieren und anderen Lebewesen, von denen das Wasser wimmelt, und alle Arten von gefiederten Vögeln. Gott sah, daß es gut war. Gott segnete sie und sprach: Seid fruchtbar, und vermehrt euch, und bevölkert das Wasser im Meer, und die Vögel sollen sich auf dem Land vermehren. Es wurde Abend, und es wurde Morgen: fünfter Tag.

Dann sprach Gott: Das Land bringe alle Arten von lebendigen Wesen hervor, von Vieh, von Kriechtieren und von Tieren des Feldes. So geschah es. Gott machte alle Arten von Tieren des Feldes, alle Arten von Vieh und alle Arten von Kriechtieren auf dem Erdboden. Gott sah, daß es gut war. Dann sprach Gott: Laßt uns Menschen machen als unser Abbild, uns ähnlich. Sie sollen herrschen über die Fische des Meeres, über die Vögel des Himmels, über das Vieh, über die ganze Erde und über alle Kriechtiere auf dem Land. Gott schuf also den Menschen als sein Abbild; als Abbild Gottes schuf er ihn. Als Mann und Frau schuf er sie. Gott segnete sie, und Gott sprach zu ihnen: Seid fruchtbar, und vermehrt euch, bevölkert die Erde, unterwerft sie euch, und herrscht über die Fische des Meeres, über die Vögel des Himmels und über alle Tiere, die sich auf dem Land regen. Dann sprach Gott: Hiermit übergebe ich euch alle Pflanzen auf der ganzen Erde, die Samen tragen, und alle Bäume mit samenhaltigen Früchten. Euch sollen sie zur Nahrung dienen. Allen Tieren des Feldes, allen Vögeln des Himmels und allem, was sich auf der

Erde regt, was Lebensatem in sich hat, gebe ich alle grünen Pflanzen zur Nahrung. So geschah es. Gott sah alles an, was er gemacht hatte: Es war sehr gut. Es wurde Abend, und es wurde Morgen: der sechste Tag.

So wurden Himmel und Erde vollendet und ihr ganzes Gefüge. Am siebten Tag vollendete Gott das Werk, das er geschaffen hatte, und er ruhte am siebten Tag, nachdem er sein ganzes Werk vollbracht hatte. Und Gott segnete den siebten Tag und erklärte ihn für heilig; denn an ihm ruhte Gott, nachdem er das ganze Werk der Schöpfung vollendet hatte.

Das ist die Entstehungsgeschichte von Himmel und Erde, als sie erschaffen wurden.

(Genesis 1,1–2,4 a)

Das Paradies

Zur Zeit, als Gott, der Herr, Erde und Himmel machte, gab es auf der Erde noch keine Feldsträucher und wuchsen noch keine Feldpflanzen; denn Gott, der Herr, hatte es auf die Erde noch nicht regnen lassen, und es gab noch keinen Menschen, der den Ackerboden bestellte; aber Feuchtigkeit stieg aus der Erde auf und tränkte die ganze Fläche des Ackerbodens.

Da formte Gott, der Herr, den Menschen aus Erde vom Ackerboden und blies in seine Nase den Lebensatem. So wurde der Mensch zu einem lebendigen Wesen.

Dann legte Gott, der Herr, in Eden, im Osten, einen Garten an und setzte dorthin den Menschen, den er geformt hatte. Gott, der Herr, ließ aus dem Ackerboden allerlei Bäume wachsen, verlockend anzusehen und mit köstlichen Früchten, in der Mitte des Gartens aber den Baum des Lebens und den Baum der Erkenntnis von Gut und Böse.

Ein Strom entspringt in Eden, der den Garten bewässert; dort teilt er sich und wird zu vier Hauptflüssen. Der eine heißt Pischon; er ist es, der das ganze Land Hawila umfließt, wo es Gold gibt. Das Gold jenes Landes ist gut; dort gibt es auch Bdelliumharz und Karneolsteine. Der zweite Strom heißt Gihon; er ist es, der das ganze Land Kusch umfließt. Der dritte Strom heißt Tigris; er ist es, der östlich an Assur vorbeifließt. Der vierte Strom ist der Euphrat.

Gott, der Herr, nahm also den Menschen und setzte ihn in den Garten von Eden, damit er ihn bebaue und hüte. Dann gebot Gott, der Herr, dem Menschen: Von allen Bäumen des Gartens darfst du essen, doch vom Baum der Erkenntnis von Gut und Böse darfst du nicht essen; denn sobald du davon ißt, wirst du sterben.

Dann sprach Gott, der Herr: Es ist nicht gut, daß der Mensch allein bleibt. Ich will ihm eine Hilfe machen, die ihm entspricht.

Gott, der Herr, formte aus dem Ackerboden alle Tiere des Feldes und alle Vögel des Himmels und führte sie dem Menschen zu, um zu sehen, wie er sie benennen würde. Und wie der Mensch jedes lebendige Wesen benannte, so sollte es heißen. Der Mensch gab Namen allem Vieh, den Vögeln des Himmels und allen Tieren des Feldes. Aber eine Hilfe, die dem Menschen entsprach, fand er nicht.

Da ließ Gott, der Herr, einen tiefen Schlaf auf den Menschen fallen, so daß er einschlief, nahm eine seiner Rippen und verschloß ihre Stelle mit Fleisch. Gott, der Herr, baute aus der Rippe, die er vom Menschen genommen hatte, eine Frau und führte sie dem Menschen zu. Und der Mensch sprach:

Das endlich ist Bein von meinem Bein und Fleisch von meinem Fleisch. Frau soll sie heißen, denn vom Mann ist sie genommen.

Darum verläßt der Mann Vater und Mutter und bindet sich an seine Frau, und sie werden *ein* Fleisch. Beide, Adam und seine Frau, waren nackt, aber sie schämten sich nicht voreinander.

(Genesis 2,4b–25)

Der Fall des Menschen

Die Schlange war schlauer als alle Tiere des Feldes, die Gott, der Herr, gemacht hatte. Sie sagte zu der Frau: Hat Gott wirklich gesagt: Ihr dürft von keinem Baum des Gartens essen? Die Frau entgegnete der Schlange: Von den Früchten der Bäume im Garten dürfen wir essen; nur von den Früchten des Baumes, der in der Mitte des Gartens steht, hat Gott gesagt: Davon dürft ihr nicht essen und daran dürft ihr nicht rühren, sonst werdet ihr sterben.

Darauf sagte die Schlange zur Frau: Nein, ihr werdet nicht sterben. Gott weiß vielmehr: Sobald ihr davon eßt, gehen euch die Augen auf; ihr werdet wie Gott und erkennt Gut und Böse. Da sah die Frau, daß es köstlich wäre, von dem Baum zu essen, daß der Baum eine Augenweide war und dazu verlockte, klug zu werden. Sie nahm von seinen Früchten und aß; sie gab auch ihrem Mann, der bei ihr war, und auch er aß.

Da gingen beiden die Augen auf, und sie erkannten, daß sie nackt waren. Sie hefteten Feigenblätter zusammen, und machten sich einen Schurz. Als sie Gott, den Herrn, im Garten gegen den Tagwind einherschreiten hörten, versteckten sich Adam und seine Frau vor Gott, dem Herrn, unter den Bäumen des Gartens. Gott, der Herr, rief Adam zu und sprach: Wo bist du? Er antwortete: Ich habe dich im Garten kommen hören; da geriet ich in Furcht, weil ich nackt bin, und versteckte mich. Darauf fragte er: Wer hat dir gesagt, daß du nackt bist? Hast du von dem Baum gegessen, von dem zu essen ich dir verboten habe? Adam antwortete: Die Frau, die du mir beigesellt hast, sie hat mir von dem Baum gegeben, und so habe ich gegessen. Gott, der Herr, sprach zu der Frau: Was hast du da getan? Die Frau antwortete: Die Schlange hat mich verführt, und so habe ich gegessen.

Da sprach Gott, der Herr, zur Schlange:

Weil du das getan hast, bist du verflucht unter allem Vieh und allen

Tieren des Feldes. Auf dem Bauch sollst du kriechen und Staub fressen alle Tage deines Lebens.

Feindschaft setze ich zwischen dich und die Frau, zwischen deinen Nachwuchs und ihren Nachwuchs. Er trifft dich am Kopf, und du triffst ihn an der Ferse.

Zur Frau sprach er:

Viel Mühsal bereite ich dir, sooft du schwanger wirst. Unter Schmerzen gebierst du Kinder. Du hast Verlangen nach deinem Manne; er aber wird über dich herrschen.

Zu Adam sprach er: Weil du auf deine Frau gehört und von dem Baum gegessen hast, von dem zu essen ich dir verboten hatte:

So ist verflucht der Ackerboden deinetwegen. Unter Mühsal wirst du von ihm essen alle Tage deines Lebens.

Dornen und Disteln läßt er dir wachsen, und die Pflanzen des Feldes mußt du essen.

Im Schweiße deines Angesichts sollst du dein Brot essen, bis du zurückkehrst zum Ackerboden; von ihm bist du ja genommen. Denn Staub bist du, zum Staub mußt du zurück.

Adam nannte seine Frau Eva (Leben), denn sie wurde die Mutter aller Lebendigen. Gott, der Herr, machte Adam und seiner Frau Röcke aus Fellen und bekleidete sie damit. Dann sprach Gott, der Herr: Seht, der Mensch ist geworden wie wir; er erkennt Gut und Böse. Daß er jetzt nicht die Hand ausstreckt, auch vom Baum des Lebens nimmt, davon ißt und ewig lebt! Gott, der Herr, schickte ihn aus dem Garten von Eden weg, damit er den Ackerboden bestellte, von dem er genommen war. Er vertrieb den Menschen und stellte östlich des Gartens von Eden die Cherubim auf und das lodernde Flammenschwert, damit sie den Weg zum Baum des Lebens bewachten.

(Genesis 3,1–24)

Kain und Abel

Adam erkannte Eva, seine Frau; sie wurde schwanger und gebar Kain. Da sagte sie: Ich habe einen Mann vom Herrn erworben. Sie gebar ein zweites Mal, nämlich Abel, seinen Bruder. Abel wurde Schafhirt und Kain Ackerbauer.

Nach einiger Zeit brachte Kain dem Herrn ein Opfer von den Früchten des Feldes dar; auch Abel brachte eines dar von den Erstlingen seiner Herde und von ihrem Fett. Der Herr schaute auf Abel und sein Opfer, aber auf Kain und sein Opfer schaute er nicht. Da überlief es Kain ganz heiß, und sein Blick senkte sich. Der Herr sprach zu Kain: Warum überläuft es dich heiß, und warum senkt sich dein Blick?

Nicht wahr, wenn du recht tust, darfst du aufblicken; wenn du nicht recht tust, lauert an der Tür die Sünde als Dämon.

Auf dich hat er es abgesehen, doch du werde Herr über ihn!

Hierauf sagte Kain zu seinem Bruder Abel: Gehen wir aufs Feld! Als sie auf dem Feld waren, griff Kain seinen Bruder Abel an und erschlug ihn. Da sprach der Herr zu Kain: Wo ist dein Bruder Abel? Er entgegnete: Ich weiß es nicht. Bin ich der Hüter meines Bruders? Der Herr sprach: Was hast du getan? Das Blut deines Bruders schreit zu mir vom Ackerboden. So bist du verflucht, verbannt vom Ackerboden, der seinen Mund aufgesperrt hat, um aus deiner Hand das Blut deines Bruders aufzunehmen. Wenn du den Ackerboden bestellst, wird er dir keinen Ertrag mehr bringen. Rastlos und ruhelos wirst du auf der Erde sein. Kain antwortete dem Herrn: Zu groß ist meine Schuld, als daß, ich sie tragen könnte. Du hast mich heute vom Ackerland verjagt, und ich muß mich vor deinem Angesicht verbergen; rastlos und ruhelos werde ich auf der Erde sein, und wer mich findet, wird mich erschlagen. Der Herr aber sprach zu ihm: Darum soll jeder, der Kain erschlägt, siebenfacher Rache verfallen. Darauf machte der Herr dem Kain ein Zeichen, damit ihn keiner erschlage, der ihn finde. Dann ging

Kain vom Herrn weg und ließ sich im Land Nod nieder, östlich von Eden.

(Genesis 4,1–16)

Der Turmbau zu Babel

Alle Menschen hatten die gleiche Sprache und gebrauchten die gleichen Worte. Als sie von Osten aufbrachen, fanden sie eine Ebene im Land Schinar und siedelten sich dort an. Sie sagten zueinander: Auf, formen wir Lehmziegel, und brennen wir sie zu Backsteinen. So dienten ihnen gebrannte Ziegel als Steine und Erdpech als Mörtel. Dann sagten sie: Auf, bauen wir uns eine Stadt und einen Turm mit einer Spitze bis zum Himmel, und machen wir uns damit einen Namen, dann werden wir uns nicht über die ganze Erde zerstreuen. Da stieg der Herr herab, um sich Stadt und Turm anzusehen, die die Menschenkinder bauten. Er sprach: Seht nur, *ein* Volk sind sie, und *eine* Sprache haben sie alle. Und das ist erst der Anfang ihres Tuns. Jetzt wird ihnen nichts mehr unerreichbar sein, was sie sich auch vornehmen. Auf, steigen wir hinab, und verwirren wir dort ihre Sprache, so daß keiner mehr die Sprache des anderen versteht. Der Herr zerstreute sie von dort aus über die ganze Erde, und sie hörten auf, an der Stadt zu bauen. Darum nannte man die Stadt Babel (Wirrsal), denn dort hat der Herr die Sprache aller Welt verwirrt, und von dort aus hat er die Menschen über die ganze Erde zerstreut.

(Genesis 11,1–9)

Abrahams Berufung und Wanderung nach Kanaan

Der Herr sprach zu Abram: Zieh weg aus deinem Land, von deiner Verwandtschaft und aus deinem Vaterhaus in das Land, das ich dir zeigen werde. Ich werde dich zu einem großen Volk machen, dich segnen und deinen Namen groß machen. Ein Segen sollst du sein. Ich will segnen, die dich segnen; wer dich verwünscht, den will ich verfluchen. Durch dich sollen alle Geschlechter der Erde Segen erlangen.

Da zog Abram weg, wie der Herr ihm gesagt hatte, und mit ihm ging auch Lot. Abram war fünfundsiebzig Jahre alt, als er aus Haran fortzog. Abram nahm seine Frau Sarai mit, seinen Neffen Lot und alle ihre Habe, die sie erworben hatten, und die Knechte und Mägde, die sie in Haran gewonnen hatten. Sie wanderten nach Kanaan aus und kamen dort an.

Abram zog durch das Land bis zur Stätte von Sichem, bis zur Orakeleiche. Die Kanaaniter waren damals im Land. Der Herr erschien Abram und sprach: Deinen Nachkommen gebe ich dieses Land. Dort baute er dem Herrn, der ihm erschienen war, einen Altar. Von da brach er auf zum Bergland östlich von Bet-El und schlug sein Zelt so auf, daß er Bet-El im Westen und Ai im Osten hatte. Dort baute er dem Herrn einen Altar und rief den Namen des Herrn an. Dann zog Abram immer weiter, dem Negeb zu.

(Genesis 12,1–9)

Gottes Verheißung an Abraham

Nachdem sich Lot von Abram getrennt hatte, sprach der Herr zu Abram: Blick auf und schau von der Stelle, an der du stehst, nach Norden und Süden, nach Osten und Westen. Das ganze Land nämlich, das du siehst, will ich dir und deinen Nachkommen für immer geben. Ich mache deine Nachkommen zahlreich wie den Staub auf der Erde. Nur wer den Staub auf der Erde zählen kann, wird auch deine Nachkommen zählen können. Mach dich auf, durchzieh das Land in seiner Länge und Breite; denn dir werde ich es geben. Da zog Abram mit seinen Zelten weiter und ließ sich bei den Eichen von Mambre in Hebron nieder. Dort baute er dem Herrn einen Altar.

(Genesis 13,14–18)

So zahlreich wie die Sterne

Er führte ihn hinaus und sprach: Sieh doch zum Himmel hinauf, und zähl die Sterne, wenn du sie zählen kannst. Und er sprach zu ihm: So zahlreich werden deine Nachkommen sein.

(Genesis 15,5)

Das Gericht über Sodom und die Rettung Lots

Die beiden Engel kamen am Abend nach Sodom. Lot saß im Stadttor von Sodom. Als er sie sah, erhob er sich, trat auf sie zu, warf sich mit dem Gesicht zur Erde nieder und sagte: Meine Herren, kehrt doch im Haus eures Knechtes ein, bleibt über Nacht, und wascht euch die Füße! Am Morgen könnt ihr euren Weg fortsetzen. Nein, sagten sie, wir wollen im Freien übernachten. Er redete ihnen aber so lange zu, bis sie mitgingen und bei ihm einkehrten. Er bereitete ihnen ein Mahl, ließ ungesäuerte Brote backen, und sie aßen. Sie waren noch nicht schlafen gegangen, da umstellten die Einwohner der Stadt das Haus, die Männer von Sodom, jung und alt, alles Volk von weit und breit. Sie riefen nach Lot und fragten ihn: Wo sind die Männer, die heute abend zu dir gekommen sind? Heraus mit ihnen, wir wollen mit ihnen verkehren. Da ging Lot zu ihnen hinaus vor die Tür, schloß sie hinter sich zu und sagte: Aber meine Brüder, begeht doch nicht ein solches Verbrechen! Seht, ich habe zwei Töchter, die noch keinen Mann erkannt haben. Ich will sie euch hinausbringen. Dann tut mit ihnen, was euch gefällt. Nur jenen

Männern tut nichts an; denn deshalb sind sie ja unter den Schutz meines Daches getreten. Sie aber schrien: Mach dich fort!, und sagten: Kommt da so ein einzelner Fremder daher und will sich als Richter aufspielen! Nun wollen wir es mit dir noch schlimmer treiben als mit ihnen. Sie setzten dem Mann, nämlich Lot, arg zu und waren schon dabei, die Tür aufzubrechen. Da streckten jene Männer die Hand aus, zogen Lot zu sich ins Haus und sperrten die Tür zu. Dann schlugen sie die Leute draußen vor dem Haus, groß und klein, mit Blindheit, so daß sie sich vergebens bemühten, den Eingang zu finden.

Die Männer sagten dann zu Lot: Hast du hier noch einen Schwiegersohn, Söhne, Töchter oder sonst jemand in der Stadt? Bring sie weg von diesem Ort! Wir wollen nämlich diesen Ort vernichten; denn schwer ist die Klage, die über die Leute zum Herrn gedrungen ist. Der Herr hat uns geschickt, die Stadt zu vernichten. Da ging Lot hinaus, redete auf seine Schwiegersöhne ein, die seine Töchter heiraten wollten, und sagte: Macht euch auf, und verlaßt diesen Ort; denn der Herr will die Stadt vernichten. Aber seine Schwiegersöhne meinten, er mache nur Spaß.

Als die Morgenröte aufstieg, drängten die Engel Lot zur Eile: Auf, nimm deine Frau und deine beiden Töchter, die hier sind, damit du nicht wegen der Schuld der Stadt hinweggerafft wirst. Da er noch zögerte, faßten die Männer ihn, seine Frau und seine beiden Töchter an der Hand, weil der Herr mit ihm Mitleid hatte, führten ihn hinaus und ließen ihn erst draußen vor der Stadt los. Während er sie hinaus ins Freie führte, sagte er: Bring dich in Sicherheit, es geht um dein Leben. Sieh dich nicht um, und bleib in der ganzen Gegend nicht stehen! Rette dich ins Gebirge, sonst wirst du auch weggerafft. Lot aber sagte zu ihnen: Nein, mein Herr, dein Knecht hat doch dein Wohlwollen gefunden. Du hast mir große Gunst erwiesen und mich am Leben gelassen. Ich kann aber nicht ins Gebirge fliehen, sonst läßt mich das Unglück nicht mehr los, und ich muß sterben. Da, die Stadt in der Nähe, dorthin könnte man fliehen. Sie ist doch klein; dorthin will ich mich retten. Ist sie nicht klein? So könnte ich am Leben bleiben. Er antwortete ihm: Gut, auch das will ich dir gewähren und die Stadt, von der du sprichst, nicht zerstören. Schnell flieh dorthin; denn ich kann nichts unternehmen, bevor du dort angekommen bist. Deshalb nannte er die Stadt Zoar (Kleine).

Als die Sonne über dem Land aufgegangen und Lot in Zoar angekommen war, ließ der Herr auf Sodom und Gomorra Schwefel und Feuer regnen, vom Herrn, vom Himmel herab. Er vernichtete von Grund auf jene Städte und die ganze Gegend, auch alle Einwohner der Städte und alles, was auf den Feldern wuchs. Als Lots Frau zurückblickte, wurde sie zu einer Salzsäule.

Am frühen Morgen begab sich Abraham an den Ort, an dem er dem Herrn gegenübergestanden hatte. Er schaute gegen Sodom und Gomorra und auf das ganze Gebiet im Umkreis und sah: Qualm stieg von der Erde auf wie der Qualm aus einem Schmelzofen. Als Gott die Städte der Gegend vernichtete, dachte er an Abraham und ließ Lot mitten aus der Zerstörung fortgeleiten, während er die Städte, in denen Lot gewohnt hatte, von Grund auf zerstörte.

(Genesis 19,1–29)

Die Berufung des Mose: Die Offenbarung Gottes

Nach vielen Jahren starb der König von Ägypten. Die Israeliten stöhnten noch unter der Sklavenarbeit; sie klagten, und ihr Hilferuf stieg aus ihrem Sklavendasein zu Gott empor. Gott hörte ihr Stöhnen, und Gott gedachte seines Bundes mit Abraham, Isaak und Jakob. Gott blickte auf die Söhne Israels und gab sich ihnen zu erkennen.

Mose weidete die Schafe und Ziegen seines Schwiegervaters Jitro, des Priesters von Midian. Eines Tages trieb er das Vieh über die Steppe hinaus und kam zum Gottesberg Horeb. Dort erschien ihm der Engel des Herrn in einer Flamme, die aus einem Dornbusch emporschlug. Er schaute hin: Da brannte der Dornbusch und verbrannte doch nicht. Mose sagte: Ich will dorthin gehen und mir die außergewöhnliche Erscheinung ansehen. Warum verbrennt denn der Dornbusch nicht?

Als der Herr sah, daß Mose näher kam, um sich das anzusehen, rief Gott ihm aus dem Dornbusch zu: Mose, Mose! Er antwortete: Hier bin ich. Der Herr sagte: Komm nicht näher heran! Leg deine Schuhe ab; denn der Ort, wo du stehst, ist heiliger Boden. Dann fuhr er fort: Ich bin der Gott deines Vaters, der Gott Abrahams, der Gott Isaaks und der Gott Jakobs. Da verhüllte Mose sein Gesicht; denn er fürchtete sich, Gott anzuschauen.

Der Herr sprach: Ich habe das Elend meines Volkes in Ägypten gesehen, und ihre laute Klage über ihre Antreiber habe ich gehört. Ich kenne ihr Leid. Ich bin herabgestiegen, um sie der Hand der Ägypter zu entreißen und aus jenem Land hinaufzuführen in ein schönes, weites Land, in ein Land, in dem Milch und Honig fließen, in das Gebiet der Kanaaniter, Hetiter, Amoriter, Perisiter, Hiwiter und Jebusiter. Jetzt ist die laute Klage der Israeliten zu mir gedrungen, und ich habe auch gesehen, wie die Ägypter sie unterdrücken. Und jetzt geh! Ich sende dich zum Pharao. Führe mein Volk, die Israeliten, aus Ägypten heraus! Mose antwortete Gott: Wer bin ich, daß ich zum Pharao gehen und die Israeliten aus Ägypten herausführen könnte? Gott aber sagte: Ich bin mit dir; ich habe dich gesandt, und als Zeichen dafür soll dir dienen: Wenn du das Volk aus Ägypten herausgeführt hast, werdet ihr Gott an diesem Berg verehren.

Da sagte Mose zu Gott: Gut, ich werde also zu den Israeliten kommen und ihnen sagen: Der Gott eurer Väter hat mich zu euch gesandt. Da werden sie mich fragen: Wie heißt er? Da antwortete Gott dem Mose: Ich bin der »Ich-bin-da«. Und er fuhr fort: So sollst du zu den Israeliten sagen: Der »Ich-bin-da« hat mich zu euch gesandt. Weiter sprach Gott zu Mose: So sag zu den Israeliten: Jahwe, der Gott eurer Väter, der Gott Abrahams, der Gott Isaaks und der Gott Jakobs, hat mich zu euch gesandt. Das ist mein Name für immer, und so wird man mich nennen in allen Generationen. Geh, versammle die Ältesten Israels, und sag ihnen: Jahwe, der Gott eurer Väter, der Gott Abrahams, Isaaks und Jakobs, ist mir erschienen und hat mir gesagt: Ich habe sorgsam auf euch geachtet und habe gesehen, was man euch in Ägypten antut. Darum habe ich beschlossen, euch aus dem Elend Ägyptens hinaufzuführen in das Land der Kanaaniter, Hetiter, Amoriter, Perisiter, Hiwiter und Jebusiter, in ein Land, in dem Milch und Honig fließen.

(Exodus 2,23–3,17)

Die Zehn Gebote

Dann sprach Gott alle diese Worte: Ich bin Jahwe, dein Gott, der dich aus Ägypten geführt hat, aus dem Sklavenhaus. Du sollst neben mir keine anderen Götter haben. Du sollst dir kein Gottesbild machen und keine Darstellung von irgend etwas am Himmel droben, auf der Erde unten oder im Wasser unter der Erde. Du sollst dich nicht vor anderen Göttern niederwerfen und dich nicht verpflichten, ihnen zu dienen. Denn ich, der Herr, dein Gott, bin ein eifersüchtiger Gott: Bei denen, die mir feind sind, verfolge ich die Schuld der Väter an den Söhnen, an der dritten und vierten Generation; bei denen, die mich lieben und auf meine Gebote achten, erweise ich Tausenden meine Huld. Du sollst den Namen des Herrn, deines Gottes, nicht mißbrauchen; denn der Herr läßt den nicht ungestraft, der seinen Namen mißbraucht.

Gedenke des Sabbats: Halte ihn heilig! Sechs Tage darfst du schaffen und jede Arbeit tun. Der siebte Tag ist ein Ruhetag, dem Herrn, deinem Gott, geweiht. An ihm darfst du keine Arbeit tun: du, dein Sohn und deine Tochter, dein Sklave und deine Sklavin, dein Vieh und der Fremde, der in deinen Stadtbereichen Wohnrecht hat. Denn in sechs Tagen hat der Herr Himmel, Erde und Meer gemacht und alles, was dazugehört; am siebten Tag ruhte er. Darum hat der Herr den Sabbattag gesegnet und ihn für heilig erklärt.

Ehre deinen Vater und deine Mutter, damit du lange lebst in dem Land, das der Herr, dein Gott, dir gibt.

Du sollst nicht morden.

Du sollst nicht die Ehe brechen.

Du sollst nicht stehlen.

Du sollst nicht falsch gegen deinen Nächsten aussagen.

Du sollst nicht nach dem Haus deines Nächsten verlangen. Du sollst nicht nach der Frau deines Nächsten verlangen, nach seinem Sklaven oder seiner Sklavin, seinem Rind oder seinem Esel oder nach irgend etwas, das deinem Nächsten gehört.

Das ganze Volk erlebte, wie es donnerte und blitzte, wie Hörner erklangen und der Berg rauchte. Da bekam das Volk Angst, es zitterte und hielt sich in der Ferne. Sie sagten zu Mose: Rede du mit uns, dann wollen wir hören. Gott soll nicht mit uns reden, sonst sterben wir. Da sagte Mose zum Volk: Fürchtet euch nicht! Gott ist gekommen, um euch auf die Probe zu stellen. Die Furcht vor ihm soll über euch kommen, damit ihr nicht sündigt. Das Volk hielt sich in der Ferne, und Mose näherte sich der dunklen Wolke, in der Gott war.

(Exodus 20,1–21)

Du sollst deinen Nächsten lieben wie dich selbst

Wenn ihr die Ernte eures Landes einbringt, sollt ihr das Feld nicht bis zum äußersten Rand abernten. Du sollst keine Nachlese von deiner Ernte halten. In deinem Weinberg sollst du keine Nachlese halten und die abgefallenen Beeren nicht einsammeln. Du sollst sie dem Armen und dem Fremden überlassen. Ich bin der Herr, euer Gott.

Ihr sollt nicht stehlen, nicht täuschen und einander nicht betrügen.

Ihr sollt nicht falsch bei meinem Namen schwören; du würdest sonst den Namen deines Gottes entweihen. Ich bin der Herr.

Du sollst deinen Nächsten nicht ausbeuten und ihn nicht um das Seine bringen. Der Lohn des Tagelöhners soll nicht über Nacht bis zum Morgen bei dir bleiben. Du sollst einen Tauben nicht verfluchen und einem Blinden kein Hindernis in den Weg stellen; vielmehr sollst du deinen Gott fürchten. Ich bin der Herr.

Ihr sollt in der Rechtsprechung kein Unrecht tun. Du sollst weder für einen Geringen noch für einen Großen Partei nehmen; gerecht sollst du deinen Stammesgenossen richten. Du sollst deinen Stammesgenossen nicht verleumden und dich nicht hinstellen und das Leben deines Nächsten fordern. Ich bin der Herr.

Du sollst in deinem Herzen keinen Haß gegen deinen Bruder tragen. Weise deinen Stammesgenossen zurecht, so wirst du seinetwegen keine Schuld auf dich laden. An den Kindern deines Volkes sollst du dich nicht rächen und ihnen nichts nachtragen. Du sollst deinen Nächsten lieben wie dich selbst. Ich bin der Herr.

(Leviticus 19,9–19)

Zahn um Zahn

Wer einen Menschen erschlägt, wird mit dem Tod bestraft. Wer ein Stück Vieh erschlägt, muß es ersetzen: Leben für Leben. Wenn jemand einen Stammesgenossen verletzt, soll man ihm antun, was er getan hat: Bruch um Bruch, Auge um Auge, Zahn um Zahn. Der Schaden, den er einem Menschen zugefügt hat, soll ihm zugefügt werden. Wer ein Stück Vieh erschlägt, muß es ersetzen; wer aber einen Menschen erschlägt, wird mit dem Tod bestraft. Gleiches Recht soll bei euch für den Fremden wie für den Einheimischen gelten; denn ich bin der Herr, euer Gott.

(Leviticus 24,17–22)

Die Eroberung Jerichos

Jericho hielt wegen der Israeliten die Tore fest verschlossen. Niemand konnte heraus, und niemand konnte hinein. Da sagte der Herr zu Josua: Sieh her, ich gebe Jericho und seinen König samt seinen Kriegern in deine Gewalt. Ihr sollt mit allen Kriegern um die Stadt herumziehen und sie einmal umkreisen. Das sollst du sechs Tage lang tun. Sieben Priester sollen sieben Widderhörner vor der Lade hertragen. Am siebten Tag sollt ihr siebenmal um die Stadt herumziehen, und die Priester sollen die Hörner blasen. Wenn das Widderhorn geblasen wird und ihr den Hörnerschall hört, soll das ganze Volk in lautes Kriegsgeschrei ausbrechen. Darauf wird die Mauer der Stadt in sich zusammenstürzen; dann soll das Volk hinübersteigen, jeder an der nächstbesten Stelle. Da rief Josua, der Sohn Nuns, die Priester und sagte: Nehmt die Bundeslade, und laßt sieben Priester sieben Widderhörner vor der Lade des Herrn hertragen. Und zum Volk sagte er: Zieht rings um die Stadt herum und laßt die bewaffneten Männer vor der Lade des Herrn herziehen!

Und es geschah so, wie Josua es dem Volk gesagt hatte: Sieben Priester trugen die sieben Widderhörner vor dem Herrn her und bliesen im Gehen die Hörner, und die Bundeslade des Herrn zog hinter ihnen her. Die bewaffneten Männer gingen vor den Priestern her, die die Hörner bliesen, die Nachhut folgte der Lade und man blies ständig die Hörner. Dem Volk aber befahl Josua: Erhebt kein Kriegsgeschrei, und laßt eure Stimmen nicht hören! Kein Wort komme aus eurem Mund bis zu dem Tag, an dem ich zu euch sage: Erhebt das Kriegsgeschrei! Dann sollt ihr losschreien.

Darauf ließ er die Lade des Herrn um die Stadt herumziehen und sie einmal umkreisen. Dann kam man zum Lager zurück und übernachtete im Lager. Früh am anderen Morgen brach Josua auf, und die Priester trugen die Lade des Herrn. Sieben Priester trugen die sieben Widderhörner der Lade des Herrn voraus und bliesen ständig die Hörner. Die bewaffneten Männer zogen vor ihnen her, und die Nachhut folgte der Lade des Herrn. Man blies ständig die Hörner. So zogen sie auch am zweiten Tag einmal um die Stadt herum und kehrten wieder ins Lager zurück. Das machten sie sechs Tage lang.

Am siebten Tag brachen sie beim Anbruch der Morgenröte auf und zogen, wie gewohnt, um die Stadt, siebenmal; nur an diesem Tag zogen sie siebenmal um die Stadt. Als die Priester beim siebten Mal die Hörner bliesen, sagte Josua zum Volk: Erhebt das Kriegsgeschrei! Denn der Herr hat die Stadt in eure Gewalt gegeben. Die Stadt, mit allem, was in ihr ist, soll zu Ehren des Herrn dem Untergang geweiht sein. Nur die Dirne Rahab und alle, die bei ihr im Haus sind, sollen am Leben bleiben, weil sie die Boten versteckt hat, die wir ausgeschickt hatten. Hütet euch aber davor, von dem, was dem Untergang geweiht ist, etwas zu begehren und wegzunehmen: sonst weiht ihr das Lager Israels dem Untergang und stürzt es ins Unglück. Alles Gold und Silber und die Geräte aus Bronze und Eisen sollen dem Herrn geweiht sein und in den Schatz des Herrn kommen. Darauf erhob das Volk das Kriegsgeschrei, und die Widderhörner wurden geblasen. Als das Volk den Hörnerschall hörte, brach es in lautes Kriegsgeschrei aus. Die Stadtmauer stürzte in sich zusammen, und das Volk stieg in die Stadt hinein, jeder an der nächstbesten Stelle. So eroberten sie die Stadt. Mit scharfem Schwert weihten sie alles, was in der Stadt war, dem Untergang, Männer und Frauen, Kinder und Greise, Rinder, Schafe und Esel.

Zu den beiden Männern, die das Land erkundet hatten, sagte Josua: Geht zu dem Haus der Dirne, und holt von dort die Frau und alles, was ihr gehört, wie ihr es ihr geschworen habt. Da gingen die jungen Männer, die Kundschafter, und holten Rahab, ihren Vater, ihre Mutter, ihre Brüder und alles, was ihr gehörte; sie führten ihre ganze Verwandtschaft (aus der Stadt) heraus und wiesen ihnen einen Platz außerhalb des Lagers Israels an. Die Stadt aber und alles, was darin war, brannte man nieder; nur das Silber und Gold und die Geräte aus Bronze und Eisen brachte man in den Schatz im Haus des Herrn. Die Dirne Rahab und die Familie ihres Vaters und alles, was ihr gehörte, ließ Josua am Leben. So wohnt ihre Familie bis heute mitten in Israel; denn Rahab hatte die Boten versteckt, die Josua ausgesandt hatte, um Jericho auskundschaften zu lassen.

Damals schwor Josua: Verflucht beim Herrn sei der Mann, der es unternimmt, diese Stadt Jericho wieder aufzubauen. Seinen Erstgeborenen soll es ihn kosten, wenn er sie neu gründet, und seinen Jüngsten, wenn er ihre Tore wieder aufrichtet. Der Herr war mit Josua, und sein Ruhm verbreitete sich im ganzen Land.

(Josua 6,1–27)

Die Berufung des Propheten Jesaja

Im Todesjahr des Königs Usija sah ich den Herrn. Er saß auf einem hohen und erhabenen Thron. Der Saum seines Gewandes füllte den Tempel aus. Serafim standen über ihm. Jeder hatte sechs Flügel: Mit zwei Flügeln bedeckten sie ihr Gesicht, mit zwei bedeckten sie ihre Füße, und mit zwei flogen sie. Sie riefen einander zu:

Heilig, heilig, heilig ist der Herr der Heere. Von seiner Herrlichkeit ist die ganze Erde erfüllt.

Die Türschwellen bebten bei ihrem lauten Ruf, und der Tempel füllte sich mit Rauch.

Da sagte ich: Weh mir, ich bin verloren. Denn ich bin ein Mann mit unreinen Lippen und lebe mitten in einem Volk mit unreinen Lippen, und meine Augen haben den König, den Herrn der Heere, gesehen. Da flog einer der Serafim zu mir; er trug in seiner Hand eine glühende Kohle, die er mit einer Zange vom Altar genommen hatte. Er berührte damit meinen Mund und sagte:

Das hier hat deine Lippen berührt: Deine Schuld ist getilgt, deine Sünde gesühnt.

Danach hörte ich die Stimme des Herrn, der sagte: Wen soll ich senden? Wer wird für uns gehen? Ich antwortete: Hier bin ich, sende mich! Da sagte er:

Geh und sag diesem Volk: Hören sollt ihr, hören, aber nicht verstehen. Sehen sollt ihr, sehen, aber nicht erkennen.

Verhärte das Herz dieses Volkes, verstopf ihm die Ohren, verkleb ihm die Augen,

damit es mit seinen Augen nicht sieht und mit seinen Ohren nicht hört,

damit sein Herz nicht zur Einsicht kommt und sich nicht bekehrt und nicht geheilt wird.

Ich fragte: Wie lange, Herr? Er antwortete:

Bis die Städte verödet sind und unbewohnt, die Häuser menschenleer, bis das Ackerland zur Wüste geworden ist.

Der Herr wird die Menschen weit weg treiben; dann ist das Land leer und verlassen.

Bleibt darin noch ein Zehntel übrig – auch sie werden schließlich vernichtet,

wie bei einer Eiche oder Terebinthe, von der nur der Stumpf bleibt, wenn man sie fällt. [Ihr Stumpf ist heiliger Same.]

(Jesaja 6,1–13)

Die Weissagung über den Immanuel

Der Herr sprach noch einmal zu Ahas; er sagte: Erbitte dir vom Herrn, deinem Gott, ein Zeichen, sei es von unten, aus der Unterwelt, oder von oben, aus der Höhe. Ahas antwortete: Ich will um nichts bitten und den Herrn nicht auf die Probe stellen. Da sagte Jesaja: Hört her, ihr vom Haus David! Genügt es euch nicht, Menschen zu belästigen? Müßt ihr auch noch meinen Gott belästigen? Darum wird euch der Herr von sich aus ein Zeichen geben: Seht, die Jungfrau wird ein Kind empfangen, sie wird einen Sohn gebären, und sie wird ihm den Namen Immanuel (Gott mit uns) geben. Er wird Butter und Honig essen bis zu der Zeit, in der er versteht, das Böse zu verwerfen und das Gute zu wählen. Denn noch bevor das Kind versteht, das Böse zu verwerfen und das Gute zu wählen, wird das Land verödet sein, vor dessen beiden Königen dich das Grauen packt. Der Herr wird Tage kommen lassen über dich und dein Volk und das Haus deines Vaters [durch den König von Assur], wie man sie nicht mehr erlebt hat, seit Efraim von Juda abgefallen ist. *(Jesaja 7,10–17)*

Die Ankündigung des messianischen Reiches

Doch aus dem Baumstumpf Isais wächst ein Reis hervor, ein junger Trieb aus seinen Wurzeln bringt Frucht.
Der Geist des Herrn läßt sich nieder auf ihm: der Geist der Weisheit und der Einsicht,
der Geist des Rates und der Stärke, der Geist der Erkenntnis und der Gottesfurcht.
[Er erfüllt ihn mit dem Geist der Gottesfurcht.] Er richtet nicht nach dem Augenschein, und nicht nur nach dem Hörensagen entscheidet er, sondern er richtet die Hilflosen gerecht und entscheidet für die Armen des Landes, wie es recht ist.
Er schlägt den Gewalttätigen mit dem Stock seines Wortes
und tötet den Schuldigen mit dem Hauch seines Mundes.
Gerechtigkeit ist der Gürtel um seine Hüften, Treue der Gürtel um seinen Leib.
Dann wohnt der Wolf beim Lamm, der Panther liegt beim Böcklein.
Kalb und Löwe weiden zusammen, ein kleiner Knabe kann sie hüten.
Kuh und Bärin freunden sich an, ihre Jungen liegen beieinander. Der Löwe frißt Stroh wie das Rind.

Der Säugling spielt vor dem Schlupfloch der Natter, das Kind streckt seine Hand in die Höhle der Schlange.
Man tut nichts Böses mehr und begeht kein Verbrechen auf meinem ganzen heiligen Berg; denn das Land ist erfüllt von der Erkenntnis des Herrn, so wie das Meer mit Wasser gefüllt ist.
An jenem Tag wird es der Sproß aus der Wurzel Isaias sein, der dasteht als Zeichen für die Nationen;
die Völker suchen ihn auf; sein Wohnsitz ist prächtig.
An jenem Tag wird der Herr seine Hand von neuem erheben, um den übriggebliebenen Rest seines Volkes zurückzugewinnen.

(Jesaja 11,1–11)

Alles Sterbliche ist wie das Gras

Tröstet, tröstet mein Volk, spricht euer Gott.
Redet Jerusalem zu Herzen und verkündet der Stadt,
daß ihr Frondienst zu Ende geht, daß ihre Schuld beglichen ist;
denn sie hat die volle Strafe erlitten von der Hand des Herrn für all ihre Sünden.
Eine Stimme ruft: Bahnt für den Herrn einen Weg durch die Wüste!
Baut in der Steppe eine ebene Straße für unseren Gott!
Jedes Tal soll sich heben, jeder Berg und Hügel sich senken.
Was krumm ist, soll gerade werden, und was hüglig ist, werde eben.
Dann offenbart sich die Herrlichkeit des Herrn, alle Sterblichen werden sie sehen. Ja, der Mund des Herrn hat gesprochen.
Eine Stimme sagte: Verkünde! Ich fragte: Was soll ich verkünden?
Alles Sterbliche ist wie das Gras, und all seine Schönheit ist wie die Blume auf dem Feld.
Das Gras verdorrt, die Blume verwelkt, wenn der Atem des Herrn darüberweht. Wahrhaftig, Gras ist das Volk.

Das Gras verdorrt, die Blume verwelkt, doch das Wort unseres Gottes bleibt in Ewigkeit.
Steig auf einen hohen Berg, Zion, du Botin der Freude!
Erheb deine Stimme mit Macht, Jerusalem, du Botin der Freude!
Erheb deine Stimme, fürchte dich nicht! Sag den Städten in Juda: Seht, da ist euer Gott.
Seht, Gott, der Herr, kommt mit Macht, er herrscht mit starkem Arm.
Seht, er bringt seinen Siegespreis mit: Alle, die er gewonnen hat, gehen vor ihm her.
Wie ein Hirt führt er seine Herde zur Weide, er sammelt sie mit starker Hand.
Die Lämmer trägt er auf dem Arm, die Mutterschafe führt er behutsam.

(Jesaja 40,1–11)

Die Wallfahrt der Völker zum gesegneten Jerusalem

Auf, werde licht denn es kommt dein Licht, und die Herrlichkeit des Herrn geht leuchtend auf über dir.
Denn siehe, Finsternis bedeckt die Erde und Dunkel die Völker,
doch über dir geht leuchtend der Herr auf, seine Herrlichkeit erscheint über dir.
Völker wandern zu deinem Licht und Könige zu deinem strahlenden Glanz.
Blick auf und schau umher: Sie alle versammeln sich und kommen zu dir.
Deine Söhne kommen von fern, deine Töchter trägt man auf den Armen herbei.
Du wirst es sehen, und du wirst strahlen, dein Herz bebt vor Freude und öffnet sich weit.
Denn der Reichtum des Meeres strömt dir zu, die Schätze der Völker kommen zu dir.

Zahllose Kamele bedecken dein Land, Dromedare aus Midian und Efa. Alle kommen von Saba, bringen Weihrauch und Gold und verkünden die ruhmreichen Taten des Herrn.

(Jesaja 60,1–6)

Die Berufung Jeremias zum Propheten

Die Worte Jeremias, des Sohnes Hilkijas, aus der Priesterschaft zu Anatot im Land Benjamin. An ihn erging das Wort des Herrn zur Zeit des Königs Joschija von Juda, des Sohnes Amons, im dreizehnten Jahr seiner Regierung, ebenso zur Zeit des Königs Jojakim von Juda, des Sohnes Joschijas, bis das elfte Jahr des Königs Zidkija von Juda, des Sohnes Joschijas, zu Ende ging, als im fünften Monat Jerusalem in die Verbannung ziehen mußte.

Das Wort des Herrn erging an mich: Noch ehe ich dich im Mutterleib formte, habe ich dich ausersehen, noch ehe du aus dem Mutterschoß hervorkamst, habe ich dich geheiligt, zum Propheten für die Völker habe ich dich bestimmt. Da sagte ich: Ach, mein Gott und Herr, ich kann doch nicht reden, ich bin ja noch so jung. Aber der Herr erwiderte mir: Sag nicht: Ich bin noch so jung. Wohin ich dich auch sende, dahin sollst du gehen, und was ich dir auftrage, das sollst du verkünden. Fürchte dich nicht vor ihnen; denn ich bin mit dir, um dich zu retten – Spruch des Herrn. Dann streckte der Herr seine Hand aus, berührte meinen Mund und sagte zu mir: Hiermit lege ich meine Worte in deinen Mund. Sieh her! Am heutigen Tag setze ich dich über Völker und Reiche; du sollst ausreißen und niederreißen, vernichten und einreißen, aufbauen und einpflanzen.

Das Wort des Herrn erging an mich: Was siehst du, Jeremia? Ich antwortete: Einen Mandelzweig sehe ich. Da sprach der Herr zu mir: Du hast richtig gesehen; denn ich wache über mein Wort und führe es aus.

Abermals erging an mich das Wort des Herrn: Was siehst du? Ich antwortete: Einen dampfenden Kessel sehe ich; sein Rand neigt sich von Norden her. Da sprach der Herr zu mir: Von Norden her ergießt sich das Unheil über alle Bewohner des Landes. Ja, ich rufe alle Stämme der Nordreiche – Spruch des Herrn –, damit sie kommen und ihre Richterstühle an den Toreingängen Jerusalems aufstellen, gegen all seine Mauern ringsum und gegen alle Städte von Juda. Dann werde ich mein Urteil über sie sprechen und sie strafen für alles Böse, das sie getan haben, weil sie mich verlassen, anderen Göttern geopfert und das Werk ihrer eigenen Hände angebetet haben. Du aber gürte dich, tritt vor sie hin und verkünde ihnen alles, was ich dir auftrage. Erschrick nicht vor ihnen, sonst setze ich dich vor ihren Augen in Schrecken. Ich selbst mache dich heute zur befestigten Stadt, zur eisernen Säule und zur ehernen Mauer gegen das ganze Land, gegen die Könige, Beamten und Priester von Juda und gegen die Bürger des Landes. Mögen sie dich bekämpfen, sie werden dich nicht bezwingen; denn ich bin mit dir, um dich zu retten – Spruch des Herrn.

(Jeremia 1,1–19)

Der Fall Jerusalems

[Nach der Eroberung Jerusalems:] Im elften Jahr Zidkijas, am neunten Tag des vierten Monats, wurden Breschen in die Stadtmauer geschlagen. Da zogen alle Heerführer des Königs von Babel ein und ließen sich im Mitteltor nieder: [Nergal-Sarezer, der Fürst von Sin-Magir, und] Nebuschasban, der Oberkämmerer, Nergal-Sarezer, der Oberhofmeister, und alle übrigen Heerführer des Königs von Babel.

Als Zidkija, der König von Juda, und alle Krieger dies sahen, ergriffen sie die Flucht und verließen bei Nacht die Stadt auf dem Weg zum königlichen Garten; sie gingen durch das Tor zwischen den beiden

Mauern und schlugen die Richtung nach der Araba ein. Aber die chaldäischen Truppen setzten ihnen nach und holten Zidkija in den Niederungen von Jericho ein. Sie nahmen ihn gefangen, brachten ihn vor Nebukadnezzar, den König von Babel, nach Ribla in der Landschaft Hamat, und dieser sprach das Urteil über ihn. Der König von Babel ließ in Ribla die Söhne Zidkijas vor dessen Augen niedermachen; auch alle Vornehmen Judas ließ der König von Babel niedermachen. Zidkija ließ er blenden und in Fesseln legen, um ihn nach Babel zu bringen. Den königlichen Palast und die Häuser der Bürger steckten die Chaldäer in Brand, und die Mauern Jerusalems rissen sie nieder. Den Rest der Bevölkerung, der noch in der Stadt geblieben war, sowie alle, die zum König von Babel übergelaufen waren, und den Rest der Handwerker verschleppte Nebusaradan, der Kommandant der Leibwache, nach Babel. Nur von den armen Leuten, die nichts hatten, ließ Nebusaradan, der Kommandant der Leibwache, einen Teil im Land Juda zurück und gab ihnen Weinberge und Äcker.

(Jeremia 39,2–10)

Hast du uns denn ganz verworfen?

Herr, denk daran, was uns geschehen, blick her, und sieh unsre Schmach!
An Ausländer fiel unser Erbe, unsre Häuser kamen an Fremde.
Wir wurden Waisen, Kinder ohne Vater, unsere Mütter wurden Witwen.
Unser Wasser trinken wir für Geld, unser Holz müssen wir bezahlen.
Wir werden getrieben, das Joch auf dem Nacken, wir sind müde, man versagt uns die Ruhe.
Nach Ägypten streckten wir die Hand, nach Assur, um uns mit Brot zu sättigen.
Unsere Väter haben gesündigt; sie sind nicht mehr. Wir müssen ihre Sünden tragen.

Sklaven herrschen über uns, niemand entreißt uns ihren Händen.
Unter Lebensgefahr holen wir unser Brot, bedroht vom Schwert der Wüste.
Unsere Haut glüht wie ein Ofen von den Gluten des Hungers.
Frauen hat man in Zion geschändet, Jungfrauen in den Städten von Juda.
Fürsten wurden von Feindeshand gehängt, den Ältesten nahm man die Ehre.
Junge Männer mußten die Handmühlen schleppen, unter der Holzlast brachen Knaben zusammen.
Die Alten blieben fern vom Tor, die Jungen vom Saitenspiel.
Dahin ist unseres Herzens Freude, in Trauer gewandelt unser Reigen.
Die Krone ist uns vom Haupt gefallen. Weh uns, wir haben gesündigt.
Darum ist krank unser Herz, darum sind trüb unsere Augen
über den Zionsberg, der verwüstet liegt; Füchse laufen dort umher.
Du aber, Herr, bleibst ewig, dein Thron von Geschlecht zu Geschlecht.
Warum willst du uns für immer vergessen, uns verlassen fürs ganze Leben?
Kehre uns, Herr, dir zu, dann können wir uns zu dir bekehren. Erneuere unsere Tage, damit sie werden wie früher.
Oder hast du uns denn ganz verworfen, zürnst du uns über alle Maßen?

(Klagelieder 5,1–22)

Wechsel, Dauer und Vergessen

Worte Kohelets, des Davidsohnes, der König in Jerusalem war.

Windhauch, Windhauch, sagte Kohelet, Windhauch, Windhauch, das ist alles Windhauch. Welchen Vorteil hat der Mensch von all seinem Besitz, für den er sich anstrengt unter der Sonne?

Eine Generation geht, eine andere kommt. Die Erde steht in Ewigkeit.
Die Sonne, die aufging und wieder unterging, atemlos jagt sie zurück an den Ort, wo sie wieder aufgeht.
Er weht nach Süden, dreht nach Norden, dreht, dreht, weht, der Wind.
Weil er sich immerzu dreht, kehrt er zurück, der Wind.
Alle Flüsse fließen ins Meer, das Meer wird nicht voll.
Zu dem Ort, wo die Flüsse entspringen, kehren sie zurück, um wieder zu entspringen.
Alle Dinge sind rastlos tätig, kein Mensch kann alles ausdrücken,
nie wird ein Auge satt, wenn es beobachtet, nie wird ein Ohr vom Hören voll.
Was geschehen ist, wird wieder geschehen, was man getan hat, wird man wieder tun: Es gibt nichts Neues unter der Sonne.
Zwar gibt es bisweilen ein Ding, von dem es heißt: Sieh dir das an, das ist etwas Neues – aber auch das gab es schon in den Zeiten, die vor uns gewesen sind.
Nur gibt es keine Erinnerung an die Früheren, und auch an die Späteren, die erst kommen werden,
auch an sie wird es keine Erinnerung geben bei denen, die noch später kommen werden.

(Kohelet 1,1–11)

Die Berufung Jonas

Das Wort des Herrn erging an Jona, den Sohn Amittais: Mach dich auf den Weg, und geh nach Ninive, in die große Stadt, und droh ihr (das Strafgericht) an! Denn die Kunde von ihrer Schlechtigkeit ist bis zu mir heraufgedrungen.

(Jona 1,1–1,2)

Jonas Flucht

Jona machte sich auf den Weg; doch er wollte nach Tarschisch fliehen, weit weg vom Herrn. Er ging also nach Jafo hinab und fand dort ein Schiff, das nach Tarschisch fuhr. Er bezahlte das Fahrgeld und ging an Bord, um nach Tarschisch mitzufahren, weit weg vom Herrn.

Aber der Herr ließ auf dem Meer einen heftigen Wind losbrechen; es entstand ein gewaltiger Seesturm, und das Schiff drohte auseinanderzubrechen. Die Seeleute bekamen Angst und jeder schrie zu seinem Gott um Hilfe. Sie warfen sogar die Ladung ins Meer, damit das Schiff leichter wurde.

Jona war in den untersten Raum des Schiffes hinabgestiegen, hatte sich hingelegt und schlief fest. Der Kapitän ging zu ihm und sagte: Wie kannst du schlafen? Steh auf, ruf deinen Gott an; vielleicht denkt dieser Gott an uns, so daß wir nicht untergehen. Dann sagten sie zueinander: Kommt, wir wollen das Los werfen, um zu erfahren, wer an diesem unserem Unheil schuld ist. Sie warfen das Los, und es fiel auf Jona. Da fragten sie ihn: Sag uns, was treibst du für ein Gewerbe, und woher kommst du, aus welchem Land und aus welchem Volk? Er antwortete ihnen: Ich bin ein Hebräer und verehre Jahwe, den Gott des Himmels, der das Meer und das Festland gemacht hat. Da bekamen die Männer große Angst und sagten zu ihm: Warum hast du das getan? Denn sie erfuhren, daß er vor Jahwe auf der Flucht war; er hatte es ihnen erzählt. Und sie sagten zu ihm: Was sollen wir mit dir machen, damit das Meer sich beruhigt und uns verschont? Denn das Meer wurde immer stürmischer. Jona antwortete ihnen: Nehmt mich und werft mich ins Meer, damit das Meer sich beruhigt und euch verschont. Denn ich weiß, daß dieser gewaltige Sturm durch meine Schuld über euch gekommen ist. Die Männer aber ruderten mit aller Kraft, um wieder an Land zu kommen; doch sie richteten nichts aus, denn das Meer stürmte immer heftiger gegen sie an. Da riefen sie zu Jahwe: Ach Herr, laß uns nicht untergehen wegen dieses Mannes, und rechne uns, was wir jetzt tun, nicht als Vergehen an unschuldigem Blut an. Denn wie du wolltest, Herr, so hast du gehandelt. Dann nahmen sie Jona und warfen ihn ins Meer, und das Meer hörte auf zu toben. Da ergriff die Männer große Furcht vor Jahwe, und sie schlachteten für Jahwe ein Opfer und machten ihm viele Gelübde.

Der Herr aber schickte einen großen Fisch, der Jona verschlang. Jona war drei Tage und drei Nächte im Bauch des Fisches, und er betete im Bauch des Fisches zum Herrn, seinem Gott:

In meiner Not rief ich zum Herrn, und er erhörte mich.
Aus der Tiefe der Unterwelt schrie ich um Hilfe, und du hörtest mein Rufen.
Du hast mich in die Tiefe geworfen, in das Herz der Meere;
mich umschlossen die Fluten, all deine Wellen und Wogen schlugen über mir zusammen.
Ich dachte: Ich bin aus deiner Nähe verstoßen. Wie kann ich deinen heiligen Tempel wieder erblicken?
Das Wasser reichte mir bis an die Kehle, die Urflut umschloß mich; Schilfgras umschlang meinen Kopf.
Bis zu den Wurzeln der Berge, tief in die Erde kam ich hinab; ihre Riegel schlossen mich ein für immer.
Doch du holtest mich lebendig aus dem Grab herauf, Herr, mein Gott.
Als mir der Atem schwand, dachte ich an den Herrn, und mein Gebet drang zu dir, zu deinem heiligen Tempel.
Wer nichtige Götzen verehrt, der handelt treulos.
Ich aber will dir opfern und laut dein Lob verkünden.
Was ich gelobt habe, will ich erfüllen. Vom Herrn kommt die Rettung.
Da befahl der Herr dem Fisch, Jona ans Land zu speien.

(Jona 1,3–2,11)

Jona in Ninive

Das Wort des Herrn erging zum zweitenmal an Jona: Mach dich auf den Weg, und geh nach Ninive, in die große Stadt, und droh ihr all das an, was ich dir sagen werde. Jona machte sich auf den Weg und ging nach Ninive, wie der Herr es ihm befohlen hatte. Ninive war eine große Stadt vor Gott; man brauchte drei Tage, um sie zu durchqueren. Jona begann, in die Stadt hineinzugehen; er ging einen Tag lang und rief: Noch vierzig Tage, und Ninive ist zerstört! Und die Leute von Ninive glaubten Gott. Sie riefen ein Fasten aus, und alle, groß und klein, zogen Bußgewänder an. Als die Nachricht davon den König von Ninive erreichte, stand er von seinem Thron auf, legte seinen Königsmantel ab, hüllte sich in ein Bußgewand und setzte sich in die Asche. Er ließ in Ninive ausrufen: Befehl des Königs und seiner Großen: Alle Menschen und Tiere, Rinder, Schafe und Ziegen, sollen nichts essen, nicht weiden und kein Wasser trinken. Sie sollen sich in Bußgewänder hüllen, Menschen und Tiere. Sie sollen laut zu Gott rufen, und jeder soll umkehren und sich von seinen bösen Taten abwenden und von dem Unrecht, das an seinen Händen klebt. Wer weiß, vielleicht reut es Gott wieder, und er läßt ab von seinem glühenden Zorn, so daß wir nicht zugrunde gehen. Und Gott sah ihr Verhalten; er sah, daß sie umkehrten und sich von ihren bösen Taten abwandten. Da reute Gott das Unheil, das er ihnen angedroht hatte, und er führte die Drohung nicht aus. Das mißfiel Jona ganz und gar, und er wurde zornig. Er betete zum Herrn und sagte: Ach Herr, habe ich das nicht schon gesagt, als ich noch daheim war? Eben darum wollte ich ja nach Tarschisch fliehen; denn ich wußte, daß du ein gnädiger und barmherziger Gott bist, langmütig und reich an Huld und daß deine Drohungen dich reuen. Darum nimm mir jetzt lieber das Leben, Herr! Denn es ist für mich besser zu sterben als zu leben. Da erwiderte der Herr: Ist es recht von dir, zornig zu sein?

Da verließ Jona die Stadt und setzte sich östlich vor der Stadt nieder.

Er machte sich dort ein Laubdach und setzte sich in seinen Schatten, um abzuwarten, was mit der Stadt geschah. Da ließ Gott, der Herr, einen Rizinusstrauch über Jona emporwachsen, der seinem Kopf Schatten geben und seinen Ärger vertreiben sollte. Jona freute sich sehr über den Rizinusstrauch. Als aber am nächsten Tag die Morgenröte heraufzog, schickte Gott einen Wurm, der den Rizinusstrauch annagte, so daß er verdorrte. Und als die Sonne aufging, schickte Gott einen heißen Ostwind. Die Sonne stach Jona auf den Kopf, so daß er fast ohnmächtig wurde. Da wünschte er sich den Tod und sagte: Es ist besser für mich zu sterben als zu leben. Gott aber fragte Jona: Ist es recht von dir, wegen des Rizinusstrauches zornig zu sein? Er antwortete: Ja, es ist recht, daß ich zornig bin und mir den Tod wünsche. Darauf sagte der Herr: Dir ist es leid um den Rizinusstrauch, für den du nicht gearbeitet und den du nicht großgezogen hast. Über Nacht war er da, über Nacht ist er eingegangen. Mir aber sollte es nicht leid sein um Ninive, die große Stadt, in der mehr als hundertzwanzigtausend Menschen leben, die nicht einmal rechts und links unterscheiden können – und außerdem so viel Vieh?

(Jona 3,1–4,11)

»Es ist dir gesagt worden, Mensch, was gut ist«

Womit soll ich vor den Herrn treten, wie mich beugen vor dem Gott in der Höhe?
Soll ich mit Brandopfern vor ihn treten, mit einjährigen Kälbern?
Hat der Herr Gefallen an Tausenden von Widdern, an zehntausend Bächen von Öl?
Soll ich meinen Erstgeborenen hingeben für meine Vergehen, die Frucht meines Leibes für meine Sünde?
Es ist dir gesagt worden, Mensch, was gut ist und was der Herr von dir erwartet:

Nichts anderes als dies: Recht tun, Güte und Treue lieben, in Ehrfurcht den Weg gehen mit deinem Gott.

(Micha 6,6–8)

Das Buch der Psalmen

Lobe den Herrn, meine Seele.

Ich will ihn preisen, solange ich lebe.
Singen und spielen ihm, solange ich da bin.
(Psalm 146,1–2)

Herr, unser Herr, wie wunderbar
ist dein Name auf der ganzen Welt!
Auch oben, im Himmel, bist du mit deiner Hoheit.
Selbst das Geschrei von Säuglingen
ist noch Lob, ein Ja-Sagen zu deiner Schöpfung.
Den Atheisten verschlägt es die Sprache.

Wenn ich zu *deinem* Himmel aufschaue,
zum Mond und zu den Sternen,
die du da festgemacht hast:
Was ist der Mensch, daß du an *ihn* gedacht
hast? Dieses Menschenkind, daß du es machen läßt?
Du hast den Menschen fast gottgleich gestaltet,
mit Glanz und Herrlichkeit hast du ihn gekrönt,
hast ihn als Herrscher eingesetzt über deine Schöpfung:
du hast sie ihm zu Füßen gelegt.
Alles, was ich sehe,
alles, was lebt auf dem Land,

in der Luft und was
seinen Weg im Meer sucht,
alles hast du ihm zu Füßen gelegt.
Herr, unser Herr, wie wunderbar
ist dein Name auf der ganzen Welt!

(Psalm 8)

Warum toben die Heiden?
Und warum taugt das, was sie sich ausdenken, gar nichts?
Da stehen die kleinen Herrn dieser Welt auf
und tun sich zusammen gegen den Herrn des
Universums! und gegen seinen Gesandten, den Messias.
»Wir sind frei! Wir brauchen keinen Gott. Wir
brauchen diese Verbindung nicht!«
Da kann *der Ewige* doch nur lachen!
Dann aber wird er vielleicht doch zornig
Über dieses Pack,
das Dreckpack wird er wissen lassen, was es heißt,
ihn zu verneinen.
»*Ich* war's, der *seinen* König eingesetzt hat!
Er ist *mein* König – und der Zion ist
mein heiliger Berg!«
Und nun will ich allen noch etwas sagen, ich
weiß es von *ihm*: er sagte zu mir:
»Mein Sohn bist du.
Heute habe ich dich gezeugt.
Du kannst verlangen von mir, was du willst,
die Völker zum Beispiel oder das Ende der Welt.
Du kannst sie mit einer Eisenkeule zerschlagen,
nicht viel mehr sind sie als Steinzeug,

es wird ein Scherbengericht aus ihnen.«
Also, ihr anderen! Laßt euch warnen!
Seht, was ist! Ihr, die ihr heute das Sagen habt,
kommt zur Besinnung!
Unterwerft euch dieser Einsicht, damit ihr nicht
als Unmenschen endet und gedankenlos untergeht!
Um ein Haar seid ihr verloren!
Selig alle, die auf ihn bauen!

(Psalm 2)

Mein Gott,
mein Gott,
warum hast du mich verlassen!
Warum bist du fern
meinem Schreien und Klagen, meinem Aufschreien,
meiner Sprachlosigkeit!
Mein Gott!
Ich schrei! wenn es hell ist, und du hörst mich nicht,
wenn es dunkel ist, und du antwortest mir nicht.

Und doch bist du *der Heilige*, der Lebendige,
der über den Liedern Israels wohnt.
Auf dich setzten unsere Väter ihre Hoffnung.
Sie hofften auf dich und kamen davon.
Zu dir hin schrien sie und wurden befreit.
Dir trauten sie und wurden nicht beschämt.

Doch ich, ich bin ein Wurm.
Kein Mensch.
Die Menschen – lachen mich aus.

Das Volk – verachtet mich.
Alle, die mich sehen, lachen,
entrüsten sich, lassen sich aus:
der soll seine Sorgen auf Gott abschieben!
Sein Gott soll ihn herausreißen!
Er soll ihn befreien, wenn er ihm zusagt!

Ach,
du bist es doch, der mich
aus dem Bauch meiner Mutter gezogen hat! der mich
daheim sein ließ an der Brust der Mutter
Vom Licht der Welt an bin ich auf deinem Boden
Vom Bauch der Mutter an
bist du mein Gott.

Sei nicht so fern!
Ich liege im Dreck.
Keiner hilft mir.
Sie haben mich umzingelt.
Der Mob hat mich eingekreist.
Sie haben ihre Mäuler aufgerissen.
Sie sind schlimmer als Bestien.
Und ich – bin wie Wasser,
hingeschüttet.
Meine Knochen sind wie aufgelöst –
Mein Herz?
Ist in mir zerflossen. Wie Wachs.
Meine Kehle? Ausgetrocknet, eine Scherbe.
Die Zunge klebt mir am Gaumen.
Du hast mich in den Staub des Todes gelegt!
Hundevolk umlagert mich, eine ganze Meute.

Sie haben mir Hände und Füße durchbohrt.
Ich kann all meine Knochen zählen.
Ihr Blick herrscht über mich.
Sie teilen meine Kleider unter sich auf,
werfen das Los über meine Sachen.

Und du, Herr!
Hilf doch!
Schreite ein!
Du,
meine Stärke,
komm jetzt!

Rette mein Leben vor ihrer Mordlust, das einzige,
das ich habe, vor der Gewalt dieser Hände!

Rette mich,
vor dieser Todesmaschine,
vor dieser Zerstörungswut,
rette mich!

Dann will ich deinen Namen weitersagen!
Vor dem Rest der Welt dich preisen!

Die ihr von Gott wißt, rühmt ihn!
Alle ihr von Jakob her, preist ihn!
Laßt euch erschüttern, ihr Nachkommen Israels!

Denn *er* hat das Elend des Armen nicht übersehen.
Er hat sich nicht vor ihm versteckt.
Er hat auf sein Schreien gehört.

Vor allen will ich nun deine Treue preisen.
Vor den Seinen will ich nun tun,
was ich versprochen habe:
die Armen sollen essen und satt werden.
Den Herrn sollen finden, die ihn suchen,
und aufleben soll euer Herz,
für immer!

(Psalm 22)

Er ist mein Hirt.
Und mir fehlt nichts.
Er gibt mir Licht und Leben.
Es ist wie am Wasser.
Er stillt meinen Durst.
Er sagt mir, wie's weitergeht.
Er ist der Gott, auf den ich
hoffte.

Auch dann, wenn ich durch eine Nacht
muß (meine Nacht),
gerade dann habe ich keine Angst.
Vor nichts.
Denn es ist einer bei mir:
und das bist Du.
Du gehst mir voraus.
Das ist meine Hoffnung.
Du deckst mir den Tisch.
Meine Feinde sehen es
und können nichts machen.
Du machst mich schön.

Es ist ein Fest!
Und so wird es weitergehen,
solange ich am Leben bin
und sein darf,
bei IHM.

(Psalm 23)

Sie sagen: »Ich will das Böse!«
In ihren Augen gibt es kein Erschrecken vor Gott.
Sie finden nichts dabei,
Böses zu tun, zu hassen.
Was sie reden, ist zum Betrug
und dem Bösen zulieb.
Sie haben sich vom Guten verabschiedet.
Nachts planen sie Unheil,
tags führen sie es aus –
eiskalt, scheuen sie vor nichts zurück.

Herr!

Du bist so gut, wie der Himmel weit ist,
Deine Treue reicht weiter, als die Wolken ziehn,
Deine Gerechtigkeit ist höher als der höchste Berg,
Deine Weisheit ist tiefer als das Meer.
Herr, für Menschen und Tiere bist du
ein Gott, der hilft. Es ist eine Freude!
Die Menschen sind im Schatten deiner Flügel zuhaus.
An deinem Reichtum dürfen sie teilhaben.
Du tränkst sie mit dem Strom deiner Wonnen.
Denn: Du bist die Quelle des Lebens,

in *deinem Licht* sehen wir: das Licht,
erhalte den Menschen deine Nähe und dein Ja,
allen, die es ernst meinen!
Auch mich, laß mich nicht geraten in ihre Mühle,
sie sollen mich nicht kleinkriegen, nein!
Sie sollen zusammenbrechen.
Alle Bösen sollen hinsinken –
und nie wieder aufstehn!

(Psalm 36)

Ich sagte mir:
Ich will vorsichtig sein und achtsam,
damit ich nicht mit meiner Zunge ausgleite.
Ich halte meine Worte bei mir,
solange dieser Gauner um mich herum ist.
So blieb ich bei mir,
stumm, still, schweigend, vom Glück verlassen.
Mein Schmerz war alles.
Es brannte mein Herz in mir,
da fing ich Feuer beim Nachdenken,
und ich mußte reden.
Herr!
Ich will wissen, wie es mit mir ausgeht,
wie viele Tage ich noch zu leben habe.
Zeig mir, was für ein vergängliches Nichts ich bin.
Mein Leben: nichts als ein paar Tage.
Vor dir so gut wie nichts ist dies alles.
Eine Andeutung nur, ein gewisses Nichts
ist der Mensch. Sela.
Ein Schatten an der Wand entlang: der Mensch, der geht.

Viel Lärm um nichts
macht er. Von einer unbeschreiblichen Gier ist er
auf der Welt und weiß selbst nicht, für wen
er seine Sachen zusammenrafft.
Und nun?
Worauf soll ich hoffen?
: Auf Dich allein!
will ich noch hoffen.
Entreiß mich doch, allen, die mir Unrecht tun,
und setz mich nicht dem Gelächter dieser Idioten aus!

Mir hat es die Sprache verschlagen.
Ich bringe den Mund nicht mehr auf.
Das ist Deine Fügung.
Nimm diese Qual von mir!
Du erdrückst mich!
Ja, Du strafst und schlägst den Menschen.
Gewiß, er ist schuldig:
und dann zerstörst Du seinen Glanz,
wie Motten, die sich in das schöne Kleid
hineinfressen.
Der Mensch? Ist nichts als ein Vergehen. Sela.
Hörst du, wie ich bete?
Erhöre mein Geschrei! Meine Tränen lassen Dich
hoffentlich nicht ungerührt.
Ich bin ja nur als Gast bei Dir, als Fremder,
wie alle, die vor mir hier waren.
Sieh über meine Schuld hinweg, und ich werde froh
in die Welt schauen, solange ich
da bin, so lange, bis ich für immer gehe.

(Psalm 39)

Wie der Hirsch Durst hat nach frischem Wasser,
so habe ich Durst nach dir, Gott!
Meine Seele hat Gott-Durst,
Durst nach dem lebendigen Gott.

Wann darf ich zu dir kommen?
Dein Gesicht sehen?
Ich lebe von Tränen, Tag und Nacht,
die anderen fragen mich ständig:
wo ist er denn nun, *dein Gott?*

Es zerreißt mich vor Schmerz, wenn ich daran denke,
wie wir alle zusammen zu *seinem* Haus zogen,
Preislieder sangen wir.
Meine Seele, sag, warum so trostlos,
so unruhig in mir?
Setze auf Gott!
Ich werde ihm noch danken, meinem Gott und Retter,
meinem Leuchtturm.
Ach, ich bin so traurig, könnte weinen
und weine, wenn ich an dich denke, am Jordan,
am Hermon, am Mizar.

Flut über Flut,
all deine Wellen und Wogen,
alles, all dies über mich hinweg.
Und doch: noch in der Nacht singe ich
zum Gott meines Lebens.

Ich frage Gott, meinen Fels:
warum hast du mich vergessen?

Warum ist mein Leben so trostlos
unter all diesen anderen?
Diesen hämischen Schnauzen, daß es eine Qual ist!
Und ihre scheinheiligen Fragen muß ich mir auch noch
anhören: »Wo ist also *dein Gott?*«

Meine Seele, sag, warum so trostlos,
so unruhig in mir?
Setze auf Gott!
Ich werde ihm noch danken, meinem Gott und Retter,
meinem Leuchtturm!

(Psalm 42)

Hört dies, all ihr Völker,
ihr Menschen,
die ihr eine Zeitlang auf dieser Erde wohnt.
Alle ihr, oben und unten,
einfaches Volk oder nicht,
ich werde euch nun allen
die Wahrheit sagen.
Mag es auch schwer sein, ich will versuchen
zu *singen*:

Warum soll ich Angst haben in bösen Tagen,
wenn ich nur noch von Feinden umgeben bin?
Sie verlassen sich ganz auf ihren Besitz
und geben mit ihrem Geld an.
Doch vom Tod befreien kann keiner den anderen,
auch Gott nicht, auch gegen Geld nicht.
Für das Leben ist jeder Kaufpreis zu hoch,

darauf muß unsereiner verzichten.
Weiterleben und ums Grab herumkommen:
das geht leider nicht!
Wir sehen doch:
der Gescheiteste stirbt genauso wie der nächstbeste Idiot.
Jeder muß das, was er hat, anderen zurücklassen.
Auch jene, die ganze Länder nach ihrem Namen
benannt haben:
auch ihre Heimat ist der Friedhof.
Dem Menschen bleibt nichts von seiner Schönheit
und von seiner Anmut,
von seinem Glanz und von seiner Herrlichkeit.
Er ist wie das Vieh und verstummt.

So geht es allen, die auf sich selbst bauen.
Und so endet der, der sich in großen Worten
gefallen hat.

Sela!
Der Tod wird sie auf sein Feld führen,
die Schafe,
hinab in die Grube!
Auseinanderfallen werden sie.
Da unten werden sie bleiben.

Doch der Herr wird mich! vor dem Reich
des Todes bewahren.
Ja!
Er wird mich zu sich nehmen!
Sela!

Laß dich nicht abbringen
von deinem Weg,
wenn du mitansiehst, wie einer reich wird
und glänzt und prahlt.
Denn – unterwegs zum Tod –
nimmt er von allem *nichts* mit.
Sein Glanz wird nicht bis nach unten reichen.
Mag er sich auch glücklich gepriesen haben
im Leben, muß er doch zu denen hinab,
die das Licht nicht mehr erblicken.
Der Mensch, der gedankenlos glänzt,
er ist wie das Vieh, das verstummt.

(Psalm 49)

Gott ist für Israel nichts als gut
für alle reinen Herzen

Und was ist mit mir?

Fast wäre ich gestolpert und umgekippt.
Denn
ich habe mich über die Reichen empört.
Ich war außer mir, als ich sah,
daß es dieser *Gesellschaft* so gut ging.

Es fehlt ihnen ja an nichts.
Sie sind schön und gesund.
Sie haben ja nicht die gewöhnlichen Sorgen
der Sterblichen.
Sie kennen unseren Schmerz nicht.

Daher ist die Überheblichkeit ihr Markenzeichen.
Ihre Verbrechen sind ihre Art sich zu kleiden.
Sie können kaum aus den Augen sehen vor Überfluß
und dabei denken sie sich neue Geschäfte aus.
Zyniker sind sie.
Was sie sagen, verschlägt mir die Sprache.
Sie machen alles schlecht und reden dabei
von oben herab.
Sie reißen das Maul auf, weiter geht es nicht,
sie geben an und zeigen sich.
Sie haben auch noch Zulauf.
Das Volk bewundert sie auch noch.
Der Mob nimmt ihr Gerede gierig auf.

Wie sollte ein Gott dahinter kommen?
Wie sollte einer da oben das wissen?
sagen sie sich.

Ja, so sind sie –,
so ist dergleichen.

Und nicht genug: zum Betrug kommt auch noch
der Glanz und der Reichtum.

Also war ich umsonst ein Mensch?
Also habe für nichts
dir ich geglaubt?

Ja, jeder Tag war ein Grauen,
jeder Morgen eine Strafe.
Ich war schon ganz bitter,

dazu kam noch der Schmerz, die Nieren – mir tat alles weh.
Ich war am Ende.
Ich verstand die Welt nicht mehr,
war Ochs am Berg.
Und doch: gerade jetzt wollte ich
alles wissen, wissen wie es war und begreifen.
Es war eine Qual für mich.
Bis ich sah, was aus ihnen wird.

Ja,
du stellst sie aufs Glatteis.
Irgendwann fallen sie einfach um:
Da haben sie sich getäuscht!
Auf einmal sind sie nichts mehr,
umgekippt, weg und verschwunden.
Ein schreckliches Ende!
Oder?
Ein solches Leben ist ja nur ein Traum,
verblaßt schon beim Erwachen,
vergessen schon beim Aufstehn.

Ich aber
bleibe auf immer bei dir
Du hältst mich fest an meiner Hand
Du führst mich,
wie es dir gefällt
und zuletzt
nimmst du mich in deine Herrlichkeit hinein.
Was ist der Himmel anderes für mich als Du?
Und auch auf der Erde bist Du
meine einzige Freude.

Auch wenn ich untergehe:
Gott bleibt mein Herzfels
und alles was ich habe,
auf ewig.

Ja, so ist es:
fern von dir werden sie untergehen.
Du vernichtest sie, sie werden zu nichts, indem sie dich verlassen.

Aber ich?
Gott nahe zu sein ist gut für mich.
Ich baue auf Gott meinen Herrn,

Und alles,
was Du getan hast, will ich
verkünden!

(Psalm 73)

Singt dem Herrn ein neues Lied!
Singt, alle Länder dieser Erde!
Singt und preist seinen Namen,
seine Herrlichkeit bei den Völkern,
singt es hinaus,
daß er ein wunderbarer Gott ist.

Denn Gott ist groß
und über alles zu rühmen,
gewaltiger als die Götter.
Denn alle Götter sind nichts als Götzen.
Der Herr aber hat den Himmel geschaffen!

Alles an ihm ist hoch und herrlich,
Glanz und Glorie sein Heiligtum!
Bringt ihm eure Verehrung, ihr Völker!
Bringt eure Geschenke mit und tretet ein
in sein Heiligtum!
Werft euch vor ihm nieder,
zittert, ihr Völker der Erde, und verkündet es
zu Hause: der Herr ist König!
Die Erde hat er festgemacht.
Sie wird nicht wanken.
Die Völker richtet er nach seinem Recht.
Der Himmel soll sich freuen.
Die Erde soll jubeln.
Das Meer soll rauschen und alles,
was in ihm ist.

Vor Freude übergehen sollen die Felder
und was auf ihnen wächst.
Aufleben sollen alle Bäume des Waldes
vor dem Herrn,
wenn er kommt,
wenn er kommt,
diese Welt zu richten.
Er wird gerecht richten!
Alle Völker, gerecht, wie er ist.

(Psalm 96)

Als Israel aus Ägypten floh,
unser Volk vor Menschen einer fremden Sprache,
da wurde Juda das Heiligtum Gottes

und Israel sein Hoheitsgebiet.
Das Meer sah es und floh.
Der Jordan schreckte zurück.
Die Berge sprangen wie Widder umher,
die Hügel wie junge Lämmer.
Warum, Meer, flüchtest du?
Warum, Jordan, schreckst du zurück?
Warum, ihr Berge, springt ihr wie Widder umher?
Warum, ihr Hügel, wie junge Lämmer?
Ja, erschauere, Erde,
vor ihm, dem Gott Jakobs,
der aus dem Felsen einen Wasserfall macht
und ein paar Kiesel zu einer Quelle.

(Psalm 114)

Voll Freude war ich,
da sie mir sagten:
»Wir ziehen zum Hause des Herrn!«

Und nun stehen wir
mit unseren Füßen in dir,
Jerusalem,
Jerusalem, starke Stadt,
dicht gebaut, fest gefügt.
Da hinauf ziehen die Stämme,
die Stämme des Herrn,
wie es Israel geboten ist vom Herrn
ihn zu preisen
Dort stehen die Throne des Gerichts bereit,
die Throne des Hauses David.

Friede für Jerusalem!
Betet darum!
Jeder, der dich liebt, sei geborgen in dir.
Friede sei in deinen Mauern,
Zufriedenheit in deinen Häusern.
Friede sei in dir! sage ich,
meinen Brüdern und Freunden zulieb.
Seinem Tempel zulieb
will ich für Jerusalem
Glück und Segen erflehn.

(Psalm 122)

Hätte uns nicht Gott herausgerissen,
– das soll Israel sagen! –
hätte nicht der Herr uns herausgerissen, als
Menschen sich gegen uns erhoben,
dann hätten sie uns lebendig verschlungen,
in ihrem tödlichen Haß gegen uns.
Oder die Wasser hätten uns hinweggerissen,
hätte eine Flut uns alle hinweggespült.
Von Wasser, wildem, alles ersäufendem Wasser
wären wir weggerissen worden!

Gepriesen sei der Herr!, der uns nicht
ihren Zähnen, uns nicht als ihr Opfer überließ.

Ach, so sind wir gerade noch einmal gerettet
worden,
wie Vögel, die schon im Netz waren.
Doch das Netz zerriß.

Wir sind frei!

Unsere Hilfe kommt von *ihm* her,
der Himmel und Erde gemacht hat.

(Psalm 124)

Von ganz unten schreie ich zu dir, Herr!
Herr, kannst du mich hören?
Höre mich!
Hörst du, wie ich schreie?
Es könnte doch kein Mensch bestehen,
wolltest du nur zählen, was einer alles falsch
gemacht hat!
Du bist doch einer, der Mitleid hat
und verzeiht!
Einer, der will, daß der Mensch immer wieder
auf die Füße kommt, aufsteht und ein Mensch ist.
Ich hoffe auf dich!
Ich hoffe nur noch, mit Leib und Seele,
alles an mir hofft.
Mehr als die Wache auf den Morgen
warte ich auf dich.
Und so soll auch Israel hoffen,
denn *Er* verzeiht und erlöst, vollkommen,
keine Schuld bleibt zurück.
Er wird Israel retten,
von all seinen Sünden.

(Psalm 130)

An den Flüssen von Babylon
saßen wir, weinten wir und sehnten uns
nach dem Zion.
Die Harfen hatten wir in die Weiden gehängt.
Doch unsere Herren verlangten Lieder von uns.
Wir wurden geschändet, und dazu sollten wir
auch noch singen.
»Etwas Musik, bitteschön!« – – –
»Zionslieder!« – – –
Wie hätten wir da singen sollen?
Die Psalmen!
Dazu noch in der Fremde!
Und doch.

Sollte ich je vergessen dich,
mein Jerusalem! dann soll mir
die rechte Hand abfallen!
Meine Zunge soll mir versagen,
sollte *dich!* vergessen ich, – – –
sollte Jerusalem,
mein Ein und Alles nicht sein,
und meine wahre Freude.
Herr!
vergiß auch den Edomitern nicht,
was sie Jerusalem angetan haben. Sie jubelten.
Zerstört es! jubelten sie.
Laß es von der Bildfläche verschwinden!
Löscht es aus! – – – So trieben sie die Zerstörer an.

Und weh dir, Babylon, du Erzzerstörerin!
Selig Jener, der dir heimzahlt,
was du uns angetan hast.

(Psalm 137)

Herr,
du hast mich durchleuchtet
und nun kennst du mich.
Ich kann sitzen oder stehen:
du weißt, wer ich bin
und was ich denke.
Ich kann herumliegen oder herumgehen,
du weißt, wohin ich unterwegs bin.
Noch bevor ich den Mund öffne, weißt du schon,
was ich sagen will.
Du hast mich durch und durch erkannt
und deine Hand auf mich gelegt.
Zu wunderbar bist du für mich,
ich kann dich nicht begreifen.
Wohin könnte ich vor dir fliehen,
wo mich vor deiner Gegenwart verstecken?
Steige ich in den Himmel,
bist du dort.
Bette ich mich irgendwo ganz unten,
auch dort bist du.
Nehme ich die Flügel des Morgenrots
und lasse ich mich nieder am fernsten Meer,
auch dort wird *deine Hand* mich ergreifen,
deine rechte Hand mich packen.

Und sage ich:
Nacht soll über mich kommen.
Nacht statt Licht!
wird die Nacht keine Nacht sein,
die Nacht wird taghell sein für dich,
die Finsternis wird leuchten.

Denn ich bin im Innersten
ganz deine Schöpfung,
du hast mich *gemacht*
im Bauch meiner Mutter.
ich danke dir, daß du etwas so
Merkwürdiges geformt hast wie mich!
Ich weiß, daß es wunderbar ist,
was du tust.
Als ich da im Dunkel entstand,
war nichts an mir dir verborgen.
Deine Augen haben gesehen,
wie ich wuchs.
In deinem Buch war schon alles verzeichnet.
Meine Tage standen schon fest,
als noch keiner von ihnen da war.

Wie unausdenklich für mich
deine Gedanken, Gott,
wie ohne Ende ihre Zahl!
Wollte ich sie zählen:
die Atome des Universums wären nichts dagegen.
Und sollte ich dabei zu einem Ende kommen,
wäre ich immer noch bei dir.

Ach Gott! Töte doch den Menschen, der mich
weghaben will!
Laßt mich in Frieden, ihr Menschen!
Ihr Ungeheuer, ihr blutgierigen, ihr Unmenschen!

Sie ziehen über dich her! Ganz heimtückisch!
Sie ziehen deinen Namen in den Dreck!
Soll ich die denn nicht hassen,
die dich hassen, Herr?
Die nicht verabscheuen, die derart gegen dich
sind?

Ja,
ich hasse sie!
Mein Haß glüht.
Sie sind meine Feinde.

Und nun:
durchleuchte mich noch einmal
und stoß auf mein Herz:
sieh mich an und urteile,
was du von mir hältst!
Bin ich nicht auf deinem Weg?
Hilf mir,
auf deinem Weg zu sein!

(Psalm 139)

Halleluja! Preist ihn in seinem Himmel!
Preist ihn in seiner Herrlichkeit!
Preist ihn seiner Welt zuliebe!

Preist ihn mit euren Stimmen und Instrumenten!
Preist ihn mit allem, mit allem,
was Klang hat!
Preist ihn mit Tanz, mit allem,
was sich bewegt!
Preist ihn mit eurem ganzen Leben!
Preist ihn mit der schönsten Musik!
Preist ihn mit der schrillsten Musik!
Alles, was Odem hat, lobe den Herrn, Halleluja!
Halleluja!

(Psalm 150)

2. Kapitel: Die Bibel – Neues Testament
»Liebt eure Feinde«

Im Anfang war das Wort

Im Anfang war das Wort, und das Wort war bei Gott, und das Wort war Gott.
Im Anfang war es bei Gott.
Alles ist durch das Wort geworden, und ohne das Wort wurde nichts, was geworden ist.
In ihm war das Leben, und das Leben war das Licht der Menschen.
Und das Licht leuchtet in der Finsternis, und die Finsternis hat es nicht erfaßt.
Es trat ein Mensch auf, der von Gott gesandt war; sein Name war Johannes. Er kam als Zeuge, um Zeugnis abzulegen für das Licht, damit alle durch ihn zum Glauben kommen. Er war nicht selbst das Licht, er sollte nur Zeugnis ablegen für das Licht.
Das wahre Licht, das jeden Menschen erleuchtet, kam in die Welt.
Er war in der Welt, und die Welt ist durch ihn geworden, aber die Welt erkannte ihn nicht.
Er kam in sein Eigentum, aber die Seinen nahmen ihn nicht auf.
Allen aber, die ihn aufnahmen, gab er Macht, Kinder Gottes zu werden, allen, die an seinen Namen glauben,
die nicht aus dem Blut, nicht aus dem Willen des Fleisches, nicht aus dem Willen des Mannes, sondern aus Gott geboren sind.
Und das Wort ist Fleisch geworden und hat unter uns gewohnt, und wir haben seine Herrlichkeit gesehen, die Herrlichkeit des einzigen Sohnes vom Vater, voll Gnade und Wahrheit.
Johannes legte Zeugnis für ihn ab und rief: Dieser war es, über den ich gesagt habe: Er, der nach mir kommt, ist mir voraus, weil er vor mir war.

Aus seiner Fülle haben wir alle empfangen, Gnade über Gnade. Denn das Gesetz wurde durch Mose gegeben, die Gnade und die Wahrheit kamen durch Jesus Christus. Niemand hat Gott je gesehen. Der Einzige, der Gott ist und am Herzen des Vaters ruht, er hat Kunde gebracht.

(Johannes 1,1–18)

Aus dem Evangelium nach Matthäus

Die Berufung der ersten Jünger

Als Jesus am See von Galiläa entlangging, sah er zwei Brüder, Simon, genannt Petrus, und seinen Bruder Andreas; sie warfen gerade ihr Netz in den See, denn sie waren Fischer. Da sagte er zu ihnen: Kommt her, folgt mir nach! Ich werde euch zu Menschenfischern machen. Sofort ließen sie ihre Netze liegen und folgten ihm. Als er weiterging, sah er zwei andere Brüder, Jakobus, den Sohn des Zebedäus, und seinen Bruder Johannes; sie waren mit ihrem Vater Zebedäus im Boot und richteten ihre Netze her. Er rief sie, und sogleich verließen sie das Boot und ihren Vater und folgten Jesus.

(Matthäus 4,18–22)

Die Wirkung des ersten Auftretens Jesu

Er zog in ganz Galiläa umher, lehrte in den Synagogen, verkündete das Evangelium vom Reich und heilte im Volk alle Krankheiten und Leiden. Und sein Ruf verbreitete sich in ganz Syrien. Man brachte Kranke mit den verschiedensten Gebrechen und Leiden zu ihm. Besessene, Mondsüchtige und Gelähmte, und er heilte sie alle. Scharen von Menschen aus Galiläa, der Dekapolis, aus Jerusalem und Judäa und aus dem Gebiet jenseits des Jordan folgten ihm.

(Matthäus 4,23–25)

Die Bergpredigt

Als Jesus die vielen Menschen sah, stieg er auf einen Berg. Er setzte sich, und seine Jünger traten zu ihm. Dann begann er zu reden und lehrte sie. Er sagte:
Selig, die arm sind vor Gott; denn ihnen gehört das Himmelreich.
Selig die Trauernden; denn sie werden getröstet werden.
Selig, die keine Gewalt anwenden; denn sie werden das Land erben.
Selig, die hungern und dürsten nach der Gerechtigkeit; denn sie werden satt werden.
Selig die Barmherzigen; denn sie werden Erbarmen finden.
Selig, die ein reines Herz haben; denn sie werden Gott schauen.
Selig, die Frieden stiften; denn sie werden Söhne Gottes genannt werden.
Selig, die um der Gerechtigkeit willen verfolgt werden; denn ihnen gehört das Himmelreich.
Selig seid ihr, wenn ihr um meinetwillen beschimpft und verfolgt und auf alle mögliche Weise verleumdet werdet. Freut euch und jubelt: Euer Lohn im Himmel wird groß sein. Denn so wurden schon vor euch die Propheten verfolgt.

(Matthäus 5,1–12)

Vom Salz der Erde und vom Licht der Welt

Ihr seid das Salz der Erde. Wenn das Salz seinen Geschmack verliert, womit kann man es wieder salzig machen? Es taugt zu nichts mehr; es wird weggeworfen und von den Leuten zertreten.
Ihr seid das Licht der Welt.

Ihr habt gehört, daß gesagt worden ist: *Auge für Auge* und *Zahn für Zahn.* Ich aber sage euch: Leistet dem, der euch etwas Böses antut, keinen

Widerstand, sondern wenn dich einer auf die rechte Wange schlägt, dann halt ihm auch die andere hin. Und wenn dich einer vor Gericht bringen will, um dir das Hemd wegzunehmen, dann laß ihm auch den Mantel. Und wenn dich einer zwingen will, eine Meile mit ihm zu gehen, dann geh zwei mit ihm. Wer dich bittet, dem gib, und wer von dir borgen will, den weise nicht ab.

(Matthäus 5,13; 38–42)

Liebt eure Feinde

Ihr habt gehört, daß gesagt worden ist: *Du sollst deinen Nächsten lieben* und deinen Feind hassen. Ich aber sage euch: Liebt eure Feinde und betet für die, die euch verfolgen, damit ihr Söhne eures Vaters im Himmel werdet; denn er läßt seine Sonne aufgehen über Bösen und Guten, und er läßt regnen über Gerechte und Ungerechte. Wenn ihr nämlich nur die liebt, die euch lieben, welchen Lohn könnt ihr dafür erwarten? Tun das nicht auch die Zöllner? Und wenn ihr nur eure Brüder grüßt, was tut ihr damit Besonderes? Tun das nicht auch die Heiden?

Ihr sollt also vollkommen sein, wie es auch euer himmlischer Vater ist.

(Matthäus 5,43–48)

Vom Beten – Das Vaterunser

Wenn ihr betet, macht es nicht wie die Heuchler. Sie stellen sich beim Gebet gern in die Synagogen und an die Straßenecken, damit sie von den Leuten gesehen werden. Amen, das sage ich euch: Sie haben ihren Lohn bereits erhalten. Du aber geh in deine Kammer, wenn du betest, und schließ die Tür zu; dann bete zu deinem Vater, der im Verborgenen ist. Dein Vater, der auch das Verborgene sieht, wird es dir vergelten.

Wenn ihr betet, sollt ihr nicht plappern wie die Heiden, die meinen, sie werden nur erhört, wenn sie viele Worte machen. Macht es nicht wie sie; denn euer Vater weiß, was ihr braucht, noch ehe ihr ihn bittet. So sollt ihr beten:

Unser Vater im Himmel, dein Name werde geheiligt,

dein Reich komme, dein Wille geschehe wie im Himmel, so auf der Erde.

Gib uns heute das Brot, das wir brauchen.

Und erlaß uns unsere Schulden, wie auch wir sie unseren Schuldnern erlassen haben.

Und führe uns nicht in Versuchung, sondern rette uns vor dem Bösen.

Denn wenn ihr den Menschen ihre Verfehlungen vergebt, dann wird euer himmlischer Vater auch euch vergeben. Wenn ihr aber den Menschen nicht vergebt, dann wird euch euer Vater eure Verfehlungen auch nicht vergeben.

(Matthäus 6,5–15)

Von Reinheit und Unreinheit

Da kamen von Jerusalem Pharisäer und Schriftgelehrte zu Jesus und sagten: Warum mißachten deine Jünger die Überlieferung der Alten? Denn sie waschen sich nicht die Hände vor dem Essen. Er entgegnete ihnen: Warum mißachtet denn ihr Gottes Gebot um eurer Überlieferung willen? Gott hat gesagt: *Ehre Vater und Mutter!*, und: *Wer Vater oder Mutter verflucht, soll mit dem Tod bestraft werden.* Ihr aber lehrt: Wer zu Vater oder Mutter sagt: Was ich dir schulde, erkläre ich zur Opfergabe!, der braucht seinen Vater oder seine Mutter nicht mehr zu ehren. Damit habt ihr Gottes Wort um eurer Überlieferung willen außer Kraft gesetzt. Ihr Heuchler! Der Prophet Jesaja hatte Recht, als er über euch sagte:

Dieses Volk ehrt mich mit den Lippen, sein Herz aber ist weit weg von mir. Es ist sinnlos, wie sie mich verehren; was sie lehren, sind Satzungen von Menschen.

Und er rief die Leute zu sich und sagte: Hört und begreift: Nicht das, was durch den Mund in den Menschen hineinkommt, macht ihn unrein, sondern was aus dem Mund des Menschen herauskommt, das macht ihn unrein.

Da kamen die Jünger zu ihm und sagten: Weißt du, daß die Pharisäer über deine Worte empört sind? Er antwortete ihnen: Jede Pflanze, die nicht mein himmlischer Vater gepflanzt hat, wird ausgerissen werden. Laßt sie, es sind blinde Blindenführer. Und wenn ein Blinder einen Blinden führt, werden beide in eine Grube fallen.

Da sagte Petrus zu ihm: Erkläre uns jenes rätselhafte Wort! Er antwortete: Seid auch ihr noch immer ohne Einsicht? Begreift ihr nicht, daß alles, was durch den Mund (in den Menschen) hineinkommt, in den Magen gelangt und dann wieder ausgeschieden wird? Was aber aus dem Mund herauskommt, das kommt aus dem Herzen, und das macht den Menschen unrein. Denn aus dem Herzen kommen böse Gedanken, Mord, Ehebruch, Unzucht, Diebstahl, falsche Zeugenaussagen und Verleumdungen. Das ist es, was den Menschen unrein macht; aber mit ungewaschenen Händen essen macht ihn nicht unrein.

(Matthäus 15,1–20)

Das Messiasbekenntnis des Petrus und die Antwort Jesu

Als Jesus in das Gebiet von Cäsarea Philippi kam, fragte er seine Jünger: Für wen halten die Leute den Menschensohn? Sie sagten: Die einen für Johannes den Täufer, andere für Elija, wieder andere für Jeremia oder sonst einen Propheten. Da sagte er zu ihnen: Ihr aber, für wen haltet ihr mich? Simon Petrus antwortete: Du bist der Messias, der Sohn des lebendigen Gottes! Jesus sagte zu ihm: Selig bist du, Simon Barjona; denn nicht Fleisch und Blut haben dir das offenbart, sondern mein Vater im Himmel. Ich aber sage dir: Du bist Petrus und auf diesen Felsen werde ich meine Kirche bauen und die Mächte der Unterwelt werden sie nicht überwältigen. Ich werde dir die Schlüssel des Himmelreichs geben; was du auf Erden binden wirst, das wird auch im Himmel gebunden sein, und was du auf Erden lösen wirst, das wird auch im Himmel gelöst sein. Dann befahl er den Jüngern, niemand zu sagen, daß er der Messias sei.

(Matthäus 16,13–20)

Die Tempelreinigung

Als er in Jerusalem einzog, geriet die ganze Stadt in Aufregung, und man fragte: Wer ist das? Die Leute sagten: Das ist der Prophet Jesus von Nazaret in Galiläa.

Jesus ging in den Tempel und trieb alle Händler und Kaufleute aus dem Tempel hinaus; er stieß die Tische der Geldwechsler und die Stände der Taubenhändler um und sagte: In der Schrift steht: *Mein Haus soll ein Haus des Gebetes sein.* Ihr aber macht daraus *eine Räuberhöhle.* Im Tempel kamen Lahme und Blinde zu ihm, und er heilte sie. Als nun die Hohenpriester und die Schriftgelehrten die Wunder sahen, die er tat, und die Kinder im Tempel rufen hörten: Hosanna dem Sohn Davids!, da wurden sie ärgerlich und sagten zu ihm: Hörst du, was sie rufen? Jesus antwortete ihnen: Ja, ich höre es. Habt ihr nie gelesen: *Aus dem Mund der Kinder und Säuglinge schaffst du dir Lob?* Und er ließ sie stehen und ging aus der Stadt hinaus nach Betanien; dort übernachtete er.

(Matthäus 21,10–17)

Die Rede über die Endzeit
Die Ankündigung der Zerstörung des Tempels

Als Jesus den Tempel verlassen hatte, wandten sich seine Jünger an ihn und wiesen ihn auf die gewaltigen Bauten des Tempels hin. Er sagte zu ihnen: Seht ihr das alles? Amen, das sage ich euch: Kein Stein wird hier auf dem andern bleiben; alles wird niedergerissen werden.

(Matthäus 24,1–2)

Ein Volk wird sich gegen das andere erheben

Als er auf dem Ölberg saß, wandten sich die Jünger, die mit ihm allein waren, an ihn und fragten: Sag uns, wann wird das geschehen, und was ist das Zeichen für deine Ankunft und das Ende der Welt? Jesus antwortete: Gebt acht, daß euch niemand irreführt! Denn viele werden unter meinem Namen auftreten und sagen: Ich bin der Messias!, und sie werden viele irreführen.

Ihr werdet von Kriegen hören, und Nachrichten über Kriege werden euch beunruhigen. Gebt acht, laßt euch nicht erschrecken! Das *muß geschehen.* Es ist aber noch nicht das Ende. Denn ein Volk wird sich gegen das andere erheben und ein Reich gegen das andere, und an vielen Orten wird es Hungersnöte und Erdbeben geben. Doch das alles ist erst der Anfang der Wehen.

Dann wird man euch in große Not bringen und euch töten, und ihr werdet von allen Völkern um meines Namens willen gehaßt. Dann werden viele zu Fall kommen und einander hassen und verraten. Viele falsche Propheten werden auftreten, und sie werden viele irreführen. Und weil die Mißachtung von Gottes Gesetz überhandnimmt, wird die Liebe bei vielen erkalten. Wer jedoch bis zum Ende standhaft bleibt, der wird gerettet. Aber dieses Evangelium vom Reich wird auf der ganzen Welt verkündet werden, damit alle Völker es hören; dann erst kommt das Ende.

Wenn ihr dann am heiligen Ort den *unheilvollen Greuel* stehen seht, der durch den Propheten Daniel vorhergesagt worden ist – der Leser begreife –, dann sollen die Bewohner von Judäa in die Berge fliehen; wer gerade auf dem Dach ist, soll nicht mehr ins Haus gehen, um seine Sachen mitzunehmen; wer auf dem Feld ist, soll nicht zurückkehren, um seinen Mantel zu holen. Weh aber den Frauen, die in jenen Tagen schwanger sind oder ein Kind stillen. Betet darum, daß ihr nicht im Winter oder an einem Sabbat fliehen müßt. Denn es wird eine so große *Not* kommen, *wie es noch nie eine gegeben hat, seit die Welt besteht, und wie es auch keine mehr geben wird.* Und wenn jene Zeit nicht verkürzt würde, dann würde kein Mensch gerettet; doch um der Auserwählten willen wird jene Zeit verkürzt werden.

Wenn dann jemand zu euch sagt: Seht, hier ist der Messias!, oder: Da ist er!, so glaubt es nicht! Denn es wird mancher falsche Messias und mancher falsche Prophet auftreten, und sie werden große Zeichen und Wunder tun, um, wenn möglich, auch die Auserwählten irrezuführen.

Denkt daran: Ich habe es euch vorausgesagt. Wenn sie also zu euch sagen: Seht, er ist draußen in der Wüste!, so geht nicht hinaus; und wenn sie sagen: Seht, er ist im Haus!, so glaubt es nicht. Denn wie der Blitz zum Westen hin leuchtet, wenn er im Osten aufflammt, so wird es bei der Ankunft des Menschensohnes sein. Überall wo ein Aas ist, da sammeln sich die Geier.

(Matthäus (24,3–28)

Vom Kommen des Menschensohnes

Sofort nach den Tagen der großen Not *wird sich die Sonne verfinstern, und der Mond wird nicht mehr scheinen; die Sterne* werden vom Himmel *fallen,* und die Kräfte des Himmels werden erschüttert werden. Danach wird das Zeichen des Menschensohnes am Himmel erscheinen; dann *werden alle Völker der Erde jammern und klagen,* und sie werden den *Menschen-*

sohn mit großer Macht und Herrlichkeit *auf den Wolken des Himmels kommen* sehen. Er wird seine Engel unter lautem Posaunenschall aussenden, und sie werden die von ihm Auserwählten *aus allen vier Windrichtungen zusammenführen*, von einem Ende des Himmels bis zum andern.

(Matthäus 24,29–31)

Vom Weltgericht

Wenn der Menschensohn in seiner Herrlichkeit *kommt* und alle *Engel mit ihm*, dann wird er sich auf den Thron seiner Herrlichkeit setzen. Und alle Völker werden von ihm zusammengerufen werden, und er wird sie voneinander scheiden, wie der Hirt die Schafe von den Böcken scheidet. Er wird die Schafe zu seiner Rechten versammeln, die Böcke aber zur Linken. Dann wird der König denen auf der rechten Seite sagen: Kommt her, die ihr von meinem Vater gesegnet seid, nehmt das Reich in Besitz, das seit der Erschaffung der Welt für euch bestimmt ist. Denn ich war hungrig, und ihr habt mir zu essen gegeben; ich war durstig, und ihr habt mir zu trinken gegeben; ich war fremd und obdachlos, und ihr habt mich aufgenommen; ich war nackt, und ihr habt mir Kleidung gegeben; ich war krank, und ihr habt mich besucht; ich war im Gefängnis, und ihr seid zu mir gekommen. Dann werden ihm die Gerechten antworten: Herr, wann haben wir dich hungrig gesehen und dir zu essen gegeben, oder durstig und dir zu trinken gegeben? Und wann haben wir dich fremd und obdachlos gesehen und aufgenommen, oder nackt und dir Kleidung gegeben? Und wann haben wir dich krank oder im Gefängnis gesehen und sind zu dir gekommen? Darauf wird der König ihnen antworten: Amen, ich sage euch: Was ihr für einen meiner geringsten Brüder getan habt, das habt ihr mir getan.

Dann wird er sich auch an die auf der linken Seite wenden und zu ihnen sagen: Weg von mir, ihr Verfluchten, in das ewige Feuer, das für den Teufel und seine Engel bestimmt ist! Denn ich war hungrig, und ihr habt mir nichts zu essen gegeben; ich war durstig, und ihr habt mir nichts zu trinken gegeben; ich war fremd und obdachlos, und ihr habt mich nicht aufgenommen; ich war nackt, und ihr habt mir keine Kleidung gegeben; ich war krank und im Gefängnis, und ihr habt mich nicht besucht. Dann werden auch sie antworten: Herr, wann haben wir dich hungrig oder durstig oder obdachlos oder nackt oder krank oder im Gefängnis gesehen und haben dir nicht geholfen? Darauf wird er ihnen antworten: Amen, ich sage euch: Was ihr für einen dieser Geringsten nicht getan habt, das habt ihr auch mir nicht getan. Und sie werden weggehen und die ewige Strafe erhalten, die Gerechten aber das ewige Leben. *(Matthäus 25,31-46)*

Das Abendmahl

Als es Abend wurde, begab er sich mit den zwölf Jüngern zu Tisch. Und während sie aßen, sprach er: Amen, ich sage euch: Einer von euch wird mich verraten und ausliefern. Da waren sie sehr betroffen, und einer nach dem andern fragte ihn: Bin ich es etwa, Herr? Er antwortete: Der, der die Hand mit mir in die Schüssel getaucht hat, wird mich verraten. Der Menschensohn muß zwar seinen Weg gehen, wie die Schrift über ihn sagt. Doch weh dem Menschen, durch den der Menschensohn verraten wird. Für ihn wäre es besser, wenn er nie geboren wäre. Da fragte Judas, der ihn verriet: Bin ich es etwa, Rabbi? Jesus sagte zu ihm: Du sagst es.

Während des Mahls nahm Jesus das Brot und sprach den Lobpreis; dann brach er das Brot, reichte es den Jüngern und sagte: Nehmt und eßt; das ist mein Leib. Dann nahm er den Kelch, sprach das Dankgebet und reichte ihn den Jüngern mit den Worten: Trinkt alle daraus; das ist mein Blut, *das Blut des Bundes*, das für viele vergossen wird zur Vergebung der Sünden. Ich sage euch: Von jetzt an werde ich nicht mehr von der Frucht des Weinstocks trinken, bis zu dem Tag, an dem ich mit euch von neuem davon trinke im Reich meines Vaters.

(Matthäus 26,20-29)

Getsemani

Darauf kam Jesus mit den Jüngern zu einem Grundstück, das man Getsemani nennt, und sagte zu ihnen: Setzt euch und wartet hier, während ich dort bete. Und er nahm Petrus und die beiden Söhne des Zebedäus mit sich. Da ergriff ihn Angst und Traurigkeit, und er sagte zu ihnen: Meine Seele ist zu Tode betrübt. Bleibt hier und wacht mit mir! Und er ging ein Stück weiter, warf sich zu Boden und betete: Mein Vater, wenn es möglich ist, gehe dieser Kelch an mir vorüber. Aber nicht wie ich will, sondern wie du willst. Und er ging zu den Jüngern zurück und fand sie schlafend. Da sagte er zu Petrus: Konntet ihr nicht einmal eine Stunde mit mir wachen? Wacht und betet, damit ihr nicht in Versuchung geratet. Der Geist ist willig, aber das Fleisch ist schwach. Dann ging er zum zweitenmal weg und betete: Mein Vater, wenn dieser Kelch an mir nicht vorübergehen kann, ohne daß ich ihn trinke, geschehe dein Wille. Als er zurückkam, fand er sie wieder schlafend, denn die Augen waren ihnen zugefallen. Und er ging wieder von ihnen weg und betete zum drittenmal mit den gleichen Worten. Danach kehrte er zu den Jüngern zurück und sagte zu ihnen: Schlaft ihr immer noch und ruht euch aus? Die Stunde ist gekommen; jetzt wird der Menschensohn den Sündern ausgeliefert. Steht auf, wir wollen gehen! Seht, der Verräter, der mich ausliefert, ist da.

(Matthäus 26,36–46)

Nachdem sie ihn gekreuzigt hatten

Nachdem sie ihn gekreuzigt hatten, *warfen sie das Los und verteilten* seine *Kleider unter sich.* Dann setzten sie sich nieder und bewachten ihn. Über seinem Kopf hatten sie eine Aufschrift angebracht, die seine Schuld angab: Das ist Jesus, der König der Juden. Zusammen mit ihm wurden zwei Räuber gekreuzigt, der eine rechts von ihm, der andere links. Die

Leute, die vorbeikamen, verhöhnten ihn, *schüttelten den Kopf* und riefen: Du willst den Tempel niederreißen und in drei Tagen wieder aufbauen? Wenn du Gottes Sohn bist, hilf dir selbst, und steig herab vom Kreuz! Auch die Hohenpriester, die Schriftgelehrten und die Ältesten verhöhnten ihn und sagten: Anderen hat er geholfen, sich selbst kann er nicht helfen. Er ist doch der König von Israel! Er soll vom Kreuz herabsteigen, dann werden wir an ihn glauben. *Er hat auf Gott vertraut: der soll ihn* jetzt *retten, wenn er an ihm Gefallen hat*; er hat doch gesagt: Ich bin Gottes Sohn. Ebenso beschimpften ihn die beiden Räuber, die man zusammen mit ihm gekreuzigt hatte.

(Matthäus 27,35–44)

Der Tod Jesu

Von der sechsten bis zur neunten Stunde herrschte eine Finsternis im ganzen Land. Um die neunte Stunde rief Jesus laut: *Eli, Eli, lema sabachtani?*, das heißt: *Mein Gott, mein Gott, warum hast du mich verlassen?* Einige von denen, die dabeistanden und es hörten, sagten: Er ruft nach Elija. Sogleich lief einer von ihnen hin, tauchte einen Schwamm in *Essig*, steckte ihn auf einen Stock und *gab* Jesus *zu trinken*. Die anderen aber sagten: Laß doch, wir wollen sehen, ob Elija kommt und ihm hilft. Jesus aber schrie noch einmal laut auf. Dann hauchte er den Geist aus.

Da riß der Vorhang im Tempel von oben bis unten entzwei. Die Erde bebte, und die Felsen spalteten sich. Die Gräber öffneten sich, und die Leiber vieler Heiligen, die entschlafen waren, wurden auferweckt. Nach der Auferstehung Jesu verließen sie ihre Gräber, kamen in die Heilige Stadt und erschienen vielen.

Als der Hauptmann und die Männer, die mit ihm zusammen Jesus bewachten, das Erdbeben bemerkten und sahen, was geschah, erschraken sie sehr und sagten: Wahrhaftig, das war Gottes Sohn!

Auch viele Frauen waren dort und sahen von weitem zu; sie waren

Jesus seit der Zeit in Galiläa nachgefolgt und hatten ihm gedient. Zu ihnen gehörten Maria aus Magdala, Maria, die Mutter des Jakobus und des Josef, und die Mutter der Söhne des Zebedäus.

(Matthäus 27,45–56)

Das Begräbnis Jesu

Gegen Abend kam ein reicher Mann aus Arimathäa namens Josef; auch er war ein Jünger Jesu. Er ging zu Pilatus und bat um den Leichnam Jesu. Da befahl Pilatus, ihm den Leichnam zu überlassen. Josef nahm ihn und hüllte ihn in ein reines Leinentuch. Dann legte er ihn in ein neues Grab, das er für sich selbst in einen Felsen hatte hauen lassen. Er wälzte einen großen Stein vor den Eingang des Grabes und ging weg. Auch Maria aus Magdala und die andere Maria waren dort; sie saßen dem Grab gegenüber.

(Matthäus 27,57–61)

Die Botschaft des Engels am leeren Grab

Nach dem Sabbat kamen in der Morgendämmerung des ersten Tages der Woche Maria aus Magdala und die andere Maria, um nach dem Grab zu sehen. Plötzlich entstand ein gewaltiges Erdbeben; denn ein Engel des Herrn kam vom Himmel herab, trat an das Grab, wälzte den Stein weg und setzte sich darauf. Seine Gestalt leuchtete wie ein Blitz, und sein Gewand war weiß wie Schnee. Die Wächter begannen vor Angst zu zittern und fielen wie tot zu Boden. Der Engel aber sagte zu den Frauen: Fürchtet euch nicht! Ich weiß, ihr sucht Jesus, den Gekreuzigten. Er ist nicht hier; denn er ist auferstanden, wie er gesagt hat. Kommt her und seht euch die Stelle an, wo er lag. Dann geht schnell zu seinen Jüngern und sagt ihnen: Er ist von den Toten auferstanden. Er geht euch voraus nach Galiläa, dort werdet ihr ihn sehen. Ich habe es euch gesagt. Sogleich verließen sie das Grab und eilten voll Furcht und großer Freude zu seinen Jüngern, um ihnen die Botschaft zu verkünden.

(Matthäus 28,1–8)

Die Erscheinung Jesu vor den Frauen

Plötzlich kam ihnen Jesus entgegen und sagte: Seid gegrüßt! Sie gingen auf ihn zu, warfen sich vor ihm nieder und umfaßten seine Füße. Da sagte Jesus zu ihnen: Fürchtet euch nicht! Geht und sagt meinen Brüdern, sie sollen nach Galiläa gehen, und dort werden sie mich sehen.

Noch während die Frauen unterwegs waren, kamen einige von den Wächtern in die Stadt und berichteten den Hohenpriestern alles, was geschehen war. Diese faßten gemeinsam mit den Ältesten den Beschluß, die Soldaten zu bestechen. Sie gaben ihnen viel Geld und sagten: Erzählt den Leuten: Seine Jünger sind bei Nacht gekommen und haben ihn gestohlen, während wir schliefen. Falls der Statthalter davon hört, werden wir ihn beschwichtigen und dafür sorgen, daß ihr nichts zu befürchten habt. Die Soldaten nahmen das Geld und machten alles so, wie man es ihnen gesagt hatte. So kommt es, daß dieses Gerücht bei den Juden bis heute verbreitet ist.

(Matthäus 28,9–15)

Geht zu allen Völkern und macht alle Menschen zu meinen Jüngern

Die elf Jünger gingen nach Galiläa auf den Berg, den Jesus ihnen genannt hatte. Und als sie Jesus sahen, fielen sie vor ihm nieder. Einige aber hatten Zweifel. Da trat Jesus auf sie zu und sagte zu ihnen: Mir ist alle Macht gegeben im Himmel und auf der Erde. Darum geht zu allen Völkern, und macht alle Menschen zu meinen Jüngern; tauft sie auf den Namen des Vaters und des Sohnes und des Heiligen Geistes, und lehrt sie, alles zu befolgen, was ich euch geboten habe. Seid gewiß: Ich bin bei euch alle Tage bis zum Ende der Welt.

(Matthäus 28,16–20)

Aus dem Evangelium nach Lukas
Die Verheißung der Geburt Jesu

Im sechsten Monat wurde der Engel Gabriel von Gott in eine Stadt in Galiläa namens Nazaret zu einer Jungfrau gesandt. Sie war mit einem Mann namens Josef verlobt, der aus dem Haus David stammte. Der Name der Jungfrau war Maria. Der Engel trat bei ihr ein und sagte: Sei gegrüßt, du Begnadete, der Herr ist mit dir. Sie erschrak über die Anrede und überlegte, was dieser Gruß zu bedeuten habe. Da sagte der Engel zu ihr: Fürchte dich nicht, Maria; denn du hast bei Gott Gnade gefunden. *Du wirst ein Kind empfangen, einen Sohn wirst du gebären: dem sollst du den Namen* Jesus *geben.* Er wird groß sein und Sohn des Höchsten genannt werden. Gott, der Herr, wird ihm *den Thron* seines Vaters *David* geben. Er wird über das Haus Jakob *in Ewigkeit* herrschen, und *seine Herrschaft* wird kein Ende haben. Maria sagte zu dem Engel: Wie soll das geschehen, da ich keinen Mann erkenne? Der Engel antwortete ihr: Der Heilige Geist wird über dich kommen, und die Kraft des Höchsten wird dich überschatten. Deshalb wird auch das Kind heilig und Sohn Gottes genannt werden. Auch Elisabeth, deine Verwandte, hat noch in ihrem Alter einen Sohn empfangen; obwohl sie als unfruchtbar galt, ist sie jetzt schon im sechsten Monat. Denn *für Gott ist nichts unmöglich.* Da sagte Maria: Ich bin die Magd des Herrn; mir geschehe, wie du es gesagt hast. Danach verließ sie der Engel.

(Lukas 1,26–38)

Der Besuch Marias bei Elisabet

Nach einigen Tagen machte sich Maria auf den Weg und eilte in eine Stadt im Bergland von Judäa. Sie ging in das Haus des Zacharias und begrüßte Elisabet. Als Elisabet den Gruß Marias hörte, hüpfte das Kind in ihrem Leib. Da wurde Elisabet vom Heiligen Geist erfüllt und rief mit lauter Stimme: Gesegnet bist du mehr als alle anderen Frauen, und gesegnet ist die Frucht deines Leibes. Wer bin ich, daß die Mutter meines Herrn zu mir kommt? In dem Augenblick, als ich deinen Gruß hörte, hüpfte das Kind vor Freude in meinem Leib. Selig ist die, die geglaubt hat, daß sich erfüllt, was der Herr ihr sagen ließ.

Da sagte Maria:
Meine Seele preist die Größe *des Herrn*, und mein Geist *jubelt über Gott, meinen Retter.*
Denn *auf die Niedrigkeit seiner Magd hat er geschaut.* Siehe, von nun an *preisen mich selig* alle Geschlechter.
Denn der Mächtige *hat Großes* an mir getan, und *sein Name ist heilig.*
Er erbarmt sich von Geschlecht zu Geschlecht *über alle, die ihn fürchten.*
Er vollbringt *mit seinem Arm* machtvolle Taten: *Er zerstreut, die* im Herzen *voll Hochmut sind;*
er stürzt die Mächtigen vom Thron und *erhöht die Niedrigen.*
Die Hungernden beschenkt er mit seinen Gaben und läßt die Reichen leer ausgehen.
Er nimmt sich seines Knechtes Israel an und denkt an sein Erbarmen,
das er unsern Vätern verheißen hat, *Abraham und seinen Nachkommen* auf ewig.

Und Maria blieb etwa drei Monate bei ihr; dann kehrte sie nach Hause zurück.

(Lukas 1,39–56)

Die Geburt Jesu

In jenen Tagen erließ Kaiser Augustus den Befehl, alle Bewohner des Reiches in Steuerlisten einzutragen. Dies geschah zum erstenmal; damals war Quirinius Statthalter von Syrien. Da ging jeder in seine Stadt, um sich eintragen zu lassen.

So zog auch Josef von der Stadt Nazaret in Galiläa hinauf nach Judäa in die Stadt Davids, die Betlehem heißt; denn er war aus dem Haus und Geschlecht Davids. Er wollte sich eintragen lassen mit Maria, seiner Verlobten, die ein Kind erwartete. Als sie dort waren, kam für Maria die Zeit ihrer Niederkunft, und sie gebar ihren Sohn, den Erstgeborenen. Sie wickelte ihn in Windeln und legte ihn in eine Krippe, weil in der Herberge kein Platz für sie war.

(Lukas 2,1–7)

Die Begegnung Jesu mit der Sünderin

Jesus ging in das Haus eines Pharisäers, der ihn zum Essen eingeladen hatte, und legte sich zu Tisch. Als nun eine Sünderin, die in der Stadt lebte, erfuhr, daß er im Haus des Pharisäers bei Tisch war, kam sie mit einem Alabastergefäß voll wohlriechendem Öl und trat von hinten an ihn heran. Dabei weinte sie, und ihre Tränen fielen auf seine Füße. Sie trocknete seine Füße mit ihrem Haar, küßte sie und salbte sie mit dem Öl. Als der Pharisäer, der ihn eingeladen hatte, das sah, dachte er: Wenn er wirklich ein Prophet wäre, müßte er wissen, was das für eine Frau ist, von der er sich berühren lässt; er wüßte, daß sie eine Sünderin ist. Da wandte sich Jesus an ihn und sagte: Simon, ich möchte dir etwas sagen. Er erwiderte: Sprich, Meister! (Jesus sagte:) Ein Geldverleiher hatte zwei Schuldner; der eine war ihm fünfhundert Denare schuldig, der andere fünfzig. Als sie ihre Schulden nicht bezahlen konnten, erließ er sie beiden. Wer von ihnen wird ihn nun mehr lieben? Simon antwortete: Ich nehme an, der, dem er mehr erlassen hat. Jesus sagte zu ihm: Du hast recht. Dann wandte er sich der Frau zu und sagte zu Simon: Siehst du diese Frau? Als ich in dein Haus kam, hast du mir kein Wasser zum Waschen der Füße gegeben; sie aber hat ihre Tränen über meinen Füßen vergossen und sie mit ihrem Haar abgetrocknet. Du hast mir (zur Begrüßung) keinen Kuß gegeben; sie aber hat mir, seit ich hier bin, unaufhörlich die Füße geküßt. Du hast mir nicht das Haar mit Öl gesalbt; sie aber hat mir mit ihrem wohlriechenden Öl die Füße gesalbt. Deshalb sage ich dir: Ihr sind ihre vielen Sünden vergeben, weil sie (mir) so viel Liebe gezeigt hat. Wem aber nur wenig vergeben wird, der zeigt auch nur wenig Liebe. Dann sagte er zu ihr: Deine Sünden sind dir vergeben. Da dachten die anderen Gäste: Wer ist das, daß er sogar Sünden vergibt? Er aber sagte zu der Frau: Dein Glaube hat dir geholfen. Geh in Frieden!

(Lukas 7,36–50)

Das Beispiel vom barmherzigen Samariter

Da stand ein Gesetzeslehrer auf, und um Jesus auf die Probe zu stellen, fragte er ihn: Meister, was muß ich tun, um das ewige Leben zu gewinnen? Jesus sagte zu ihm: Was steht im Gesetz? Was liest du dort? Er antwortete: *Du sollst den Herrn, deinen Gott, lieben mit ganzem Herzen und ganzer Seele, mit all deiner Kraft* und all deinen Gedanken, und: *Deinen Nächsten sollst du lieben wie dich selbst.* Jesus sagte zu ihm: Du hast richtig geantwortet.

Handle danach, und du wirst leben. Der Gesetzeslehrer wollte seine Frage rechtfertigen und sagte zu Jesus: Und wer ist mein Nächster?

Darauf antwortete ihm Jesus: Ein Mann ging von Jerusalem nach Jericho hinab und wurde von Räubern überfallen. Sie plünderten ihn aus und schlugen ihn nieder; dann gingen sie weg und ließen ihn halbtot liegen. Zufällig kam ein Priester denselben Weg herab; er sah ihn und ging weiter. Auch ein Levit kam zu der Stelle; er sah ihn und ging weiter. Dann kam ein Mann aus Samarien, der auf der Reise war. Als er ihn sah, hatte er Mitleid, ging zu ihm hin, goß Öl und Wein auf seine Wunden und verband sie. Dann hob er ihn auf sein Reittier, brachte ihn zu einer Herberge und sorgte für ihn. Am andern Morgen holte er zwei Denare hervor, gab sie dem Wirt und sagte: Sorge für ihn, und wenn du mehr für ihn brauchst, werde ich es dir bezahlen, wenn ich wiederkomme.

Was meinst du: Wer von diesen dreien hat sich als der Nächste dessen erwiesen, der von den Räubern überfallen wurde? Der Gesetzeslehrer antwortete: Der, der barmherzig an ihm gehandelt hat. Da sagte Jesus zu ihm: Dann geh und handle genauso!

(Lukas 10,25–37)

Die Ankündigung der Zerstörung Jerusalems und die Tränen Jesu

Als er näher kam und die Stadt sah, weinte er über sie und sagte: Wenn doch auch du an diesem Tag erkannt hättest, was dir Frieden bringt. Jetzt aber bleibt es vor deinen Augen verborgen. Es wird eine Zeit für dich kommen, in der deine Feinde rings um dich einen Wall aufwerfen, dich einschließen und von allen Seiten bedrängen. Sie werden dich und deine Kinder zerschmettern und keinen Stein auf dem andern lassen; denn du hast die Zeit der Gnade nicht erkannt.

(Lukas 19,41–44)

Die Begegnung mit dem Auferstandenen auf dem Weg nach Emmaus

Am gleichen Tag waren zwei von den Jüngern auf dem Weg in ein Dorf namens Emmaus, das sechzig Stadien von Jerusalem entfernt ist. Sie sprachen miteinander über all das, was sich ereignet hatte. Während sie redeten und ihre Gedanken austauschten, kam Jesus hinzu und ging mit ihnen. Doch sie waren wie mit Blindheit geschlagen, so daß sie ihn nicht erkannten. Er fragte sie: Was sind das für Dinge, über die ihr auf eurem Weg miteinander redet? Da blieben sie traurig stehen, und der eine von ihnen – er hieß Kleopas – antwortete ihm: Bist du so fremd in Jerusalem, daß du als einziger nicht weißt, was in diesen Tagen dort geschehen ist? Er fragte sie: Was denn? Sie antworteten ihm: Das mit Jesus aus Nazaret. Er war ein Prophet, mächtig in Wort und Tat und vor Gott und dem ganzen Volk. Doch unsere Hohenpriester und Führer haben ihn zum Tod verurteilen und ans Kreuz schlagen lassen. Wir aber hatten gehofft, daß er der sei, der Israel erlösen werde. Und dazu ist heute schon der dritte Tag, seitdem das alles geschehen ist. Aber nicht nur das: Auch einige Frauen aus unserem Kreis haben uns in große Aufregung versetzt. Sie waren in der Frühe beim Grab, fanden aber seinen Leichnam nicht. Als sie zurückkamen, erzählten sie, es seien ihnen Engel erschienen und hätten gesagt, er lebe. Einige von uns gingen dann zum Grab und fanden alles so, wie die Frauen gesagt hatten; ihn selbst aber sahen sie nicht.

Da sagte er zu ihnen: Begreift ihr denn nicht? Wie schwer fällt es euch, alles zu glauben, was die Propheten gesagt haben. Mußte nicht der Messias all das erleiden, um so in seine Herrlichkeit zu gelangen? Und er legte ihnen dar, ausgehend von Mose und allen Propheten, was in der gesamten Schrift über ihn geschrieben steht. So erreichten sie das Dorf, zu dem sie unterwegs waren. Jesus tat, als wolle er weitergehen, aber sie drängten ihn und sagten: Bleib doch bei uns; denn es wird bald Abend, der Tag hat sich schon geneigt. Da ging er mit hinein, um bei ihnen zu bleiben. Und als er mit ihnen bei Tisch war, nahm er das Brot, sprach den Lobpreis, brach das Brot und gab es ihnen. Da gingen ihnen die Augen auf, und sie erkannten ihn; dann sahen sie ihn nicht mehr. Und sie sagten zueinander: Brannte uns nicht das Herz in der Brust, als er unterwegs mit uns redete und uns den Sinn der Schrift erschloß?

Noch in derselben Stunde brachen sie auf und kehrten nach Jerusalem zurück, und sie fanden die Elf und die anderen Jünger versammelt. Diese sagten: Der Herr ist wirklich auferstanden und ist dem Simon erschienen.

(Lukas 24,13–34)

Aus dem Evangelium nach Johannes
Jesus und die Ehebrecherin

Am frühen Morgen begab er sich wieder in den Tempel. Alles Volk kam zu ihm. Er setzte sich und lehrte es. Da brachten die Schriftgelehrten und die Pharisäer eine Frau, die beim Ehebruch ertappt worden war. Sie stellten sie in die Mitte und sagten zu ihm: Meister, diese Frau wurde beim Ehebruch auf frischer Tat ertappt. Mose hat uns im Gesetz vorgeschrieben, solche Frauen zu steinigen. Nun, was sagst du dazu? Mit dieser Frage wollten sie ihn auf die Probe stellen, um einen Grund zu haben, ihn zu verklagen. Jesus aber bückte sich und schrieb mit dem Finger auf die Erde. Als sie hartnäckig weiterfragten, richtete er sich auf und sagte zu ihnen: Wer von euch ohne Sünde ist, werfe als erster einen Stein auf sie. Und er bückte sich wieder und schrieb auf die Erde. Als sie seine Antwort gehört hatten, ging einer nach dem anderen fort, zuerst die Ältesten. Jesus blieb allein zurück mit der Frau, die noch in der Mitte stand. Er richtete sich auf und sagte zu ihr: Frau, wo sind sie geblieben? Hat dich keiner verurteilt? Sie antwortete: Keiner, Herr. Da sagte Jesus zu ihr: Auch ich verurteile dich nicht. Geh und sündige von jetzt an nicht mehr!

(Johannes 8,2–11)

Das Abschiedsmahl. Die Fußwaschung. Das neue Gebot

Es war vor dem Paschafest. Jesus wußte, daß seine Stunde gekommen war, um aus dieser Welt zum Vater hinüberzugehen. Da er die Seinen, die in der Welt waren, liebte, erwies er ihnen seine Liebe bis zur Vollendung. Es fand ein Mahl statt, und der Teufel hatte Judas, dem Sohn des Simon Iskariot, schon ins Herz gegeben, ihn zu verraten und auszuliefern. Jesus, der wußte, daß ihm der Vater alles in die Hand gegeben hatte und daß er von Gott gekommen war und zu Gott zurückkehrte, stand vom Mahl auf, legte sein Gewand ab und umgürtete sich mit einem Leinentuch. Dann goß er Wasser in eine Schüssel und begann, den Jüngern die Füße zu waschen und mit dem Leinentuch abzutrocknen, mit dem er umgürtet war. Als er zu Simon Petrus kam, sagte dieser zu ihm: Du, Herr, willst mir die Füße waschen? Jesus antwortete ihm: Was ich tue, verstehst du jetzt noch nicht; doch später wirst du es begreifen. Petrus entgegnete ihm: Niemals sollst du mir die Füße waschen! Jesus erwiderte ihm: Wenn ich dich nicht wasche, hast du keinen Anteil an mir. Da sagte Simon Petrus zu ihm: Herr, dann nicht nur meine Füße, sondern auch die Hände und das Haupt. Jesus sagte zu ihm: Wer vom Bad kommt, ist ganz rein und braucht sich nur noch die Füße zu waschen. Auch ihr seid rein, aber nicht alle. Er wußte nämlich, wer ihn verraten würde; darum sagte er: Ihr seid nicht alle rein.

Als er ihnen die Füße gewaschen, sein Gewand wieder angelegt und Platz genommen hatte, sagte er zu ihnen: Begreift ihr, was ich an euch getan habe? Ihr sagt zu mir Meister und Herr, und ihr nennt mich mit Recht so; denn ich bin es. Wenn nun ich, der Herr und Meister, euch die Füße gewaschen habe, dann müßt auch ihr einander die Füße waschen. Ich habe euch ein Beispiel gegeben, damit auch ihr so handelt, wie ich an euch gehandelt habe. Amen, amen, ich sage euch: Der Sklave ist nicht größer als sein Herr, und der Abgesandte ist nicht größer als der, der ihn gesandt hat. Selig seid ihr, wenn ihr das wißt und danach handelt. Ich sage das nicht von euch allen. Ich weiß wohl, welche ich erwählt habe, aber das Schriftwort muß sich erfüllen: *Einer, der mein Brot aß, hat mich hintergangen.* Ich sage es euch schon jetzt, ehe es geschieht, damit ihr, wenn es geschehen ist, glaubt: Ich bin es. Amen, amen, ich sage euch: Wer einen aufnimmt, den ich sende, nimmt mich auf; wer aber mich aufnimmt, nimmt den auf, der mich gesandt hat.

Nach diesen Worten war Jesus im Innersten erschüttert und bekräftigte: Amen, amen, das sage ich euch: Einer von euch wird mich verraten. Die Jünger blickten sich ratlos an, weil sie nicht wußten, wen er meinte. Einer von den Jüngern lag an der Seite Jesu; es war der, den Jesus liebte. Simon Petrus nickte ihm zu, er solle fragen, von wem Jesu spreche. Da lehnte sich dieser zurück an die Brust Jesu und fragte ihn: Herr, wer ist es? Jesus antwortete: Der ist es, dem ich den Bissen Brot, den ich eintauche, geben werde. Dann tauchte er das Brot ein, nahm es und gab es Judas, dem Sohn des Simon Iskariot. Als Judas den Bissen Brot genommen hatte, fuhr der Satan in ihn. Jesus sagte zu ihm: Was du tun willst, das tu bald! Aber keiner der Anwesenden verstand, warum er ihm das sagte. Weil Judas die Kasse hatte, meinten einige, Jesus wolle ihm sagen: Kaufe, was wir zum Fest brauchen!, oder Jesus trage ihm auf, den Armen etwas zu geben. Als Judas den Bissen Brot genommen hatte, ging er sofort hinaus. Es war aber Nacht.

Als Judas hinausgegangen war, sagte Jesus: Jetzt ist der Menschensohn verherrlicht, und Gott ist in ihm verherrlicht. Wenn Gott in ihm verherrlicht ist, wird auch Gott ihn in sich verherrlichen, und er wird ihn bald verherrlichen. Meine Kinder, ich bin nur noch kurze Zeit bei euch. Ihr werdet mich suchen, und was ich den Juden gesagt habe, sage ich jetzt auch euch: Wohin ich gehe, dorthin könnt ihr nicht gelangen. Ein neues Gebot gebe ich euch: Liebt einander! Wie ich euch geliebt habe, so sollt ihr auch einander lieben. Daran werden alle erkennen, daß ihr meine Jünger seid: wenn ihr einander liebt.

(Johannes 13,1–35)

Aus den Briefen des Apostels Paulus

Soll ich mit dem Stock zu euch kommen?

Eben deswegen schicke ich Timotheus zu euch, mein geliebtes und treues Kind im Herrn. Er wird euch erinnern an meine Weisungen, wie ich sie als Diener Christi Jesu überall in allen Gemeinden gebe. In der Annahme, daß ich nicht selber zu euch komme, haben sich zwar einige wichtig gemacht. Ich werde aber bald zu euch kommen, wenn der Herr will. Dann werde ich diese Wichtigtuer nicht auf ihre Worte prüfen, sondern auf ihre Kraft. Denn nicht in Worten erweist sich die Herrschaft Gottes, sondern in der Kraft. Was zieht ihr vor: Soll ich mit dem Stock zu euch kommen oder mit Liebe und im Geist der Sanftmut?

(1 Korinther 4,17–21)

Schafft den Übeltäter weg aus eurer Mitte!

Ich habe euch in meinem Brief ermahnt, daß ihr nichts mit Unzüchtigen zu schaffen haben sollt. Gemeint waren damit nicht alle Unzüchtigen dieser Welt oder alle Habgierigen und Räuber und Götzendiener; sonst müßtet ihr ja aus der Welt auswandern. In Wirklichkeit meinte ich damit: Habt nichts zu schaffen mit einem, der sich Bruder nennt und dennoch Unzucht treibt, habgierig ist, Götzen verehrt, lästert, trinkt oder raubt; mit einem solchen Menschen sollt ihr nicht einmal zusammen essen. Ich will also nicht Außenstehende richten – ihr richtet ja auch nur solche, die zu euch gehören –, die Außenstehenden wird Gott richten. *Schafft die Übeltäter weg aus eurer Mitte*!

(1 Korinther 5,9–13)

Über das Verhalten der Frau im Gottesdienst

Ich lobe euch, daß ihr in allem an mich denkt und an den Überlieferungen festhaltet, wie ich sie euch übergeben habe. Ihr sollt aber wissen, daß Christus das Haupt des Mannes ist, der Mann das Haupt der Frau und Gott das Haupt Christi. Wenn ein Mann betet oder prophetisch redet und dabei sein Haupt bedeckt hat, entehrt er sein Haupt. Eine Frau aber entehrt ihr Haupt, wenn sie betet oder prophetisch redet und dabei ihr Haupt nicht verhüllt. Sie unterscheidet sich dann in keiner Weise von einer Geschorenen. Wenn eine Frau kein Kopftuch trägt, soll sie sich doch gleich die Haare abschneiden lassen. Ist es aber für eine Frau eine Schande, sich die Haare abschneiden oder sich kahlscheren zu lassen, dann soll sie sich auch verhüllen. Der Mann darf sein Haupt nicht verhüllen, weil er Abbild und Abglanz Gottes ist; die Frau aber ist der Abglanz des Mannes. Denn der Mann stammt nicht von der Frau, sondern die Frau vom Mann. Der Mann wurde auch nicht für die Frau geschaffen, sondern die Frau für den Mann. Deswegen soll die Frau mit Rücksicht auf die Engel das Zeichen ihrer Vollmacht auf dem Kopf tragen. Doch im Herrn gibt es weder die Frau ohne den Mann noch den Mann ohne die Frau. Denn wie die Frau vom Mann stammt, so kommt der Mann durch die Frau zur Welt; alles aber stammt von Gott.

Urteilt selber! Gehört es sich, daß eine Frau unverhüllt zu Gott betet? Lehrt euch nicht schon die Natur, daß es für den Mann eine Schande, für die Frau aber eine Ehre ist, lange Haare zu tragen? Denn der Frau ist das Haar als Hülle gegeben. Wenn aber einer meint, er müsse darüber streiten: Wir und auch die Gemeinde Gottes kennen einen solchen Brauch nicht.

(1 Korinther 11,2–16)

Wer nicht arbeiten will, soll auch nicht essen

Im Namen Jesu Christi, des Herrn, gebieten wir euch, Brüder: Haltet euch von jedem Bruder fern, der ein unordentliches Leben führt und sich nicht an die Überlieferung hält, die ihr von uns empfangen habt. Ihr selbst wißt, wie man uns nachahmen soll. Wir haben bei euch kein unordentliches Leben geführt und bei niemand unser Brot umsonst gegessen; wir haben uns gemüht und geplagt, Tag und Nacht haben wir gearbeitet, um keinem von euch zur Last zu fallen. Nicht als hätten wir keinen Anspruch auf Unterhalt; wir wollten euch aber ein Beispiel geben, damit ihr uns nachahmen könnt. Denn als wir bei euch waren, haben wir euch die Regel eingeprägt: Wer nicht arbeiten will, soll auch nicht essen. Wir hören aber, daß einige von euch ein unordentliches Leben führen und alles mögliche treiben, nur nicht arbeiten. Wir ermahnen sie und gebieten ihnen im Namen Jesu Christi, des Herrn, in Ruhe ihrer Arbeit nachzugehen und ihr selbstverdientes Brot zu essen.

(2 Thessalonicher 3,6–12)

Aus dem ersten Johannes-Brief

Gott ist die Liebe, und wer in der Liebe bleibt, bleibt in Gott, und Gott bleibt in ihm.

(1 Johannes 4, 16b)

Aus der Offenbarung des Johannes (Apokalypse)
Was bald geschehen muß

Offenbarung Jesu Christi, die Gott ihm gegeben hat, damit er seinen Knechten zeigt, *was* bald *geschehen muß*; und er hat es durch seinen Engel, den er sandte, seinem Knecht Johannes gezeigt. Dieser hat das Wort Gottes und das Zeugnis Jesu Christi bezeugt: alles, was er geschaut hat.

Selig, wer diese prophetischen Worte vorliest und wer sie hört und wer sich an das hält, was geschrieben ist; denn die Zeit ist nahe.

Johannes an die sieben Gemeinden in der Provinz Asien: Gnade sei mit euch und Friede von *Ihm, der ist* und der war und der kommt, und von den sieben Geistern vor seinem Thron und von Jesus Christus; er ist *der treue Zeuge, der Erstgeborene* der Toten, *der Herrscher über die Könige der Erde.* Er liebt uns und hat uns *von unseren Sünden erlöst* durch sein Blut; er hat uns zu *Königen* gemacht und zu *Priestern* vor Gott, seinem Vater. Ihm sei die Herrlichkeit und die Macht in alle Ewigkeit. Amen.

Siehe, er kommt mit den Wolken, und jedes Auge wird ihn *sehen,* auch alle, *die ihn durchbohrt* haben; und alle Völker der Erde *werden seinetwegen jammern und klagen.* Ja, amen. Ich bin das Alpha und das Omega, spricht Gott, der Herr, *der ist* und der war und der kommt, der Herrscher über die ganze Schöpfung.

(Offenbarung 1,1–8)

Die Berufung des Johannes

Ich, euer Bruder Johannes, der wie ihr bedrängt ist, der mit euch an der Königsherrschaft teilhat und mit euch in Jesus standhaft ausharrt, ich war auf der Insel Patmos um des Wortes Gottes willen und des Zeugnisses für Jesus.

Am Tag des Herrn wurde ich vom Geist ergriffen und hörte hinter mir eine Stimme, laut wie eine Posaune. Sie sprach: Schreib das, was du siehst, in ein Buch, und schick es an die sieben Gemeinden: nach Ephesus, nach Smyrna, nach Pergamon, nach Thyatira, nach Sardes, nach Philadelphia und nach Laodizea.

Da wandte ich mich um, weil ich sehen wollte, wer zu mir sprach. Als ich mich umwandte, sah ich sieben goldene Leuchter und mitten unter den Leuchtern einen, der *wie ein Mensch* aussah; *er* war *bekleidet mit einem Gewand,* das bis auf die Füße reichte, und um die Brust trug er *einen Gürtel aus Gold.*

Sein Haupt und *seine Haare* waren *weiß wie weiße Wolle, leuchtend weiß wie Schnee,* und seine *Augen wie Feuerflammen; seine Beine glänzten wie Golderz,* das im Schmelzofen glüht, und *seine Stimme* war *wie das Rauschen von Wassermassen.*

In seiner Rechten hielt er sieben Sterne, und aus seinem Mund kam ein scharfes, zweischneidiges Schwert, und sein Gesicht leuchtete wie die machtvoll strahlende Sonne.

Als ich ihn sah, fiel ich wie tot vor seinen Füßen nieder. Er aber legte seine rechte Hand auf mich und sagte: *Fürchte dich nicht! Ich bin der Erste und der Letzte* und der Lebendige.

(Offenbarung 1,9–18)

Die 144 000 Auserwählten

Danach sah ich: Vier Engel standen *an den vier Ecken der Erde.* Sie hielten *die vier Winde* der Erde fest, damit der Wind weder über das Land noch über das Meer wehte, noch gegen irgendeinen Baum. Dann sah ich vom Osten her einen anderen Engel emporsteigen; er hatte das Siegel des lebendigen Gottes und rief den vier Engeln, denen die Macht gegeben war, dem Land und dem Meer Schaden zuzufügen, mit lauter Stimme zu: Fügt dem Land, dem Meer und den Bäumen keinen Schaden zu, bis wir den Knechten unseres Gottes das Siegel auf die Stirn gedrückt haben.

Und ich erfuhr die Zahl derer, die mit dem Siegel gekennzeichnet waren. Es waren hundertvierundvierzigtausend aus allen Stämmen der Söhne Israels, die das Siegel trugen:

Aus dem Stamm Juda trugen zwölftausend das Siegel, aus dem Stamm Ruben zwölftausend, aus dem Stamm Gad zwölftausend,

aus dem Stamm Ascher zwölftausend, aus dem Stamm Naftali zwölftausend, aus dem Stamm Manasse zwölftausend,

aus dem Stamm Simeon zwölftausend, aus dem Stamm Levi zwölftausend, aus dem Stamm Issachar zwölftausend,

aus dem Stamm Sebulon zwölftausend, aus dem Stamm Josef zwölftausend, aus dem Stamm Benjamin trugen zwölftausend das Siegel.

Danach sah ich: eine große Schar aus allen Nationen und Stämmen, Völkern und Sprachen; niemand konnte sie zählen. Sie standen in weißen Gewändern vor dem Thron und vor dem Lamm und trugen Palmzweige in den Händen. Sie riefen mit lauter Stimme: Die Rettung kommt von unserem Gott, *der auf dem Thron sitzt*, und von dem Lamm.

Und alle Engel standen rings um den Thron, um die Ältesten und die vier Lebewesen. Sie warfen sich vor dem Thron nieder, beteten Gott an und sprachen:

Amen, Lob und Herrlichkeit, Weisheit und Dank, Ehre und Macht und Stärke unserem Gott in alle Ewigkeit. Amen.

(Offenbarung 7,1–12)

Harmagedon

Die Geister führten die Könige an dem Ort zusammen, der auf hebräisch Harmagedon heißt.

Und der siebte Engel goß seine Schale über die Luft. Da kam eine laute *Stimme aus dem Tempel*, die vom Thron her rief: Es ist geschehen. Und es folgten *Blitze*, Stimmen *und Donner;* es entstand ein gewaltiges Erdbeben, *wie noch keines gewesen war*, seitdem es Menschen auf der Erde gibt. So gewaltig war dieses Beben. Die große Stadt brach in drei Teile auseinander, und die Städte der Völker stürzten ein. Gott hatte sich an *Babylon, die Große,* erinnert und reichte ihr *den Becher mit dem Wein seines* rächenden *Zornes.*

Alle Inseln verschwanden, und es gab keine Berge mehr. Und *gewaltige Hagelbrocken,* zentnerschwer, stürzten vom Himmel auf die Menschen herab. Dennoch verfluchten die Menschen Gott wegen dieser Hagelplage; denn die Plage war über die Maßen groß.*

(Offenbarung 16,16–21)

Die Hure Babylon

Dann kam einer der sieben Engel, welche die sieben Schalen trugen, und sagte zu mir: Komm, ich zeige dir das Strafgericht über die große Hure, die an *den vielen Gewässern sitzt.* Denn mit ihr haben *die Könige der Erde* Unzucht getrieben, und vom Wein ihrer Hurerei wurden die Bewohner der Erde betrunken. Der Geist ergriff mich, und der Engel entrückte mich in die Wüste. Dort sah ich eine Frau auf einem scharlachroten *Tier* sitzen, das über und über mit gotteslästerlichen Namen beschrieben war und sieben Köpfe und *zehn Hörner* hatte. Die Frau war in Purpur und Scharlach gekleidet und mit Gold, Edelsteinen und Perlen geschmückt. Sie hielt einen *goldenen Becher* in der Hand, der mit dem abscheulichen Schmutz ihrer Hurerei gefüllt war. Auf ihrer Stirn stand ein Name, ein geheimnisvoller Name: *Babylon, die Große,* die Mutter der Huren und aller Abscheulichkeiten der Erde. Und ich sah, daß die Frau betrunken war vom Blut der Heiligen und vom Blut der Zeugen Jesu.

Beim Anblick der Frau ergriff mich großes Erstaunen. Der Engel

* Harmagedon: wahrscheinlich ein apokalyptischer Symbol- und Geheimname, keine geographische Bezeichnung. Er ist wohl durch die Verknüpfung von Hebräisch »har« = »Berg« (»hoher Berg«, vgl. Jes 14,13) mit dem Ortsnamen »Megiddo« (Sach 12,11) entstanden.

aber sagte zu mir: Warum bist du erstaunt? Ich will dir das Geheimnis der Frau enthüllen und das Geheimnis des Tieres mit den sieben Köpfen und zehn Hörnern, auf dem sie sitzt. *Das Tier*, das du gesehen hast, war einmal und ist jetzt nicht; es wird aber aus dem Abgrund *heraufsteigen* und dann ins Verderben gehen. Staunen werden die Bewohner der Erde, deren Namen seit der Erschaffung der Welt nicht *im Buch des Lebens verzeichnet sind.* Sie werden bei dem Anblick des Tieres staunen; denn es war einmal und ist jetzt nicht, wird aber wieder da sein. Hier braucht man Verstand und Kenntnis.

Die sieben Köpfe bedeuten die sieben Berge, auf denen die Frau sitzt. Sie bedeuten auch sieben Könige. Fünf sind bereits gefallen. Einer ist jetzt da, einer ist noch nicht gekommen; wenn er dann kommt, darf er nur kurze Zeit bleiben. Das Tier aber, das war und jetzt nicht ist, bedeutet einen achten König und ist doch einer von den sieben und wird ins Verderben gehen. *Die zehn Hörner*, die du gesehen hast, *bedeuten zehn Könige*, die noch nicht zur Herrschaft gekommen sind; sie werden aber königliche Macht für eine einzige Stunde erhalten, zusammen mit dem Tier. Sie sind eines Sinnes und übertragen ihre Macht und Gewalt dem Tier. Sie werden mit dem Lamm Krieg führen, aber das Lamm wird sie besiegen. Denn es ist *der Herr der Herren* und der König *der Könige.* Bei ihm sind die Berufenen, Auserwählten und Treuen.

Und er sagte zu mir: Du hast *die Gewässer* gesehen, an denen die Hure sitzt; sie bedeuten *Völker* und Menschenmassen, *Nationen und Sprachen.* Du hast die zehn Hörner und das Tier gesehen; sie werden die Hure hassen, ihr alles wegnehmen, bis sie nackt ist, werden ihr Fleisch fressen und sie im Feuer verbrennen. Denn Gott lenkt ihr Herz so, daß sie seinen Plan ausführen: Sie sollen einmütig handeln und ihre Herrschaft dem Tier übertragen, bis die Worte Gottes erfüllt sind. Die Frau aber, die du gesehen hast, ist die große Stadt, die die Herrschaft hat über *die Könige der Erde.*

(Offenbarung 17,1–18)

Die Ankündigung von Babylons Sturz

Danach sah ich einen anderen Engel aus dem Himmel herabsteigen; er hatte große Macht, *und die Erde leuchtete auf von seiner Herrlichkeit.* Und er rief mit gewaltiger Stimme: *Gefallen, gefallen ist Babylon, die Große!* Zur Wohnung von Dämonen ist sie geworden, zur Behausung aller unreinen Geister und zum Schlupfwinkel aller unreinen und abscheulichen Vögel. Denn vom Zornwein ihrer Unzucht *haben* alle *Völker getrunken, und die Könige der Erde haben mit ihr Unzucht getrieben.* Durch die Fülle ihres Wohlstands sind die Kaufleute der Erde reich geworden.

Dann hörte ich eine andere Stimme vom Himmel her rufen: Verlaß die Stadt, mein Volk, damit du nicht mitschuldig wirst an ihren Sünden und von ihren Plagen mitgetroffen wirst. *Denn ihre* Sünden *haben sich bis zum Himmel aufgetürmt,* und Gott hat ihre Schandtaten nicht vergessen. Zahlt ihr mit gleicher Münze heim, gebt ihr doppelt zurück, was sie getan hat. Mischt ihr den Becher, den sie gemischt hat, doppelt so stark. Im gleichen Maß, wie sie in Prunk und Luxus lebte, laßt sie Qual und Trauer erfahren. *Sie dachte bei sich:* Ich throne als Königin, *ich bin keine Witwe* und werde keine Trauer kennen. Deshalb *werden an einem einzigen Tag* die Plagen über sie *kommen,* die für sie bestimmt sind: Tod, Trauer und Hunger. Und sie wird im Feuer verbrennen; denn *stark ist der Herr,* der Gott, der sie gerichtet hat.

(Offenbarung 18,1–8)

Die Klage über den Untergang Babylons

Die Könige der Erde, die mit ihr gehurt und in Luxus gelebt *haben, werden über* sie *weinen und klagen,* wenn sie den Rauch der brennenden Stadt sehen. Sie bleiben in der Ferne stehen aus Angst vor ihrer Qual und sagen: Wehe! Wehe, du *große* Stadt *Babylon, du mächtige Stadt!* In einer einzigen Stunde ist das Gericht über dich gekommen.

Auch die *Kaufleute* der Erde *weinen und klagen* um sie, weil niemand mehr ihre Ware kauft: Gold und Silber, Edelsteine und Perlen, feines Leinen, Purpur, Seide und Scharlach, wohlriechende Hölzer aller Art und alle möglichen Geräte aus Elfenbein, kostbarem Edelholz, Bronze, Eisen und Marmor; auch Zimt und Balsam, Räucherwerk, Salböl und Weihrauch, Wein und Öl, feinstes Mehl und Weizen, Rinder und Schafe, Pferde und Wagen und sogar Menschen mit Leib und Seele.

Auch die Früchte, nach denen dein Herz begehrte, sind dir genommen. Und alles, was prächtig und glänzend war, hast du verloren; nie mehr wird man es finden. *Die Kaufleute,* die durch den Handel mit dieser Stadt reich geworden sind, werden aus Angst vor ihrer Qual in der Ferne stehen, und sie werden *weinen und klagen:* Wehe! Wehe, du große Stadt, bekleidet mit feinem Leinen, mit Purpur und Scharlach, geschmückt mit Gold, Edelsteinen und Perlen. In einer einzigen Stunde ist dieser ganze Reichtum dahin.

Alle Kapitäne und Schiffsreisenden, *die Matrosen und alle, die* ihren Unterhalt *auf See* verdienen, machten schon in der Ferne halt, als sie den Rauch der brennenden Stadt sahen, und sie riefen: *Wer* konnte sich mit der großen Stadt *messen? Und sie streuten sich Staub auf den Kopf, sie schrien, weinten und klagten:* Wehe! Wehe, du große Stadt, die mit ihren Schätzen alle reich gemacht hat, die Schiffe auf dem Meer haben. In einer einzigen Stunde ist sie verwüstet worden. *Freu dich* über ihren Untergang, *du Himmel* – und auch ihr, Heilige, Apostel und Propheten, freut euch! Denn *Gott hat* euch an ihr *gerächt.*

Dann hob ein gewaltiger Engel einen *Stein* auf, so groß wie ein Mühlstein; *er warf ihn* ins Meer und rief: So wird *Babylon, die große Stadt,* mit *Wucht hinabgeworfen werden, und man wird sie nicht mehr finden.* Die Musik von Harfenspielern und Sängern, von Flötenspielern und Trompetern hört man nicht mehr in dir. Einen kundigen Handwerker gibt es nicht mehr in dir. *Das Geräusch des Mühlsteins* hört man nicht mehr in dir. *Das Licht der Lampe* scheint nicht mehr in dir. *Die Stimme von Braut und Bräutigam* hört man nicht mehr in dir. Deine *Kaufleute waren die Großen der Erde, deine Zauberei* verführte alle Völker. Aber in ihr war das Blut von Propheten und Heiligen und von allen, die auf der Erde hingeschlachtet worden sind.

(Offenbarung 18,9–24)

Jubel im Himmel

Danach hörte ich etwas wie den lauten Ruf einer großen Schar im Himmel:

Halleluja! Das Heil und die Herrlichkeit und die Macht ist bei unserm Gott.

Seine Urteile sind wahr und gerecht. Er hat die große Hure gerichtet, die mit ihrer Unzucht die Erde verdorben hat.

Er hat Rache genommen für das Blut seiner *Knechte*, das an ihren Händen klebt. Noch einmal riefen sie:

Halleluja! *Der Rauch* der Stadt *steigt auf* in alle Ewigkeit.

Und die vierundzwanzig Ältesten und die vier Lebewesen fielen nieder vor Gott, *der auf dem Thron sitzt*, beteten ihn an und riefen:

Amen, halleluja!

Und eine Stimme kam vom Thron her:

Preist unsern Gott, *all seine Knechte und alle, die ihn fürchten. Kleine und Große!*

Da hörte ich etwas wie den Ruf einer großen Schar und wie *das Rauschen gewaltiger Wassermassen* und wie das Rollen mächtiger Donner:

Halleluja! *Denn König geworden ist der Herr*, unser Gott, der Herrscher über die ganze Schöpfung.

Wir wollen uns freuen und jubeln und ihm die Ehre erweisen.

Denn gekommen ist die Hochzeit des Lammes, und seine Frau hat sich bereit gemacht.

Sie durfte sich kleiden in strahlend reines Leinen. Das Leinen bedeutet die gerechten Taten der Heiligen.

Jemand sagte zu mir: Schreib auf: Selig, wer zum Hochzeitsmahl des Lammes eingeladen ist. Dann sagte er zu mir: Das sind zuverlässige Worte, es sind Worte Gottes. Und ich fiel ihm zu Füßen, um ihn anzubeten. Er aber sagte zu mir: Tu das nicht! Ich bin ein Knecht wie du und deine Brüder, die das Zeugnis Jesu festhalten. Gott bete an! Das Zeugnis Jesu ist der Geist prophetischer Rede.

(Offenbarung 19,1–10)

Die tausendjährige Herrschaft

Dann sah ich einen Engel vom Himmel herabsteigen; auf seiner Hand trug er den Schlüssel zum Abgrund und eine schwere Kette. Er überwältigte den Drachen, die alte *Schlange* – das ist *der Teufel* oder *der Satan* –, und er fesselte ihn für tausend Jahre. Er warf ihn in den Abgrund, verschloß diesen und drückte ein Siegel darauf, damit der Drache die Völker nicht mehr verführen konnte, bis die tausend Jahre vollendet sind. Danach muß er für kurze Zeit freigelassen werden.

Dann sah ich Throne; und denen, die darauf *Platz nahmen, wurde das Gericht übertragen.* Ich sah die Seelen aller, die enthauptet worden waren, weil sie an dem Zeugnis Jesu und am Wort Gottes festgehalten hatten. Sie hatten das Tier und sein Standbild nicht angebetet, und sie hatten das Kennzeichen nicht auf ihrer Stirn und auf ihrer Hand anbringen lassen. Sie gelangten zum Leben und zur Herrschaft mit Christus für tausend Jahre. Die übrigen Toten kamen nicht zum Leben, bis die tausend Jahre vollendet waren. Das ist die erste Auferstehung. Selig und heilig, wer an der ersten Auferstehung teilhat. Über solche hat der zweite Tod keine Gewalt. Sie werden Priester Gottes und Christi sein und tausend Jahre mit ihm herrschen.

(Offenbarung 20,1–6)

Das neue Jerusalem

Dann sah ich *einen neuen Himmel und eine neue Erde;* denn der erste Himmel und die erste Erde sind vergangen, auch das Meer ist nicht mehr. Ich sah *die heilige Stadt,* das neue *Jerusalem,* von Gott her aus dem Himmel herabkommen; sie war bereit *wie eine Braut, die sich* für ihren Mann *geschmückt hat.* Da hörte ich eine laute Stimme vom Thron her rufen: *Seht, die Wohnung* Gottes unter den Menschen! *Er wird in ihrer Mitte wohnen, und sie werden sein Volk sein; und er, Gott, wird bei ihnen sein. Er wird alle Tränen von ihren Augen abwischen:* Der Tod wird nicht mehr sein, keine *Trauer,* keine *Klage,* keine Mühsal. Denn was früher war, ist vergangen.

Er, der auf dem Thron saß, sprach: *Seht, ich mache* alles *neu.* Und er sagte: Schreib es auf, denn diese Worte sind zuverlässig und wahr. Er sagte zu mir: Sie sind in Erfüllung gegangen. Ich bin das Alpha und das Omega, der Anfang und das Ende. *Wer durstig ist, den werde ich umsonst aus der Quelle* trinken lassen, aus der *das Wasser des Lebens strömt.* Wer siegt, wird dies als Anteil erhalten: *Ich werde sein Gott sein, und er wird mein Sohn sein.* Aber die Feiglinge und Treulosen, die Befleckten, die Mörder und Unzüchtigen, die Zauberer, Götzendiener und alle Lügner – ihr Los wird der See *von brennendem Schwefel* sein. Dies ist der zweite Tod.

Und es kam einer von den sieben Engeln, die die sieben Schalen mit den *sieben* letzten *Plagen* getragen hatten. Er sagte zu mir:

Komm, ich will dir die Braut zeigen, die Frau des Lammes. *Da entrückte er mich* in der Verzückung *auf einen* großen, *hohen Berg* und zeigte mir *die heilige Stadt Jerusalem,* wie sie von Gott her aus dem Himmel herabkam, erfüllt von der Herrlichkeit Gottes. Sie glänzte wie ein kostbarer Edelstein, wie ein kristallklarer Jaspis. *Die Stadt* hat eine große und hohe Mauer mit zwölf *Toren* und zwölf Engeln darauf. Auf die Tore sind Namen geschrieben: *die Namen der zwölf Stämme der Söhne Israels. Im Osten hat die Stadt drei Tore und im Norden drei Tore und im Süden drei Tore und im Westen drei Tore.* Die Mauer der Stadt hat zwölf Grundsteine; auf ihnen stehen die zwölf Namen der zwölf Apostel des Lammes.

Und der Engel, der zu mir sprach, hatte einen goldenen *Meßstab*, mit dem die Stadt, die Tore und ihre Mauer gemessen wurden. Die Stadt war *viereckig* angelegt und ebenso lang wie breit. Er maß die Stadt mit dem Meßstab; ihre Länge, Breite und Höhe sind gleich: zwölftausend Stadien. *Und er maß ihre Mauer;* sie ist hundertvierundvierzig Ellen hoch nach Menschenmaß, das der Engel benutzt hatte. Ihre Mauer ist aus Jaspis gebaut, und die Stadt ist aus reinem Gold, wie aus reinem Glas. *Die Grundsteine* der Stadtmauer sind mit *edlen Steinen* aller Art geschmückt; der erste Grundstein ist ein Jaspis, der zweite ein Saphir, der dritte ein Chalzedon, der vierte ein Smaragd, der fünfte ein Sardonyx, der sechste ein Sardion, der siebte ein Chrysolith, der achte ein Beryll, der neunte ein Topas, der zehnte ein Chrysopras, der elfte ein Hyazinth, der zwölfte ein Amethyst. Die zwölf Tore sind zwölf Perlen; jedes der Tore besteht aus einer einzigen Perle. Die Straße der Stadt ist aus reinem Gold, wie aus klarem Glas.

Einen Tempel sah ich nicht in der Stadt. Denn der Herr, ihr Gott, der Herrscher über die ganze Schöpfung, ist ihr Tempel, er und das Lamm. Die Stadt braucht *weder Sonne noch Mond*, die ihr *leuchten.* Denn *die Herrlichkeit Gottes erleuchtet* sie, und ihre Leuchte ist das Lamm. *Die Völker werden* in diesem *Licht einhergehen, und die Könige* der Erde werden *ihre Pracht* in die Stadt *bringen.* Ihre *Tore werden den ganzen Tag nicht geschlossen* – Nacht wird es dort nicht mehr geben. *Und man wird die Pracht* und die Kostbarkeiten *der Völker* in die Stadt *bringen. Aber nichts Unreines wird hineinkommen,* keiner, der Greuel verübt und lügt. Nur die, *die im Lebensbuch* des Lammes *eingetragen sind,* werden eingelassen.

Und er zeigte mir einen *Strom, das Wasser des Lebens,* klar wie Kristall; *er geht* vom Thron Gottes und des Lammes *aus.* Zwischen der Straße der Stadt und dem Strom, hüben und drüben, stehen Bäume des Lebens. Zwölfmal tragen sie Früchte, jeden Monat einmal; und die Blätter der Bäume dienen zur Heilung der Völker. Es wird nichts mehr geben, was der Fluch Gottes trifft. Der Thron Gottes und des Lammes wird in der Stadt stehen, und seine Knechte werden ihm dienen. Sie werden sein *Angesicht schauen*, und sein Name ist auf ihre Stirn geschrieben. Es wird keine Nacht mehr geben, und sie brauchen weder das Licht einer Lampe noch das Licht der Sonne. Denn der Herr, ihr Gott, wird über ihnen leuchten, und sie werden herrschen *in alle Ewigkeit.*

(Offenbarung 21,1–22,5)

3. Kapitel: Der Koran
»Im Namen Allahs, des Erbarmers, des Barmherzigen«

Erste Sure

Die Öffnende
Geoffenbart zu Mekka

Im Namen Allahs,
des Erbarmers, des Barmherzigen!

Lob sei Allah, dem Weltenherrn,
Dem Erbarmer, dem Barmherzigen,
Dem König am Tag des Gerichts!
Dir dienen wir und zu dir rufen um Hilfe wir;
Leite uns den rechten Pfad,
Den Pfad derer, denen du gnädig bist,
Nicht derer, denen du zürnst, und nicht der Irrenden.

Einhundertundzwölfte Sure

Die Reinigung
Geoffenbart zu Mekka

Im Namen Allahs,
des Erbarmers, des Barmherzigen!

Sprich: Er ist der eine Gott,
Der ewige Gott;

Er zeugt nicht und wird nicht gezeugt,
Und keiner ist ihm gleich –

Aus der zwanzigsten Sure

Tâ-hâ

Geoffenbart zu Mekka

Im Namen Allahs,
des Erbarmers, des Barmherzigen!

1. *T. H.* Nicht haben wir den Koran auf dich herabgesandt, daß du elend würdest,
2. Sondern als Ermahnung für die Gottesfürchtigen,
3. Eine Hinabsendung von dem, der die Erde erschuf und die hohen Himmel.
4. Der Erbarmer sitzt auf seinem Thron;
5. Ihm gehört, was in den Himmeln und was auf Erden, und was zwischen ihnen und unter dem feuchten Grund.
6. Und ob du deine Stimme erhebst, siehe, er kennt das Geheime und Verborgenste.
7. Allah! Es gibt keinen Gott außer ihm, er hat die schönsten Namen.
8. Und kam nicht Mosis Geschichte zu dir?
9. Da er ein Feuer sah und zu seiner Sippe sprach: »Verweilet; siehe, ich gewahre ein Feuer.
10. Vielleicht bringe ich euch einen Brand von ihm oder ich finde durch das Feuer den rechten Pfad.«
11. Und da er zu ihm kam, ward er gerufen: »O Moses!
12. Siehe, ich bin dein Herr; drum zieh aus deine Schuhe; siehe, du bist im heiligen Tal Towa,

13. Und ich habe dich erwählt, und höre was (dir) geoffenbart wird.
14. Siehe, ich bin Allah. Es gibt keinen Gott außer mir, drum diene mir und verrichte das Gebet zu meinem Gedächtnis.«

Aus der zweiten Sure

Die Kuh

Geoffenbart zu Medina

Im Namen Allahs,
des Erbarmers, des Barmherzigen!

107. Und es sprechen die Juden: »Die Nazarener* (fußen) auf nichts«; und es sprechen die Nazarener: »Die Juden (fußen) auf nichts.« Und doch lesen sie die Schrift. Ebenso sprechen gleich ihren Worten die, so da keine Kenntnis haben. Allah aber wird richten unter ihnen am Tag der Auferstehung über das, worin sie uneins sind.
108. Und wer ist sündiger als wer verhindert, daß in Allahs Moscheen sein Name genannt wird, und sich beeifert, sie zu zerstören**? Jene können sie nicht anders als in Furcht betreten. Hienieden trifft sie Schande und im Jenseits schmerzliche Strafe.
109. Und Allahs ist der Westen und der Osten, und wohin ihr euch daher wendet, dort ist Allahs Angesicht. Siehe, Allah ist weit (und breit) und wissend.
110. Und sie sprechen: »Allah hat einen Sohn erzeugt.« Preis Ihm! Nein; was in den Himmeln und auf Erden, alles gehorcht ihm.
111. Der Schöpfer der Himmel und der Erde, und so er ein Ding beschließt, spricht er nur zu ihm »Sei!« und es ist.

* Die Christen.
** Die Mekkaner.

112. Und es sprechen die, welche kein Wissen haben: »Wenn doch Allah zu uns spräche oder du uns ein Zeichen brächtest!« So sprachen auch gleich ihren Worten die Früheren; ihre Herzen sind einander ähnlich; schon zeigten wir deutlich die Zeichen für Leute von Glauben.
113. Siehe, wir entsandten dich mit der Wahrheit als einen Freudenboten und einen Warner; und nicht wirst du nach den Bewohnern des Höllenpfuhls befragt werden.
114. Nicht werden die Juden und die Nazarener mit dir zufrieden sein, es sei denn, du folgtest ihrer Religion. Sprich: »Siehe, Allahs Leitung, das ist die Leitung.« Und fürwahr, folgtest du nach dem, was dir von der Kenntnis zuteil ward, ihren Gelüsten, so würdest du bei Allah keinen Schützer noch Helfer finden.
115. Die, denen wir die Schrift gaben und die sie richtig lesen, die glauben an sie; wer aber nicht an sie glaubt, das sind die Verlorenen.

124. Und wer, außer dem, dessen Seele töricht ist, verschmähte die Religion Abrahams? Fürwahr, wir erwählten ihn hienieden, und siehe, wahrlich, im Jenseits gehört er zu den Rechtschaffenen.
125. Als sein Herr zu ihm sprach: »Werde Muslim«, sprach er: »Ich ergebe mich völlig dem Herrn der Welten.«
126. Und Abraham legte es seinen Kindern ans Herz, und Jakob (sprach:) »O meine Kinder, siehe, Allah hat euch den Glauben erwählt; so sterbet nicht, ohne Muslime geworden zu sein.«
127. Oder waret ihr Augenzeugen, als der Tod Jakob nahte? Da er sprach zu seinen Söhnen: »Was werdet ihr nach mir anbeten?« Sie sprachen: »Anbeten werden wir deinen Gott und den Gott deiner Väter Abraham und Ismael und Isaak, einen einigen Gott, und ihm sind wir völlig ergeben.«
128. Jenes Volk ist nun dahingefahren; ihm ward nach seinem Verdienst, und euch wird nach euerm Verdienst. Und nicht werdet ihr nach ihrem Tun befragt werden.

129. Und sie sprechen: »Werdet Juden oder Nazarener, auf daß ihr geleitet seid.« Sprich: »Nein; die Religion Abrahams, der den rechten Glauben bekannte und kein Götzendiener war, (ist unsere Religion.«)
130. Sprecht: »Wir glauben an Allah und was er zu uns niedersandte, und was er niedersandte zu Abraham und Ismael und Isaak und Jakob und den Stämmen, und was gegeben ward Moses und Jesus, und was gegeben ward den Propheten von ihrem Herrn. Keinen Unterschied machen wir zwischen einem von ihnen; und wahrlich, wir sind Muslime.«

158. Und euer Gott ist ein einiger Gott; es gibt keinen Gott außer ihm, dem Erbarmer, dem Barmherzigen.

212. Vorgeschrieben ist euch der Kampf, doch er ist euch ein Abscheu.
213. Aber vielleicht verabscheut ihr ein Ding, das gut für euch ist, und vielleicht liebt ihr ein Ding, das schlecht für euch ist; und Allah weiß, ihr aber wisset nicht.
214. Sie werden dich befragen nach dem Kampf im heiligen Monat. Sprich: »Kämpfen in ihm ist schlimm; aber Abwendigmachen von Allahs Weg, und Ihn und die heilige Moschee verleugnen und sein Volk daraus vertreiben, ist schlimmer bei Allah; und Verführung ist schlimmer als Totschlag.« Und sie werden nicht eher aufhören, euch zu bekämpfen, als bis sie euch von euerm Glauben abtrünnig machten, so sie dies vermögen. Wer sich aber von euch von seinem Glauben abtrünnig machen läßt und als Ungläubiger stirbt, deren Werke sind vergeblich hienieden und im Jenseits, und des Feuers Gefährten sind sie und verweilen ewig darinnen.
215. Siehe sie, die da glauben und auswandern und streiten in Allahs Weg, sie mögen hoffen auf Allahs Barmherzigkeit, denn Allah ist verzeihend und barmherzig.
216. Sie werden dich befragen nach dem Wein und dem Spiel. Sprich: »In beiden liegt große Sünde und Nutzen für die Menschen. Die Sünde

in ihnen ist jedoch größer als ihr Nutzen.« Und sie werden dich befragen, was sie ausgeben sollen (als Almosen).
217. Sprich: »Den Überfluß.« So macht euch Allah die Zeichen klar. Vielleicht denkt ihr nach
218. Über die irdische Welt und das Jenseits. Und sie werden dich nach den Waisen befragen. Sprich: »Ihnen förderlich sein ist gut.«
219. Und macht ihr euch mit ihnen zu schaffen, so sind sie eure Brüder; und Allah unterscheidet den Missetäter vom Gerechten; und, wenn Allah wollte, wahrlich, er stürzte euch in Bedrängnis! Siehe, Allah ist mächtig und weise.
220. Und heiratet nicht eher Heidinnen als sie gläubig geworden sind; wahrlich, eine gläubige Sklavin ist besser als eine Heidin, auch wenn sie euch gefällt. Und verheiratet (eure Töchter) nicht eher an Heiden als sie gläubig wurden; und wahrlich ein gläubiger Sklave ist besser als ein Heide, auch wenn er euch gefällt.

254. Jene Gesandten – die einen von ihnen bevorzugten wir vor den andern; zu einigen von ihnen sprach Allah und erhöhte andere um Stufen. Und wir gaben Jesus, dem Sohn der Maria, die deutlichen Zeichen und stärkten ihn mit dem Heiligen Geist, und so Allah wollte, so hätten die Spätern nicht gestritten, nachdem zu ihnen die deutlichen Zeichen kamen; aber sie waren uneins, und die einen von ihnen glaubten und die andern waren ungläubig. Und so Allah wollte, hätten sie nicht gestritten, jedoch tut Allah, was er will.
255. O ihr, die ihr glaubt, spendet von dem, womit wir euch versorgten, bevor ein Tag kommt, an dem kein Verkaufen ist und keine Freundschaft und keine Fürbitte. Und die Ungläubigen sind Ungerechte.
256. Allah! es gibt keinen Gott außer ihm, dem Lebendigen, dem Ewigen! Nicht ergreift ihn Schlummer und nicht Schlaf. Sein ist, was in den Himmeln und was auf Erden. Wer ist's, der da Fürsprache einlegt bei ihm ohne seine Erlaubnis? Er weiß, was zwischen ihren Händen ist und

was hinter ihnen, und nicht begreifen sie etwas von seinem Wissen, außer was er will. Weit reicht sein Thron über die Himmel und die Erde, und nicht beschwert ihn beider Hut. Denn er ist der Hohe, der Erhabene.
257. Es sei kein Zwang im Glauben. Klar ist nunmehr unterschieden das Rechte vom Irrtum; und wer den Tâghût* verleugnet und an Allah glaubt, der hält sich an der stärksten Handhabe, in der kein Spalt ist; und Allah ist hörend und wissend.

286. Nicht belastet Allah eine Seele über Vermögen. Ihr wird, was sie verdient, und auf sie kommt nach Verdienst. Unser Herr, strafe uns nicht für Vergeßlichkeit oder Sünde! Unser Herr, lege uns nicht auf eine Last, wie du sie den Früheren auflegtest! Unser Herr, und laß uns nicht tragen, wozu unsre Kraft nicht ausreicht; und vergib uns und verzeihe uns und erbarme dich unser! Du bist unser Beschützer. Und hilf uns wider das ungläubige Volk!

Aus der dritten Sure

Das Haus 'Imrân

Geoffenbart zu Medina

Im Namen Allahs,
des Erbarmers, des Barmherzigen!

1. A. L. M. Allah – es gibt keinen Gott außer ihm, dem Lebendigen, dem Ewigen.
2. Herabgesandt hat er auf dich das Buch in Wahrheit, bestätigend, was

* »Ober-Rebell« (Götzen der heidnischen Araber).

ihm vorausging. Und herab sandte er die Tora und das Evangelium zuvor als eine Leitung für die Menschen und sandte (nun) die Unterscheidung.

17. Siehe, die Religion bei Allah ist der Islâm. Und die, denen die Schrift gegeben ward, waren nicht eher uneins, als nachdem das Wissen zu ihnen gekommen war – aus Neid aufeinander. Und wer die Zeichen Allahs verleugnet – siehe, Allah ist schnell im Rechnen.

40. (Gedenke,) da die Engel sprachen: »O Maria, siehe, Allah verkündet dir ein Wort von ihm; sein Name ist der Messias Jesus, der Sohn der Maria, angesehen hienieden und im Jenseits und einer der (Allah) Nahen.
41. Und reden wird er mit den Menschen in der Wiege und in der Vollkraft, und er wird einer der Rechtschaffenen sein.«
42. Sie sprach: »Mein Herr, woher soll mir ein Sohn werden, wo mich kein Mann berührte?« Er sprach: »Also schafft Allah, was er will; wenn er ein Ding beschlossen hat, spricht er nur zu ihm: ›Sei!‹ und es ist.«
43. Und er wird ihn lehren das Buch und die Weisheit und die Tora und das Evangelium und wird ihn entsenden zu den Kindern Israel. (Sprechen wird er:) »Siehe, ich komme zu euch mit einem Zeichen von euerm Herrn. Siehe, ich will euch erschaffen aus Ton die Gestalt eines Vogels und will in sie hauchen, und sie soll werden ein Vogel mit Allahs Erlaubnis; und ich will heilen den Mutterblinden und Aussätzigen und will die Toten lebendig machen mit Allahs Erlaubnis, und ich will euch verkünden, was ihr essen und was ihr aufspeichern sollt in euern Häusern. Siehe, hierin ist wahrlich ein Zeichen für euch, so ihr gläubig seid.
44. Und als ein Bestätiger (komme ich) von der Tora, die vor mir war, und um euch zu erlauben einen Teil von dem, was euch verwehrt war; und ich komme zu euch mit einem Zeichen von euerm Herrn. So fürchtet Allah und gehorchet mir; siehe, Allah ist mein Herr und euer Herr, drum dienet ihm. Dies ist ein rechter Weg.«

45. Und als Jesus ihren Unglauben wahrnahm, sprach er: »Welches sind meine Helfer zu Allah hin?« Es sprachen die Jünger: »Wir sind Allahs Helfer; wir glauben an Allah, und bezeug, daß wir Muslime sind.
46. Unser Herr, wir glauben an das, was du hinabgesandt hast, und folgen dem Gesandten. Drum schreib uns unter die Bezeugenden.«
47. Und sie schmiedeten Listen, und Allah schmiedete Listen; und Allah ist der beste Listenschmied.
48. (Gedenke,) da Allah sprach: »O Jesus, siehe, ich will dich verscheiden lassen und will dich erhöhen zu mir und will dich von den Ungläubigen säubern und will deine Nachfolger über die Ungläubigen setzen bis zum Tag der Auferstehung. Alsdann ist zu mir eure Wiederkehr, und ich will richten zwischen euch über das, worin ihr uneins seid.
49. Was aber die Ungläubigen anlangt, so werde ich sie peinigen mit schwerer Pein hienieden und im Jenseits; und nicht werden sie Helfer finden.«
50. Was aber die Gläubigen und das Rechte Tuenden anlangt, so wird er ihnen ihren Lohn heimzahlen. Und Allah liebt nicht die Ungerechten.
51. Solches verlesen wir von den Zeichen und der weisen Ermahnung.
52. Siehe, Jesus ist vor Allah gleich Adam*; er erschuf ihn aus Erde, alsdann sprach er zu ihm: »Sei!«, und er ward.

57. Sprich: »O Volk der Schrift, kommt herbei zu einem gleichen Wort zwischen uns, daß wir nämlich Allah allein dienen und nichts neben ihn stellen und daß nicht die einen von uns die andern zu Herren annehmen neben Allah.« Und so sie den Rücken kehren, so sprechet: »Bezeuget, daß wir Muslime sind.«
58. O Volk der Schrift, warum streitet ihr über Abraham, wo die Tora und das Evangelium erst nach ihm herabgesandt ward? Habt ihr denn nicht Verstand?

* Keiner der beiden hatte einen menschlichen Vater.

59. Streitet doch über das, wovon ihr Wissen habt; weshalb aber streitet ihr über das, wovon ihr kein Wissen habt? Allah weiß, ihr aber wisset nicht.
60. Abraham war weder Jude noch Christ; vielmehr war er lauteren Glaubens, ein Muslim, und keiner derer, die Gott Gefährten geben.
61. Siehe diejenigen Menschen, die Abraham am nächsten stehen, sind wahrlich jene, die ihm folgen, und das sind der Prophet und die Gläubigen. Und Allah ist der Gläubigen Hort.
62. Ein Teil vom Volk der Schrift möchte euch verführen, doch verführen sie nur sich selber und wissen es nicht.
63. O Volk der Schrift, weshalb verleugnet ihr die Zeichen Allahs, wo ihr sie doch bezeugt?
64. O Volk der Schrift, weshalb kleidet ihr die Wahrheit in Lüge und verbergt die Wahrheit wider euer Wissen?
65. Und es sprach ein Teil vom Volk der Schrift: »Glaubet an das, was hinabgesandt ward zu den Gläubigen, bei Tagesanbruch und leugnet es ab bei seinem Ende; vielleicht kehren sie um;
66. Und glaubet nur denen, die eure Religion befolgen.« Sprich: »Siehe die (wahre) Leitung ist Allahs Leitung, daß (auch) einem (andern) gegeben würde, was euch gegeben ward.« Oder so sie mit euch vor euerm Herrn streiten, so sprich: »Siehe, die Huld ist in Allahs Hand, er gewährt sie, wem er will. Und Allah ist umfassend und wissend.
67. Er erkürt für seine Barmherzigkeit, wen er will, denn Allah ist voll großer Huld.«
68. Und unter dem Volk der Schrift gibt's solche – vertraust du ihnen ein Talent an, geben sie's dir wieder, und auch solche – vertraust du ihnen einen Dinar an, geben sie ihn dir nicht wieder, so du nicht stets hinter ihm her bist.
69. Solches, darum daß sie sprechen: »Uns liegt gegen die Unbelehrbaren keine Pflicht ob.« Und sie sprechen eine Lüge wider Allah und wissen es.

70. Wer jedoch seiner Verpflichtung nachkommt und gottesfürchtig ist – siehe, Allah liebt die Gottesfürchtigen.
71. Siehe, diejenigen, welche ihren Bund mit Allah und ihre Eidschwüre um geringen Preis verkaufen, die haben keinen Anteil am Jenseits, und nicht spricht Allah mit ihnen, und nicht schaut er zu ihnen am Tag der Auferstehung, und nicht reinigt er sie, und ihnen wird schmerzliche Strafe.
72. Und siehe, wahrlich ein Teil ist unter ihnen, der mit seinen Zungen die Schrift verkehrt, damit ihr es für einen Teil der Schrift haltet, während es nicht zur Schrift gehört. Und sie sprechen: »Es ist von Allah«; jedoch ist es nicht von Allah, und sie sprechen eine Lüge wider Allah, obwohl sie es wissen.
73. Nicht geziemt es einem Menschen, daß Allah ihm gibt die Schrift und die Weisheit und das Prophetentum und daß er alsdann zu den Leuten spräche: »Seid meine Diener neben Allah.« Vielmehr: »Seid Gottesgelehrte, darum daß ihr die Schrift lerntet und studiertet.«
74. Und nicht gebietet er euch, daß ihr euch die Engel oder die Propheten zu Herren annehmt. Sollte er euch den Unglauben gebieten, nachdem ihr Muslime geworden?
75. Und da Allah mit den Propheten den Bund schloß, (sprach er:) »Wahrlich, dies ist das Buch und die Weisheit, die ich euch gebe; alsdann wird zu euch kommen ein Gesandter, bestätigend, was ihr habt. Wahrlich ihr sollt ihm glauben und sollt ihm helfen.« Er sprach: »Seid ihr einverstanden und nehmt ihr unter dieser Bedingung das Bündnis mit mir an?« Sie sprachen: »Wir sind einverstanden.« Er sprach: »So bezeuget es, und ich will mit euch ein Zeuge sein.«
76. Wer darum nach diesem den Rücken kehrt, jenes sind die Frevler.
77. Verlangen sie etwa eine andre als Allahs Religion? Ihm ergibt sich, was in den Himmeln und auf Erden, gehorsam oder wider Willen, und zu ihm müssen sie zurück.
78. Sprich: »Wir glauben an Allah und was auf uns herabgesandt ward,

und was herabgesandt ward auf Abraham und Ismael und Isaak und Jakob und die Stämme, und was gegeben ward Moses und Jesus und den Propheten von ihrem Herrn; wir machen keinen Unterschied zwischen einem von ihnen, und ihm sind wir ergeben.«
79. Und wer eine andre Religion als den Islâm begehrt, nimmer soll sie von ihm angenommen werden, und im Jenseits wird er verloren sein.

93. Sprich: »O Volk der Schrift, weshalb verleugnet ihr die Zeichen Allahs, wo Allah Zeuge eures Tuns ist?«
94. Sprich: »O Volk der Schrift, warum wendet ihr ab von Allahs Weg die Gläubigen? Ihr trachtet ihn krumm zu machen, wo ihr ihn doch bezeugt. Doch Allah ist nicht achtlos eures Tuns.«

104. Dies sind die Zeichen Allahs; wir verkünden sie dir in Wahrheit. Und Allah will nicht Ungerechtigkeit gegen die Welt.
105. Und Allahs ist, was in den Himmeln und was auf Erden, und zu Allah kehren die Dinge zurück.
106. Ihr seid die beste Gemeinde, die für die Menschen erstand. Ihr heißet was rechtens ist und ihr verbietet das Unrechte und glaubet an Allah. Und wenn das Volk der Schrift geglaubt hätte, wahrlich, es wäre gut für sie gewesen! Unter ihnen sind Gläubige, aber die Mehrzahl von ihnen sind Frevler.

138. Und Muhammad ist nur ein Gesandter; schon vor ihm gingen die Gesandten dahin. Und so, ob er stirbt oder fällt, werdet ihr umkehren auf euern Fersen? Und wer umkehrt auf seinen Fersen, nimmer schadet er Allah etwas; aber Allah wird wahrlich die Dankbaren belohnen.
139. Und niemand stirbt ohne Allahs Erlaubnis gemäß dem Termine setzenden Buch. Und wer den Lohn der Welt begehrt, dem geben wir von ihr, und wer den Lohn des Jenseits begehrt, dem geben wir von ihm; wahrlich wir belohnen die Dankbaren.

140. Und wie viele Propheten kämpften wider (einen Feind,) bei dem viele Myriaden waren! Aber nicht verzagten sie bei dem, was sie in Allahs Weg betraf, und nicht wurden sie schwach und nicht demütigten sie sich. Und Allah liebt die Standhaften.

151. Und wahrlich, so ihr im Wege Allahs erschlagen werdet oder sterbet, wahrlich, Verzeihung von Allah und Barmherzigkeit ist besser, als was ihr zusammenscharrt.
152. Und wahrlich, wenn ihr sterbet oder erschlagen werdet, werdet ihr zu Allah versammelt.

Aus der vierten Sure

Die Weiber
Geoffenbart zu Medina

Im Namen Allahs,
des Erbarmers, des Barmherzigen!

1. O ihr Menschen, fürchtet euern Herrn, der euch erschaffen aus einem Wesen und aus ihm erschuf seine Gattin und aus ihnen viele Männer und *Weiber* entstehen ließ. Und fürchtet Allah, in dessen Namen ihr einander bittet, und eurer Mutter Schoß. Siehe, Allah wacht über euch.
2. Und gebet den Waisen ihr Gut und tauschet nicht (euer) Schlechtes mit (ihrem) Guten ein und fresset nicht ihr Gut zu dem eurigen hinzu; siehe, das ist ein großes Verbrechen.
3. Und so ihr fürchtet, nicht Gerechtigkeit gegen die Waisen zu üben, so nehmt euch zu Weibern, die euch gut dünken, (nur) zwei oder drei oder

vier; und so ihr (auch dann) fürchtet, nicht billig zu sein, heiratet nur eine oder was eure Rechte (an Sklavinnen) besitzt. Solches schützt euch eher vor Ungerechtigkeit. Und gebet den Weibern ihre Morgengabe freiwillig. Und so sie euch gern etwas davon erlassen, so genießet es bekömmlich und zum Wohlsein.

38. Die Männer sind den Weibern überlegen wegen dessen, was Allah den einen vor den andern gegeben hat, und weil sie von ihrem Geld (für die Weiber) auslegen. Die rechtschaffenen Frauen sind gehorsam und sorgsam in der Abwesenheit (ihrer Gatten), wie Allah für sie sorgte. Diejenigen aber, für deren Widerspenstigkeit ihr fürchtet – warnet sie, verbannet sie in die Schlafgemächer und schlagt sie. Und so sie euch gehorchen, so suchet keinen Weg wider sie; siehe, Allah ist hoch und groß.

48. Unter den Juden gibt's welche, die die Stellung der Wörter verkehren und sagen: »Wir haben vernommen und rebellieren; und höre du, ohne zu vernehmen, und sieh uns an.« Es ist ein Umbiegen mit ihren Zungen und ein Stechen in den Glauben.
49. Und wenn sie sprächen: »Wir hören und gehorchen, und höre du und schau uns an«, so wäre es besser für sie und richtiger. Jedoch hat sie Allah für ihren Unglauben verflucht; und nur wenige von ihnen glauben.
50. O ihr, denen die Schrift gegeben ward, glaubet an das, was wir hinabsandten, bestätigend was ihr habt, bevor wir (eure) Gesichter auswischen und sie ihren Hinterteilen gleich machen oder euch verfluchen, wie wir die Sabbatgesellen verfluchten. Und Allahs Befehl ward vollzogen.
51. Siehe, Allah vergibt nicht, daß man ihm Götter beigesellt; doch verzeiht er, was außer diesem ist, wem er will. Und wer Allah Götter beigesellt, der hat eine gewaltige Sünde ersonnen.

52. Sahest du nicht auf die, welche sich selber für rein erachten? Allah aber erklärt für rein, wen er will; und es soll euch nicht um ein Fädchen am Dattelkern unrecht geschehen.

80. Wo immer ihr seid, einholen wird euch der Tod, auch wenn ihr wäret in ragenden Türmen. Und so ihnen ein Gutes widerfährt, sprechen sie: »Dieses ist von Allah.« Und so ihnen ein Übles widerfährt, sprechen sie: »Dieses ist von dir.« Sprich: »Alles ist von Allah.« Was aber ist diesem Volk, daß sie kaum ein Wort verstehen?
81. Was immer Gutes dir widerfährt, ist von Allah, und was immer Böses dir widerfährt, ist von dir selber. Und wir entsandten dich zu den Menschen als einen Gesandten, und Allah genügt als Zeuge.
82. Wer dem Gesandten gehorcht, der gehorcht Allah, und wer den Rükken kehrt, ... so haben wir dich nicht entsandt zum Hüter über sie.

84. Ist's nicht, daß sie den Koran studieren? Und so er von einem andern als Allah wäre, wahrlich, sie fänden in ihm viele Widersprüche.

91. Sie wünschen, daß ihr ungläubig werdet, wie sie ungläubig sind, und daß ihr (ihnen) gleich seid. Nehmet aber keinen von ihnen zum Freund, ehe sie nicht auswanderten in Allahs Weg. Und so sie den Rükken kehren, so ergreifet sie und schlagt sie tot, wo immer ihr sie findet; und nehmet keinen von ihnen zum Freund oder Helfer.

97. Und nicht sind diejenigen Gläubigen, welche (daheim) ohne Bedrängnis sitzen, gleich denen, die in Allahs Weg streiten mit Gut und Blut. Allah hat die, welche mit Gut und Blut streiten, im Rang über die, welche (daheim) sitzen, erhöht. Allen hat Allah das Gute versprochen; aber den Eifernden hat er vor den (daheim) Sitzenden hohen Lohn verheißen.

102. Und so ihr das Land durchzieht, so begeht ihr keine Sünde, wenn ihr das Gebet abkürzt aus Furcht, die Ungläubigen könnten euch überfallen. Siehe, die Ungläubigen sind euch ein offenkundiger Feind.
103. Und wenn du unter ihnen bist und mit ihnen das Gebet verrichtest, so soll ein Teil mit dir stehen, doch sollen sie ihre Waffen ergreifen. Und wenn sie sich niedergeworfen haben, so sollen sie hinter euch treten, und es soll eine andre Abteilung kommen, die noch nicht gebetet hat, und soll mit dir beten; doch sollen sie auf der Hut sein und ihre Waffen ergreifen. Die Ungläubigen hätten es gern, daß ihr eure Waffen und eure Sachen außer acht ließet, um euch dann auf einmal zu überfallen. Und ihr begehet keine Sünde, wenn euch der Regen Schaden zufügt oder wenn ihr krank seid, eure Waffen fortzulegen. Seid jedoch auf eurer Hut. Siehe, Allah hat für die Ungläubigen schändende Strafe bereitet.

152. Verlangen wird das Volk der Schrift von dir, ihnen ein Buch vom Himmel hinabzusenden. Aber etwas Größeres als dies verlangten sie schon von Moses. Und sie sprachen: »Zeig uns Allah deutlich!« Da erfaßte sie das Wetter für ihre Sünde. Alsdann nahmen sie sich das Kalb, nachdem die deutlichen Zeichen zu ihnen gekommen waren; aber wir vergaben ihnen dies und gaben Moses offenkundige Gewalt.
153. Und wir hoben den Berg über sie, als wir den Bund mit ihnen schlossen, und sprachen zu ihnen: »Tretet ein durch das Tor, euch niederwerfend«; und wir sprachen zu ihnen: »Übertretet nicht den Sabbat.« Und wir schlossen ein festes Bündnis mit ihnen.
154. Und darum, daß sie das Bündnis zerrissen und Allahs Zeichen verleugneten und die Propheten ungerechterweise ermordeten und sprachen: »Unsere Herzen sind unbeschnitten« – aber Allah hat sie wegen ihres Unglaubens versiegelt, so daß nur wenige glauben –
155. Und weil sie ungläubig waren und wider Maria eine große Verleumdung aussprachen,

156. Und weil sie sprachen: »Siehe, wir haben den Messias Jesus, den Sohn der Maria, den Gesandten Allahs, ermordet« – doch ermordeten sie ihn nicht und kreuzigten ihn nicht, sondern einen ihm ähnlichen – ... (darum verfluchten wir sie). Und siehe, diejenigen, die über ihn uneins sind, sind wahrlich im Zweifel in betreff seiner. Sie wissen nichts von ihm, sondern folgen nur Meinungen; und nicht töteten sie ihn in Wirklichkeit, sondern es erhöhte ihn Allah zu sich; und Allah ist mächtig und weise.
157. Und wahrlich vom Volk der Schrift wird jeder an ihn glauben vor seinem Tode; und am Tag der Auferstehung wird er wider sie Zeuge sein.
158. Und wegen der Sünde der Juden haben wir ihnen gute Dinge verwehrt, die ihnen erlaubt waren, wie auch wegen ihres Abwendens vieler von Allahs Weg.
159. Und weil sie Wucher nahmen, wiewohl er ihnen verboten war, und das Gut der Leute in unnützer Weise fraßen. Und für die Ungläubigen unter ihnen haben wir schmerzliche Strafe bereitet.
160. Aber denen unter ihnen, welche fest stehen im Wissen, und den Gläubigen, die da glauben an das, was zu dir hinabgesandt ward und hinabgesandt ward vor dir, und das Gebet verrichten und die Armenspende zahlen und an Allah glauben und an den Jüngsten Tag, wahrlich, jenen werden wir gewaltigen Lohn geben.
161. Siehe, wir haben dir Offenbarung gegeben, wie wir Noah Offenbarung gaben und den Propheten nach ihm, und Offenbarung gaben Abraham und Ismael und Isaak und Jakob, und den Stämmen und Jesus und Hiob und Jonas und Aaron und Salomo; und wir gaben David den Psalter.

Aus der fünften Sure

Der Tisch
Geoffenbart zu Medina

Im Namen Allahs,
des Erbarmers, des Barmherzigen!

17. Und mit denen, welche sprechen: »Siehe, wir sind Nazarener«, schlossen wir einen Bund. Sie aber vergaßen einen Teil von dem, was ihnen gesagt ward; darum erregten wir Feindschaft und Haß unter ihnen bis zum Tag der Auferstehung. Und sicherlich wird Allah ihnen ansagen, was sie getan.
18. O Volk der Schrift, nunmehr ist unser Gesandter zu euch gekommen, euch vieles von der Schrift kundzutun, was ihr verbargt, und um vieles zu übergehen. Gekommen ist nunmehr zu euch von Allah ein Licht und ein klares Buch, mit dem Allah leitet, wer seinem Wohlgefallen nachgeht, zu Wegen des Heils, und sie herausführt aus den Finsternissen zum Licht mit seiner Erlaubnis und sie leitet auf einen rechten Pfad.
19. Wahrlich, ungläubig sind, die da sprechen: »Siehe, Allah, das ist der Messias, der Sohn der Maria.« Sprich: »Und wer hätte über Allah Macht, so er den Messias, den Sohn der Maria, und seine Mutter und, wer auf der Erde allzumal, vernichten wollte?«
20. Und Allahs ist das Reich der Himmel und der Erde und was dazwischen. Er erschafft, was er will, und Allah hat Macht über alle Dinge.
21. Und es sprechen die Juden und die Nazarener: »Wir sind Allahs Kinder und seine Geliebten.« Sprich: »Und weshalb straft er euch für eure Sünden?« Nein, ihr seid Menschen von denen, die er erschaffen. Er verzeiht, wem er will, und Allahs ist das Reich der Himmel und der Erde und was dazwischen, und zu ihm ist die Heimkehr.
22. O Volk der Schrift, gekommen ist nunmehr zu euch unser Gesand-

ter, euch aufzuklären über das Ausbleiben der Gesandten, damit ihr nicht sagt: »Zu uns kommt weder ein Freudenbote noch ein Warner.« Und gekommen ist nun zu euch ein Freudenbote und ein Warner, und Allah hat Macht über alle Dinge.

30. Und verkünde ihnen die Geschichte der beiden Söhne Adams der Wahrheit gemäß, als sie ein Opfer opferten. Angenommen ward es von dem einen von ihnen, und nicht angenommen von dem andern. Er sprach: »Wahrlich, ich schlage dich tot!« (Der andre) sprach: »Siehe, Allah nimmt nur von den Gottesfürchtigen an.
31. Wahrlich, streckst du auch deine Hand zu mir aus, um mich totzuschlagen, so strecke ich doch nicht meine Hand zu dir aus, um dich zu erschlagen; siehe, ich fürchte Allah, den Herrn der Welten.
32. Siehe, ich will, daß du meine und deine Sünde trägst und ein Gefährte des Feuers wirst; und dies ist der Lohn der Ungerechten.«
33. Da trieb ihn seine Seele an, seinen Bruder zu erschlagen, und so erschlug er ihn und ward einer der Verlorenen.
34. Und es entsandte Allah einen Raben, daß er auf dem Boden scharrte, um ihm zu zeigen, wie er die Missetat an seinem Bruder verbergen könnte. Er sprach: »O weh mir, bin ich zu kraftlos, zu sein wie dieser Rabe und die Missetat an meinem Bruder zu verbergen?« Und so ward er reuig.
35. Aus diesem Grunde haben wir den Kindern Israel verordnet, daß wer eine Seele ermordet, ohne daß er einen Mord oder eine Gewalttat im Lande begangen hat, soll sein wie einer, der die ganze Menschheit ermordet hat. Und wer einen am Leben erhält, soll sein, als hätte er die ganze Menschheit am Leben erhalten.
36. Und es kamen zu ihnen unsre Gesandten mit den deutlichen Zeichen; dann aber waren viele von ihnen ausschweifend auf Erden.
37. Siehe, der Lohn derer, welche Allah und seinen Gesandten befehden und Verderben auf der Erde betreiben, ist nur der, daß sie getötet oder gekreuzigt oder an Händen und Füßen wechselseitig verstümmelt oder

aus dem Lande vertrieben werden. Das ist ihr Lohn hienieden, und im Jenseits wird ihnen schmerzliche Strafe:
38. Außer jenen, welche bereuen, bevor ihr sie in eurer Gewalt habt. Und wisset, daß Allah verzeihend und barmherzig ist.
39. O ihr, die ihr glaubt, fürchtet Allah und trachtet nach Vereinigung mit ihm und streitet in Allahs Weg; vielleicht ergeht es euch wohl.
40. Siehe, die Ungläubigen – hätten sie auch alles, was auf der ganzen Erde ist, und das gleiche dazu, um sich damit von der Strafe des Auferstehungstages loszukaufen, nicht würde es von ihnen angenommen. Und ihnen wird schmerzliche Strafe.
41. Sie möchten wohl dem Feuer entrinnen, doch entrinnen sie nicht aus ihm; und ihnen wird dauernde Strafe.
42. Und der Dieb und die Diebin, schneidet ihnen ihre Hände ab als Lohn für ihre Taten. (Dies ist) ein Exempel von Allah, und Allah ist mächtig und weise.
43. Wer aber nach seiner Sünde umkehrt und sich bessert, siehe, zu dem kehrt auch Allah; siehe Allah ist verzeihend und barmherzig.
44. Weißt du nicht, daß Allahs das Reich der Himmel und der Erde ist? Er straft, wen er will, und verzeiht, wem er will. Und Allah hat Macht über alle Dinge.

48. Siehe, hinabgesandt haben wir die Tora, in der sich eine Leitung und ein Licht befinden, mit der die Propheten, welche Muslime waren, die Juden richteten; und die Rabbinen und Lehrer (richteten) nach dem vom Buche Allahs, was ihrer Hut anvertraut ward und das sie bezeugten. Drum fürchtet nicht die Menschen, sondern fürchtet mich und verkaufet nicht meine Zeichen um geringen Preis. Und wer nicht richtet nach dem, was Allah hinabgesandt hat – das sind Ungläubige.
49. Und wir schrieben ihnen darin vor: »Leben um Leben, Auge um Auge, Nase für Nase, Ohr für Ohr, Zahn für Zahn und Wiedervergeltung von Wunden.« Und wer es vergibt als ein Almosen, so ist's ihm eine

Sühne. Wer aber nicht richtet nach dem, was Allah herniedergesandt hat, das sind die Ungerechten.
50. Und in ihren Spuren ließen wir folgen Jesus, den Sohn der Maria, zu bestätigen die Tora, die vor ihm war, und wir gaben ihm das Evangelium, darinnen eine Leitung und ein Licht, bestätigend die Tora, die vor ihm war, eine Leitung und Ermahnung für die Gottesfürchtigen;
51. Und damit das Volk des Evangeliums richte nach dem, was Allah in ihm herabgesandt hat; und wer nicht richtet nach dem, was Allah hinabgesandt hat – das sind die Frevler.
52. Und wir sandten hinab zu dir das Buch in Wahrheit, bestätigend, was ihm an Schriften vorausging, und Amen darüber sprechend. Drum richte zwischen ihnen nach dem, was Allah hinabsandte, und folge nicht ihren Gelüsten, (abweichend) von der Wahrheit, die zu dir gekommen. Jedem von euch gaben wir eine Norm und eine Heerstraße.
53. Und so Allah es wollte, wahrlich er machte euch zu einer einzigen Gemeinde; doch will er euch prüfen in dem, was er euch gegeben. Wetteifert darum im Guten. Zu Allah ist eure Heimkehr allzumal, und er wird euch aufklären, worüber ihr uneins seid.

108. Eines Tages wird Allah versammeln die Gesandten und wird sprechen: »Was ward euch geantwortet?« Sie werden sprechen: »Uns ist kein Wissen (davon); siehe, du bist der Wisser der Geheimnisse.«
109. Dann wird Allah sprechen: »O Jesus, Sohn der Maria, gedenke meiner Gnade gegen dich und deine Mutter, als ich dich mit dem Heiligen Geist stärkte, auf daß du reden solltest zu den Menschen in der Wiege und als Erwachsener,
110. Und als ich dich lehrte die Schrift und die Weisheit und die Tora und das Evangelium, und als du aus Ton mit meiner Erlaubnis die Gestalt eines Vogels erschufst und in sie hineinhauchtest und sie ein Vogel ward mit meiner Erlaubnis; und als du die Blinden und Aussätzigen mit meiner Erlaubnis heiltest und die Toten herauskommen ließest

mit meiner Erlaubnis; und als ich die Kinder Israel von dir zurückhielt, als du ihnen die deutlichen Zeichen brachtest. Und da sprachen die Ungläubigen unter ihnen: ›Dies ist nichts als offenkundige Zauberei.‹

111. Und als ich den Jüngern inspirierte: ›Glaubet an mich und an meinen Gesandten.‹ Sie sprachen: ›Wir glauben, und sei du Zeuge, daß wir Muslime sind‹;

112. Und als die Jünger sprachen: ›O Jesus, Sohn der Maria, ist dein Herr imstande, zu uns einen *Tisch* vom Himmel herabzusenden?‹ Er sprach: ›Fürchtet Allah, so ihr gläubig seid.‹

113. Sie sprachen: ›Wir wollen von ihm essen und unsre Herzen sollen in Frieden sein, und wissen wollen wir, daß du uns tatsächlich die Wahrheit gesagt hast, und wollen ihre Zeugen sein.‹

114. Da sprach Jesus, der Sohn der Maria: ›O Allah, unser Herr, sende zu uns einen Tisch vom Himmel herab, daß es ein Festtag für uns werde, für den ersten und letzten von uns, und ein Zeichen von dir; und versorge uns, denn du bist der beste Versorger.‹

115. Da sprach Allah: ›Siehe, ich sende ihn zu euch hinab, und wer hernach von euch ungläubig ist, siehe, den werde ich strafen mit einer Strafe, wie ich keinen von aller Welt strafen werde.‹«

116. Und wenn Allah sprechen wird: »O Jesus, Sohn der Maria, hast du zu den Menschen gesprochen: ›Nehmet mich und meine Mutter als zwei Götter neben Allah an?‹« Dann wird er sprechen: »Preis sei dir! Es steht mir nicht zu, etwas zu sprechen, was nicht wahr ist. Hätte ich es gesprochen, dann wüßtest du es. Du weißt, was in meiner Seele ist, ich aber weiß nicht, was in deiner Seele ist. Siehe, du bist der Wisser der Geheimnisse.

117. Nichts andres sprach ich zu ihnen, als was du mich hießest, nämlich: ›Dienet Allah, meinem Herrn und eurem Herrn.‹ Und ich war Zeuge wider sie, solange ich unter ihnen weilte. Seitdem du mich aber zu dir nahmst, bist du ihr Wächter, und du bist aller Dinge Zeuge.

118. Wenn du sie strafst, siehe, so sind sie deine Diener, und wenn du ihnen verzeihst, so bist du der Mächtige, der Weise.«

119. Sprechen wird Allah: »An diesem Tage wird die Wahrhaftigkeit den Wahrhaftigen frommen; ihnen werden sein Gärten, durcheilt von Bächen, darinnen sie verweilen ewig und immerdar.« Wohlgefallen hat Allah an ihnen, und sie sollen Wohlgefallen finden an ihm; dies ist die große Glückseligkeit.
120. Allahs ist das Reich der Himmel und der Erde und alles, was in ihnen ist; und er hat Macht über alle Dinge.

Aus der neunten Sure

Die Reue

Geoffenbart zu Medina

5. Sind aber die heiligen Monate verflossen, so erschlaget die Götzendiener, wo ihr sie findet, und packet sie und belagert sie und lauert ihnen in jedem Hinterhalt auf. So sie jedoch bereuen und das Gebet verrichten und die Armensteuer zahlen, so laßt sie ihres Weges ziehen. Siehe, Allah ist verzeihend und barmherzig.

29. Kämpfet wider jene von denen, welchen die Schrift gegeben ward, die nicht glauben an Allah und an den Jüngsten Tag und nicht verwehren, was Allah und sein Gesandter verwehrt haben, und nicht bekennen das Bekenntnis der Wahrheit, bis sie den Tribut aus der Hand gedemütigt entrichten.
30. Und es sprechen die Juden: »Esra ist Allahs Sohn.« Und es sprechen die Nazarener: »Der Messias ist Allahs Sohn.« Solches ist das Wort ihres Mundes. Sie führen ähnliche Reden wie die Ungläubigen von zuvor. Allah schlag' sie tot! Wie sind sie verstandeslos!
31. Sie nehmen ihre Rabbinen und Mönche neben Allah und dem Mes-

sias, dem Sohn der Maria, zu Herren an, wo ihnen doch allein geboten ward, einem einzigen Gott zu dienen, außer dem es keinen Gott gibt. Preis ihm, (er steht hoch) über dem, was sie neben ihn setzen.
32. Verlöschen wollen sie Allahs Licht mit ihrem Munde, aber Allah will allein sein Licht vollenden, auch wenn es den Ungläubigen zuwider ist.
33. Er ist's, der entsandt hat seinen Gesandten mit der Leitung und der Religion der Wahrheit, um sie sichtbar zu machen über jede andre Religion, auch wenn es den Ungläubigen zuwider ist.

52. Sprich: »Erwartet ihr etwa, daß uns nicht eins der beiden schönsten Dinge treffen wird?« Und wir erwarten von euch, daß euch Allah mit einer Strafe treffen wird, sei es von ihm oder durch unsre Hand. Und so wartet; siehe, wir warten mit euch.

Aus der zehnten Sure

Jonas (Frieden sei auf ihm!)

Geoffenbart zu Mekka

Im Namen Allahs,
des Erbarmers, des Barmherzigen!

38. Und dieser Koran konnte nicht ohne Allah ersonnen werden. Vielmehr ist er eine Bestätigung dessen, was ihm vorausging, und eine Erklärung der Schrift – kein Zweifel ist daran – vom Herrn der Welten.

Aus der dreizehnten Sure

Der Donner
Geoffenbart zu Mekka

Im Namen Allahs,
des Erbarmers, des Barmherzigen!

1. A. L. M. R. Dies sind die Zeichen des Buches; und was herabgesandt ward zu dir von deinem Herrn, ist die Wahrheit, jedoch glauben die meisten Menschen nicht.
2. Allah ist's, der die Himmel erhöht hat ohne Säulen, die ihr seht; alsdann setzte er sich auf den Thron und zwang zum Frondienst Sonne und Mond. Alles eilt zu einem bestimmten Termin. Er lenkt alle Dinge; er macht die Zeichen klar. Vielleicht glaubt ihr an die Begegnung mit euerm Herrn.

Aus der siebzehnten Sure

Die Nachtfahrt*
Geoffenbart zu Mekka

Im Namen Allahs,
des Erbarmers, des Barmherzigen!

52. Und sie sprechen: »Wenn wir Gebeine geworden sind und Staub, sollen wir dann etwa zu einer neuen Schöpfung erstehen?«

* Auch »Die Kinder Israel« genannt.

53. Sprich: »Wäret ihr auch Stein oder Eisen oder sonst welches Erschaffene, das euch schwer dünkt (erweckt zu werden) ...« Und sie werden sprechen: »Wer wird uns zurückbringen?« Sprich: »Er, der euch das erste Mal erschuf.« Und dann werden sie das Haupt wider dich schütteln und sprechen: »Wann geschieht's?« Sprich: »Vielleicht geschieht's bald.«

54. Eines Tages wird er euch rufen, und ihr werdet ihm antworten mit Lobpreisung und werdet glauben, ihr hättet nur ein wenig verweilt.

55. Und sprich zu meinen Dienern, sie sollen aufs freundlichste reden. Siehe, der Satan sucht Streit unter ihnen zu stiften; siehe, der Satan ist den Menschen ein offenkundiger Feind.

56. Euer Herr kennt euch sehr wohl; wenn er will, erbarmt er sich euer, und, wenn er will, straft er euch, und nicht haben wir dich entsandt, ihr Beschützer zu sein.

57. Und dein Herr kennt jeden, der in den Himmeln und auf Erden ist. Und wahrlich, wir bevorzugten die einen der Propheten vor den andern, und wir gaben David die Psalmen.

Aus der achtzehnten Sure

Die Höhle

Geoffenbart zu Mekka

Im Namen Allahs,
des Erbarmers, des Barmherzigen!

110. Sprich: »Ich bin nur ein Mensch wie ihr; geoffenbart ward mir, daß euer Gott ein einiger Gott ist. Und wer da hoffet, seinem Herrn zu begeg-

nen, der wirke ein rechtschaffen Werk, und bete niemand neben seinem Herrn an.«

Aus der neunzehnten Sure

Maria

Geoffenbart zu Mekka

Im Namen Allahs,
des Erbarmers, des Barmherzigen!

16. Und gedenke auch im Buche der *Maria.* Da sie sich von ihren Angehörigen an einen Ort gen Aufgang zurückzog
17. Und sich vor ihnen verschleierte, da sandten wir unsern Geist zu ihr, und er erschien ihr als vollkommener Mann.
18. Sie sprach: »Siehe, ich nehme meine Zuflucht vor dir zum Erbarmer, so du ihn fürchtest.«
19. Er sprach: »Ich bin nur ein Gesandter von deinem Herrn, um dir einen reinen Knaben zu bescheren.«
20. Sie sprach: »Woher soll mir ein Knabe werden, wo mich kein Mann berührt hat und ich keine Dirne bin?«
21. Der sprach: »Also sei's! Gesprochen hat dein Herr: ›Das ist mir ein Leichtes‹; und wir wollen ihn zu einem Zeichen für die Menschen machen und einer Barmherzigkeit von uns. Und es ist eine beschlossene Sache.«

Aus der einundzwanzigsten Sure

Die Propheten

Geoffenbart zu Mekka

Im Namen Allahs,
des Erbarmers, des Barmherzigen!

1. Genaht ist den Menschen ihre Abrechnung, aber in Achtlosigkeit kehren sie sich ab.
2. Die jüngste Ermahnung, die zu ihnen kam von ihrem Herrn, hören sie nur spottend an.
3. Spaßend in ihren Herzen. Und die Frevler sprechen insgeheim: »Ist dieser mehr als ein Mensch wie ihr? Wollt ihr etwa der Zauberei, wo ihr sie erkennt, nahetreten?«
4. Sprich: »Mein Herr kennt, was im Himmel und auf Erden gesprochen wird. Er ist der Hörende, der Wissende.«
5. Sie hingegen sprechen: »Es sind wirre Träume. Ja, er hat ihn erdichtet, er ist ja ein Dichter. Er bringe uns ein Zeichen, so wie die Früheren entsandt wurden.«
6. Nicht glaubte vor ihnen irgendeine Stadt, die wir zerstörten; würden sie denn glauben?
7. Und vor dir entsandten wir nur Männer, denen wir uns geoffenbart. Fragt nur das Volk der Ermahnung*, so ihr's nicht wisset.
8. Und nicht gaben wir ihnen einen Leib, der keine Speise genoß, und nicht waren sie ewig.
9. Alsdann bewahrheiteten wir ihnen die Verheißung und erretteten sie und wen wir wollten und vertilgten die Übertreter.

* Volk der Ermahnung: Juden und Christen.

10. Wahrlich, wir haben nun zu ihnen ein Buch hinabgesandt, in dem eure Warnung steht. Wollt ihr denn nicht einsehen?
11. Und wie viele Städte, die sündig waren, zerstörten wir von Grund aus und erweckten nach ihnen ein ander Volk!
12. Und da sie unsern Zorn verspürten, siehe, da flohen sie vor ihm.
13. »Fliehet nicht, (so sprachen höhnend die Engel,) kehret zurück zu dem, das euch mit Übermut erfüllte, und zu euern Wohnungen; vielleicht fragt man euch.«
14. Sie sprachen: »O weh uns, wahrlich, wir waren Sünder!«
15. Und dieser ihr Ruf hörte nicht eher auf, als bis wir sie zu Schwaden gemacht, verloschen.
16. Und nicht erschufen wir den Himmel und die Erde und was dazwischen im Scherz.

48. Und aufstellen werden wir gerechte Waagen zum Tag der Auferstehung, und keine Seele soll in etwas Unrecht erleiden. Und wäre es das Gewicht eines Senfkorns, wir brächten es herbei, und wir genügen als Rechner.

Aus der vierundzwanzigsten Sure

Das Licht

Geoffenbart zu Medina

Im Namen Allahs,
des Erbarmers, des Barmherzigen!

31. Und sprich zu den gläubigen Frauen, daß sie ihre Blicke niederschlagen und ihre Scham hüten und daß sie nicht ihre Reize zur Schau tra-

gen, es sei denn, was außen ist, und daß sie ihren Schleier über ihren Busen schlagen und ihre Reize nur ihrem Ehegatten zeigen oder ihren Vätern oder den Vätern ihrer Ehegatten oder ihren Söhnen oder den Söhnen ihrer Ehegatten oder ihren Brüdern oder den Söhnen ihrer Brüder oder den Söhnen ihrer Schwestern oder ihren Frauen oder denen, die ihre Rechte besitzt, oder ihren Dienern, die keinen Trieb haben, oder Kindern, welche die Blöße der Frauen nicht beachten. Und sie sollen nicht ihre Füße zusammenschlagen, damit nicht ihre verborgene Zierat bekannt wird. Und bekehret euch zu Allah allzumal, o ihr Gläubigen; vielleicht ergeht es euch wohl.

35. Allah ist das *Licht* der Himmel und der Erde. Sein Licht ist gleich einer Nische, in der sich eine Lampe befindet; die Lampe ist in einem Glase, und das Glas gleich einem flimmernden Stern. Es wird angezündet von einem gesegneten Baum, einem Ölbaum, weder vom Osten noch vom Westen, dessen Öl fast leuchtete, auch wenn es kein Feuer berührte – Licht über Licht! Allah leitet zu seinem Licht, wen er will, und Allah macht Gleichnisse für die Menschen, und Allah kennt alle Dinge.

Aus der fünfzigsten Sure

Qâf

Geoffenbart zu Mekka

Im Namen Allahs,
des Erbarmers, des Barmherzigen!

1. Q. Bei dem ruhmvollen Koran!

2. Doch sie wundern sich, daß zu ihnen ein Warner aus ihnen kam; und es sprechen die Ungläubigen: »Dies ist ein wunderbarlich Ding.
3. Etwa, wenn wir gestorben und zu Staub geworden sind ...? Das ist eine weitentfernte Wiederkehr.«
4. Wir wissen wohl, was die Erde von ihnen verzehrt, und bei uns ist ein Buch, das achtgibt.
5. Sie aber ziehen die Wahrheit, nachdem sie zu ihnen kam, der Lüge, und sie befinden sich in verwirrtem Zustand.
6. Sehen sie denn nicht zum Himmel über ihnen empor, wie wir ihn erbauten und schmückten, und wie er keine Risse hat?
7. Und die Erde, wir breiteten sie aus und warfen in sie die festgegründeten (Berge) und ließen auf ihr sprießen von jeglicher schönen Art,
8. Zur Einsicht und Ermahnung für jeden reuig sich bekehrenden Diener.
9. Und wir senden vom Himmel gesegnetes Wasser herab und lassen durch dasselbe Gärten sprießen und das Korn der Ernte,
10. Und hohe Palmen mit übereinander stehenden Fruchtknöpfen,
11. Als eine Versorgung für die Diener. Und wir machen mit ihm ein totes Land lebendig; also wird die Erstehung sein.
12. Vor ihnen ziehen der Lüge das Volk Noahs und die Bewohner von Er-Raß und Thamûd,
13. Und Ad und Pharao und die Brüder Lots und die Waldbewohner und das Volk des Tubba. Alle ziehen die Gesandten der Lüge, und meine Drohung ward bewahrheitet.
14. Sind wir denn durch die erste Schöpfung ermattet? Doch sie sind in Unklarheit über eine neue Schöpfung.
15. Und wahrlich, wir erschufen den Menschen, und wir wissen, was ihm seine Seele einflüstert, denn wir sind ihm näher als die Halsader.

Zweiundfünfzigste Sure

Der Berg

Geoffenbart zu Mekka

Im Namen Allahs,
des Erbarmers, des Barmherzigen!

1. Bei dem *Berg*
2. Und einem Buch, geschrieben
3. Auf ausgebreitetem Pergament*,
4. Und dem besuchten Haus**
5. Und dem erhöhten Dache***
6. Und dem geschwollenen Meer,
7. Siehe, deines Herrn Strafe trifft wahrlich ein.
8. Keinen gibt's, sie abzuwehren.
9. Am Tag, da der Himmel ins Schwanken kommt
10. Und die Berge sich regen,
11. Wehe an jenem Tage denen, die (die Gesandten) der Lüge ziehen,
12. Sie, die zum Zeitvertreib schwatzten!
13. An jenem Tage sollen sie in Dschehennams Feuer gestoßen werden.
14. »Das ist das Feuer, das ihr für Lüge erklärtet.
15. Ist dies etwa Zauberei oder sehet ihr nicht?
16. Brennet in ihm und haltet aus oder haltet nicht aus, es ist gleich für euch; ihr werdet nur für euer Tun belohnt.«
17. Siehe, die Gottesfürchtigen kommen in Gärten und Wonne,
18. Genießend, was ihr Herr ihnen gegeben hat. Und befreit hat sie ihr Herr von der Strafe des Höllenpfuhls.

* Der Koran.
** Die Kaaba.
*** Das Himmelsdach.

19. »Esset und trinket und wohl bekomm's – für euer Tun!«
20. Gelehnt auf Polstern in Reihen, und wir vermählen sie mit großäugigen Hûris.
21. Und diejenigen, welche glauben und deren Sprößlinge ihnen im Glauben folgen, die wollen wir mit ihren Sprößlingen vereinigen, und um nichts von ihren Werken wollen wir sie betrügen. Jedermann ist für das, was er geschafft, verpfändet.
22. Und wir wollen sie reichlich mit Früchten und Fleisch versorgen, wie sie es nur wünschen.
23. Und reichen sollen sie einander darinnen einen Becher, in dem weder Geschwätz noch Versündigung ist.
24. Und die Runde sollen unter ihnen Jünglinge machen, gleich verborgenen Perlen.
25. Und einer wird sich an den andern wenden, einander fragend.
26. Und sie werden sprechen: »Siehe, wir waren zuvor inmitten unserer Familien besorgt!*
27. Doch war uns Allah gnädig und befreite uns von der Strafe des Glutwinds.
28. Siehe, wir riefen ihn zuvor an; siehe, er ist der Gütige, der Barmherzige.«
29. Drum ermahne, denn du bist, bei der Gnade deines Herrn, kein Wahrsager oder Besessener.
30. Sprechen sie etwa: »Ein Dichter! Wir wollen des Schicksals Unheil an ihm erwarten.«
31. Sprich: »Wartet; ich warte mit euch.«
32. Oder befehlen ihnen dies ihre Träume?
33. Oder sprechen sie: »Er hat ihn** erfunden?« Doch sie wollen nur nicht glauben.

* Um ihr künftiges Los.

** Den Koran.

34. So mögen sie mir eine Rede wie diese bringen, so sie wahrhaftig sind.
35. Oder wurden sie aus nichts erschaffen? Oder sind sie gar die Schöpfer (ihrer selbst?)
36. Oder erschufen sie die Himmel und die Erde? Doch nein, sie haben keinen festen Glauben.
37. Oder haben sie die Schätze deines Herrn? Oder haben sie die Oberherrschaft?
38. Oder haben sie eine Leiter, auf der sie lauschen können? Dann mag der Lauscher unter ihnen offenkundige Vollmacht bringen.
39. Oder hat Er Töchter und habt ihr Söhne?
40. Oder verlangst du einen Lohn von ihnen, wo sie von Schulden schwer beladen sind?
41. Oder besitzen sie das Verborgene, so daß sie es niederschreiben?
42. Oder beabsichtigen sie eine List? Aber wider die Ungläubigen werden Listen geschmiedet.
43. Oder haben sie einen Gott außer Allah? Preis Allah, (der erhaben ist) ob dem, was sie ihm beigesellen.
44. Und sähen sie ein Stück vom Himmel einfallen, so würden sie sprechen: »Eine dicke Wolke!«
45. So laß sie, bis sie ihrem Tag begegnen, an dem sie ohnmächtig werden sollen:
46. Ein Tag, an dem ihnen ihre List nichts nützen wird, und an dem sie nicht gerettet werden.
47. Und siehe, für die Ungerechten ist noch eine Strafe außer dieser; jedoch wissen es die meisten von ihnen nicht.
48. Und warte auf das Gericht deines Herrn, denn siehe, du bist in unsern Augen; und lobpreise deinen Herrn zur Zeit, da du aufstehst.
49. Und zur Nacht preise ihn und beim Erblassen der Sterne.

Einundachtzigste Sure

Das Zusammenfalten

Geoffenbart zu Mekka

Im Namen Allahs,
des Erbarmers, des Barmherzigen!

1. Wenn die Sonne *zusammengefaltet* wird,
2. Und wenn die Sterne herabfallen,
3. Und wenn die Berge sich rühren,
4. Und die hochschwangeren* Kamelstuten vernachlässigt werden,
5. Und wenn die wilden Tiere sich versammeln**,
6. Und wenn die Meere anschwellen,
7. Und wenn die Seelen gepaart werden (mit ihren Leibern),
8. Und wenn das lebendig begrabene (Mädchen) gefragt wird,
9. Um welcher Sünde willen es getötet ward,
10. Und wenn die Seiten aufgerollt werden,
11. Und wenn der Himmel weggezogen wird,
12. Und wenn der Höllenpfuhl entflammt wird,
13. Und wenn das Paradies nahegebracht wird,
14. Dann wird jede Seele wissen, was sie getan hat.
15. Und ich schwöre bei den rücklaufenden Sternen,
16. Den eilenden und sich verbergenden,
17. Und bei der Nacht, wenn sie dunkelt,
18. Und dem Morgen, wenn er aufatmet,
19. Siehe, dies ist wahrlich das Wort eines edlen Gesandten,

* Wörtlich: im zehnten Monat trächtigen.
** Um Schutz zu suchen.

20. Der begabt ist mit Macht bei dem Herrn des Thrones und in Ansehen steht,
21. Dem gehorcht wird und der getreu ist.
22. Und nicht ist euer Gefährte besessen;
23. Wahrlich er sah ihn am klaren Horizont,
24. Und er geizt nicht mit dem Verborgenen.
25. Auch ist's nicht das Wort eines gesteinigten Satans.
26. Drum, wohin geht ihr?
27. Siehe, es ist nur eine Ermahnung für alle Welt,
28. Für jeden von euch, der den geraden Weg nehmen will.
29. Doch werdet ihr nicht wollen, es sei denn, daß Allah will, der Herr der Welten.

Fünfundachtzigste Sure

Die Türme

Geoffenbart zu Mekka

Im Namen Allahs,
des Erbarmers, des Barmherzigen!

1. Bei dem Himmel mit seinen *Türmen**
2. Und dem verheißenen Tag,
3. Bei einem Zeugen und einem Bezeugten**,
4. Getötet werden die Gefährten des Grabens,

* Die Zeichen des Zodiakus.
** Der Zeuge wird auf Muhammad, das Bezeugte auf die Auferstehung gedeutet.

5. Des brennstoffreichen Feuers,
6. Da sie an ihm saßen
7. Und Zeugen waren dessen, was man den Gläubigen antat*.
8. Und sie rächten sich an ihnen allein darum, daß sie an Allah glaubten, den Mächtigen, Rühmenswerten,
9. Des das Reich ist der Himmel und der Erde; und Allah ist Zeuge aller Dinge.
10. Siehe, diejenigen, welche die Gläubigen, Männer und Frauen, heimsuchen und hernach nicht bereuen, ihnen wird die Strafe Dschehannams und die Strafe des Verbrennens.
11. Siehe, diejenigen, welche glauben und das Rechte tun, für sie sind Gärten, durcheilt von Bächen; das ist die große Glückseligkeit.
12. Siehe, deines Herrn Rache ist wahrlich streng.
13. Siehe, er bringt hervor und läßt zurückkehren,
14. Und er ist der Verzeihende, der Liebende,
15. Der Herr des ruhmvollen Thrones,
16. Der da tut, was er will.
17. Kam nicht zu dir die Geschichte der Heerscharen
18. Pharaos und Thamûds?
19. Doch die Ungläubigen zeihen sie der Lüge;
20. Aber Allah umgibt sie von hinten.
21. Ja, es ist ein ruhmvoller Koran
22. Auf verwahrter Tafel.**

* Geiger bezieht dies auf die Geschichte der drei Männer im feurigen Ofen, Daniel 3,8 ff., während die arabischen Ausleger an die Bestrafung eines jüdischen Königs von Himjar denken, der die Christen verfolgt habe.

** Der Prototyp des Korans im Himmel.

Neunundachtzigste Sure

Die Morgenröte
Geoffenbart zu Mekka

Im Namen Allahs,
des Erbarmers, des Barmherzigen!

1. Bei der *Morgenröte* und den zehn Nächten*,
2. Und dem Doppelten und Einfachen**,
3. Und der Nacht, wenn sie anbricht,
4. Ist hierin ein Schwur für den Einsichtsvollen?
5. Sahst du nicht, wie dein Herr mit Ad verfuhr?
6. Mit Iram der Säulenreichen***,
7. Der nichts gleich erschaffen ward im Land?
8. Und Thamûd, da sie sich Felsen ausgehauen im Wadi?
9. Und Pharao, dem Herrn der Zeltpflöcke,
10. Die im Land frevelten
11. Und des Verderbens viel auf ihm anrichteten?
12. Und es schüttete dein Herr über sie aus die Geißel der Strafe.
13. Siehe, dein Herr ist wahrlich auf der Wacht.
14. Und was den Menschen anlangt – wenn ihn sein Herr prüft und ihn ehrt und begnadet,
15. Dann spricht er: »Mein Herr hat mich geehrt.«
16. Wenn er ihn aber prüft und ihm seine Versorgung bemißt,
17. Dann spricht er: »Mein Herr verachtet mich.«

* Die ersten zehn heiligen Nächte des Monats Zul-Hiddschah.
** Doppelt sind alle Geschöpfe, nämlich männlich und weiblich; einfach der Schöpfer.
*** Die Sage von der Säulenstadt Iram erinnert an die Sage vom Turmbau zu Babel und ist in 1001 Nach hübsch erzählt.

18. Keineswegs; doch ihr ehret nicht die Waise
19. Und eifert einander nicht an zu Speisung des Armen
20. Und fresset das Erbe (des Unmündigen) allzumal
21. Und liebet das Gut in übermäßiger Liebe.
22. Nicht also. Doch wenn die Erde kurz und klein zermalmt wird
23. Und dein Herr und die Engel in Reihen auf Reihen kommen
24. Und Dschehannam an jenem Tage gebracht wird, an jenem Tage möchte der Mensch Ermahnung annehmen; woher aber wäre ihm die Ermahnung?
25. Sprechen wird er dann: »O daß ich doch für mein Leben etwas vorausgeschickt hätte!« Und an jenem Tage wird keiner strafen wie Er,
26. Und keiner wird binden wie Er.
27. O du beruhigte Seele,
28. Kehre zurück zu deinem Herrn zufrieden, befriedigt,
29. Und tritt ein unter meine Diener,
30. Und tritt ein in mein Paradies!

Dreiundneunzigste Sure

Der lichte Tag

Geoffenbart zu Mekka

Im Namen Allahs,
des Erbarmers, des Barmherzigen!

1. Beim *lichten Tag*
2. Und der Nacht, wann sie dunkelt,
3. Dein Herr hat dich nicht verlassen und nicht gehaßt!
4. Und wahrlich, das Jenseits ist besser für dich als das Diesseits,

5. Und wahrlich, geben wird dir dein Herr, und du wirst zufrieden sein.
6. Fand er dich nicht als Waise und nahm dich auf?
7. Und fand dich irrend und leitete dich?
8. Und fand dich arm und machte dich reich?
9. Drum, was die Waise anlangt, unterdrücke sie nicht,
10. Und was den Bettler anlangt, verstoß ihn nicht,
11. Und was deines Herrn Gnade anlangt, verkünde sie.

Annemarie Schimmel
Einleitung in den Koran

Im Jahre 1955 fragten einige Studenten der Islamisch-Theologischen Fakultät in Ankara ihren Lehrer in der Koranlesekunst, einen gebildeten höheren Staatsbeamten, nach einer feinen Ausspracheveränderung in der Rezitation des Korans, indem sie behaupteten, seine Aussprache sei nicht der arabischen Grammatik entsprechend.

»Aber der Koran ist doch nicht arabisch!« rief er entsetzt, »er ist doch Gottes Wort (wie könnt ihr ihn nach der arabischen Grammatik messen wollen?)!«

Die kleine Szene zeigt, wie der Glaube an die übernatürliche Herkunft des Koran und an seine absolute Unfehlbarkeit noch heute selbstverständlich für jeden Muslim ist, mag er den heiligen Text verstehen oder nur seine Worte hören und lernen, seine Zeichen nachschreiben.

Wie ist diese Urkunde zu solchem Einfluß gelangt? Dem Mekkaner Muhammad, aus der Sippe Koreisch, der aufgewachsen war innerhalb des vielfarbigen primitiven Heidentums seiner Stammesgenossen, und der, wie manche andere seiner Zeitgenossen am Ende des 6. nachchristlichen Jahrhunderts, eine höhere Art der Religiosität suchte, wurden bei seinen Meditationen in der Höhle des Berges Hira nahe der Stadt Mekka Visionen und Auditionen zuteil, und gestützt von dem Vertrauen seiner Gattin Chadidscha rang er sich zu der Überzeugung durch, zu seinen der Sünde des Götzendienstes anheimgefallenen Landsleuten als Warner gesandt zu sein. So begann er zu predigen, was ihn die Stimme des Engels, des »zuverlässigen Geistes«, hören ließ: Worte des drohenden Gerichtes für die, welche ihr Leben in Leichtfertigkeit und Verschwendung hinbringen, Verkündigung der ungeheuren Schrecken, welche die in Kürze erwartete Endzeit mit sich bringen sollte, Verheißung der rettenden Gnade Gottes für die, so sich bekehren und Gutes tun. Der Akzent der Verkündigungen verlagert sich im Laufe der Zeit stärker auf die Beschreibung der Machtfülle Gottes, der aus dem Nichts, nur durch sein Wort »Sei!« Leben schafft, der die tote Wüste durch den Regen belebt und der am Ende der Zeiten auch die Toten wieder erwekken wird – ein Glaube, den die nüchternen mekkanischen Kaufleute weidlich verspotteten. Die Vielgötterei der Mekkaner wird als Abfall und größte Sünde gebrandmarkt: Denn der Gott, der zugleich Schöpfer und Richter ist, kann nur ein einziger sein. Diese Einheit Gottes – und gleichzeitig seine auch in der kleinsten Bewegung sich offenbarende Aktivität – wird im Koran in immer neuen Wendungen bezeugt, und seine Vielseitigkeit mit zahlreichen Beiworten umschrieben – er ist der Erste und der Letzte, der Hörende und der Sehende, der Liebende und der Zwingende, der Barmherzige und der Erbarmer. Die Muslime haben aus diesen seinen Attributen die oft im Gebet einzeln oder nacheinander wiederholten 99 schönsten Namen Gottes zusammengestellt.

In den späteren Jahren von Muhammads mekkanischer Tätigkeit – er begann etwa in seinem 40. Lebensjahr, um 610, zu predigen – enthalten die Offenbarungen viele Hinweise auf frühere Propheten, die, gleich ihm, von ihren Landsleuten nicht anerkannt worden waren, worauf ihre Länder vom Erdboden vertilgt wurden. In diesen Prophetengeschichten begegnen uns Abraham, der durch Ismail Stammvater der Araber geworden ist und im Laufe der Entwicklung für Muhammad eine immer größere Bedeutung erhielt: er ist der Gläubige, welcher sich nicht vor Sonne und Mond, sondern vor dem, der sie bewegt, niederwarf, Vertreter einer Glaubenswahrheit, die älter als Judentum und Christentum ist; Urvater Adam ist es, vor dem sich die Engel zu beugen hatten, weil Gott ihn »die Namen lehrte« und ihm damit Gewalt über die Dinge gab; er wird nach koranischer Lehre, die keinen Erbsündenbegriff kennt, zum Sachwalter (chalifa) Gottes auf Erden eingesetzt, auf daß er und seine Nachkommen den rechten Pfad gehen und die Güter der Welt genießen und sie am Ende wieder dem Herrn des Alls zurückgeben; Noah und Idris (Henoch) tauchen in den Erzählungen auf; Moses, der

Mann, zu dem Gott sprach; der tugendhafte Joseph, dessen Geschichte ein ganzes Kapitel, das 12., erzählt und dessen Gestalt von Dichtern und Mystikern unzählig oft als Symbol der göttlichen Schönheit verwendet worden ist; der geduldige Hiob, David und Salomo und noch manch anderer, bis zu Jesus, dem Sohn der Jungfrau Maria, der als Wundertäter mit dem belebenden Odem, als letzter der Propheten vor Muhammad, gepriesen wird.

Als Muhammad im Jahre 619 zunächst seine treue Gattin, dann seinen Oheim, der ihn immer gegen die feindlichen Mekkaner geschützt hatte, verlor, wurde seine Lage kritisch. Nach Verhandlungen mit Bewohnern der nördlich gelegenen Stadt Jathrib begab er sich 622, nachdem seine Anhänger ihm vorausgezogen waren, dorthin; seither ist der Ort als Medina (die Stadt, sc. des Propheten) berühmt. Die Offenbarungen, die nach der Übersiedlung nach Medina entstanden, zeigen häufig einen mehr legislativen Charakter. Denn Muhammad war inzwischen Gemeindehaupt, Politiker und Gesetzgeber geworden. Aus den in Medina entstandenen Stücken lernen wir die Kämpfe der Muslime mit den Mekkanern kennen, Sieg und Niederlage, Waffenstillstand von Hudaibiya und glücklicher Wiedereinzug des triumphierenden Propheten in seine Heimatstadt (630), die Auseinandersetzungen mit den Juden der Stadt und der Nachbaroasen; aber auch häusliche Bedrängnisse des Propheten, der nach dem Tode Chadidschas zahlreiche Frauen geheiratet hatte, Fragen des Ehe- und Erbrechtes werden hier behandelt.

Nach Muhammads Meinung – und nach der Aussage des Koran (»Rezitation«) selbst – decken sich die an ihn ergangenen Offenbarungen mit denjenigen, welche frühere Völker durch ihre Propheten erhalten haben. Das, was Moses in der Tora, David im Psalter und Jesus im Evangelium ihre Völker gelehrt haben, soll auch den Arabern in ihrer Sprache verkündet werden. Deshalb ist der Koran in der »Nacht der Macht« im Monat Ramadan – dem 9. Monat des Mondjahres – herabgesandt worden; als solcherart geheiligter Monat wurde der Ramadan zum Fastenmonat bestimmt. Der offenbar als einmaliges Ereignis aufgefaßten »Herabsendung« (Sure 97) – d. h. wohl der ersten Offenbarung, die den Keim der Entwicklung in sich trug – folgten dann Auditionen, seltener Visionen, in denen Muhammad das, was in der »Mutter des Buches« – der alle göttliche Weisheit enthaltenden himmlischen Urschrift – geschrieben war, in der Sprache seines Volkes vernahm, so daß er es nun weiterverkünden konnte. Diese Eingebungen erschienen ihm selbst als Wunder; als die Mekkaner von ihm verlangten, er solle Wunder vollbringen wie die früheren Propheten, verwies er auf die Verse des Koran, denen der kennzeichnende Name *ayat*, »Wunderzeichen«, beigelegt wird; kein Sterblicher könne, so heißt es im Koran, gleiche oder ähnliche Worte und Gedanken hervorbringen! Muhammad – so wird ihm im Koran bestätigt – sei kein Dichter: Die Offenbarungen sind nicht in dem schon in vorislamischer Zeit höchst entwickelten und überaus verfeinerten, in Metrik, Reimkunst und Knappheit der Diktion unübertrefflichen poetischen Stil geschrieben, sondern in Reimprosa; zunächst in den kurzen zuckenden Sätzen, wie sie die Wahrsager jener Zeit zu verwenden pflegten; später werden die Satzglieder länger, der ursprüngliche eschatologische Schwung verebbt. Die Reimprosa, in der freilich die Reime hie und da recht frei behandelt werden, führt gelegentlich zu seltsamen Formbildungen, so den fortgesetzten Dualen in Sure 55. Für den Muslim jedoch ist die Sprache des Koran unübertrefflich, unnachahmbar, und in ihrer Vielseitigkeit, ihrer Harmonie und Ausdrucksfähigkeit das unbedingte Zeugnis von Gottes Urheberschaft. Goethe drückt es so aus:

»Der Stil des Korans ist seinem Inhalt und Zweck gemäß streng, groß, furchtbar, stellenweis wahrhaft erhaben; so treibt ein Keil den andern, und darf sich über die große Wirksamkeit des Buches niemand verwundern.«

Ein ägyptischer Gelehrter jedoch formuliert seine Ansicht über den Stil des heiligen Buches folgendermaßen:

»Die Form des Korans spiegelt weder die seßhafte Sanftheit des Städters noch die nomadische Rauheit des Beduinen wieder. Sie besitzt im rechten Maße die Süße der ersteren und die Kraft der letzteren.

Der Rhythmus der Silben ist gehaltener als in Prosa und weniger ausgeführt als in Poesie. Die Pausen kommen weder in Prosaform noch im Stil der Poesie, sondern mit harmonischer und rhythmischer Symmetrie.

Die gewählten Worte sind weder zu banal noch zu selten, sondern werden als Ausdruck bewundernswürdigen Adels angesehen.

Die Sätze sind in würdigster Art so ausgedrückt, daß die kleinstmögliche Anzahl von Worten verwendet wird, um Gedanken von äußerstem Reichtum auszudrücken ...

Koranische Rede ist deutlich übermenschlich, weil sie das psychologische Gesetz durchbricht, daß Intellekt und Gefühl immer in umgekehrtem Verhältnis zueinander stehen. Im Koran treffen wir konstante Zusammenarbeit dieser beiden antagonistischen Kräfte, denn wir finden, daß in den Geschichten, Argumenten, Doktrinen und Gesetzen sowie moralischen Prinzipien die Worte sowohl eine überzeugende Lehre als eine gefühlsmäßige Stärke haben ... Wenn wir ... zur Struktur einer Sure und des ganzen Korans übergehen, finden wir einen überall gegenwärtigen Plan, den kein Mensch hätte erfinden können.«

Die Tatsache, daß sich zahlreiche Erzählungen im Koran auf das Leben der alttestamentlichen Propheten und das Leben Jesu beziehen, bedeutete für Muhammad nichts als die Übereinstimmung der von ihm verkündeten Lehre mit den vorher geoffenbarten Wahrheiten. Ja, noch mehr: Wo seine Offenbarungen von den jüdischen und christlichen Überlieferungen abweichen, ist es für ihn – und für jeden Muslim – klar, daß die anderen Völker ihre Überlieferungen gefälscht haben; denn Muhammads Überzeugung, seine eigenen Erkenntnisse Wort für Wort von Gott erhalten zu haben und in ihnen die abschließende und alles andere umfassende und korrigierende Wahrheit zu sehen, läßt natürlich keinen Zweifel an der Wahrheit der koranischen Offenbarung zu; und für den Muslim wäre es unmöglich, einen Propheten der Lüge oder falschen Mitteilung zu zeihen. Deshalb kann, um nur ein Beispiel zu nennen, der Muslim die Kreuzigung Jesu nicht akzeptieren, da der Koran sie nicht anerkennt – dem historischen Zeugnis des Neuen Testaments wird die überhistorische göttliche Offenbarung gegenübergestellt, die für den gläubigen Muslim ungleich schwerer wiegt als ein Buch, das er ohnehin für eine durch Menschenhand veränderte Quelle hält. Da der Koran hinwiederum die Jungfrauengeburt anerkennt, wird der Muslim sie auch gegen moderne liberalistische Zweifel verteidigen.

Die zahlreichen Erzählungen von alt- und neutestamentlichen Gestalten im Koran haben von Anbeginn der Auseinandersetzung des Christentums mit dem Islam die Gelehrten beschäftigt. In der Regel wird dabei Muhammad eine mehr oder minder bewußte Übernahme dieser Stoffe von christlichen und jüdischen Mitbürgern zugeschrieben – Arabien war um die Wende vom 6. zum 7. Jahrhundert von zahlreichen Christen verschiedener Bekenntnisse bewohnt, da es in den Einflußsphären Irans und Ostroms, nestorianischen und monophysitischen Christentums lag; der christliche Eremit in seiner Zelle war den Arabern, wie die Poesie zeigt, kein Fremder, und die Handelsbeziehungen zu den syrischen Provinzen sowie nach dem Irak taten ein übriges, um wenigstens vage Kenntnisse von den Glaubensvorstellungen und Riten des Christentums bis nach Mekka dringen zu lassen. Auf der anderen Seite waren die Könige Südarabiens schon im 6. Jahrhundert zum Judentum übergetreten, und jüdische Kolonien fanden sich verschiedentlich in Arabien. So lagen die Einflüsse gewissermaßen in der Luft. Wie die Juden in Medina den Propheten schon wegen seiner unklaren Vorstellungen von alttestamentlichen Personen verspottet hatten, so haben diese angeblichen oder wirklichen Entlehnungen, falschen Zitierungen usw. auch in der christlichen Polemik gegen den Islam eine wichtige Rolle gespielt und Stoff für die *refutatio* (wie der

Jesuit Maracci seine 1698 erschienene lateinische Koranübersetzung und Einleitung nannte) geliefert; sie dienten zum Beweis dafür, daß Muhammad die Wahrheiten der anderen Religionen »mit häßlichem arabischen Kamelunrat umpflanzet« habe. (Herder) – Die Diskussion darüber, was Muhammad aus dem Judentum aufgenommen habe – nicht nur an Erzählungen, sondern an allgemeinen Glaubensvorstellungen und rituellen Handlungen –, hat eine umfangreiche Literatur hervorgerufen (erwähnt seien nur Autoritäten wie Hirschfeld, Horovitz, Geiger, Torrey, Katsh), während die christlichen Einflüsse auf die Entstehung des Islam am sachlichsten und behutsamsten von Tor Andrae geprüft worden sind.

Ebenso sind die eventuellen iranischen, sabäischen und natürlich auch die altarabischen Vorbilder für die im Koran vorhandenen Glaubenskonzeptionen untersucht worden: so entstammt die Waage beim Jüngsten Gericht altägyptischer, die zum Jenseits führende Brücke iranischer Glaubenswelt u. a. Doch darf man niemals vergessen, daß keine Religion aus dem Nichts gegründet wird, sondern immer an vorhandene Glaubensgrundlagen anknüpft und sich der vorhandenen Sprache und Vorstellungswelt anpassen muß, um sich überhaupt verständlich zu machen. Nicht das, was ein Religionsstifter von den Früheren übernimmt, sondern die Art, wie er es zu einem neuen Ganzen zusammenfügt, ist das wichtigste Problem.

Für den frommen Muslim bestehen Fragen wie die eben erörterten kaum. Wenn er wirklich eine Übernahme fremden Stoffes anerkennen sollte, so nur im Sinne der Bestätigung des schon vorhandenen Offenbarungsgutes; im allgemeinen aber wird er die Originalität der koranischen Offenbarung verteidigen. Muhammad Abdallah Draz, Professor für Koranauslegung an der ältesten und wichtigsten Universität im islamischen Gebiet, der Azhar in Kairo, dessen Meinung über den koranischen Stil oben zitiert wurde, hat in einem jüngst erschienenen Artikel (in: *Islam. The Straight Path*, ed. K. Morgan) jede Möglichkeit eines fremden Einflusses ausgeschlossen und hat sogar scharf die Idee von sich gewiesen, der Prophet habe durch Nachdenken zu der im Koran enthüllten Erkenntnis gelangen können, da er selber keine Ahnung von religiösen und legislativen Fragen gehabt habe, ehe die Offenbarung einsetzte:

»Bis zu einem gewissen Grade hätte die Vernunft ihm den Unsinn der Götzenanbetung zeigen können und die Sinnlosigkeit des Aberglaubens – aber wie hätte er wissen können, wie sie zu ersetzen sind? Nicht durch bloßes Denken können Fakten, gewußte und frühere Ereignisse beschrieben werden – und doch ist der Koran immer in völliger Übereinstimmung mit den grundlegenden Gegebenheiten der Bibel, auch mit solchen, die Muhammad unbekannt waren.«

Die Offenbarungen, die Muhammad etwa von seinem 40. Lebensjahr (um 610) bis nahe zu seinem Tode (632) begleiteten, wurden von seinen Anhängern auswendig gelernt und zum großen Teil auch auf verschiedenes Schreibmaterial – Knochen, Leder u.a. – geschrieben. Aber erst nach dem Tode Muhammads ging man daran, die verstreuten Stücke zusammenzustellen. Es gab mancherlei Lesarten einzelner Verse, durch die Vieldeutigkeit der damals noch wenig entwickelten arabischen Schrift bedingt; doch wurde in der Regierungszeit des dritten Kalifen 'Othman (644–656) eine grundlegende und allgemein akzeptierte Redaktion geschaffen, neben der die anderen Formen, mit ihren leichten Abweichungen, aus dem Gebrauch verschwanden; nur einzelne Lesartverschiedenheiten hielten sich im Gebrauch. Es fehlt jedoch noch eine kritische Ausgabe des Koran, die alle Varianten des Textes angibt.

Die Ordnung der Suren (Kapitel) erfolgte nach einem höchst einfachen und im Orient nicht ungebräuchlichen System: man ordnete sie in absteigender Länge. Da jedoch die ersten Offenbarungen verhältnismäßig kurze Stücke waren, während die Suren der medinensischen Zeit ausgedehnte Kapitel mit langen Sätzen sind, wurde die chronologische

Ordnung durch dieses Prinzip in Unordnung gebracht. Doch ist es mit stilkritischen historischen Untersuchungen nicht unmöglich, zumindest im großen die ursprüngliche Reihenfolge der Suren wiederherzustellen; Nöldekes bahnbrechende Forschungen haben den Weg hierzu gewiesen, andere Forscher haben sein Werk fortgesetzt. Daß jedoch in dieser wie auch in philologisch-exegetischer Hinsicht nie alle Probleme gelöst werden können, wenn auch die besten orientalischen Kommentare zu Hilfe genommen werden, darauf hat R. Paret jüngst wieder hingewiesen. Die Koranausgaben geben zu Beginn jeder Sure meist an, ob sie mekkanischen oder medinensischen Ursprungs ist; gelegentlich sind jedoch Einsprengsel aus anderem Zusammenhang innerhalb einer Sure zu finden, und die Ordnung kann durch Verschiebungen gestört sein – man vergleiche die Schwierigkeiten ähnlicher Art bei der Untersuchung der alttestamentlichen prophetischen Bücher! Einzelne europäische Gelehrte haben in ihren Koranübersetzungen die Suren in der von ihnen angenommenen chronologischen Reihenfolge übersetzt (Bell, Blachère). Die richtige Reihenfolge der Verse zu kennen ist vor allem darum wichtig, weil sich die Bedeutung mancher Ausdrücke im Laufe der Zeit verschoben hat und weil manche Verse durch spätere abrogiert oder korrigiert worden sind: so wird der Wein zunächst als Gottesgabe gepriesen, dann aber um seiner gefährlichen Wirkungen willen verboten. Diese dem abendländischen Kritiker so menschlich erscheinenden Zeichen des Schwankens beunruhigen den normalen muslimischen Frommen jedoch gar nicht (vgl. Sure 2, 10; 16, 103).

Die Suren werden eingeleitet durch die Fātiha, oft als Vaterunser des Islam bezeichnet, ein schlichtes Gebet, das jeder Muslim beim täglichen Pflichtgebet ebenso wie beim freien Gebet spricht, das auch für Verstorbene gebetet wird und das Hauptanliegen des Islam, die Bitte um die Rechtleitung auf Gottes Pfade, ausdrückt. Den Schluß bilden zwei kleine Suren, genannt *al-mu'awwidhatān* (113, 114), die gegen Zauber und alles Übel schützen sollen, während der logische Schluß durch die

112. Sure, das Bekenntnis der absoluten Einheit Gottes, gebildet wird, ein kurzes Kapitel, das in Theologie und Mystik, in Volksglauben und Philosophie sowie in der Polemik eine schwer zu überschätzende Rolle spielt. – Zu Beginn von 29 Suren finden sich geheimnisvolle Buchstabengruppen, die möglicherweise auf kleine frühere Privatsammlungen oder Besitzer des betreffenden Exemplars hinweisen, aber von der Spekulation auf die verschiedenste Art ausgedeutet worden sind, da man einen tiefen und geheimnisvollen Sinn in ihnen vermutete; man wählt einzelne von ihnen gelegentlich sogar zu Eigennamen, so Tāhā (Sure 20) oder Jāsīn (Sure 36). Ihr Rätsel ist noch nicht gelöst. Die Titel der Suren sind später hinzugefügt worden. Jede Sure beginnt mit der Basmala, der Formel *Bismi' llāhi' rrahmāni' rrahīm*, Im Namen Gottes des Barmherzigen, des Erbarmers, und bei der Rezitation des Koran, oder auch nur eines seiner Verse, wird kein Muslim vergessen, diese Formel vorher auszusprechen, wie er überhaupt jede Arbeit mit diesen Worten beginnt.

Es versteht sich, daß nach dem Tode Muhammads das durch ihn verkündete Wort für die junge Gemeinde, die sich rapide über das vorderasiatische Gebiet, über Ägypten, Nordafrika, Iran ausbreitete und achtzig Jahre nach dem Hinscheiden des Propheten am Atlantik, am unteren Indus und in Transoxanien stand (711), eine unermeßliche Bedeutung haben mußte. Hier fand man alle Grundlagen für religiöse Haltung, für Staatsführung, für das private Leben, für Diesseits und Jenseits. Freilich waren viele Andeutungen so knapp und nur aus einer konkreten Situation heraus zu verstehen, daß man die Vertrauten des Propheten fragen mußte, in welchem Zusammenhang dieses oder jenes geschehen sei; und so entwickelte sich die Kenntnis der Worte und Taten des Propheten zu einer eigenen neuen Wissenschaft. Selbst wichtigste religiöse Handlungen, wie die Pilgerfahrt nach Mekka, die letzte der Fünf Säulen des Islam (d. h. Glaubensbekenntnis, fünfmaliges tägliches Gebet, Fasten im Ramadan, Almosengeben, Pilgerfahrt), sind nur durch die ergänzenden Überlieferungen von Muhammads eigener

Handlungsweise zu verstehen, nicht aus den wenigen Andeutungen im Koran.

Die Überzeugung, daß der Koran Gottes Wort sei, die dem Propheten und seinen Anhängern selbstverständlich war durch das eigene Zeugnis der Offenbarung, wurde zu einem theologischen Problem im 9. Jahrhundert, als die Schule der Mu'tazila, um gegen dualistische Einflüsse die Einheit Gottes ganz scharf herauszuarbeiten, dafür hielt, daß der Koran zwar Gottes Wort sei, aber, wie alle seine Attribute, nicht gleichewig mit ihm. Dagegen erhob sich die Orthodoxie, und nach langen Auseinandersetzungen, in denen zunächst Mu'tazila Oberhand zu gewinnen schien, wurde das Dogma der Orthodoxie, daß der Koran ungeschaffen sei, allgemein akzeptiert. »Das, was zwischen beiden Einbanddeckeln ist, ist Gottes unerschaffenes Wort.« Zweifellos haben zu dieser Entwicklung Berührungen der islamischen Theologen mit der christlichen Logostheologie beigetragen. Wie Christus der ungeschaffene Logos ist, »mit dem Vater in einerlei Wesen«, so ist der Koran für den Muslim das unerschaffene Wort Gottes, das sich durch das Instrument Muhammad geoffenbart hat; wie für das Christentum die Nacht der Geburt Christi das höchste Fest ist, so für den Muslim die »Nacht der Macht«, in welcher der Koran erstmals offenbart wurde.

Als vollkommener Ausdruck des göttlichen Wesens und Willens kann aber der Koran nicht in eine andere Sprache übersetzt werden. Für den Muslim ist der Gedanke einer »Übersetzung« untragbar, da für ihn der Koran so viele Feinheiten, Tiefen, Schönheit und himmlische Weisheit enthält, daß jede Umformung der Worte und ihre Wiedergabe durch ein anderes Medium als das der arabischen Sprache unmöglich und unzulässig ist. Ja, sogar gegen seine Umschreibung in Lateinschrift haben noch vor kurzer Zeit türkische Theologen geeifert. Es kann bestenfalls der Sinn des Korans andeutend wiedergegeben werden – eine moderne englische Übersetzung trägt bezeichnenderweise den Titel »The Meaning of the Glorious Koran«, und die Übersetzungen in die islamischen Volkssprachen, wie Persisch, Türkisch, Urdu usw., sind in der Regel vom Originaltext begleitet, oft auch als Interlinearübersetzungen gemacht.

Dadurch hat der Koran ungeheure Wichtigkeit für die gesamte islamische Kultur gewonnen. Er ist der Schlüssel für das islamische Geistesleben von Westafrika bis zu den Philippinen. Seine Unübersetzbarkeit hat alle Völker, die den Islam annahmen, gezwungen, Arabisch zu lernen oder sich zumindest die arabische Schrift anzueignen: daher die Einheitlichkeit der Schrift im gesamten islamischen Kulturbereich, mochte die arabische Konsonantenschrift, die nur die drei langen Vokale a – i – u schreibt und sich im übrigen mit Vokalzeichen für die kurzen Vokale begnügt – die jedoch in der Mehrzahl der Texte nicht mitgeschrieben oder nur an schwierigen Stellen eingesetzt werden –, mochte diese Schrift auch für das Türkische und Persische, das Berberische oder Paschto, das Malaiische oder das Sindhi noch so ungeeignet sein: Islamisierung bedeutete Vereinheitlichung der Schrift, Einströmen arabischer Wörter und Redensarten in die Sprache, eine Entwicklung, von der erst in letzter Zeit einige westlich orientierte, nationalstolze Völker abgegangen sind. Auch derjenige, der sonst nichts von der arabischen Sprache kannte, mußte zumindest die im Gebet verwendeten kurzen Suren lernen, wenn er auch ihren Sinn nicht verstand: aber er sprach und spricht sie, besonders die Fatiha, mit Andacht, als das Wort Gottes, das er gewürdigt ist auszusprechen. So auch der Hâfiz, derjenige, welcher den Koran auswendig kennt und ihn entsprechend den verschiedenen Modulationen vorträgt: die meisten, die als Knaben in den nichtarabischen Ländern beginnen, das heilige Buch auswendig zu lernen (wobei sie, nach der Fatiha, bei der letzten Seite anfangen), verstehen seinen Wortlaut nicht. – Die Rezitationskunst ist außerordentlich hoch entwickelt, und auch der Außenstehende kann von einer guten Rezitation, deren technische Einzelheiten er freilich nicht zu beurteilen vermag, mitgerissen werden, während sich der umstehenden oder -sitzenden Menge hie und da ein Ach, ein Schluchzen, ein Seufzen, ein Huuu! ein langgezogenes »Allah!« entringt.

Um den Sinn des Koran auch Nichtarabern verständlich zu machen, entwickelte sich die Grammatik; Wörterbücher, Lexika sind dem ernsten Studium des heiligen Buches ebenso zu verdanken wie stetig wachsende Kommentare. Wir nennen nur den dreißigbändigen Kommentar des Tabari im frühen 10. Jahrhundert, den berühmten *Kaššāf.* des Zamachšari, den Kommentar der Baidāwī im 13. und den *tafsīr al-Ǧalālain* des Suyūṭī im 15. Jahrhundert von den in arabischer Sprache geschriebenen Auslegungen, die mit gründlicher philologischer und historischer Schulung Vers für Vers des Koran zu erklären sich bemühen. Dazu kommen die zahllosen Kommentare in den islamischen Volkssprachen und die Abhandlungen über die im Koran angeschnittenen Einzelfragen. Goldziher hat in seinen grundlegenden Vorlesungen »Die Richtungen der islamischen Koranauslegung« die Entwicklung von der ersten Periode, der Konstituierung des Textes, bis zum Modernismus hin verfolgt. Ein Zug zu mythologischer Ausschmückung mancher Berichte von alten Zeiten im Koran, wie er offenbar im frühen Islam herrschte, wurde von der Orthodoxie nicht gefördert; doch haben es sich die Prediger nicht nehmen lassen, die Einzelheiten von Paradies und Hölle, die im Texte nur angedeutet waren, in den glühendsten Farben vor ihren Zuhörern auszumalen.

Aber auch die Philosophen haben versucht, den Koran nach ihrer Weise auszulegen, und ganz besonders ist es die Mystik, die sich die Grundlage für ihre Anschauungen aus dem koranischen Text nimmt. Das scheint zunächst erstaunlich, da ein flüchtiger Blick in den Koran ihn als Ausdruck nüchterner Gesetzesreligion erscheinen lassen muß, in dem nichts Mystisches zu finden ist. Jedoch läßt sich die Frömmigkeit der ersten islamischen Asketen aus ihrer zitternden Hingabe an den Herrn des Gerichts, aus ihrer Sündenfurcht und ihrem Eifer in der Erfüllung der Vorschrift des Gebetes, des Fastens und der Wohltätigkeit ableiten. Sie waren es, die mit den Geboten und Verboten des Korans in einer schon recht verweltlichten Zeit Ernst machten, und sie haben immer versucht, den lebendigen Kontakt mit dem Koran zu behalten. Man erzählt von Mystikern, die 7000 Auslegungen eines einzigen Koranverses kannten und in einer Nacht die Erklärungen eines Verses nicht ausschöpfen konnten. Freilich sahen sie hier Geheimnisse, die einem normalen Leser unzugänglich bleiben. Doch sind viele koranische Verse zu Lieblingsthemen für die Meditation der Mystiker und Dichter geworden, so der berühmte Vers Sure 7, 171, da Gott die ungeschaffenen Seelen anredet und sie bekennen läßt, daß er der Herr ist – liebstes Thema der Dichter, die hier die Urewigkeit ihrer Liebe und Sehnsucht angedeutet finden. Oder der eigentümliche Lichtvers (Sure 24, 35), der Gott als Licht des Himmels und der Erde preist, oder der Thronvers (Sure 2, 256), der kunstvoll geschrieben zahlreiche Moscheen ziert, oder jene Verse, die aussagen »Er liebt sie und sie lieben ihn« (Sure 5, 59) und von den Mystikern als Hinweis auf die zuvorkommende Liebe Gottes und die Möglichkeit wechselseitiger Liebe zwischen Menschen und Schöpfer angesehen worden sind; die Vision der 53. Sure, die Andeutung der Nachtreise Muhammads (Sure 17, 1) und all jene Verse, die bekennen, daß alles Geschaffene Gott gehört und zu ihm zurückkehren wird.

Gerade durch die Mystik ist die Symbolik des Koran so tief in die orientalische Dichtung aller Zungen eingedrungen, daß das Verständnis dieser Poesie oft gar nicht möglich ist ohne eine gute Kenntnis des Koran. Wenn die Wange der Geliebten »wie lichter Tag« ist, so wird auf die einleitenden Worte der 93. Sure hingewiesen; wo von den Propheten und ihren Eigenheiten, vom Atem des jesusgleichen Freundes, vom tanzenden Berg die Rede ist, soll der Leser sogleich die Beziehung zu der als bekannt vorausgesetzten koranischen Erzählung finden – eine ähnliche Bibelvertrautheit, die es ermöglichte, die Alltagssprache mit Zitaten aus der Heiligen Schrift oder Andeutungen zu durchsetzen, war ja im deutschen Protestantismus früherer Zeiten auch vorhanden. Selbst orientalischer Humor ist oft nur aus den einem Laien zunächst kaum verständlichen Anspielungen auf den Koran und Verdrehungen seiner Ausdrücke verständlich, so jene türkische Anekdote, nach der ein Bektaschi-Derwisch auf die Frage, warum er das Gebet nicht verrichtet, mit dem koranischen Wort »Nahet euch nicht dem Gebet!« antwortete, die Fortsetzung »wenn ihr trunken seid usw.« aber ausläßt (Sure 4/43).

Die Koranauslegung, die so stark auch die Volksfrömmigkeit beeinflußt hat, ist verständlicherweise auch in den islamischen Sekten je nach deren Erfordernis getrieben worden. So versuchen die Schiiten, zahlreiche Verse auf Ali, den Vetter und Schwiegersohn des Propheten und ihrer Meinung nach den wahren Kalifen, zu deuten; andere Verse werden wiederum gegen die ersten Nachfolger Muhammads ausgelegt, abgesehen davon, daß der Schi'a zufolge manche auf Alis besondere Rolle anspielende Verse von den übelmeinenden ersten Kalifen eliminiert worden seien.

Die allegorische Exegese ist am weitesten getrieben in der Koranauslegung der Isma'iliya, der Siebener-Schi'a, die den treffenden Namen Bāṭinīya, Leute des »inneren Sinnes«, tragen und es verstanden haben, ihre Anhänger in verschiedenen Stufengängen in die differenzierten Geheimnisse jedes Koranverses einzuweihen, so den wörtlichen Sinn am Ende hinter sich lassend.

Jede Reformbewegung im Islam hat sich gleichfalls am Koran zu orientieren. Als im 19. und 20. Jahrhundert die islamische Welt mit den technischen Errungenschaften des Abendlands konfrontiert wurde, erhob sich vielerorts die Frage, wie weit das scheinbar beschränkte Weltbild, die eschatologische Erwartung, die Anspielungen auf Probleme der privatesten Lebensgewohnheiten des Propheten, sich mit der neuen Zivilisation in Einklang bringen ließen. Die modernistischen Bewegungen, die zunächst in Indien aus der Begegnung mit der britischen Macht, dann in Ägypten und in der Türkei sich entfalteten, suchten und fanden ihre eigenen Ideen im Koran. Sie gelangten zu der Überzeugung, daß es die Muslime seien, die im Laufe der Jahrhunderte um den einfachen Kern des heiligen Buches eine Unmenge von Literatur zweiter und dritter Hand, Kommentare und Superkommentare gehäuft und so den lebendigen schöpferischen Atem dieser Schrift fast erstickt hätten. Es sei, so behaupten Modernisten aller Richtungen, höchste Zeit, auf die koranische Offenbarung als einzige Grundlage des Islam zurückzugehen (manche schließen selbst die kanonische Überlieferungsliteratur aus); richtig interpretiert, gebe der Koran Weisung für jeden denkbaren Fall im privaten und politischen, im religiösen und sozialen Bereich. Wenn moderne Wissenschaft und traditionelle Koranauslegung nicht übereinstimmten, dann sei der Fehler im mangelnden Verständnis der koranischen Offenbarung zu suchen. Sir Muhammad Iqbal, der große Dichter-Philosoph des indo-persischen Islam und geistiger Vater Pakistans, hat in seinem »Buch der Ewigkeit« die »Welt des Koran«, die sich dem Sehenden immer neu entfaltet, überschwenglich gepriesen, wie er auch in seiner Philosophie stets am Koran als einziger Richtschnur für das muslimische Denken und Handeln festgehalten hat, nicht zögernd, selbst die Gedanken Bergsons und Einsteins in geistvoller Interpretierung in den Versen des heiligen Buches wiederzufinden.

Ist Iqbals Interpretierungskunst jedoch philosophisch unterbaut und liefert ein interessantes Gebilde moderner islamischer Weltschau, so haben andere moderne Koraninterpreten mit ihrem Versuch, vom elektrischen Licht bis zur Atombombe alles in den Worten des Koran wiederzufinden, dem islamischen Modernismus eher geschadet als genützt. Dazu gehören auch Versuche, wie sie die Ahmadiya-Bewegung in ihren Übersetzungen macht, alle eschatologischen Anspielungen aus dem Koran hinwegzuinterpretieren zugunsten einer flach rationalistischen Deutung, derzufolge etwa die packende und im Urtext hochpoetische Sure 81 eine Schilderung der Zukunft geben will, in der die »Tiere zusammengeführt sind«: nämlich in Zoologischen Gärten ... und was dergleichen Entgleisungen mehr sind. Die Ahmadiya ist die einzige islamische Sekte, welche Koranübersetzungen nicht nur gestattet, sondern fördert und sich dadurch, wie auch aus anderen Gründen, in Gegensatz zum orthodoxen Islam stellt.

Wie der Koran durch die Jahrhunderte hin die Grundlage jeder religiösen und philosophischen Richtung, unerschöpfliche Symbolquelle für Mystik und Dichtung, immer wieder bewährter Trost für Millionen von Gläubigen gewesen ist – ob sie auch seine Worte gleich nicht verstanden –, so darf auch seine Bedeutung für die bildende Kunst nicht unterschätzt werden. Der Islam hat sich möglichst weitgehend von der Darstellung lebender Wesen ferngehalten, dafür ist aber die Ornamentik – Arabeske und geometrisches Ornament – und noch mehr die Schriftkunst seit alters her in den islamischen Ländern gepflegt worden. Das Wort Gottes in möglichster Vollkommenheit zu schreiben, war der höchste Ehrgeiz der Kalligraphen, ganz gleich, ob sie in den ersten Jahrhunderten die wuchtige, eckige Kufi-Schrift, deren Strenge sich langsam lockerte, auf Pergament malten, ob sie die Buchstaben auf kunstvoll ornamentierten Grund setzten, ob sie aus Versen des Koran jene herrlichen Schriftfriese entwarfen, die dann in Stein gehauen oder in schimmernder Fayence eingelegt die Tore und Kuppeln der Moscheen krönten, ob sie die gewaltigen Seiten der für einen Herrscher bestimmten Koranexemplare mit harmonisch bewegter Naschi- oder Thuluth-Schrift in Schwarz und Gold füllten oder winzige, nur mit der Lupe zu entziffernde Koranexemplare schrieben, deren Anfangsseiten meist mit reichem Rankenwerk, mit goldenen und blauen Arabesken verziert waren und die in kunstvolle Leder- oder Lackeinbände kamen – jeder Kalligraph, Vergolder, Steinmetz, Mosaikleger, Buchbinder tat sein Bestes, um dem Wort Gottes eine würdige äußere Form zu geben; und viele Herrscher haben im Laufe der Jahrhunderte selbst kunstreiche Koranexemplare geschrieben.

In wie vielen Häusern hängen anstelle der in anderen Kulturen üblichen Bilder eingerahmte Koransprüche in zierlichem Duktus, die nicht nur den Sinn des frommen Bewohners immer wieder auf das heilige Buch richten sollen, sondern gleichzeitig als Schutzmittel, als Amulette, verwendet werden. Wie viele Taxichauffeure haben nicht ihren winzigen Koran als Talisman an der Windschutzscheibe hängen! Und in wie vielen Häusern sieht man über dem Bett der Eheleute einen in einer gestickten schönen Seidenhülle hängenden Koran, der gewissermaßen den ehelichen Frieden sichern soll.

Da im Koran selbst anbefohlen wird, nur Reine dürften ihn berühren, wird er in einer besonderen Hülle aufbewahrt, und Unreine – wie etwa Frauen an bestimmten Tagen – dürfen das Exemplar nicht anrühren; erst nach der großen Waschung ist es ihnen wieder zugänglich. Rezitiert werden darf der Text ebenfalls nur von einem Gläubigen im Zustande ritueller Reinheit. Um den hohen Rang des Koran zu dokumentieren, pflegt man ihn – zumindest in der Türkei – auf den höchsten Bord im Bücherregal zu stellen, oder in Bauernhäusern wohl auch sorglich an der Decke aufzuhängen. Bevor man ihn öffnet, küßt man ihn.

Hier ist der Glaube an das Wort Gottes zwischen beiden Buchdekkeln bis zu seiner letzten Konsequenz getrieben; so weit, daß manche Fromme sogar die jetzt in der Türkei übliche Druckanordnung für göttlich geoffenbart halten und aus den Zahlen und Buchstaben nicht etwa nur der Suren, nein sogar der durch eine erst seit wenigen Jahrhunderten bestehenden Tradition eingeteilten Seiten magische Interpretationskünste versuchen. Gegen die ersten Versuche, den Koran zu drukken, hatte sich ohnehin bei den Frommen Widerstand erhoben, da man fürchtete, Druckfehler könnten den Text entweihen. Vielerlei mit dem Koran getriebene Praktiken streifen schon an Magie. Die Macht des göttlichen Wortes ist für den Muslim wirksam, ob er sie verstehe oder nicht, und die Rezitation dieser oder jener Sure, die drei-, sieben- oder vierzigmal wiederholt wird, gilt als ein verdienstlicher Akt, kann auch die Erfüllung eines Gelübdes sein: »Wenn das und das geschieht, will ich vierzig Jāsīn rezitieren!« – Jāsīn, die 36. Sure, wird vor allem für die Verstorbenen rezitiert, gilt aber auch sonst als besonders wirkungsvoll.

So gründet sich das islamische Leben in allen seinen Äußerungen auf den Koran. Daß eine Übersetzung, die, von Nichtmuslimen verfaßt, von Nichtmuslimen gelesen wird, dem Leser schwer einen Eindruck von der Macht gibt, die dieses Buch für rund 350 Millionen Gläubige hat, ist selbstverständlich. Doch hat sich in den letzten Jahrzehnten ein Wandel in unserem abendländischen Verständnis gegenüber der islamischen Kultur angebahnt. Eine französische Gelehrte, D. Masson, hat es kürzlich unternommen, durch einen sorgfältigen Vergleich der im Koran ausgesprochenen Grundlehren über Gott, Welt, Schöpfung, Jenseits, Prophetologie u.a. mit den Lehren des Judentums und des Christentums eine Grundlage für eine bessere Verständigung zwischen den drei großen Religionen, die doch einer gemeinsamen historischen Wurzel entsprungen sind, zu schaffen. Das Anliegen aller drei ist, wie Masson mit Recht betont, den Menschen zu zeigen, daß alles von Gott kommt und wieder zu ihm zurückkehren wird.

Und wenn dem deutschen Leser eine unbefangene Aufnahme dieser Gedanken schwerfallen mag durch die vielen Probleme juristischer, politischer und sehr privater Natur, die im Koran neben diesem Hauptgedanken zu finden sind, die aber für den Muslim nichts anderes besagen, als daß jede seiner Lebensäußerungen in Übereinstimmung mit dem Willen Gottes sein soll, einem Willen, nach dessen Warum man nicht fragen kann – wenn diese für unser Gefühl fremdartige Verquikkung der religiösen und alltäglichen Sphäre ihn zunächst verwirren mag, so ist es gut, sich hier an Goethe zu erinnern, der den Koran in den »Noten und Abhandlungen zum West-Östlichen Divan« so gekennzeichnet hat:

»Glauben und Unglauben teilen sich in Oberes und Unteres; Himmel und Hölle sind den Bekennern und Leugnern zugedacht. Nähere Bestimmung des Gebotenen und Verbotenen, fabelhafte Geschichten jüdischer und christlicher Religion, Amplifikationen aller Art, grenzenlose Tautologien und Wiederholungen bilden den Körper dieses heiligen Buches, das uns, sooft wir auch darangehen, immer von neuem anwidert, dann aber anzieht, in Erstaunen setzt und am Ende Verehrung abnötigt.«

Teil II

»We are all waves of the same sea«
Wir sind alle Wellen vom selben Meer

Texte aus der Welt der Literatur

Einleitung: »Sprich auch du«

Walther von der Vogelweide
[Ich saz uf eime steine]

Ich saz uf eime steine
und dahte bein mit beine.
dar uf satzt ich den ellenbogen,
ich hete in mine hant gesmogen
daz kinne und ein min wange.
do dahte ich mir vil ange,
wie man zer welte solte leben.
deheinen rat kond ich gegeben,
wie man driu dine erwurbe,
der keines niht verdurbe.
diu zwei sint ere und varnde guot,
daz dicke ein ander schaden tuot.
daz dritte ist gotes hulde,
der zweier übergulde.
die wolte ich gerne in einen schrin:
ja leider desn mac niht gesin,
daz guot und weltlich ere
und gotes hulde mere
zesamene in ein herze komen:
stige und wege sint in benomen.
untriuwe ist in der saze,
gewalt vert uf der straze,
fride und reht sint sere wunt.
diu driu enhabent geleites niht, diu zwei enwerden e gesunt.

[Ich saß auf einem Stein]

Ich saß auf einem Stein
und hatte ein Bein über das andere geschlagen.
Darauf hatte ich den Ellenbogen gestützt
und hatte das Kinn und eine Wange
in meine Hand geschmiegt.
Da überlegte ich mir sehr genau,
wie man auf der Welt leben solle.
Keinen Rat wußte ich zu geben,
wie man drei Dinge erwerben solle,
ohne daß eines von ihnen zu Grunde ginge.
Zwei von ihnen sind Ansehen und Besitz,
die oft einander schaden.
Das dritte ist die Gnade Gottes,
die beiden weit überstrahlend.
Die hätte ich gern in einen Schrein gebracht:
aber wahrhaftig, das kann leider nicht sein,
daß Besitz und Geltung in der Welt
und dazu noch Gottes Gnade
zusammen in ein Herz kommen:
Weg und Steg sind ihnen versperrt:
Treulosigkeit liegt im Hinterhalt,
Gewalt beherrscht die Straße,
Friede und Recht sind schwer verwundet.
Die Drei haben keinerlei Sicherheit, wenn nicht die Zwei
vorher geheilt werden.

Bertolt Brecht

Ginge da ein Wind
Könnte ich ein Segel stellen.
Wäre da kein Segel
Machte ich eines aus Stecken und Plane.

Der Radwechsel

Ich sitze am Straßenrand
Der Fahrer wechselt das Rad.
Ich bin nicht gern, wo ich herkomme.
Ich bin nicht gern, wo ich hinfahre.
Warum sehe ich den Radwechsel
Mit Ungeduld?

Giuseppe Ungaretti
Dannazione

Chiuso fra cose mortali
(Anche il cielo stellato finirà)
Perché bramo Dio?

Mariano il 29 giugno 1916

Verdammnis

Eingeschlossen zwischen sterbliche Dinge
(Auch der gestirnte Himmel wird enden)
Warum giere ich nach Gott?

Mattina

M'illumino
d'immenso

Santa Maria La Longa
il 26 gennaio 1917

Morgen

Ich erleuchte mich
durch Unermeßliches

Salvatore Quasimodo
[Ognuno sta solo]

Ognuno sta solo
sul cuor della terra
trafitto da un raggio di sole
Ed'è subito sera

[Ein jeder steht ... allein]

Ein jeder steht
auf dem Herzen der Erde, allein
getroffen von einem Bündel Licht.
Und schon ist es Abend.

Blaise Pascal
Das Memorial

†

Jahr der Gnade 1654

Montag, den 23. November, Tag des heiligen Klemens, Papst und Märtyrer, und anderer im Martyrologium. Vorabend des Tages des heiligen Chrysogonos, Märtyrer, und anderer.
Seit ungefähr abends zehneinhalb bis ungefähr eine halbe Stunde nach Mitternacht

Feuer

»Gott Abrahams, Gott Isaaks, Gott Jakobs«, nicht der Philosophen und Gelehrten.
Gewißheit, Gewißheit, Empfinden: Freude, Friede.

Gott Jesu Christi

Deum meum et Deum vestrum.
»Dein Gott wird mein Gott sein« Ruth –
Vergessen von der Welt und von allem, außer Gott.
Nur auf den Wegen, die das Evangelium lehrt, ist er zu finden.

Größe der menschlichen Seele

»Gerechter Vater, die Welt kennt dich nicht; ich aber kenne dich.«
Freude, Freude, Freude und Tränen der Freude.
Ich habe mich von ihm getrennt.
Dereliquerunt me fontem aquae vivae.

»Mein Gott, warum hast du mich verlassen.«
Möge ich nicht auf ewig von ihm geschieden sein.
»Das ist aber das ewige Leben, daß sie dich, der du allein wahrer Gott bist, und den du gesandt hast, Jesum Christum, erkenne.«

Jesus Christus!
Jesus Christus!

Ich habe mich von ihm getrennt, ich habe ihn geflohen, mich losgesagt von ihm, ihn gekreuzigt.
Möge ich nie von ihm geschieden sein.
Nur auf den Wegen, die das Evangelium lehrt, kann man ihn bewahren.
Vollkommene und liebevolle Entsagung.

usw.

Vollkommene und liebevolle Unterwerfung unter Jesus Christus und meinen geistlichen Führer.
Ewige Freude für einen Tag geistiger Übung auf Erden.
Non obliviscar sermones tuos. Amen.

Paul Celan
Sprich auch du

Sprich auch du,
sprich als letzter,
sag deinen Spruch.

Sprich –
Doch scheide das Nein nicht vom Ja.
Gib deinem Spruch auch den Sinn:
gib ihm den Schatten.

Gib ihm Schatten genug,
gib ihm so viel,
als du um dich verteilt weißt zwischen
Mittnacht und Mittag und Mittnacht.

Blicke umher:
sieh, wie's lebendig wird rings –
Beim Tode! Lebendig!
Wahr spricht, wer Schatten spricht.

Nun aber schrumpft der Ort, wo du stehst:
Wohin jetzt, Schattenentblößter, wohin?
Steige. Taste empor.
Dünner wirst du, unkenntlicher, feiner!
Feiner: ein Faden,
an dem er herabwill, der Stern:
um unten zu schwimmen, unten,
wo er sich schimmern sieht: in der Dünung
wandernder Worte.

1. Kapitel:
»Man muß beim Bauen auch ans Abreißen denken«

Bertolt Brecht
Fragen eines lesenden Arbeiters

Wer baute das siebentorige Theben?
In den Büchern stehen die Namen von Königen.
Haben die Könige die Felsbrocken herbeigeschleppt?
Und das mehrmals zerstörte Babylon –
Wer baute es so viele Male auf? In welchen Häusern
Des goldstrahlenden Lima wohnten die Bauleute?
Wohin gingen an dem Abend, wo die Chinesische Mauer fertig war
Die Maurer? Das große Rom
Ist voll von Triumphbögen. Wer errichtete sie? Über wen
Triumphierten die Cäsaren? Hatte das vielbesungene Byzanz
Nur Paläste für seine Bewohner? Selbst in dem sagenhaften Atlantis
Brüllten in der Nacht, wo das Meer es verschlang
Die Ersaufenden nach ihren Sklaven.

Der junge Alexander eroberte Indien.
Er allein?
Cäsar schlug die Gallier.
Hatte er nicht wenigstens einen Koch bei sich?
Philipp von Spanien weinte, als seine Flotte
Untergegangen war. Weinte sonst niemand?
Friedrich der Zweite siegte im Siebenjährigen Krieg. Wer
Siegte außer ihm?

Jede Seite ein Sieg.
Wer kochte den Siegesschmaus?

Alle zehn Jahre ein großer Mann.
Wer bezahlte die Spesen?

So viele Berichte.
So viele Fragen.

Christine Lavant
[Sehr schön ist alles, wohl, Herr Vater, wohl]

Sehr schön ist alles, wohl, Herr Vater, wohl ...
Ein wenig nur macht mich die Erde traurig,
weil ich kein Tier bin, das dies anders fühlt:
Den Staub, den Regen, einen Schilfschaftstengel
und das Geräusch des Windes in den Blättern –
und dann vor allem: Deine Sonne!
Ob dich das Huhn im warmen Sand dort liebt?
Nicht so wie ich einmal dich lieben möchte
nach langem Denken, nein, gedankenlos,
im Hirn nicht mehr als in dem Hühnerherzen
und in den Fransen seiner schwarzen Federn.
Wohl meine Hände, wohl, die sind schon weit –;
besonders wenn sie auf der Bank da liegen,
auf diesem rohen sonnenwarmen Holz,
und unter ihm die Kraft der Nesseln spüren.
Das ist schon Liebe oder doch beinah
ein Anfang Liebe, eine Spur von Da-Sein,
das in dir da ist, hinter allen Namen,
unangesprochen anspruchslos und einig
mit allen Kräften dieser guten Erde
und nicht erwägend, ob dies Freude sei,
einfach sich freuend.

Johann Wolfgang von Goethe

Durch ein außerordentliches Weltereignis wurde jedoch die Gemütsruhe des Knaben zum ersten Mal im tiefsten erschüttert. Am 1. November 1755 ereignete sich das Erdbeben von Lissabon und verbreitete über die in Frieden und Ruhe schon eingewohnte Welt einen ungeheuren Schrecken. Eine große prächtige Residenz, zugleich Handels- und Hafenstadt, wird ungewarnt von dem furchtbarsten Unglück betroffen. Die Erde bebt und schwankt, das Meer braust auf, die Schiffe schlagen zusammen, die Häuser stürzen ein, Kirchen und Türme darüber her, der königliche Palast zum Teil wird vom Meere verschlungen, die geborstene Erde scheint Flammen zu speien, denn überall meldet sich Rauch und Brand in den Ruinen. Sechzigtausend Menschen, einen Augenblick zuvor noch ruhig und behaglich, gehen miteinander zugrunde, und der Glücklichste darunter ist der zu nennen, dem keine Empfindung, keine Besinnung über das Unglück mehr gestattet ist. Die Flammen wüten fort, und mit ihnen wütet eine Schar sonst verborgner oder durch dieses Ereignis in Freiheit gesetzter Verbrecher. Die unglücklichen Übriggebliebenen sind dem Raube, dem Morde, allen Mißhandlungen bloßgestellt; und so behauptet von allen Seiten die Natur ihre schrankenlose Willkür.

Schneller als die Nachrichten hatten schon Andeutungen von diesem Vorfall sich durch große Landstrecken verbreitet: an vielen Orten waren schwächere Erschütterungen zu verspüren, an manchen Quellen, besonders den heilsamen, ein ungewöhnliches Innehalten zu bemerken gewesen; um desto größer war die Wirkung der Nachrichten selbst, welche erst im allgemeinen, dann aber mit schrecklichen Einzelheiten sich rasch verbreiteten. Hierauf ließen es die Gottesfürchtigen nicht an Betrachtungen, die Philosophen nicht an Trostgründen, an Strafpredigten die Geistlichkeit nicht fehlen. So vieles zusammen richtete die Aufmerksamkeit der Welt eine Zeitlang auf diesen Punkt, und die durch fremdes Unglück aufgeregten Gemüter wurden durch Sorgen für sich selbst und die Ihrigen um so mehr geängstigt, als über die weitverbreitete Wirkung dieser Explosion von allen Orten und Enden immer mehrere und umständlichere Nachrichten einliefen. Ja, vielleicht hat der Dämon des Schreckens zu keiner Zeit so schnell und so mächtig seine Schauer über die Erde verbreitet.

Der Knabe, der alles dieses wiederholt vernehmen mußte, war nicht wenig betroffen. Gott, der Schöpfer und Erhalter Himmels und der Erden, den ihm die Erklärung des ersten Glaubensartikels so weise und gnädig vorstellte, hatte sich, indem er die Gerechten mit den Ungerechten gleichem Verderben preisgab, keineswegs väterlich bewiesen. Vergebens suchte das junge Gemüt sich gegen diese Eindrücke herzustellen, welches überhaupt um so weniger möglich war, als die Weisen und Schriftgelehrten selbst sich über die Art, wie man ein solches Phänomen anzusehen habe, nicht vereinigen konnten.

Der folgende Sommer gab eine nähere Gelegenheit, den zornigen Gott, von dem das Alte Testament so viel überliefert, unmittelbar kennenzulernen. Unversehens brach ein Hagelwetter herein und schlug die neuen Spiegelscheiben der gegen Abend gelegenen Hinterseite des Hauses unter Donner und Blitzen auf das gewaltsamste zusammen, beschädigte die neuen Möbel, verderbte einige schätzbare Bücher und sonst werte Dinge und war für die Kinder um so fürchterlicher, als das ganze außer sich gesetzte Hausgesinde sie in einem dunklen Gang mit fortriß und dort auf den Knien liegend durch schreckliches Geheul und Geschrei die erzürnte Gottheit zu versöhnen glaubte; indessen der Vater, ganz allein gefaßt, die Fensterflügel aufriß und aushob, wodurch er zwar manche Scheiben rettete, aber auch dem auf den Hagel folgenden Regenguß einen desto offnern Weg bereitete, so daß man sich nach endlicher Erholung auf den Vorsälen und Treppen von flutendem und rinnendem Wasser umgeben sah.

Thomas Mann

Pacif. Palis., Montag den 6. VIII. 45
/Schloß Kap. XXVII ab./In Westwood zum Einkauf von weißen Schuhen u. farbigen Hemden. – /Erster Angriff auf Japan mit Bomben, in denen die Kräfte des gesprengten Atoms (Uran) wirksam./ Das Geheimnis ist also heraus. Auch die Deutschen waren dicht dran, aber die Amerikaner haben das Rennen gewonnen – vielleicht mit Hilfe jener; denn zahlreiche deutsche Physiker sollen jetzt hier arbeiten – mit demselben Eifer wie für Hitler-Deutschland. Die Atom-Kraft-Bombe hat 2 Milliarden Dollar gekostet, und Zehntausende von Menschen haben in geheimnisvoller Arbeitsteilung daran gewirkt. – Zum Abendessen Walters. Die allgemeine Unzufriedenheit mit Liesl Franks excessivem und hirnlosem Trauer-Betragen. – Über Chopin. Einiges am Klavier. – Suchte vergebens nach einer Stelle in Fontanes Briefen über Turgenjew, ein Lob seiner künstlerischen Arbeit.

Pacif. Palis., Donnerstag den 9. VIII. 45
/Die zweite (oder mehrere?) Atom-Bombe auf die Stadt Nagasaki./ Enormer Staubsturz himmelwärts. Russisch-japanische Schlacht entwickelt sich in Manschukuo. – Über die Ausschreitungen Liesl Franks. – Lunch bei La Rue, außen. Sehr warmes Wetter. Mit der Post viel Lektüre. Zum Thee rumänisch-jüdisch geborene Dame, Freundin Annettens. Über »Germany and the Germans«. – Halbstündige Radio-Ansprache des Präsidenten Truman, langweilig, teils peinlich durch notgedrungene Heuchelei. – Brief an Dr. Ben-Chorin, Jerusalem begonnen. Abends Zeitschriften.

Pacif. Palis., Freitag den 10. VIII. 45
Schwankende Gerüchte und Telephon-Nachricht (Leyden) von der Übergabe Japans. Bestätigung, daß durch Schweden und Schweiz »auf

Befehl des Kaisers« ein Unterwerfungsangebot ergangen, unter der einzigen Bedingung der Bewahrung der Dynastie. Beratungen hierüber zwischen den Verbündeten. Unter der Formel »Schonung der sozialen u. religiösen Einrichtungen« eigentlich schon versprochen. Aber leidenschaftlicher Gegendruck der öffentlichen Meinung. Die Senatoren mit Telegrammen bombardiert. Wunsch, Land und Leute mit den Atombomben zu vernichten. – /Schrieb am Kapitel./ Ging Amalfi Drive. K. bedrückt durch den Weggang des neuen relativ brauchbaren Negermädchens schon morgen.

Julien Green

Crawford Notch, 7. August. – Das Antlitz der Erde wird sich mit der Atombombe zweifellos verändern. Der Mensch hat sich einer Waffe bemächtigt, die er nur mißbrauchen kann; eine unerhörte Kraft fällt in die Hände dieses leichtsinnigen und fast verantwortungslosen Wesen, das dem Taumel der Zerstörungslust nicht zu widerstehen weiß. Ich frage mich, welche Auswirkungen dieses Ereignis auf das Seelenleben jener Menschen haben wird, für die das unsichtbare Leben existiert. Wie viele Dinge werden mit einemmal wertlos! Das Leben unter der Gefahr des plötzlichen Todes aller wird die menschliche Rasse vielleicht veranlassen, verinnerlichter zu leben, wenn es sie nicht den Vergnügungen in die Arme wirft.

– Viel an meinem Roman gearbeitet. Die Geschichte von M. Fruges und dem kleinen Jungen müßte die wichtigste und gelungenste des ganzen Buches sein, und ich habe Angst, daß sie mir mißlingt.

– Vorgestern lange den nächtlichen Himmel betrachtet, der außerordentlich klar war. Lediglich in Tunesien habe ich so viele und so leuchtende Sterne gesehen, wenngleich sie mir in Afrika größer schienen. Was kann man über ein solches Schauspiel überhaupt sagen? Es löscht die menschliche Sprache aus. Selbst die Wirkung, die es auf uns ausübt, ist den Worten nicht zugänglich. Ein großes inneres Glück, ein tiefes Gefühl von der Eitelkeit der Welt, ein geheimnisvolles Gefühl, das dem von Gottes Gegenwart entspricht, ein unendlich großes Schweigen in uns, gleich einem Echo des himmlischen Schweigens.

14. August. – Bei Tagesanbruch weckte mich Geschrei von der Straße. Ich begriff, daß diesmal der Krieg mit Japan tatsächlich beendet war, und schlief wieder ein. Um neun Uhr morgens ging ich zum Times Square. Häßlichkeit der Menge, aus der sich da und dort sehr schöne Gesichter abheben. Ungewißheit dieser Abertausende von Menschen, die hier sind und nicht wissen, was sie tun sollen, schreiend hin und her gehen, weil man schreien muß. Ich hatte das Gefühl vollkommener Einsamkeit, womit ich sagen will, daß zwischen Menge und mir nicht die geringste Verbindung bestand. Ich mag die Menge nicht. Die Menge ist nicht das Volk; sie ist etwas anderes, etwas Niedriges und Dummes. Nach einigen Minuten betrat ich ein Kino, das ich eine Stunde später verließ. Unbarmherzig niederbrennende Sonne. Von sich selbst berauscht, schrie die Menge noch immer. Ein zehnjähriges Kind, das Gesicht von den Lippen der Mädchen, die es küßten, rot verschmiert. Ein alter Mann, die amerikanische Fahne wie einen Turban um den Filzhut geschlungen.

Marie Luise Kaschnitz
Hiroshima

Der den Tod auf Hiroshima warf
Ging ins Kloster, läutet dort die Glocken.
Der den Tod auf Hiroshima warf
Sprang vom Stuhl in die Schlinge, erwürgte sich.
Der den Tod auf Hiroshima warf
Fiel in Wahnsinn, wehrt Gespenster ab
Hunderttausend, die ihn angehen nächtlich
Auferstandene aus Staub für ihn.

Nichts von alledem ist wahr.
Erst vor kurzem sah ich ihn
Im Garten seines Hauses vor der Stadt.
Die Hecken waren noch jung und die Rosenbüsche zierlich.
Das wächst nicht so schnell, daß sich einer verbergen könnte
Im Wald des Vergessens. Gut zu sehen war
Das nackte Vorstadthaus, die junge Frau
Die neben ihm stand im Blumenkleid

Das kleine Mädchen an ihrer Hand
Der Knabe der auf seinem Rücken saß
Und über seinem Kopf die Peitsche schwang.
Sehr gut erkennbar war er selbst
Vierbeinig auf dem Grasplatz, das Gesicht
Verzerrt von Lachen, weil der Photograph
Hinter der Hecke stand, das Auge der Welt.

John Berger

Ich habe nie davon geträumt, General oder Politiker zu werden. Von diesen beiden Berufsgruppen respektiere ich eher die Generäle, denn sie sehen zumindest hin und wieder Blut. Ich bin kein Pazifist, sondern Realist. Ich habe nicht vor, hier eine geopolitische und historische Diskussion über Krieg und Frieden anzufangen, eine solche Diskussion wäre im Moment zu abgehoben. Es gibt jedoch eine Lüge – die zentrale Lüge dieses Krieges –, der man unbedingt entgegentreten muß.

Diese Lüge besteht in der Behauptung, der Golfkrieg habe aus denselben Gründen geführt werden müssen wie der Krieg gegen Hitler und den Faschismus im Jahre 1939. Es gibt auf der ganzen Welt keinen einzigen Dichter, der diesem Vergleich zustimmen würde, und zwar aus dem einfachen Grund, weil niemand wirklich und von Herzen davon überzeugt ist, daß dieser Vergleich zutrifft.

Ausgedacht hatten sich diesen Vergleich dieselben Politiker, die drei Jahre zuvor ihren »Hitler« beschützt und ihm Waffen verkauft hatten. Als Saddam Hussein kurdische Dörfer mit Gas angriff, sprach sich George Bush im amerikanischen Kongreß gegen eine Kürzung der Hilfe für den Irak aus. Was hatte sich verändert, woher nahmen dieselben Politiker mit einem Mal ihre historischen Weisheiten und ihre ungespielte Empörung? Um nicht selbst die Dummen zu sein, mußten sie nun die Öffentlichkeit für dumm verkaufen, denn ihr Plan war auf den Haß der Menschen angewiesen. Und um aus dem Nichts eine Welle des Hasses zu erzeugen, muß man immer lügen.

Die Fotografen amerikanischer Zeitungen trimmten den Schnurrbart Saddam Husseins, damit er dem Hitlers ähnelte! Wegen solcher Kunstgriffe wurden in Bagdad Zehntausende von Zivilisten physisch und psychisch verstümmelt, in das verwandelt, was von offizieller Seite »collateral damage« (»kriegsbedingte Begleitschäden«) genannt worden ist.

Es gab verschiedene andere Möglichkeiten, Kuwait zu befreien und Saddam Hussein in die Schranken zu weisen. Das weiß jede Regierung der Welt, die nicht auf der Gehaltsliste Amerikas steht. Das Deutschland der dreißiger Jahre war seit einem halben Jahrhundert eine hochindustrialisierte Weltmacht; der Irak war ein kleines Land der Dritten Welt, das bis ins zwanzigste Jahrhundert hinein kolonialisiert war; schwer bewaffnet war der Irak nur, weil die Europäer ihn ausgerüstet hatten.

Nichtsdestotrotz beschloß George Bush – und zwar im Herbst vergangenen Jahres –, daß die Operation gegen Saddam Hussein genau nach seinen Vorstellungen verlaufen müsse, damit der Mittlere Osten und die Ölquellen im nächsten Jahrtausend von den Vereinigten Staaten kontrolliert würden. Der von Bush beschrittene Weg war von astronomischen Bestechungsgeldern, einem unglaublichen Tempo, modernster Technologie und jener großen moralischen Autorität, die bekanntlich immer mit systematischer Taubheit einhergeht, gekennzeichnet. Wenn man irgendeinem Volk der Erde etwas befiehlt, dieses Volk aber nicht gehorchen will, ist Taubheit sowohl eine Angriffs- als auch eine Abwehrwaffe.

*

Nach den ersten 24 Stunden des Luftkrieges gegen den Irak wurde in einem US-Kommuniqué stolz verkündet, die Tonnage der auf Irak abgeworfenen Bomben habe bereits die Sprengkraft der in Hiroshima abgeworfenen Atombombe überschritten. Wer eine solche Erklärung abgibt, ist taub für das Wort Hiroshima, es hat für ihn nicht dieselbe Bedeutung wie für die meisten auf dieser Erde lebenden Menschen.

Wer sich die englische Bezeichnung »body bag« (»Leichensack«, inzwischen ersetzt durch »human remains pouch«, zu Deutsch etwa »Beutel für menschliche Überreste«) ausgedacht hat, ist taub für den

Schmerz der Mütter, die durch den Krieg ihre Söhne verlieren. Dieser Schmerz ist so alt wie die Geschichte der Kriege.

*

Das Mediennetzwerk, ehe es denn ein Überbringer von Botschaften ist, ist ein Händler. Alles, was es »einfängt« – seien es Nachrichten oder Unterhaltung, Sport oder Kunst –, wird für die Arbeit des Verkaufens benützt. Ein Fernsehsender, eine Zeitschrift, ein Popkonzert, ein Rennen – sie alle müssen sich im Werben um das Publikum der Konkurrenz stellen: je größer das Publikum, desto besser läßt sich der jeweils eigene Raum im Mediennetzwerk an jene verkaufen, die andere Waren zu verkaufen haben. Konsum und Kommunikation sind heute in einer höllischen Partnerschaft miteinander verschränkt, und es ist diese Partnerschaft, die das ausmacht, was wir als Medien erleben. In erster und wichtigster Linie repräsentieren die Medien einen Wirtschaftsvertrag, der alles, was auf der Welt geschieht, mit dem Akt des Verkaufens in Verbindung bringt.

Aischylos
[Denn der Krieg ist ein Bankier]

»Denn der Krieg ist ein Bankier, Fleisch sein Gold.
Dort beim Schmelzofen des Schlachtfelds von Troja,
Wo Vorstoß auf Vorstoß folgt, sitzt er und hält
Seine Waage und sieht die Speerspitzen wogen;
Und heim in wartende Häuser sendet er
Schlacke vom Erzgestein, ein wenig Staub,
Um Freundesherzen heiße Tränen abzuringen;
Gerüttelt Maß, sicher versiegelt und verwahrt
Im geziemenden Krug – der gerechte
Preis für den Mann, den sie sandten
Sie loben ihn unter Tränen und sagen:
›Er war ein Soldat!‹, oder: ›Er starb
Edlen Muts, den Tod ihm zu seiten!‹
Und wilder Groll murrt leise:
›Ja – für das Weib eines andren!‹ Und so
Gebiert Trauer Bitternis, von Furcht verhohlen –
Laßt ab von Königen und ihren Rachefeldzügen!«

Gerhart Hauptmann

Und ich habe den Untergang Dresdens unter den Sodom- und Gomorra-Höllen der feindlichen Flugzeuge persönlich erlebt. Wenn ich das Wort ›erlebt‹ einfüge, so ist mir das jetzt noch wie ein Wunder. Ich nehme mich nicht wichtig genug, um zu glauben, das Fatum habe mir dieses Entsetzen gerade an dieser Stelle in dem fast liebsten Teil meiner Welt ausdrücklich vorbehalten.

Ich stehe am Ausgangstor des Lebens und beneide alle meine toten Geisteskameraden, denen dieses Erlebnis erspart geblieben ist. Ich weine. Man stoße sich nicht an dem Wort weinen; die größten Helden des Altertums, darunter Perikles und andere, haben sich seiner nicht geschämt.

Von Dresden aus, von seiner köstlich-gleichmäßigen Kunstpflege in Musik und Wort, sind herrliche Ströme durch die Welt geflossen, und auch England und Amerika haben durstig davon getrunken. Haben sie das vergessen?

Ich bin nahezu 83 Jahre alt und stehe mit meinem Vermächtnis vor Gott, das leider machtlos ist und nur aus dem Herzen kommt: es ist die Bitte, Gott möge die Menschen mehr lieben, läutern und klären zu ihrem Heil als bisher.

Gotthold Ephraim Lessing
Nathan der Weise. Die Ringparabel

Dritter Akt, Siebenter Auftritt
Saladin und Nathan

SALADIN (So ist das Feld hier rein!) – Ich komm' dir doch
Nicht zu geschwind zurück? Du bist zu Rande
Mit deiner Überlegung. – Nun so rede!
Es hört uns keine Seele.

NATHAN Möcht' auch doch
Die ganze Welt uns hören.

SALADIN So gewiß
Ist Nathan seiner Sache? Ha! das nenn'
Ich einen Weisen! Nie die Wahrheit zu
Verhehlen! für sie alles auf das Spiel
Zu setzen! Leib und Leben! Gut und Blut!

NATHAN Ja! ja! wann's nötig ist und nutzt.

SALADIN Von nun
An darf ich hoffen, einen meiner Titel,
Verbesserer der Welt und des Gesetzes,
Mit Recht zu führen.

NATHAN Traun, ein schöner Titel!
Doch, Sultan, eh' ich mich dir ganz vertraue,
Erlaubst du wohl, dir ein Geschichtchen zu
Erzählen?

SALADIN Warum das nicht? Ich bin stets
Ein Freund gewesen von Geschichtchen, gut
Erzählt.

NATHAN Ja, *gut* erzählen, das ist nun
Wohl eben meine Sache nicht.

SALADIN Schon wieder
So stolz bescheiden? – Mach'! erzähl', erzähle!

NATHAN Vor grauen Jahren lebt' ein Mann in Osten,
Der einen Ring von unschätzbarem Wert
Aus lieber Hand besaß. Der Stein war ein
Opal, der hundert schöne Farben spielte,
Und hatte die geheime Kraft, vor Gott
Und Menschen angenehm zu machen, wer
In dieser Zuversicht ihn trug. Was Wunder,
Daß ihn der Mann in Osten darum nie
Vom Finger ließ; und die Verfügung traf,
Auf ewig ihn bei seinem Hause zu
Erhalten? Nämlich so. Er ließ den Ring
Von seinen Söhnen dem geliebtesten;
Und setzte fest, daß dieser wiederum
Den Ring von seinen Söhnen dem vermache,
Der ihm der liebste sei; und stets der liebste,
Ohn' Ansehen der Geburt, in Kraft allein
Des Rings, das Haupt, der Fürst des Hauses werde. –
Versteh mich, Sultan.

SALADIN Ich versteh' dich. Weiter!

NATHAN So kam nun dieser Ring, von Sohn zu Sohn,
Auf einen Vater endlich von drei Söhnen;
Die alle drei ihm gleich gehorsam waren,
Die alle drei er folglich gleich zu lieben
Sich nicht entbrechen konnte. Nur von Zeit
Zu Zeit schien ihm bald der, bald dieser, bald
Der dritte – so wie jeder sich mit ihm
Allein befand, und sein ergießend Herz
Die andern zwei nicht teilten – würdiger
Des Ringes; den er denn auch einem jeden

Die fromme Schwachheit hatte, zu versprechen.
Das ging nun so, solang es ging. – Allein
Es kam zum Sterben, und der gute Vater
Kömmt in Verlegenheit. Es schmerzt ihn, zwei
Von seinen Söhnen, die sich auf sein Wort
Verlassen, so zu kränken. – Was zu tun? –
Er sendet in geheim zu einem Künstler,
Bei dem er, nach dem Muster seines Ringes,
Zwei andere bestellt, und weder Kosten
Noch Mühe sparen heißt, sie jenem gleich,
Vollkommen gleich zu machen. Das gelingt
Dem Künstler. Da er ihm die Ringe bringt,
Kann selbst der Vater seinen Musterring
Nicht unterscheiden. Froh und freudig ruft
Er seine Söhne, jeden insbesondre;
Gibt jedem insbesondre seinen Segen –
Und seinen Ring – und stirbt. – Du hörst doch,
Sultan?

SALADIN *(der sich betroffen von ihm gewandt)*
Ich hör', ich höre! – Komm mit deinem Märchen
Nur bald zu Ende. – Wird's?

NATHAN Ich bin zu Ende.
Denn was noch folgt, versteht sich ja von selbst. –
Kaum war der Vater tot, so kömmt ein jeder
Mit seinem Ring, und jeder will der Fürst
Des Hauses sein. Man untersucht, man zankt,
Man klagt. Umsonst; der rechte Ring war nicht
Erweislich; –
(nach einer Pause, in welcher er des Sultans Antwort erwartet)
Fast so unerweislich, als

Uns itzt – der rechte Glaube.

SALADIN Wie? das soll
Die Antwort sein auf meine Frage? ...

NATHAN Soll
Mich bloß entschuldigen, wenn ich die Ringe
Mir nicht getrau' zu unterscheiden, die
Der Vater in der Absicht machen ließ,
Damit sie nicht zu unterscheiden wären.

SALADIN Die Ringe! – Spiele nicht mit mir! – Ich dächte,
Daß die Religionen, die ich dir
Genannt, doch wohl zu unterscheiden wären.
Bis auf die Kleidung, bis auf Speis' und Trank!

NATHAN Und nur von seiten ihrer Gründe nicht. –
Denn gründen alle sich nicht auf Geschichte?
Geschrieben oder überliefert! – Und
Geschichte muß doch wohl allein auf Treu'
Und Glauben angenommen werden? – Nicht? –
Nun, wessen Treu' und Glauben zieht man denn
Am wenigsten in Zweifel? Doch der Seinen?
Doch deren Blut wir sind? doch deren, die
Von Kindheit an uns Proben ihrer Liebe
Gegeben? die uns nie getäuscht, als wo
Getäuscht zu werden uns heilsamer war? –
Wie kann ich meinen Vätern weniger
Als du den deinen glauben? Oder umgekehrt. –
Kann ich von dir verlangen, daß du deine
Vorfahren Lügen strafst, um meinen nicht
Zu widersprechen? Oder umgekehrt.
Das nämliche gilt von den Christen. Nicht? –

SALADIN (Bei dem Lebendigen! Der Mann hat recht.
Ich muß verstummen.)

NATHAN Laß auf unsre Ring'
Uns wieder kommen. Wie gesagt: die Söhne
Verklagten sich; und jeder schwur dem Richter,
Unmittelbar aus seines Vaters Hand
Den Ring zu haben. – Wie auch wahr! – Nachdem
Er von ihm lange das Versprechen schon
Gehabt, des Ringes Vorrecht einmal zu
Genießen. – Wie nicht minder wahr! – Der Vater,
Beteurte jeder, könne gegen ihn
Nicht falsch gewesen sein; und eh' er dieses
Von ihm, von einem solchen lieben Vater,
Argwohnen laß': eh' müß' er seine Brüder,
So gern er sonst von ihnen nur das Beste
Bereit zu glauben sei, des falschen Spiels
Bezeihen; und er wolle die Verräter
Schon auszufinden wissen; sich schon rächen.

SALADIN Und nun, der Richter? – Mich verlangt zu hören,
Was du den Richter sagen lässest. Sprich!

NATHAN Der Richter sprach: »Wenn ihr mir nun den Vater
Nicht bald zur Stelle schafft, so weis' ich euch
Von meinem Stuhle. Denkt ihr, daß ich Rätsel
Zu lösen da bin? Oder harret ihr,
Bis daß der rechte Ring den Mund eröffne? –
Doch halt! Ich höre ja, der rechte Ring
Besitzt die Wunderkraft beliebt zu machen;
Vor Gott und Menschen angenehm. Das muß
Entscheiden! Denn die falschen Ringe werden
Doch das nicht können! – Nun; wen lieben zwei
Von Euch am meisten? – Macht, sagt an! Ihr schweigt?
Die Ringe wirken nur zurück? und nicht
Nach außen? Jeder liebt sich selber nur

Am meisten? – O, so seid ihr alle drei
Betrogene Betrüger! Eure Ringe
Sind alle drei nicht echt. Der echte Ring
Vermutlich ging verloren. Den Verlust
Zu bergen, zu ersetzen, ließ der Vater
Die drei für einen machen.«

SALADIN Herrlich! herrlich!

NATHAN »Und also«, fuhr der Richter fort, »wenn ihr
Nicht meinen Rat, statt meines Spruches, wollt:
Geht nur! – Mein Rat ist aber der: ihr nehmt
Die Sache völlig wie sie liegt. Hat von
Euch jeder seinen Ring von seinem Vater:
So glaube jeder sicher seinen Ring
Den echten. – Möglich; daß der Vater nun
Die Tyrannei des *einen* Rings nicht länger
In seinem Hause dulden wollen! – Und gewiß;
Daß er euch alle drei geliebt, und gleich
Geliebt: indem er zwei nicht drücken mögen,
Um einen zu begünstigen. – Wohlan!
Es eifre jeder seiner unbestochnen
Von Vorurteilen freien Liebe nach!
Es strebe von euch jeder um die Wette,
Die Kraft des Steins in seinem Ring an Tag
Zu legen! komme dieser Kraft mit Sanftmut,
Mit herzlicher Verträglichkeit, mit Wohltun,
Mit innigster Ergebenheit in Gott
Zu Hilf'! Und wenn sich dann der Steine Kräfte
Bei euren Kindes-Kindeskindern äußern:
So lad' ich über tausend tausend Jahre
Sie wiederum vor diesen Stuhl. Da wird
Ein weisrer Mann auf diesem Stuhle sitzen

Als ich; und sprechen: ›geht!‹« – So sagte der
Bescheidne Richter

SALADIN Gott! Gott!

NATHAN Saladin,
Wenn du dich fühlest, dieser weisere
Versprochne Mann zu sein: ...

SALADIN *(der auf ihn zustürzt und seine Hand ergreift, die er bis zu Ende nicht wieder fahren läßt)* Ich Staub? Ich Nichts?
O Gott!

NATHAN Was ist dir, Sultan?

SALADIN Nathan, lieber Nathan! –
Die tausend tausend Jahre deines Richters
Sind noch nicht um. – Sein Richterstuhl ist nicht
Der meine. – Geh! – Geh! – Aber sei mein Freund.

NATHAN Und weiter hätte Saladin mir nichts
Zu sagen?

SALADIN Nichts.

NATHAN Nichts?

SALADIN Gar nichts. – Und warum?

NATHAN Ich hätte noch Gelegenheit gewünscht,
Dir eine Bitte vorzutragen.

SALADIN Braucht's
Gelegenheit zu einer Bitte? – Rede!

NATHAN Ich komm' von einer weiten Reis', auf welcher
Ich Schulden eingetrieben. – Fast hab' ich
Des baren Gelds zuviel. – Die Zeit beginnt
Bedenklich wiederum zu werden; – und
Ich weiß nicht recht, wo sicher damit hin. –
Da dacht' ich, ob nicht du vielleicht, – weil doch
Ein naher Krieg des Geldes immer mehr
Erfordert, – etwas brauchen könntest.

Georg Büchner
Dantons Tod

[»... wir sind sehr einsam«]

Erster Akt

Hérault-Séchelles, einige Damen am Spieltisch. Danton, Julie etwas weiter weg, Danton auf einem Schemel zu den Füßen von Julie.

DANTON Sieh die hübsche Dame, wie artig sie die Karten dreht! Ja wahrhaftig, sie versteht's; man sagt, sie halte ihrem Manne immer das cœur und anderen Leuten das carreau hin. – Ihr könntet einen noch in die Lüge verliebt machen.

JULIE Glaubst du an mich?

DANTON Was weiß ich! Wir wissen wenig voneinander. Wir sind Dickhäuter, wir strecken die Hände nacheinander aus, aber es ist vergebliche Mühe, wir reiben nur das grobe Leder aneinander ab, – wir sind sehr einsam.

JULIE Du kennst mich, Danton.

DANTON Ja, was man so kennen heißt. Du hast dunkle Augen und lockiges Haar und einen feinen Teint und sagst immer zu mir: lieber Georg! Aber *er deutet ihr auf Stirn und Augen* da, da, was liegt hinter dem? Geh, wir haben grobe Sinne. Einander kennen? Wir müßten uns die Schädeldecken aufbrechen und die Gedanken einander aus den Hirnfasern zerren. –

EINE DAME *zu Hérault.* Was haben Sie nur mit Ihren Fingern vor?

HÉRAULT Nichts!

DAME Schlagen Sie den Daumen nicht so ein, es ist nicht zum Ansehn!

HÉRAULT Sehn Sie nur, das Ding hat eine ganz eigene Physiognomie. –

DANTON Nein, Julie, ich liebe dich wie das Grab.

JULIE *sich abwendend.* O!

DANTON Nein, höre! Die Leute sagen, im Grab sei Ruhe, und Grab und Ruhe seien eins. Wenn das ist, lieg ich in deinem Schoß schon unter der Erde. Du süßes Grab, deine Lippen sind Totenglocken, deine Stimme ist mein Grabgeläute, deine Brust mein Grabhügel und dein Herz mein Sarg. –

DAME Verloren!

HÉRAULT Das war ein verliebtes Abenteuer, es kostet Geld wie alle andern.

DAME Dann haben Sie Ihre Liebeserklärungen, wie ein Taubstummer, mit den Fingern gemacht.

HÉRAULT Ei, warum nicht? Man will sogar behaupten, gerade *die* würden am leichtesten verstanden. – Ich zettelte eine Liebschaft mit einer Kartenkönigin an; meine Finger waren in Spinnen verwandelte Prinzen, Sie, Madame, waren die Fee; aber es ging schlecht, die Dame lag immer in den Wochen, jeden Augenblick bekam sie einen Buben. Ich würde meine Tochter dergleichen nicht spielen lassen, die Herren und Damen fallen so unanständig übereinander und die Buben kommen gleich hintennach. *Camille Desmoulins und Philippeau treten ein.*

HÉRAULT Phillippeau, welch trübe Augen! Hast du dir ein Loch in die rote Mütze gerissen? Hat der heilige Jakob ein böses Gesicht gemacht? Hat es während des Guillotinierens geregnet? Oder hast du einen schlechten Platz bekommen und nichts sehen können?

*

[»Erbarmen«]

WEIB Und meine Tochter war da hinuntergegangen um die Ecke – sie ist ein braves Mädchen und ernährt ihre Eltern.

SIMON Ha, sie bekennt!

WEIB Du Judas! hättest du nur ein paar Hosen hinaufzuziehen, wenn die jungen Herren die Hosen nicht bei ihr hinunterließen? Du Branntweinfaß, willst du verdursten, wenn das Brünnlein zu laufen aufhört, he? – Wir arbeiten mit allen Gliedern, warum denn nicht auch damit; ihre Mutter hat damit geschafft, ehe sie zur Welt kam, und es hat ihr weh getan; kann sie für ihre Mutter nicht auch damit schaffen, he? und tut's ihr auch weh dabei, he? Du Dummkopf!

SIMON Ha, Lukretia! ein Messer, gebt mir ein Messer, Römer! Ha, Appius Claudius!

ERSTER BÜRGER Ja, ein Messer, aber nicht für die arme Hure! Was tat sie? Nichts! Ihr Hunger hurt und bettelt. Ein Messer für die Leute, die das Fleisch unserer Weiber und Töchter kaufen. Weh über die, so mit den Töchtern des Volkes huren! Ihr habt Kollern im Leib, und sie haben Magendrücken; ihr habt Löcher in den Jacken, und sie haben warme Röcke; ihr habt Schwielen in den Fäusten, und sie haben Samthände. Ergo, ihr arbeitet, und sie tun nichts; ergo, ihr habt's erworben, und sie haben's gestohlen; ergo, wenn ihr von eurem gestohlnen Eigentum ein paar Heller wiederhaben wollt, müßt ihr huren und betteln; ergo, sie sind Spitzbuben, und man muß sie totschlagen!

DRITTER BÜRGER Sie haben kein Blut in den Adern, als was sie uns ausgesaugt haben. Sie haben uns gesagt: schlagt die Aristokraten tot, das sind Wölfe! Wir haben die Aristokraten an die Laternen gehängt. Sie haben gesagt: das Veto frißt euer Brot; wir haben das Veto totgeschlagen. Sie haben gesagt: die Girondisten hungern euch aus; wir haben die Girondisten guillotiniert: Aber sie haben die Toten ausgezogen, und wir laufen wie zuvor auf nackten Beinen und frieren. Wir wollen ihnen die Haut von den Schenkeln ziehen und uns Hosen daraus machen, wir wollen ihnen das Fett auslassen und unsere Suppen mit schmelzen. Fort! Totgeschlagen, wer kein Loch im Rock hat!

ERSTER BÜRGER Totgeschlagen, wer lesen und schreiben kann!

ZWEITER BRÜGER Totgeschlagen, wer auswärts geht!

ALLE *schreien* Totgeschlagen! Totgeschlagen!

Einige schleppen einen jungen Menschen herbei.

EINIGE STIMMEN Er hat ein Schnupftuch! ein Aristokrat! an die Laterne! an die Laterne!

ZWEITER BÜRGER Was? er schneuzt sich die Nase nicht mit den Fingern? An die Laterne! *Eine Laterne wird heruntergelassen.*

JUNGER MENSCH *Ach, meine Herren!*

ZWEITER BÜRGER Es gibt hier keine Herren! An die Laterne!

EINIGE *singen:* Die da liegen in der Erden,
Von de Würm gefresse werden;

Besser hangen in der Luft,
Als verfaulen in der Gruft!

JUNGER MENSCH Erbarmen!

*

[»Gott«]

Dritter Akt
Das Luxembourg. Ein Saal mit Gefangenen
Chaumette, Payne, Mercier, Hérault-Séchelles und andre Gefangene.

CHAUMETTE *zupft Payne am Ärmel.* Hören Sie, Payne, es könnte doch so sein, vorhin überkam es mich so; ich habe heute Kopfweh, helfen Sie mir ein wenig mit Ihren Schlüssen, es ist mir ganz unheimlich zumut.

PAYNE So komm, Philosoph Anaxagoras, ich will dich katechisieren. – *Es gibt keinen Gott, denn: Entweder hat Gott die Welt geschaffen oder nicht.* Hat er sie geschaffen, so hat die Welt ihren Grund in sich, und es gibt keinen Gott, da Gott nur dadurch Gott wird, daß er den Grund alles Seins enthält. Nun kann aber Gott die Welt nicht geschaffen haben; denn entweder ist die Schöpfung ewig wie Gott, oder sie hat einen Anfang. Ist letzteres der Fall, so muß Gott sie zu einem bestimmten Zeitpunkt geschaffen haben, Gott muß also, nachdem er eine Ewigkeit geruht, einmal tätig geworden sein, muß also einmal eine Veränderung in sich erlitten haben, die den Begriff *Zeit* auf ihn anwenden läßt, was beides gegen das Wesen Gottes streitet. Gott kann also die Welt nicht geschaffen haben. Da wir nun aber sehr deutlich wissen, daß die Welt oder daß unser Ich wenigstens vorhanden ist, und daß sie dem Vorhergehenden nach also auch ihren Grund in sich oder in etwas haben muß, das nicht Gott ist, so kann es keinen Gott geben. Quod erat demonstrandum.

*

CHAUMETTE Ei wahrhaftig, das gibt mir wieder Licht; ich danke, danke!

MERCIER Halten Sie, Payne! Wenn aber die Schöpfung ewig ist?

PAYNE Dann ist sie schon keine Schöpfung mehr, dann ist sie eins mit Gott oder ein Attribut desselben, wie Spinoza sagt; dann ist Gott in allem, in Ihnen, Wertester, im Philosoph Anaxagoras und in mir. Das wäre so übel nicht, aber Sie müssen mir zugestehen, daß es gerade nicht viel um die himmlische Majestät ist, wenn der liebe Herrgott in jedem von uns Zahnweh kriegen, den Tripper haben, lebendig begraben werden oder wenigstens die sehr unangenehmen Vorstellungen davon haben kann.

MERCIER Aber eine Ursache muß doch da sein.

PAYNE Wer leugnet dies? Aber wer sagt Ihnen denn, daß diese Ursache das sei, was wir uns als Gott, d. h. als das Vollkommne denken? Halten Sie die Welt für vollkommen?

MERCIER Nein.

PAYNE Wie wollen Sie denn aus einer unvollkommenen Wirkung auf eine vollkommne Ursache schließen? – Voltaire wagte es ebensowenig mit Gott als mit den Königen zu verderben, deswegen tat er es. Wer einmal nichts hat als Verstand und ihn nicht einmal konsequent zu gebrauchen weiß oder wagt, ist ein Stümper.

MERCIER Ich frage dagegen: kann eine vollkommne Ursache eine vollkommne Wirkung haben, d.h. kann etwas Vollkommnes was Vollkommnes schaffen? Ist das nicht unmöglich, weil das Geschaffne doch nie seinen Grund in sich haben kann, was doch, wie Sie sagten, zur Vollkommenheit gehört?

CHAUMETTE Schweigen Sie! Schweigen Sie!

PAYNE Beruhige dich, Philosoph! – Sie haben recht; aber muß denn Gott einmal schaffen, kann er nur was Unvollkommnes schaffen, so läßt er es gescheuter ganz beleiben. Ist's nicht sehr menschlich, uns Gott nur als schaffend denken zu können? Weil wir uns immer regen und schütteln müssen, um uns nur immer sagen zu können: wir sind! müssen wir Gott auch dies elende Bedürfnis andichten? – Müssen wir, wenn sich unser Geist in das Wesen einer harmonisch in sich ruhenden, ewigen Seligkeit versenkt, gleich annehmen, sie müsse die Finger ausstrecken und über Tisch Brotmännchen kneten? aus überschwenglichem Liebesbedürfnis, wie wir uns ganz geheimnisvoll in die Ohren sagen. Müssen wir das alles, bloß um uns zu Göttersöhnen zu machen? Ich nehme mit einem geringern Vater vorlieb; wenigstens werd ich ihm nicht nachsagen können, daß er mich unter seinem Stande in Schweineställen oder auf den Galeeren habe erziehen lassen. Schafft das Unvollkommne weg, dann allein könnt ihr Gott demonstrieren; Spinoza hat es versucht. Man kann das Böse leugnen, aber nicht den

Schmerz; nur der Verstand kann Gott beweisen, das Gefühl empört sich dagegen. Merke dir es, Anaxagoras: warum leide ich? Das ist der Fels des Atheismus. Das leiseste Zucken des Schmerzes, und rege es sich nur in einem Atom, macht einen Riß in der Schöpfung von oben bis unten.

MERCIER Und die Moral?

PAYNE Erst beweist ihr Gott aus der Moral und dann die Moral aus Gott! – Was wollt ihr denn mit eurer Moral? Ich weiß nicht, ob es an und für sich was Böses oder was Gutes gibt, und habe deswegen doch nicht nötig, meine Handlungsweise zu ändern. Ich handle meiner Natur gemäß; was ihr angemessen, ist für mich gut und ich tue es, und was ihr zuwider, ist für mich bös und ich tue es nicht und verteidige mich dagegen, wenn es mir in den Weg kommt. Sie können, wie man so sagt, tugendhaft bleiben und sich gegen das sogenannte Laster wehren, ohne deswegen ihre Gegner verachten zu müssen, was ein gar trauriges Gefühl ist.

CHAUMETTE Wahr, sehr wahr!

HÉRAULT O Philosoph Anaxagoras, man könnte aber auch sagen: damit Gott alles sei, müsse er auch sein eigenes Gegenteil sein, d.h. vollkommen und unvollkommen, bös und gut, selig und leidend; das Resultat freilich würde gleich Null sein, es würde sich gegenseitig heben, wir kämen zum Nichts. – Freue dich, du kömmst glücklich durch: du kannst ganz ruhig in Madame Momoro das Meisterstück der Natur anbeten, wenigstens hat sie dir die Rosenkränze dazu in den Leisten gelassen.

CHAUMETTE Ich danke Ihnen verbindlichst meine Herren! *Ab.*

Elias Canetti
Masse und Macht

Zerstörungssucht

Von der Zerstörungssucht der Masse ist oft die Rede, es ist das erste an ihr, was ins Auge fällt, und es ist unleugbar, daß sie sich überall findet, in den verschiedensten Ländern und Kulturen. Sie wird zwar festgestellt und mißbilligt, doch wird sie nie wirklich erklärt.

Am liebsten zerstört die Masse Häuser und Gegenstände. Da es sich oft um Zerbrechliches handelt, wie Scheiben, Spiegel, Töpfe, Bilder, Geschirr, neigt man dazu zu glauben, daß es eben diese Zerbrechlichkeit von Gegenständen sei, die die Masse zur Zerstörung anreizt. Es ist nun gewiß richtig, daß der Lärm der Zerstörung, das Zerbrechen von Geschirr, das Klirren von Scheiben zur Freude daran ein Beträchtliches beiträgt: Es sind die kräftigen Lebenslaute eines neuen Geschöpfes, die Schreie eines Neugeborenen. Daß es so leicht ist, sie hervorzurufen, steigert ihre Beliebtheit, alles schreit mit einem und den anderen mit, und das Klirren ist der Beifall der Dinge. Ein besonderes Bedürfnis nach dieser Art von Lärm scheint zu Beginn der Ereignisse zu bestehen, da man sich noch nicht aus allzu vielen zusammensetzt und wenig oder gar nichts geschehen ist. Der Lärm verheißt die Verstärkung, auf die man hofft, und er ist ein glückliches Omen für die kommenden Taten. Aber es wäre irrig zu glauben, daß die Leichtigkeit des Zerbrechens das Entscheidende daran ist. Man hat sich an Skulpturen aus hartem Stein herangemacht und nicht geruht, bis sie verstümmelt und unkenntlich waren. Von Christen wurden die Köpfe und Arme griechischer Götter zerstört. Von Reformatoren und Revolutionären wurden die Bildwerke der Heiligen heruntergeholt, manchmal aus Höhen, wo es lebensgefährlich war, und oft war der Stein, den man zu zertrümmern suchte, so hart, daß man nur halb damit zum Ziel gelangte.

Die Zerstörung von Bildwerken, die etwas vorstellen, ist die Zerstörung der Hierarchie, die man nicht mehr anerkennt. Man vergreift sich an den allgemein etablierten Distanzen, die für alle sichtbar sind und überall gelten. Ihre Härte war der Ausdruck für ihre Permanenz, sie haben seit langem, man denkt, seit je bestanden, aufrecht und unverrückbar; und es war unmöglich, sich ihnen in feindlicher Absicht zu nähern. Nun sind sie gestürzt und in Trümmer geschlagen. Die *Entladung* hat sich in diesem Akt vollendet.

Doch sie geht nicht immer so weit. Die Zerstörung gewöhnlicher Art, von der anfangs die Rede war, ist nichts als ein Angriff auf alle *Grenzen.* Scheiben und Türen gehören zu den Häusern, sie sind der empfindlichste Teil ihrer Abgrenzung gegen außen. Wenn Türen und Scheiben eingeschlagen sind, hat das Haus seine Individualität verloren. Jeder kann dann nach Herzenslust hinein, nichts und niemand darin ist geschützt. In diesen Häusern stecken aber gewöhnlich, so glaubt man, die Menschen, die sich von der Masse auszuschließen suchen, ihre Feinde. Nun ist, was sie abtrennt, zerstört. Zwischen ihnen und der Masse steht nichts. Sie können heraus und sich ihr anschließen. Man kann sie holen.

Es ist aber noch mehr daran. Der einzelne Mensch selbst hat das Gefühl, daß er in der Masse die Grenzen seiner Person überschreitet. Er fühlt sich erleichtert, da alle Distanzen aufgehoben sind, die ihn auf sich zurückwarfen und in sich verschlossen. Mit dem Abheben der Distanzlasten fühlt er sich frei, und seine Freiheit ist die Überschreitung dieser Grenzen. Was ihm geschieht, soll auch den anderen geschehen, er erwartet von ihnen dasselbe. An einem irdenen Topf reizt ihn, daß er nichts als Grenze ist. An einem Haus reizen ihn die verschlossenen Türen. Riten und Zeremonien, alles, was Distanzen hält, bedroht ihn und ist ihm unerträglich. In diese vorgebildeten Gefäße überall wird man die Masse zersplittert zurückzuführen suchen. Sie haßt ihre künftigen Gefängnisse, die ihr immer Gefängnisse waren. Der nackten Masse erscheint alles als Bastille.

Hetzmassen

Die Hetzmasse bildet sich im Hinblick auf ein rasch erreichbares Ziel. Es ist ihr bekannt und genau bezeichnet, es ist auch nah. Sie ist aufs Töten aus, und sie weiß, wen sie töten will. Mit der Entschlossenheit ohnegleichen geht sie auf dieses Ziel los; es ist unmöglich, sie darum zu betrügen. Es genügt, dieses Ziel bekanntzugeben, es genügt zu verbreiten, wer umkommen soll, damit eine Masse sich bildet. Die Konzentration aufs Töten ist eine besondere Art und an Intensität durch keine andere zu übertreffen. Jeder will daran teilhaben, jeder schlägt zu. Um seinen Schlag führen zu können, drängt sich jeder in die nächste Nähe des Opfers. Wenn er nicht treffen kann, will er sehen, wie es von den anderen getroffen wird. Alle Arme kommen wie aus ein und demselben Geschöpf. Doch die Arme, die *treffen*, haben mehr Wert und Gewicht. Das Ziel ist alles. Das Opfer ist das Ziel, doch es ist auch der Punkt der größten Dichte: es vereinigt die Handlungen aller in sich. Ziel und Dichte fallen zusammen.

Ein wichtiger Grund für das rapide Anwachsen der Hetzmasse ist die Gefahrlosigkeit des Unternehmens. Es ist gefahrlos, denn die Überlegenheit auf seiten der Masse ist enorm. Das Opfer kann ihnen nichts anhaben. Es flieht oder ist gefesselt. Es kann nicht zuschlagen, in seiner Wehrlosigkeit ist es nur noch Opfer. Es ist aber auch für seinen Untergang freigegeben worden. Es ist zu seinem Schicksal bestimmt, für seinen Tod hat niemand eine Sanktion zu befürchten. Der freigegebene Mord springt für alle Morde ein, die man sich versagen muß, für deren Ausführung man schwere Strafen zu befürchten hätte. Ein gefahrloser, erlaubter, empfohlener und mit vielen anderen geteilter Mord ist für den weitaus größten Teil der Menschen unwiderstehlich. Man muß dazu sagen, daß die Todesandrohung, unter der alle Menschen selber stehen und die in mancherlei Verkleidung immer wirksam ist, auch wenn sie nicht kontinuierlich ins Auge gefaßt wird, eine *Ablenkung* des

Todes auf andere zum Bedürfnis macht. Die Bildung von Hetzmassen kommt diesem Bedürfnis entgegen.

Es ist ein so leichtes Unternehmen und es spielt sich so rasch ab, daß man sich beeilen muß, um zurechtzukommen. Die Eile, Gehobenheit und Sicherheit einer solchen Masse hat etwas Unheimliches. Es ist die Erregung von Blinden, die am blindesten sind, wenn sie plötzlich zu sehen glauben. Die Masse geht auf Opfer und Hinrichtung zu, um den Tod all derer, aus denen sie besteht, plötzlich und wie für immer loszuwerden. Was ihr dann wirklich geschieht, ist das Gegenteil davon. Durch die Hinrichtung, aber erst nach ihr, fühlt sie sich mehr als je vom Tode bedroht. Sie zerfällt und zerstreut sich in einer Art von Flucht. Je gehobener das Opfer war, um so größer ist ihre Angst. Sie kann sich nur beisammenhalten, wenn eine Serie gleicher Ereignisse rasch aufeinanderfolgt.

Die Hetzmasse ist sehr alt, sie geht auf die ursprünglichste dynamische Einheit zurück, die unter Menschen bekannt ist, die Jagdmeute. Von den Meuten, die klein sind und sich auch sonst in vielem von Massen unterscheiden, wird später genauer die Rede sein. Hier soll nur von einigen allgemeinen Gelegenheiten gehandelt werden, die zur Bildung von Hetzmassen Anlaß geben.

Unter den Todesarten, die von einer Horde oder von einem Volk gegen den einzelnen verhängt werden, kann man zwei Hauptformen unterscheiden: die eine ist die des *Ausstoßens*. Der einzelne wird ausgesetzt, wo er wehrlos wilden Tieren ausgeliefert ist oder wo er verhungert. Die Menschen, zu denen er früher gehört hat, haben nichts mehr mit ihm zu tun; sie dürfen ihn nicht beherbergen und ihm keine Nahrung reichen. Jede Gemeinschaft mit ihm verunreinigt sie und macht sie selber schuldig. Einsamkeit in ihrer rigorosesten Form ist hier die äußerste Strafe; die Trennung von der eigenen Gruppe eine Qual, die besonders in primitiven Verhältnissen nur ganz wenige zu überleben vermögen. Eine Abart dieser Isolierung ist die Auslieferung an die Feinde. Sie wird, wenn es sich um Männer handelt und sie ohne Kampf erfolgt, als besonders grausam und demütigend empfunden, wie ein zwiefacher Tod.

Die andere Form ist die des *Zusammen-Tötens*. Man führt den Verurteilten aufs Feld hinaus und steinigt ihn. Jeder hat am Töten teil; von den Steinen aller getroffen, bricht der Schuldige zusammen. Es ist niemand zum Hinrichter delegiert, die ganze Gemeinde tötet. Die Steine stehen für die Gemeinde, sie sind das Mal ihres Beschlusses und ihrer Tat. Auch wo das Steinigen außer Gebrauch gekommen ist, bleibt diese Neigung zum Zusammen-Töten bestehen. Der *Feuertod* läßt sich damit vergleichen: Das Feuer agiert für die Menge, die dem Verurteilten den Tod gewünscht hat. Auf allen Seiten wird das Opfer von den Flammen erreicht, von überall, möchte man sagen, wird es ergriffen und getötet. In den Höllenregionen kommt noch etwas dazu: Mit dem kollektiven Tod durch das Feuer, das ein Symbol für die Masse ist, verbindet man die Idee des Ausstoßens, in die Hölle nämlich, das Ausliefern an die Höllenfeinde. Die Flammen der Hölle greifen auf die Erde hinauf und holen sich den ihnen gebührenden Ketzer. – Das Bespicken eines Opfers mit Pfeilen, das Erschießen eines zum Tode Verurteilten durch ein Peloton Soldaten enthalten die exekutierende Gruppe als Delegierte der Gesamtheit. Beim Begraben von Menschen in Ameisenhaufen, wie es aus Afrika und anderswoher bekannt ist, überläßt man den Ameisen, die für eine zahlreiche Masse stehen, deren peinliches Geschäft.

Alle Formen der öffentlichen Hinrichtung hängen an der alten Übung des Zusammen-Tötens. Der wahre Henker ist die Masse, die sich um das Blutgerüst versammelt. Sie billigt das Schauspiel; in leidenschaftlicher Bewegung strömt sie von weither zusammen, um es von Anfang bis zum Ende mitanzusehen. Sie will, daß es geschieht, und sie läßt sich das Opfer nicht gern entgehen. Die Nachricht von der Verurteilung Christi trifft den Vorgang in seinem Wesen. Das »Kreuziget ihn!« geht von der Masse aus. Sie ist das eigentlich Aktive, zu anderen Zeiten hätten sie das Ganze selber besorgt und Christus gesteinigt. Das Gericht, das sich für gewöhnlich vor einer beschränkten Gruppe von Menschen abspielt, steht für die große Menge, die dann der Hinrichtung beiwohnt. Das Todesurteil, das, im Namen des Rechtes abgegeben, abstrakt und unwirklich klingt, wird wahr, wenn es vor der Menge ausgeführt wird. Denn für sie wird eigentlich Recht gesprochen, und mit der Öffentlichkeit des Rechtes meint man die Masse.

Das Mittelalter führt seine Hinrichtungen mit stattlichem Pomp aus, und sie gehen so langsam wie möglich vor sich. Es kommt vor, daß das Opfer die Zuschauer mit erbaulichen Reden ermahnt. Es ist in ihr Schicksal besorgt, sie sollen es ihm ja nicht gleichtun. Es führt ihnen vor, wohin man durch ein solches Leben gerät. Sie fühlen sich durch seine Fürsorge nicht wenig geschmeichelt. Ihm mag es eine letzte Genugtuung gewähren, noch einmal als *Gleicher* unter ihnen zu stehen, ein Guter wie sie, der mit ihnen zusammen sein früheres Leben abtut und verurteilt. Die Reue von Übeltätern oder Ungläubigen angesichts des Todes, um die sich Geistliche mit allen Mitteln bemühen, hat neben der vorgegebenen Absicht der Seelenrettung auch diesen Sinn: sie soll die Hetzmasse in die Ahnung einer künftigen Festmasse verwandeln. Jeder soll sich in seiner guten Gesinnung bestätigt fühlen und an die Belohnung glauben, die ihm drüben dafür bevorsteht.

In Revolutionszeiten werden Hinrichtungen beschleunigt. Der Pariser Scharfrichter Samson ist stolz darauf, daß seine Gehilfen nicht mehr als ›eine Minute pro Person‹ brauchen. Viel von der fiebrigen Massenstimmung in solchen Zeiten ist auf die rasche Aufeinanderfolge unzähliger Hinrichtungen zurückzuführen. Es ist der Masse wichtig, daß der Henker ihr den Kopf des Getöteten zeigt. Dies und nichts anderes ist der Augenblick der Entladung. Wem immer der Kopf gehört hat, er ist nun *degradiert*, im kurzen Moment, da er auf die Masse starrt, ist er ein Kopf wie alle anderen. Er mag auf den Schultern eines Königs angetreten sein: durch den blitzartigen Prozeß der Degradierung, vor den Augen aller, hat man ihn den anderen angeglichen. Die Masse, die hier aus starrenden Köpfen besteht, erlangt das Gefühl ihrer Gleichheit im Augenblick, da auch dieser Kopf ihr entgegenstarrt. Je mächtiger der Hingerichtete war, je weiter die Distanz, die ihn früher von ihr trennte, um so größer ist die Erregung ihrer Entladung. War es ein König oder ein Mächtiger ähnlichen Stils, so spielt noch die Genugtuung der Umkehrung hinein. Das Recht auf blutige Justiz, das ihm so lange zukam, ist nun gegen ihn ausgeübt worden. Die er früher töten ließ, haben ihn getötet. Die Bedeutung dieser Umkehrung ist nicht zu überschätzen: es gibt eine Form der Masse, die sich durch Umkehrung allein bildet.

Die Wirkung des Kopfes, der der Menge hingehalten wird, erschöpft sich keineswegs in der Entladung. Indem sie ihn mit ungeheuerlicher Gewalt als einen der ihren erkennen, indem er sozusagen unter sie fällt und nicht mehr ist als sie, indem er sie so alle einander gleichmacht, sieht jeder einzelne von ihnen sich selbst in ihm. Der abgeschnittene Kopf ist eine *Drohung*. Sie haben ihm mit solcher Begier ins tote Auge geblickt, daß sie sich nun nicht mehr von ihm befreien können. Da der Kopf zur Masse gehört, ist sie durch seinen Tod auch selbst getroffen: Auf geheimnisvolle Weise erkrankt und erschreckt, beginnt sie zu zerfallen. Es ist eine Art Flucht vor ihm, in der sie sich jetzt zerstreut.

Der Zerfall der Hetzmasse, die ihr Opfer gekriegt hat, ist ein besonders rascher. Diese Tatsache ist gefährdeten Machthabern wohl bewußt. Sie werfen der Masse ein Opfer hin, um ihr Wachstum aufzuhalten. Viele politische Hinrichtungen sind zu diesem Zwecke allein angeordnet worden. Andererseits sind sich die Wortführer radikaler Parteien oft gar nicht klar darüber, daß sie sich selber mit der Erreichung des Ziels, der öffentlichen Hinrichtung eines gefährlichen Feindes, tiefer ins Fleisch schneiden als der feindlichen Partei. Es kann ihnen geschehen, daß nach einer solchen Hinrichtung die Masse ihrer Anhänger sich verläuft und daß sie lange nicht oder nie wieder ihre alte Stärke erlangen. Über andere Gründe zu diesem Umschwung wird noch manches zu sagen sein, wenn von den Meuten und besonders von der Klagemeute die Rede ist.

Der *Abscheu* vor dem Zusammen-Töten ist ganz modernen Datums. Man überschätze ihn nicht. Auch heute nimmt jeder an öffentlichen Hinrichtungen teil, durch die *Zeitung. Man hat es nur, wie alles, viel bequemer. Man sitzt in Ruhe bei sich und kann unter hundert Einzelheiten bei denen verweilen, die einen besonders erregen.* Man akklamiert erst, wenn alles vorüber ist, nicht die leiseste Spur von Mitschuld trübt den Genuß. Man ist für nichts verantwortlich, nicht fürs Urteil, nicht für den Augenzeugen, nicht für seinen Bericht und auch nicht für die Zeitung, die den Bericht gedruckt hat. Aber man weiß mehr darüber als in früheren Zeiten, da man stundenlang gehen und stehen mußte und schließlich nur wenig sah. Im Publikum der Zeitungsleser hat sich eine gemilderte, aber durch ihre Distanz von den Ereignissen um so verantwortungslosere Hetzmasse am Leben erhalten, man wäre versucht zu sagen, ihre verächtlichste und zugleich stabilste Form. Da sie sich nicht einmal zu versammeln braucht, kommt sie auch um ihren Zerfall herum, für Abwechslung ist in der täglichen Wiederholung der Zeitung gesorgt.

Zur Dynamik des Krieges: Der erste Tote – Der Triumph

Die innere oder Meuten-Dynamik des Krieges sieht sich in ihrem Ursprung so an: Aus der Klagemeute um einen Toten bildet sich eine Kriegsmeute, die ihn zu rächen hat. Aus der Kriegsmeute, die gesiegt hat, bildet sich die Vermehrungsmeute des Triumphs.

Der *erste* Tote ist es, der alle mit dem Gefühl der Bedrohtheit ansteckt. Die Bedeutung dieses ersten Toten für die Entfachung von Kriegen kann gar nicht überschätzt werden. Machthaber, die einen Krieg entfesseln wollen, wissen sehr wohl, daß sie einen ersten Toten entweder herbeischaffen oder erfinden müssen. Es geht nicht so sehr um sein Gewicht innerhalb seiner Gruppe. Es kann sich um jemand handeln, der von keinem besonderen Einfluß ist, manchmal ist es sogar ein Unbekannter. Es kommt auf seinen Tod an und auf sonst nichts; man muß glauben, daß der Feind die Verantwortung dafür trägt. Alle Gründe, die zu seiner Tötung geführt haben könnten, werden unterschlagen, bis auf den einen: er ist als Angehöriger der Gruppe, der man sich selber zurechnet, umgekommen.

Die rasch entstandene Klagemeute wirkt als Massenkristall, sie *öffnet* sich sozusagen: alles hängt sich an, das sich aus demselben Grunde bedroht fühlt. Ihre Gesinnung schlägt um in die einer Kriegsmeute.

Der Krieg, der zu seiner Entfachung sich eines einzigen oder weniger Toter bediente, führt zu einer gewaltigen Zahl von ihnen. Die Klage um diese, wenn man den Sieg erringt, hat im Gegensatz zum Beginn etwas sehr Gedämpftes. Der Sieg, der als entscheidende Verminderung, wenn nicht als Vernichtung des Feindes empfunden wird, nimmt der Klage um die eigenen Toten ihr Gewicht. Man hat sie als Vortrupp ins Land der Toten entsandt, und sie haben viel mehr Feinde dorthin nachgezogen. So haben sie einen von der Angst entlastet, ohne die man nicht in den Krieg gezogen wäre.

Der Feind ist geschlagen, die Bedrohung, die die eigenen Leute geeinigt hat, ist weggefallen, und jeder ist jetzt auf das Seine aus. Die Kriegsmeute ist daran, in der *Plünderung* zu zerfallen, ganz ähnlich wie es der Jagdmeute in der Verteilung geschieht. Wenn die Bedrohung nicht wirklich allgemein empfunden wurde, so war es Aussicht auf Plünderung allein, durch die man die Menschen in den Krieg zu treiben vermochte. In diesem Falle muß man sie ihnen immer lassen; ein Feldherr alten Schlages hätte es schwerlich gewagt, sie seinen Leuten zu verweigern. Doch die Gefahr eines völligen Zerfalls der Truppe durch eine Plünderung war so groß, daß man immer auf Mittel bedacht war, die kriegerische Gesinnung wiederherzustellen. Das erfolgreichste Mittel dazu waren *Siegesfeste*.

Diese Konfrontation der feindlichen Verminderung mit der eigenen

Vermehrung ist der eigentliche Sinn von Siegesfesten. Man versammelt das Volk, Männer, Frauen und Kinder. Die Sieger ziehen ein in denselben Formationen, in denen sie zum Kampfe ausgerückt sind. Da sie sich dem Volke zeigen, stecken sie es mit der Stimmung des Sieges an. Immer mehr Menschen strömen hinzu, bis schließlich alle anwesend sind, die ihre Wohnstätten nur irgend verlassen können.

Aber die Sieger zeigen nicht nur sich. Sie haben viel mitgebracht, sie kommen als Vermehrer. Ihre Beute wird vor dem Volke zur Schau gestellt. Es ist ein großer Überfluß da von allem, was man braucht und schätzt, und jeder wird etwas davon abbekommen: sei es, daß der siegreiche Feldherr oder König zu großen Verteilungen ans Volk schreitet, sei es, daß er Erleichterungen in den Abgaben oder sonstige Vorteile verspricht. Zur Beute gehören nicht nur Gold und Güter. Es werden Gefangene mitgeführt, und ihre große Zahl veranschaulicht die Verminderung des Feindes.

Es liegt nahe, den entscheidenden Akt der Macht dort zu finden, wo er seit alters her unter Tieren wie Menschen am auffallendsten ist: eben im *Ergreifen.* Das abergläubische Ansehen, das die Katzenraubtiere, Tiger wie Löwe, unter den Menschen genießen, beruht darauf. Sie sind die großen Ergreifer; und sie besorgen das Ergreifen allein. Das Lauern, der Sprung, das Einschlagen der Tatze, das Zerfleischen, alles ist bei ihnen noch in einem beisammen. Die Wucht dieses Vorganges, seine Unerbittlichkeit, die Sicherheit, mit der er ausgeführt wird, die nie angezweifelte Überlegenheit des Ausführenden, die Tatsache, daß, was immer er will, das Verschiedenste ihm zur Beute werden kann: alles trägt zu seinem gewaltigen Ansehen bei. Von welchem Standpunkt immer man es betrachtet, hier ist Macht in höchster Konzentration. Sie hat auf den Menschen in dieser Form einen unauslöschlichen Eindruck gemacht, alle Könige wären gern Löwen. Es war der Akt des Ergreifens selbst, den man bewunderte und lobte, sein Erfolg. Überall hat man als Tapferkeit und Größe bezeichnet, was doch auf weit überlegener Kraft beruhte.

Das auffälligste Instrument der Macht, das der Mensch und auch sehr viele Tiere an sich tragen, sind die *Zähne.* Die Reihe, in der sie angeordnet sind, ihre leuchtende Glätte, sind mit nichts anderem, was sonst zu einem Körper gehört und an ihm in Aktion gesehen wird, zu vergleichen. Man möchte sie als die erste *Ordnung* überhaupt bezeichnen, eine, die nach allgemeiner Anerkennung förmlich schreit; eine Ordnung, die als Drohung nach außen wirkt, nicht immer sichtbar, aber immer sichtbar, wenn der Mund sich öffnet, und das ist sehr oft. Das Material der Zähne ist verschieden von den übrigen augenfälligen Bestandteilen des Körpers; es wäre eindrucksvoll, wenn man auch nur zwei Zähne trüge. Sie sind glatt, sie sind hart, sie geben nicht nach; man kann sie zusammenpressen, ohne daß ihr Volumen sich verändert; sie wirken wie eingesetzte und wohlpolierte Steine.

Sehr früh hat sich der Mensch aller möglichen Steine zu Waffen und Werkzeugen bedient, aber es dauerte lange, bis er sie so schön zu polieren verstand, daß sie die Glätte von Zähnen hatten. Es ist wahrscheinlich, daß ihm bei dieser Verbesserung in der Konstitution seiner Werkzeuge die Zähne als Vorbild dienten. Viele Zähne größerer Tiere waren ihm seit jeher nützlich. Er mochte sie unter Lebensgefahr erbeutet haben; und etwas von der Macht des Tieres, das ihn damit bedrohte, schien ihm noch darin enthalten zu sein. Als Trophäen und Talismane hing er sie sich um; sie mochten an andere den Schrecken weitergeben, den er selbst vor ihnen gefühlt hatte. Die Narben, die ihm von Zähnen verursacht worden waren, trug er stolz an seinem Körper; sie galten als Ehrenzeichen und waren so begehrt, daß man sie später künstlich erzeugte.

So reich und vielfältig ist die Wirkung von Zähnen auf den Menschen; die der fremden, stärkeren Tiere, und auch seine eigenen. Ihrem Charakter nach standen sie zwischen einem eingeborenen Glied des Körpers und einem Werkzeug; daß sie ausfallen oder ausgeschlagen werden konnten, machte sie noch mehr einem Werkzeug ähnlich.

Glätte und *Ordnung*, als manifeste Eigenschaften der Zähne, sind in das Wesen der Macht überhaupt eingegangen. Sie sind unzertrennlich von ihr und an jeder Form der Macht das erste, das sich feststellen läßt. Mit den primitiven Werkzeugen fing es an; aber mit dem Wachstum der Macht sind auch diese ihre frühen Eigenschaften gewachsen. Der Sprung vom Stein zum Metall war vielleicht der größte Sprung in dieser Richtung zunehmender Glätte. Der Stein mochte noch so gut geschliffen sein, das Schwert, erst aus Bronze und dann aus Eisen, war glatter. Es ist das eigentlich Anziehende und Bestechende am Metall, daß es so glatt ist wie sonst nichts. In den Maschinen und Fahrzeugen unserer modernen Welt hat sich diese Glätte gesteigert; sie ist zu einer Glätte der Funktion überhaupt geworden. Die Sprache drückt den Sachverhalt am einfachsten aus, man sagt, daß etwas glatt geht oder glatt funktioniert.

Urteilen und Aburteilen: Elemente der Macht

Es ist geraten, von einem Phänomen auszugehen, das allen vertraut ist, der *Freude am Aburteilen.* ›Ein schlechtes Buch‹, sagt jemand, oder ›ein schlechtes Bild‹, und er gibt sich den Anschein, als habe er etwas Sachliches zu sagen. Immerhin verrät seine Miene dabei, daß er es gerne sagt. Denn die Form der Äußerung täuscht, und sie geht sehr bald in eine persönliche über. ›Ein schlechter Dichter‹ oder ›ein schlechter Maler‹ heißt es dann gleich, und es klingt, als sage man ›ein schlechter Mensch‹. Überall hat man Gelegenheit, Bekannte, Unbekannte, sich selbst bei diesem Prozeß des Aburteilens zu ertappen. Die Freude am negativen Urteil ist immer unverkennbar.

Es ist eine harte und grausame Freude, die sich durch nichts beirren läßt. Das Urteil ist nur ein Urteil, wenn es mit etwas wie unheimlicher Sicherheit abgegeben wird. Es kennt keine Milde, wie es keine Vorsicht kennt. Es wird rasch gefunden; es ist seinem Wesen am meisten gemäß, wenn es ohne Überlegung zustande kommt. Die Leidenschaft, die es verrät, hängt an seiner Raschheit. Das bedingungslose und das rasche Urteil sind es, die sich als Lust auf den Zügen des Urteilenden malen.

Worin besteht diese Lust? Man schiebt etwas von sich weg, in eine Gruppe des Geringeren, wobei vorausgesetzt ist, daß man selbst zu einer Gruppe des Besseren gehört. Man erhöht sich, indem man das andere erniedrigt. Der Bestand von zweierlei, das entgegengesetzte Werte vertritt, wird als natürlich und notwendig angenommen. Was immer das Gute ist, es ist da, damit es sich vom Schlechten abhebt. Man selber bestimmt, was zum einen und was zum anderen gehört.

Samuel Beckett
Warten auf Godot

[»Was ist denn? – Nichts.«]

WLADIMIR Was ist denn?

ESTRAGON Nichts.

WLADIMIR Laß sehen.

ESTRAGON Es gibt nichts zu sehen.

WLADIMIR Versuch, ihn wieder anzuziehen.

ESTRAGON *nachdem er seinen Fuß untersucht hat:* Ich laß ihn etwas an der frischen Luft.

WLADIMIR So ist der Mensch nun mal: er schimpft auf seinen Schuh, und dabei hat sein Fuß schuld.

Er nimmt seinen Hut noch mal ab, schaut hinein, steckt seine Hand hinein, schüttelt ihn aus, schlägt darauf, bläst hinein und setzt ihn wieder auf.

Was ist denn nur los?

Schweigen. Estragon dreht seinen Fuß hin und her und bewegt die Zehen, damit sie besser auslüften können.

Einer von den Schächern wurde erlöst. *Pause.* Das ist ein guter Prozentsatz. *Pause.* Gogo ...

ESTRAGON Was?

WLADIMIR Wenn wir beiden es bereuen würden?

ESTRAGON Was?

WLADIMIR Nun ja ... *Er sucht.* Wir brauchen ja nicht gerade ins Detail zu gehen.

ESTRAGON Daß wir geboren wurden?

Wladimir lacht auf und unterdrückt das Lachen sofort wieder, indem er die Hand in die Gegend der Blase führt und sein Gesicht verzieht.

WLADIMIR Man wagt schon gar nicht mehr zu lachen.

ESTRAGON Als ob das ein Verlust wäre.

WLADIMIR Nur noch lächeln. *Er lächelt so gut er kann, das Lächeln erstarrt, dauert eine Weile und erlischt plötzlich.* Es ist nicht dasselbe. Na ja ... *Pause.* Gogo ...

ESTRAGON *gereizt.* Was ist denn?

WLADIMIR Hast du die Bibel gelesen?

ESTRAGON Die Bibel ... *Er denkt nach.* Ich muß wohl mal reingeguckt haben.

WLADIMIR In der freien Schule?

ESTRAGON Weiß nicht, ob sie frei war oder nicht.

WLADIMIR Es war wohl in der Besserungsanstalt.

ESTRAGON Möglich. Ich erinnere mich an die Karten vom Heiligen Land. Bunte Karten. Sehr schön. Das Tote Meer war blaßblau. Wenn ich nur hinguckte, hatte ich schon Durst. Ich sagte mir, da werden wir unsere Flitterwochen verbringen. Wir werden schwimmen. Wir werden glücklich sein.

WLADIMIR Du hättest ein Dichter werden sollen.

ESTRAGON War ich doch. *Er zeigt auf seine Lumpen.* Sieht man das nicht? *Schweigen.*

WLADIMIR Was sagte ich noch ... Wie geht's deinem Fuß?

ESTRAGON Er schwillt an.

WLADIMIR Ach ja, ich hab's, die Geschichte der beiden Schächer. Erinnerst du dich?

ESTRAGON Nein.

WLADIMIR Soll ich sie dir erzählen?

ESTRAGON Nein.

WLADIMIR Dann vergeht die Zeit. *Pause.* Es waren zwei Diebe, die zusammen mit unserem Erlöser gekreuzigt wurden. Man ...

ESTRAGON Mit unserem was?

WLADIMIR Unserem Erlöser. Zwei Diebe. Man sagt, der eine sei erlöst worden und der andere ... *Er sucht das Gegenteil von erlöst* ... verdammt.

ESTRAGON Wovon erlöst?

WLADIMIR Von der Hölle.

ESTRAGON Ich gehe. *Er rührt sich nicht.*

WLADIMIR Und doch ... *Pause.* Wie ist es möglich, daß ... Ich langweile dich hoffentlich nicht.

ESTRAGON Ich hör gar nicht zu.

WLADIMIR Wie ist es möglich, daß nur einer von den vier Evangelisten die Dinge so darstellt? Sie waren doch alle vier dabei – jedenfalls nicht weit weg. Und nur einer spricht von einem erlösten Schächer.

Pause. Hör mal, Gogo, du mußt mir von Zeit zu Zeit den Ball zuspielen.

ESTRAGON Ich hör zu.

WLADIMIR Einer von vieren. Von den drei anderen sagen zwei gar nichts darüber, und der dritte sagt, daß beide ihn beschimpft hätten.

ESTRAGON Wen?

WLADIMIR Wie bitte?

ESTRAGON Ich verstehe nichts davon ... *Pause.* Wen hätten sie beschimpft?

WLADIMIR Den Erlöser.

ESTRAGON Warum?

WLADIMIR Weil er sie nicht erlösen wollte.

ESTRAGON Von der Hölle?

WLADIMIR Ach was! Vom Tode.

ESTRAGON Na, und?

WLADIMIR Sie müssen also beide verdammt worden sein.

ESTRAGON Und dann?

WLADIMIR Der andere hat doch gesagt, einer sei erlöst worden?

ESTRAGON Nun ja? Sie sind sich nicht einig, das ist alles.

WLADIMIR Sie waren alle vier dabei. Und nur einer spricht von einem erlösten Schächer. Warum soll man ihm mehr glauben als den anderen?

ESTRAGON Wer glaubt ihm?

WLADIMIR Mensch, alle! Man kennt nur diese Darstellung.

ESTRAGON Die Leute sind blöd!

Er steht mühsam auf, geht hinkend zur linken Kulisse, bleibt stehen, schaut in die Ferne und schirmt dabei mit der Hand die Augen ab, dreht sich um, geht zur rechten Kulisse und blickt wieder in die Ferne. Wladimir schaut hm nach, dann geht er ein paar Schritte, um den Schuh aufzuheben, er schaut hinein und läßt ihn plötzlich fallen.

WLADIMIR Bah! *Er spuckt auf die Erde.*

Estragon kehrt zur Mitte der Bühne zurück und schaut nach hinten aus.

ESTRAGON Lauschiges Plätzchen.

Er dreht sich um, geht bis zur Rampe, blickt ins Publikum.

Heitere Aussichten!

Er wendet sich Wladimir zu.

Komm, wir gehen!

WLADIMIR Wir können nicht.

ESTRAGON Warum nicht?

WLADIMIR Wir warten auf Godot.

ESTRAGON Ach ja. *Pause.* Bist du sicher, daß es hier ist?

WLADIMIR Was?

ESTRAGON Wo wir warten sollen.

WLADIMIR Er sagte, vor dem Baum.

Sie betrachten den Baum.

Siehst du sonst noch Bäume?

ESTRAGON Was ist das für einer?

WLADIMIR Ich weiß nicht ... Eine Weide.

ESTRAGON Wo sind die Blätter?

WLADIMIR Sie wird abgestorben sein.

ESTRAGON Ausgetrauert.

WLADIMIR Es sei denn, daß es an der Jahreszeit liegt.

ESTRAGON Ist das nicht vielmehr ein Bäumchen?

WLADIMIR Ein Strauch.

ESTRAGON Ein Bäumchen.

WLADIMIR Ein – *Er setzt von neuem an.* Was willst du damit sagen? Daß wir uns im Platz geirrt hätten?

ESTRAGON Er müßte eigentlich hier sein.

WLADIMIR Er hat nicht fest zugesagt, daß er käme.

ESTRAGON Und wenn er nicht kommt?

WLADIMIR Kommen wir morgen wieder.

ESTRAGON Und dann übermorgen.

WLADIMIR Vielleicht.

ESTRAGON Und so weiter.

WLADIMIR Das heißt ...

ESTRAGON Bis er kommt.

WLADIMIR Du bist unbarmherzig.

ESTRAGON Wir sind gestern schon hier gewesen.

WLADIMIR Ach was, da täuschst du dich.

ESTRAGON Was haben wir gestern gemacht?

WLADIMIR Was wir gestern gemacht haben?

ESTRAGON Ja.

WLADIMIR Hm ... *Ärgerlich.* Wenn was zu bezweifeln ist, bist du da.

ESTRAGON Ich meinte, daß wir hier waren.

WLADIMIR *blickt in die Runde:* Kommt dir die Gegend bekannt vor?

ESTRAGON Das will ich nicht sagen.

WLADIMIR Also?

ESTRAGON Das will nichts heißen.

WLADIMIR Immerhin ... dieser Baum ... *Zum Publikum gewandt.* Dieser Stumpf.

ESTRAGON Bist du sicher, daß es heute abend war?

WLADIMIR Was?

ESTRAGON Daß wir warten sollten?

WLADIMIR Er sagte am Samstag. *Pause.* Meine ich jedenfalls.

ESTRAGON Nach Feierabend.

WLADIMIR Ich muß es aufgeschrieben haben. *Er wühlt in seinen Taschen, die mit den verschiedensten Dingen vollgestopft sind.*

ESTRAGON Aber an welchem Samstag? Ist heute denn Samstag? Kann nicht auch Sonntag sein? Oder Montag? Oder Freitag?

WLADIMIR *blickt aufgeregt um sich, als wenn das Datum irgendwo in der Landschaft zu lesen wäre:* Es ist nicht möglich.

ESTRAGON Oder Donnerstag?

WLADIMIR Was soll man machen?

ESTRAGON Wenn er sich gestern abend vergebens hierher bemüht hat, dann kannst du dir wohl denken, daß er heute nicht kommt.

WLADIMIR Du sagst doch, wir wären gestern abend hier gewesen.

ESTRAGON Ich kann mich irren. *Pause.* Schweigen wir ein wenig, ja?

WLADIMIR *mit schwacher Stimme:* Ja, meinetwegen.

Estragon setzt sich auf die Erde, Wladimir geht mit großen Schritten erregt auf und ab, von Zeit zu Zeit bleibt er stehen, um den Horizont abzusuchen. Estragon schläft ein. Wladimir bleibt vor Estragon stehen.

Gogo ... *Stille.* Gogo ... *Stille.* GOGO!

ESTRAGON *fährt aus dem Schlafe auf und wird so wieder in seine schaudervolle Situation zurückversetzt:* Ich schlief. *Vorwurfsvoll.* Warum läßt du mich nie schlafen?

WLADIMIR Ich fühlte mich einsam.

*

[»Gott hab Erbarmen mit mir!«]

WLADIMIR Endlich! *Estragon steht auf und geht mit beiden Schuhen in den Händen auf Wladimir zu. Er stellt sie nahe an der Rampe hin, richtet sich auf und betrachtet den Mond.* Was machst du?

ESTRAGON Dasselbe wie du, ich gucke in den Mond.

WLADIMIR Ich meine, mit deinen Schuhen.

ESTRAGON Die laß ich stehen. *Pause.* Es kommt wohl ein anderer genauso ... genauso ... wie ich, aber mit kleineren Füßen, und ist glücklich darüber.

WLADIMIR Du kannst aber nicht barfuß laufen.

ESTRAGON Jesus hat es getan.

WLADIMIR Jesus! Was soll denn das heißen? Du willst dich doch wohl nicht mit ihm vergleichen!

ESTRAGON Mein ganzes Leben lang hab ich mich mit ihm verglichen.

WLADIMIR Aber da unten war's warm! Es war schön!

ESTRAGON Ja. Und man kreuzigte schnell.

Pause.

WLADIMIR Wir haben hier nichts mehr verloren.

ESTRAGON Anderswo auch nicht.

WLADIMIR Hör mal, Gogo, sei nicht so. Morgen geht's wieder besser.

ESTRAGON Wieso?

WLADIMIR Hast du nicht gehört, was der Junge gesagt hat?

ESTRAGON Nein.

WLADIMIR Er hat gesagt, daß Godot morgen bestimmt kommt. *Pause.* Das sagt dir wohl nichts?

ESTRAGON Also brauchen wir nur hier zu warten.

WLADIMIR Du bist verrückt. Wir müssen irgendwo unterkommen. *Er packt Estragon am Arm.* Komm. *Er zieht ihn weiter. Estragon gibt zunächst nach und leistet dann Widerstand. Sie bleiben stehen.*

ESTRAGON *schaut den Baum an:* Schade, daß wir keinen Strick haben.

WLADIMIR Komm. Es wird kalt. *Er zieht ihn hinter sich her. Estragon gibt zunächst nach und widersetzt sich dann.*

ESTRAGON Hilf mit daran denken, daß ich morgen einen Strick mitbringe.

WLADIMIR Ja. Komm. *Er zieht ihn hinter sich her. Estragon gibt zunächst nach und widersetzt sich dann.*

ESTRAGON Wie lange dauert es nun schon, daß wir immer zusammen sind?

WLADIMIR Ich weiß nicht. Fünfzig Jahre vielleicht.

ESTRAGON Erinnerst du dich an den Tag, an dem ich in den Rhein gesprungen bin?

WLADIMIR Wir waren bei der Weinlese.

ESTRAGON Du hast mich herausgefischt.

WLADIMIR Das ist längst begraben und vergessen.

ESTRAGON Meine Kleider haben in der Sonne getrocknet.

WLADIMIR Denk doch nicht mehr daran. Komm. *Estragon gibt zunächst nach und bleibt dann wieder stehen.*

ESTRAGON Warte.

WLADIMIR Mich friert.

ESTRAGON Ich frage mich, ob wir nicht besser allein geblieben wären, jeder für sich. *Pause.* Wir waren nicht für denselben Weg gemacht.

WLADIMIR *ohne böse zu werden:* Das ist nicht sicher.

ESTRAGON Nein, nichts ist sicher.

ESTRAGON Was sollen wir jetzt machen?

WLADIMIR Bis er kommt.

ESTRAGON Bis er kommt.

Schweigen.

WLADIMIR Sollen wir unsere Übungen machen?

ESTRAGON Unsere Leibesübungen.

WLADIMIR Geschmeidigkeitsübungen.

ESTRAGON Lockerungsübungen.

WLADIMIR Gelenkigkeitsübungen.

ESTRAGON Lockerungsübungen.

WLADIMIR Um warm zu werden.

ESTRAGON Um ruhig zu werden.

WLADIMIR Also, los. *Er beginnt zu springen.*

Estragon macht es nach.

ESTRAGON *hört auf:* Hör auf. Ich bin müde.

WLADIMIR *hört auf:* Wir sind nicht in Form. Laß uns ein paar Atemübungen machen.

ESTRAGON Ich will nicht mehr atmen.

WLADIMIR Du hast recht. *Pause.* Laß uns trotzdem den Baum machen, fürs Gleichgewicht.

ESTRAGON Den Baum?

Wladimir macht den »Baum«, auf einem Fuß stehend. Er beginnt zu schwanken.

WLADIMIR *hört auf:* Du bist dran.

Estragon macht den »Baum« und schwankt dabei.

ESTRAGON Glaubst du, daß Gott mich sieht?

WLADIMIR Man muß die Augen zumachen.

Estragon schließt die Augen und schwankt noch mehr.

ESTRAGON *hört auf, schwingt die Fäuste und schreit aus vollem Halse:* Gott hab Erbarmen mit mir!

WLADIMIR *verärgert:* Und ich?

ESTRAGON *laut:* Mit mir! Mit mir! Erbarmen mit mir!

Pozzo und Lucky treten auf. Pozzo ist blind geworden. Lucky ist beladen wie im ersten Akt. Strick, wie im ersten Akt, aber kürzer, damit Pozzo bequemer folgen kann. Lucky trägt einen neuen Hut. Beim Anblick von Wladimir und Estragon bleibt er stehen. Pozzo, der seinen Weg weiter fortsetzt, läuft gegen ihn. Wladimir und Estragon weichen zurück.

POZZO *klammert sich an Lucky, der unter dieser neuen Last schwankt:* Was ist los? Wer hat gerufen?

Lucky bricht zusammen, läßt alles fallen und reißt Pozzo mit sich zu Boden. Sie bleiben lang ausgestreckt inmitten des Gepäcks liegen.

ESTRAGON Ist das Godot?

WLADIMIR Das haut aber hin!

Er geht auf den Haufen zu. Estragon folgt ihm.

Endlich Verstärkung!

POZZO *mit ängstlicher Stimme:* Hilfe!

ESTRAGON Ist das Godot?

WLADIMIR Wir fingen an, weich zu werden. Jetzt ist das Ende des Programms gesichert.

POZZO Zu mir!

ESTRAGON Er ruft um Hilfe.

WLADIMIR Wir sind nicht mehr allein und warten auf die Nacht, und warten auf Godot, und warten, und warten. Den ganzen Abend haben wir ganz allein gekämpft. Das ist jetzt vorbei! Es ist schon morgen.

Eugène Ionesco
Für Kultur, gegen Politik

[Majakowskij und Jessenin haben Selbstmord begangen]

Majakowskij und Jessenin, die Dichter, die Künstler der Oktoberrevolution von 1917, haben Selbstmord begangen. Hunderte, Tausende anderer wurden eingesperrt, ermordet oder moralisch vernichtet. Die letzteren schweigen oder haben ihr Talent verkauft. Dabei schien der Anfang vielversprechend! Doch dann wurden die kühnen literarischen und künstlerischen Schulen – Futurismus, Surrealismus, Abstraktionismus –, die zur Befreiung aller Formen und Strukturen aus den Normen der Ästhetik und des bürgerlichen Denkens geführt hatten, zerschlagen, bis auf den Grund zerstört. Majakowskij, Mandelstam und ihre Kameraden mussten sterben, weil die sogenannte Revolution ihre Maske fallenliess, so dass ihr wahres Gesicht erschien: das Gesicht reaktionärster Bourgeoisie und erbarmungsloser Diktatur, deren Akademismus ebenso erbarmungslos war wie die politische Tyrannei. Wir wissen das, und ihr wisst das auch, denn seit 1930 seid ihr laufend informiert worden. Solschenizyn und seine Freunde sind nicht die einzigen, die die Wahrheit bezeugten und nach Freiheit riefen. Viele andere taten es und mussten mit ihrer persönlichen Freiheit oder ihrem Leben dafür bezahlen, wie zum Beispiel Krawtschenko. Oder sie bezahlten mit ihrer Ruhe und ihrer Ehre, denn von vielen westlichen Intellektuellen wurden sie mit Beschimpfungen und Verleumdungen überschüttet. So erging es Suvarin, Koestler, P. Istrati und vielen anderen, die von Jean-Paul Sartre und seinesgleichen in übelster Weise angegriffen wurden. Das war vielleicht das Schlimmste, dieses geheime Einvernehmen zwischen der westlichen Bourgeoisie und der tyrannischen Bourgeoisie des Ostens. Auch auf unserer Seite hatte man Angst vor der Revolution. Und um uns vor der Revolution zu bewahren, hat uns die Sowjetunion unterstützt, nicht nur weil sie Rohstoffe von uns brauchte und von unsren fortgeschrittenen Techniken profitieren wollte, sondern weil dieses Sowjetrussland ganz einfach ebenfalls Angst vor einer Revolution, einer echten Revolution hatte, die den für ihre Bürokratie und ihre Gesellschaft bequemen, für die andern grausamen Konformismus zerstört hätte.

*

Von Zeit zu Zeit macht er [scil. der Bürger] sich Luft. Der französische Kommunist, der bürgerlich lebt, hat dafür zwei Möglichkeiten: erstens durch Protestkundgebungen auf der Strasse, die ihm keineswegs untersagt sind wie den tschechischen, ungarischen, sowjetischen oder chinesischen Arbeitern, und von Zeit zu Zeit durch Wahlen. Die zweite Möglichkeit, sich auszutoben, ist der Sport. Sport und Politik machen uns kopflos. Bürger, Handwerker, Arbeiter, Reiche und Arme haben einen vollen Monat im Jahr für nichts anderes Sinn als für das nationale Radrennen. Die übrige Zeit, jeden Sonntag mindestens, lösen Fussball und Rugby die »Tour de France« ab. Nicht zu reden von den Olympischen Spielen, da sind alle ausser Rand und Band. Alle wollen hin, die Kommunisten zu den Faschisten, die Bürgerlich-Konservativen zu den Kommunisten. Dabei sind sie sich nicht klar darüber, wie sehr die sportlichen Wettkämpfe abwechselnd jedweder Politik nützen. Sie sehen nicht einmal, dass die Athleten falsche Übermenschen sind, Ungeheuer der Muskeln und der Technik. Übertriebener Sport und ein Übermass an Politik sind das neue Opium fürs Volk. All das auf Kosten dessen, was wir Kultur nennen: Natur- und Geisteswissenschaften, Kunst, Religion, Philosophie. Wir stecken kulturell in einer Krise. Der Gedanke an Leben und Tod wird ebenfalls verdrängt. Wir leben von einem Tag zum anderen. Doch Unbefriedigt sein und Missvergnügen existieren in den Gründen der noch verschütteten Seele, die in einem tiefen, fast tödlichen Schlafe liegt. Was von der Kultur bleibt, vegetiert dahin oder wird als Instrument der Politik missbraucht. Die Politik sollte der freien Entfaltung geistigen Lebens dienen. Es kann kein Leben, kein kulturelles Leben, ohne Methaphysik und Spiritualität geben. Für die Kultur müssen Metaphysik und Spiritualität den Brennpunkt bilden, und wenn auch die Biologen Gott und die Beschäftigung mit den Letzten Dingen abgeschafft haben: die grossen Physiker haben sie nicht verleugnet. Und selbst unter den Ärzten und Biologen gibt es Leute wie den grossen Jean Bernard, der zu Gott betete, damit er ihm bei seinen Forschungen über die Blutkrankheiten beistehe; das hat er bei einer Rundfunksendung (»Radioscopie«) Chancel gegenüber gestanden. Louis de Broglie, einer der Begründer der modernen Physik, ist gläubiger Katholik; Einstein war überzeugt, dass eine höhere göttliche Macht die Welt leite. Im Zusammenspiel und in der Entwicklung der kosmischen Kräfte, glaubte er, wirke ein göttlicher Plan. Weder Heisenberg noch Planck waren Atheisten. Leprince Ringuet von der Académie française, ein aussergewöhnlicher Physiker auch er, ist Christ. Nur die Journalisten, die Literaten, die Ideologen, die Philosophen zehnten Ranges spotten Gott und meinen, der Glaube an Gott sei eine verwerfliche Schwäche. Man sollte annehmen, die Welt bestehe im Augenblick vornehmlich aus geistig und metaphysisch verkrüppelten, zu kurz gekommenen Individuen. Ich wiederhole nachdrücklich: An alledem ist die exzessive Politik schuld. Die Politik ist vielleicht der Teufel. Sie ist das Böse. Sie trägt kräftig dazu bei, das Übel zu mehren. Ich meine, man kann Geschichte und vor allem die Geschichte der Gegenwart ohne die Dämonologie nicht begreifen. Wenn zur Stunde noch irgend etwas zu tun ist, so müsste die Hierarchie der Werte in der Struktur unseres Geistes und in unserer Gesellschaft wiederhergestellt werden. Alles müsste wieder auf die Metaphysik und das Spirituelle konzentriert und vom Wissen unterstützt werden; die Politik sollte nicht beiseite gelassen werden, aber auf der untersten Stufe der Leiter stehen. Die Politik sollte im Grunde einfach die Güter verwalten, aufteilen und vertreiben. Ideal gesehen sollten die Verwalter des Staates eine reine Ordnungsfunktion haben oder wie Computer arbeiten.

Ich betone, dass die Politik, so wie sie betrieben wird, nur ein Zeitvertreib ist, ein dramatischer oder tragischer Zeitvertreib, ein grausamer auch, den man sich leistet, ohne wirklich daran zu glauben. Die Leute stellen sich vor, es sei die einzige Zerstreuung, die uns trotz allem erlaubt zu leben. In Wirklichkeit stirbt man an der Politik. In Wirklichkeit ist die Politik selbst tot, da, wie wir sagen, die Ideologien und die Philosophien, von denen sie zu stammen vorgibt, tot sind. Ich fasse zusammen, was ich bisher gesagt habe: Wir leben in einem Chaos, mit dem niemand zufrieden ist, in dem subrationale, niedrigste, rein materialistische, in ihrer Verblendung unheilvolle Mächte wirken. Wir sind in einem ausser Rand und Band geratenen Räderwerk gefangen.

*

Man kann sagen, dass es zweierlei Künstler und Schriftsteller gibt: die einen, die sich an die soziale Welt halten, die sie umgibt, und die andern, denen mehr am Jenseits der Welt liegt. Balzac ist, neben vielen anderen, ein politischer und sozialer Schriftsteller. In seinem Naturalismus ist Zola auf den ersten Blick noch mehr den sozial engagierten Schriftstellern zuzuzählen. Shakespeare ist ein Kommentator der Geschichte, der Macht, der Politik, aber er ist gleichzeitig und vor allem ein metaphysischer Schriftsteller. Doch selbst scheinbar eindeutig sozial engagierte Autoren wie Balzac und Zola sind mit weiterreichenden Problemen beschäftigt: der eine, nämlich Balzac, mit metaphysischen Fragen, der andere, Emile Zola, mit Problemen, die im eigentlichen Sinne an die Sterblichkeit des Menschen rühren. Gibt es bei Zola etwas Furchtbareres und Schöneres als Thérèse Raquin und die Zwangsvorstellungen von Verfall und Tod? Seine schönsten Seiten sind jene, in denen er Todeskämpfe beschreibt, den der Nana unter andern. Und Ronsard, war nicht auch er besessen vom Schicksal des Menschen, von seinem Tod, seinem Altern? Ebenso François Villon wie auch Malherbe und der grosse Pascal. Sein Schauer vor den grossen leeren Räumen jenseits unserer Wirklichkeit, die Frage nach dem Jenseits der Welt ist und bleibt immer aktuell. Spricht nicht Brecht, der Illustrator einer heute überholten Ideologie, wie wider Willen in »Mutter Courage« vom Verlorensein des Menschen in der Zeit, von Hinfälligkeit und Tod? Vom Tod: das heisst von den Grenzen des Menschen am Fusse der Mauer, am Rande unserer *menschlichen*, nicht nur der sozialen Kondition. In seiner Kritik der Könige, der Macht, des Bösen geht Shakespeare weit über all das hinaus: Hamlet stellt das Problem, das ewige, beängstigende Problem vom Sein und vom Nichts auf, er meditiert über den Tod und die Eitelkeit der Dinge; der Monolog Richards des Zweiten stellt eine der schönsten Betrachtungen über den Tod dar. Und ist das Buch Hiob etwas anderes als eine tragische Meditation über Gott? Konfrontiert es uns nicht mit der Irrealität der Realität und vielleicht mit der Realität des Irrealen? Gerade darum ist es Ausdruck der Ängste, der Ängste früherer Zeiten und der Ängste des Menschen von heute. Wenn König Salomo von der Eitelkeit der Güter und des Tuns der Menschen dieser Welt spricht, trifft er sich mit Beckett. Alle Autoren von einigem Wert und einiger Authentizität haben eine unausrottbare Problematik, sie spüren einen mystischen Ruf: sei es vordergründig und offenkundig, sei es in der Tiefe ihres Bewusstseins, das plötzlich zutage tritt im Gewirr ihrer weltlichen Sorgen.

Die Künstler sind mystisch und sozial gebunden zugleich. Nach Auffassung eines engagierten Schriftstellers wie André Malraux ist Kunst der tragische Schrei des Menschen, den dieser an die Gottheit oder an den, wie er meint, leeren Himmel richtet. Scheinbar leer für ihn, aber doch auch für ihn unbewusst nicht wirklich leer, oder von dem er nicht hofft, dass er leer sei, da sein Schrei ja im Grunde ein Stossgebet ist.

*

Vor ein paar Jahren beklagte der Engländer C. P. Snow die Tatsache, dass es zwei getrennte Kulturen gebe: die wissenschaftliche und die humanistische. Diese beiden Kulturen müssten ideal gesehen nur noch eine einzige bilden. Das geht nicht von heute auf morgen, dazu sind die Temperamente zu entgegengesetzt. Es gibt zweierlei Temperamente: das künstlerische und das wissenschaftliche. Und es gibt eine dritte Art von Menschen: die Politiker. Diese gehören in den Bezirk keiner Kultur. Sie sitzen zwar auf ihren Thronen; in Wirklichkeit sind sie jedoch nur notwendig für Arbeiten dritter Klasse, die unwichtigsten, die der Küche der Gesellschaft. Sie müssten einfach die Verteiler der Annehmlichkeiten sein.

[»Der Tod bleibt Sieger« – Eine banale Feststellung, aber nicht für Stalin]

Jedem Betrachter eines Kunstwerks, der darüber nachdenkt, drängt sich die Notwendigkeit auf, weiterzugehen, sich in das Geheimnis zu versenken, denn die Kunst umreisst am besten das Mysterium zwischen dem Hier und dem Jenseits. Sie führt uns in die Nacht, die vielleicht eine Sternennacht ist.

Politik trennt die Menschen, sie vereint sie nur äusserlich, sie ist ein Arm-in-Arm blinder Fanatiker (Fanatismus ist Blindheit!). Dagegen einigen Kultur und Kunst uns alle im Bewusstsein unserer gemeinsamen Angst, die unsere einzig mögliche Brüderlichkeit darstellt, unsere existentielle und metaphysische Gemeinschaft. Die Kunst taucht uns in die Tiefe des namenlosen Mysteriums; die Kunst – das einzige Lebens- und Ausdruckssystem – sagt uns beinahe, was man nicht sagen kann: das Unsagbare. Wenn alles gesagt sein wird, gehören wir schon anderen Zeiten an. Rät uns nicht Shakespeare in einem seiner bedeutendsten Werke, »Macbeth«, zu schweigen? Nachdem Macbeth anfangs sagt, alles sei Lärm und Wut, kommt das Werk zum Schluss, dass das

Mysterium am Rande des Schweigens liege. Es gibt kein wirklich grosses Kunstwerk, das uns nicht rät, das uns nicht lehrt, dem Schweigen zu lauschen.

Der Kritiker Jan Kott hat die Gemeinsamkeiten hervorgehoben, die zwischen dem machtlüsternen Macbeth und den zu Tyrannen gewordenen Revolutionären wie Stalin bestehen. Gegen Ende seines Lebens erklärte Stalin de Gaulle und Malraux gegenüber, zum Schluss bleibe der Tod Sieger. Eine banale Feststellung, aber nicht für Stalin, der geglaubt hatte, die Welt politisch neu zu gestalten. Er hat demnach erkannt, wie absurd es ist, Politik um der Politik willen zu machen. Hätte er doch lieber sein Theologiestudium beendet; das Seminar hatte er ja bereits absolviert. Oder hätte er eine Verwalterstelle in der Wissenschaft angenommen oder Meditationsübungen gemacht. In ihren rein sozial engagierten Werken kritisieren die sogenannten politischen oder realistischen Schriftsteller immer wieder diese Welt; kritisieren sie damit nicht stillschweigend sich selbst?

Jossif Brodski
Ich denke, daß … von Gott …

Am 4. Mai 1961 klagte die Staatsanwaltschaft von Leningrad das *arbeitsscheue Element*, den *Parasiten* Jossif Brodski an. Erster Verhandlungstag, 18. Februar 1964, Gericht des Leningrader Bezirks. Fontanka 22, Saal des Bauarbeiterklubs:

»RICHTERIN	Welche Beschäftigung haben Sie?
BRODSKI	Ich schreibe Gedichte. Übersetze. Ich nehme an …
RICHTERIN	Nichts da ›Ich nehme an‹. Stehen Sie, wie sich's gehört. Lehnen Sie nicht an die Wand! Schauen Sie zum Gericht! Antworten Sie dem Gericht, wie sich's gehört. Haben Sie eine ständige Arbeit?
BRODSKI	Ich dachte, das sei eine anständige Arbeit.
RICHTERIN	Antworten Sie exakt!
BRODSKI	Ich schrieb Gedichte. Ich dachte, daß sie gedruckt werden. Ich nehme an …
RICHTERIN	Wie lange haben Sie im Betrieb gearbeitet?
BRODSKI	Ein Jahr.
RICHTERIN	Als was?
BRODSKI	Als Fräser.
RICHTERIN	Und was ist überhaupt Ihr Fach?
BRODSKI	Lyriker. Lyrikübersetzer.
RICHTERIN	Und wer hat das anerkannt, daß Sie Dichter sind? Wer hat Sie unter die Dichter eingereiht?
BRODSKI	Niemand. Und wer hat mich ins Menschengeschlecht eingereiht?
RICHTERIN	Und Sie haben das gelernt?
BRODSKI	Was?
RICHTERIN	Das Dichtersein. Sie haben nicht versucht, eine Hoch-

schule zu besuchen, wo man heranbildet ... wo man lehrt?

BRODSKI Ich habe nicht gedacht ... Ich habe nicht gedacht, daß das durch Heranbildung gemacht wird.

RICHTERIN Und wodurch denn?

BRODSKI Ich denke, daß ... von Gott ...

DENISSOW (Rohrleger von UNR-20) Ich wollte seine Bücher kennenlernen. Ich ging in die Bibliothek – es gibt von ihm keine Bücher. Ich fragte Bekannte, ob sie so einen kennen. Nein, sie kennen ihn nicht. Ich bin Arbeiter. Ich habe in meinem Leben nur zweimal den Arbeitsplatz gewechselt. Und Brodski?

SOROKIN (Staatsanwalt) Unser großes Volk baut den Kommunismus. Im Sowjetmenschen entwickelt sich eine hervorragende Eigenschaft: die Freude an gesellschaftlich nützlicher Arbeit ... Wer nichts arbeitet, soll auch nicht essen ... Dort, wo Brodski arbeitete, empörte er alle durch seine Disziplinlosigkeit und Arbeitsunlust ... Brodski wird verteidigt von geriebenen Halunken, arbeitsscheuen Elementen, Mauerasseln und Käfern. Brodski ist kein Dichter, sondern ein Mensch, der versucht, Verslein zu schreiben. Er hat vergessen, daß in unserem Lande der Mensch arbeiten, Werte schaffen muß: Werkbänke, Brot oder Gedichte ... Man muß ihn aus der Heldenstadt verbannen ... In seinen Tagebüchern gibt es eine Aufzeichnung: ›Ich denke schon lange daran, über die rote Grenze zu gehen. In meinem rothaarigen Kopf reifen konstruktive Gedanken.‹ ...«

Das Urteil: Fünf Jahre Zwangsarbeit auf einer staatlichen Farm im Gebiet von Archangelsk.

Oscar Wilde
Christi Platz ist bei den Dichtern

Christi Platz ist bei den Dichtern. Sein Menschenbild entsprang direkt seiner Vorstellungskraft und kann nur durch sie verwirklicht werden. Was dem Pantheisten Gott war, war ihm der Mensch. Er hat als erster die aufgespaltenen Rassen als Einheit gesehen. Ehe er kam, gab es Götter und Menschen. Er allein sah, daß es auf dem Hügel des Lebens nur Gott und den Menschen gibt, und da seine mystische Fähigkeit des Mitempfindens ihm sagte, daß in ihm beide Fleisch geworden waren, nennt er sich bald Gottessohn, bald Menschensohn. Mehr als jede andere Gestalt in der Geschichte weckt er in uns den Sinn für das Wunderbare, an den die Romantik immer appelliert. *(IX, 505)*

*

Christi (...) Moral besteht im Mitgefühl; genau darin sollte die Moral bestehen. (...) Seine Gerechtigkeit ist dichterische Gerechtigkeit, eben das, was Gerechtigkeit sein sollte. (...) Für ihn galten nicht Regeln, nur Ausnahmen. (...) Wie alle Dichternaturen liebte er die Unwissenden. Er wußte, daß die Seele eines Unwissenden immer Raum hat für eine große Idee. Die Dummen dagegen konnte er nicht ausstehen, besonders diejenigen, die durch Erziehung verdummt wurden. Leute, die voller Ansichten stecken, von denen sie keine einzige verstehen, ein vornehmlich moderner Typus, den Christus treffsicher als den Typus beschreibt, der den Schlüssel zum Wissen hat, ihn aber selbst nicht gebrauchen kann und nun auch anderen den Gebrauch verwehrt, wenngleich es der Schlüssel zum Himmelreich ist. *(IX, 515)*

*

Von jeher hat die Welt den Heiligen geliebt, da er der göttlichen Vollkommenheit am nächsten kommt. Christus scheint kraft eines göttlichen Instinkts immer mehr den Sünder geliebt zu haben, weil er der menschlichen Vollendung am nächsten kommt. Sein höchster Wunsch war es nicht, die Menschen zu bessern, so wenig, wie es sein höchster Wunsch war, Leiden zu lindern. Er trachtete nicht, aus einem interessanten Dieb einen langweiligen Ehemann zu machen. (...) Auf eine Weise, die von der Welt noch nicht begriffen worden ist, betrachtete er Sünde und Leiden als etwas an sich Schönes, Heiliges und als Varianten der Vollendung. *(IX, 517)*

*

Was den Glauben betrifft, so vermag ich alles zu glauben, vorausgesetzt, daß es ganz und gar unglaublich ist. *(I, 16)*

*

Die Menschheit kann an das Unmögliche glauben, aber an das Unwahrscheinliche wird sie nie glauben. *(VII, 41)*

*

»Erkenne dich selbst!« stand am Eingang der antiken Welt geschrieben. Über dem Eingang der neuen Welt wird geschrieben stehen »Sei du selbst«. *(VII, 220f.)*

*

Die Botschaft Christi an den Menschen lautet einfach »Sei du selbst«. Dies ist das Geheimnis Christi. *(VII, 221)*

*

Wenn Jesus von den Armen spricht, so meint er eigentlich Persönlichkeiten, und wenn er von den Reichen spricht, meint er eigentlich diejenigen, die ihre Persönlichkeit nicht entwickelt haben. *(VII, 221)*

E. M. Cioran
Warum können die Heiligen so gut schreiben?

Der Vorzug, an Gott zu denken: alles mögliche über ihn sagen zu können. Je weniger man die Ideen miteinander verknüpft, um so mehr Aussichten hat man, sich der Wahrheit zu nähern. Gott profitiert, kurz und gut, von den Randzonen der Logik.

*

Shakespeare und Dostojewskij halten in uns das Bedauern wach, weder ein Heiliger noch ein Verbrecher zu sein. Zwei Arten, sich selbst zu zerstören ...

*

Warum können die Heiligen so gut schreiben? Kommt es wirklich nur daher, daß sie Eingebungen haben? Tatsache ist, daß sie Gott immer stilistisch hervorragend *beschreiben*. Im Hinhören auf seine Einflüsterungen fällt es ihnen leicht zu schreiben. Ihre Werke zeichnet eine übermenschliche Schlichtheit aus, aber da es sich in ihnen nicht um die Welt handelt, können sie sich nicht Schriftsteller nennen. Man würdigt sie nicht als solche, weil man sich nicht in ihnen wiederfindet.

*

Der Wein hat mehr dazu beigetragen, die Menschen Gott anzunähern, als die Theologie. Seit langem haben die traurigen Trunkenbolde – gibt es denn überhaupt andere? – die Eremiten übertroffen.

*

Bis zum Anfang des 18. Jahrhunderts gab es »Lehrbücher der Vollkommenheit« in Hülle und Fülle. Jene, die auf dem Weg der Heiligkeit steckengeblieben waren, kamen darüber hinweg, indem sie derartiges verfaßten. Die Vollkommenheit ist darum jahrhundertelang die Obsession der gescheiterten Heiligen gewesen. Die anderen, die gelungenen Heiligen, kümmerten sich nicht mehr darum, sie besaßen sie ja schon.

Heutzutage betrachtet man sie mit äußerstem Mißtrauen und einer offensichtlichen Beimischung von Verachtung. Da der moderne Mensch sich für die Tragödie entschlossen hat, muß er notgedrungen die Sehnsucht nach dem Paradies überwinden und sich vom Wunsch nach Vollkommenheit befreien.

Andere Zeiten, die den christlichen Schrecken und Wonnen unterworfen waren, haben Heilige hervorgebracht, auf die man stolz war. Heute sind wir höchstens dazu fähig, sie zu *schätzen.* Wenn wir vermeinen, sie zu lieben, handelt es sich nur um eine Schwäche unsererseits, die sie uns zeitweilig näherbringt.

*

Die Welt wird im Wahn erzeugt, außerhalb dessen alles Chimäre ist.

Wie sollten wir uns der heiligen Teresa von Avila nicht verbunden fühlen, die, nachdem ihr Jesus erschienen war, aus ihrer Zelle lief und in einem frenetischen Anfall mitten im Kloster anfing zu tanzen, wobei sie ihre Mitschwestern mit Trommelschlägen zusammenrief, um ihnen ihre Freude kundzutun?

Schon als Sechsjährige las sie die Märtyrerleben und rief dabei aus: »Ewigkeit, Ewigkeit!« Damals beschloß sie, zu den Mauren zu gehen, um sie zu bekehren. Diesen Wunsch konnte sie zwar nicht verwirklichen, aber ihr Eifer ließ keineswegs nach – die Glut ihrer Seele ist nie erloschen, da wir uns heute noch daran erwärmen können.

*

Unser Glück besteht darin, die Hölle in uns selbst entdeckt zu haben. Wohin hätte uns ihre äußere Projektion geführt? Zweitausend Jahre Schrecken hätten uns in eine Sackgasse oder in den Selbstmord getrieben. Liest man die Beschreibung des Jüngsten Gerichts durch Hildegard von Bingen, so verabscheut man alle Paradiese und alle Höllen und ist hochzufrieden über deren subjektive Transposition. Die *Psychologie*, Zeugnis unserer Oberflächlichkeit, rettet uns. Für uns ist die Welt nur ein Zufall, ein Irrtum, ein Ausrutscher des Ichs.

*

Der »Hunger nach Gott«, von dem Johannes vom Kreuz spricht, ist zunächst Verneinung und erst zuletzt Bejahung der Existenz. Dem Enttäuschten, der sich damit abfindet, die Welt und ihre Finsternis zu ertragen, beweist das Vorhandensein dieses »Hungers«, seine Intensität, inwieweit er nicht mehr an der Welt haftet. Jedesmal, wenn wir *instinktiv* an Gott denken, gestehen wir eine Art Entbehrung und Ratlosigkeit ein. Das vitale Nichts ist der ideale Stützpunkt der Gottheit.

*

Die Menschen haben sich nur mit dem Tod versöhnt, um der *Angst*, die er einflößt, auszuweichen, aber ohne diese Angst verliert das Sterben jeden Reiz. Nur in ihr und durch sie existiert der Tod. Die Weisheit, die aus der *Billigung* des Todes erwächst, ist angesichts des Endes unsagbar oberflächlich. Sogar Montaigne war davon infiziert, sonst ließe sich nicht verstehen, wieso er sich gebrüstet hat, das Unvermeidliche zu akzeptieren.

Wer die Angst besiegt, kann sich für unsterblich halten, wer sie nicht kennt, *ist es*. Vermutlich starben die Geschöpfe auch im Paradies, aber da sie keine Angst davor hatten, starben sie letztlich nie. Die Angst ist ein unaufhörlicher Tod.

2. Kapitel:
Dum spiro spero – Solange ich atme, hoffe ich

Abbâs Baidûn
Über Hoffnung

Ein einzelner für einen Kranken zurückgelassener Stuhl, das ist Hoffnung.

Blaise Pascal
Gedanken

14
Wenn ich die kurze Dauer meines Lebens betrachte, das verschlungen ist in die Ewigkeit, die ihm voraufging und ihm folgt, den geringen Raum, den ich ausfülle, und selbst den, den ich sehe, der in der grenzenlosen Unendlichkeit der Räume versinkt, die ich nicht kenne und die mich nicht kennen, dann erschrecke ich und wundere mich, daß ich mich hier sehe und nicht dort; denn es gibt keinen Grund, warum ich hier bin und nicht dort, warum jetzt und nicht irgendwann. Wer hat mich dahin gestellt? Durch wessen Befehl und Führung sind dieser Ort und diese Zeit für mich bestimmt worden? Memoria hospitis unius diei praetereuntis.*

125
Man ist nicht unglücklich ohne Gefühl; ein zerstörtes Haus ist es nicht. Nur der Mensch ist unglücklich. Ego vir videns.**

128
Der Mensch ist nur ein Schilfrohr, das schwächste der Natur; aber er ist ein denkendes Schilfrohr. Es ist nicht nötig, daß das ganze Weltall sich waffne, ihn zu zermalmen: ein Dampf, ein Wassertropfen genügen, um ihn zu töten. Aber wenn das Weltall ihn zermalmte, so wäre der Mensch noch edler als das, was ihn tötet, denn er weiß, daß er stirbt, und kennt die Überlegenheit, die das Weltall über ihn hat; das Weltall weiß nichts davon.

* Die Erinnerung an einen, der nur einen Tag lang zu Gast war. (Weisheit Salom. 5,15.).
** Ich bin der Mann, der (seine Armut) sieht. (Klagel. Jerem. 3, I.).

Unsere ganze Würde besteht also im Gedanken. Daraus muß unser Stolz kommen, nicht aus Raum und Zeit, die wir nicht ausfüllen können. Bemühen wir uns also, gut zu denken: das ist das Prinzip der Moral.

315

Ungereimtheit des Menschen. – Aber die Unendlichkeit im Kleinen ist viel weniger sichtbar. Vor allem haben die Philosophen den Anspruch erhoben, ihr beizukommen, und gerade hier sind alle gestrauchelt. Daher kommen so allgemein übliche Titel wie »Von den Prinzipien der Dinge«, »Von den Prinzipien der Philosophie« und ähnlichem, die in Wirklichkeit ebenso anmaßend sind, wenn sie auch nicht nach außen so erscheinen, wie jener, der in die Augen springt: De omni scibili.* Es ist natürlich, daß man leichter zum Mittelpunkt der Dinge gelangen, als ihren Umfang übersehen zu können glaubt. Die sichtbare Ausdehnung der Welt übersteigt sichtbar unsere Fassungskraft; da aber wir selber die kleinen Dinge überragen, halten wir uns eher für fähig, sie zu besitzen; wir bedürfen aber, um bis zum Nichts vorzudringen, keiner geringeren Fassungskraft, als wenn wir das [Welt]all begreifen wollen; sowohl das Nichts wie das Weltall können nur von einer unendlichen Fassungskraft begriffen werden, und wer die letzten Prinzipien der Dinge begriffen hätte, könnte auch, wie mir scheint, zur Erkenntnis des Unendlichen gelangen. Das eine hängt vom andern ab, und das eine führt zum andern. Diese Extreme berühren und vereinigen sich, eben dadurch, daß sie sich unendlich weit voneinander entfernt haben, und sie finden sich wieder in Gott, und in Gott allein.

* »Von allem, was man wissen kann«: Unter diesem Titel kündigte Pico della Mirandola eine der 900 Thesen an, die er im Jahre 1486 in Rom öffentlich verteidigen wollte. Die Disputation wurde dann vom Papst verboten.

Else Lasker-Schüler
Gott hör ...

Um meine Augen zieht die Nacht sich
Wie ein Ring zusammen.
Mein Puls verwandelte das Blut in Flammen
Und doch war alles grau und kalt um mich.

O Gott und bei lebendigem Tage,
Träum ich vom Tod.
Im Wasser trink ich ihn und würge ihn im Brot.
Für meine Traurigkeit gibt es kein Maß auf deiner Waage.

Gott hör ... In deiner blauen Lieblingsfarbe
Sang ich das Lied von deines Himmels Dach –
Und weckte doch in deinem ewigen Hauche nicht den Tag.
Mein Herz schämt sich vor dir fast seiner tauben Narbe.

Wo ende ich? – O Gott!! Denn in die Sterne,
Auch in den Mond sah ich, in alle deiner Früchte Tal.
Der rote Wein wird schon in seiner Beere schal ...
Und überall – die Bitternis – in jedem Kerne.

Ich weiß

Ich weiß, daß ich bald sterben muß
Es leuchten doch alle Bäume
Nach langersehntem Julikuß –

Fahl werden meine Träume –
Nie dichtete ich einen trüberen Schluß
In den Büchern meiner Reime.

Eine Blume brichst du mir zum Gruß –
Ich liebte sie schon im Keime.
Doch ich weiß, daß ich bald sterben muß.

Mein Odem schwebt über Gottes Fluß –
Ich setze leise meinen Fuß
Auf den Pfad zum ewigen Heime.

Mein blaues Klavier

Ich habe zu Hause ein blaues Klavier
Und kenne doch keine Note.

Es steht im Dunkel der Kellertür,
Seitdem die Welt verrohte.

Es spielen Sternenhände vier
– Die Mondfrau sang im Boote –
Nun tanzen die Ratten im Geklirr.

Zerbrochen ist die Klaviatür ...
Ich beweine die blaue Tote.

Ach liebe Engel öffnet mir
– Ich aß vom bitteren Brote –

Mir lebend schon die Himmelstür –
Auch wider dem Verbote.

Gebet

Ich suche allerlanden eine Stadt,
Die einen Engel vor der Pforte hat.
Ich trage seinen großen Flügel
Gebrochen schwer am Schulterblatt
Und in der Stirne seinen Stern als Siegel.

Und wandle immer in die Nacht ...
Ich habe Liebe in die Welt gebracht –
Daß blau zu blühen jedes Herz vermag,
Und hab ein Leben müde mich gewacht,
In Gott gehüllt den dunklen Atemschlag.

O Gott, schließ um mich deinen Mantel fest;
Ich weiß, ich bin im Kugelglas der Rest,
Und wenn der letzte Mensch die Welt vergießt,
Du mich nicht wieder aus der Allmacht läßt
Und sich ein neuer Erdball um mich schließt.

An Gott

Du wehrst den guten und den bösen Sternen nicht;
All ihre Launen strömen.
In meiner Stirne schmerzt die Furche,
Die tiefe Krone mit dem düsteren Licht.

Und meine Welt ist still –
Du wehrtest meiner Laune nicht.
Gott, wo bist du?

Ich möchte nah an deinem Herzen lauschen,
Mit deiner fernsten Nähe mich vertauschen
Wenn goldverklärt in deinem Reich
Ans tausendseligem Licht
Alle die guten und die bösen Brunnen rauschen.

Abendlied

Auf die jungen Rosensträucher
Fällt vom Himmel weicher Regen,
Und die Welt wird immer reicher.

O mein Gott mein, nur allein.
Ich verdurste und verweine
In dem Segen.

Engel singen aus den Höhen:
»Heut ist Gottes Namenstag,
Der allweiß hier vom Geschehen ...«

Und ich kann es nicht verstehen,
Da ich unter seinem Dach
Oft so traurig erwach.

Weihnachten

Einmal kommst du zu mir in der Abendstunde
Aus meinem Lieblingssterne weich entrückt

Das ersehnte Liebeswort im Munde
Alle Zweige warten schon geschmückt.

O ich weiß, ich leuchte wieder dann,
Denn du zündest meine weißen Lichte an.

»Wann?« – ich frage seit ich dir begegnet – »wann?«
Einen Engel schnitt ich mir aus deinem goldenen Haare
Und den Traum, der mir so früh zerrann.
O ich liebe dich, ich liebe dich,
Ich liebe dich!

Hörst du, ich liebe dich – – –
Und unsere Liebe wandelt schon Kometenjahre,
Bevor du mich erkanntest und ich dich.

*

Hör, Gott, wenn du nur etwas lieb mich hast,
Send mir aus deinen lichten Reichen,
Das Licht der Liebe mir zu Gast.
Bei meiner weißen Kerze glaub ich fast,
Die Grenze der Erleuchtung zu erreichen,
Es wachsen alle Sterne hoch am Wolkenast
Und wurden strahlende Geschwister, Gott, in deinem Zeichen ...
Nur unsere Erde ist verblaßt –
Und ihre Seele schreit zu dir aus Leichen.

Letzter Abend im Jahr

Es ist so dunkel heut,
Man kann kaum in den Abend sehen.
Ein Lichtchen loht,
Verspieltes Himmelchen spielt Abendrot
Und weigert sich, in seine Seligkeit zu gehen.
– So alt wird jedes Jahr die Zeit –
Und die vorangegangene verwandelte der Tod.

Mein Herz blieb ganz für sich
Und fand auf Erden keinen Trost.
und bin ich auch des Mondes Ebenich,
Geleitetest auch du im vorigen Leben mich,
Und sah ich auch den blausten Himmel in Gottost.

Es ruhen Rand an Rand einträchtig Land und Seen,
– Das Weltall spaltet sich doch nicht –,
O Gott, wie kann der Mensch verstehen,
Warum der Mensch haltlos vom Menschtum bricht,
Sich wieder sammeln muß im höheren Geschehen.

Paul Celan
Zürich, zum Storchen

Für Nelly Sachs

Vom Zuviel war die Rede, vom
Zuwenig. Von Du
und Aber-Du, von
der Trübung durch Helles, von
Jüdischem, von
deinem Gott.

Da-
von.
Am Tag einer Himmelfahrt, das
Münster stand drüben, es kam
mit einigem Gold übers Wasser.

Von deinem Gott war die Rede, ich sprach
gegen ihn, ich
ließ das Herz, das ich hatte,
hoffen:
auf
sein höchstes, umröcheltes, sein
haderndes Wort –

Dein Aug sah mir zu, sah hinweg,
dein Mund
sprach sich dem Aug zu, ich hörte:

Wir
wissen ja nicht, weißt du,
Wir
wissen ja nicht,
was
gilt.

Hans Bender
Forgive me

Herr Studienrat Runge sagte mit einschläfernder Stimme: »Forgive me« ist ein starker Ausdruck. Der Engländer gebraucht ihn eigentlich nur Gott gegenüber, im Gebet, in der höchsten Gefühlsaufwallung. Ihr werdet ihn selten hören, selten gebrauchen. Häufiger kommen vor »excuse me« und »sorry«, ja, vor allem »sorry«. »Sorry« könnt ihr bei jeder Entschuldigung anwenden. Wenn ihr an jemandem vorbeigehen wollt, wenn ihr jemandem auf den Fuß getreten seid, sagt »I'm sorry« ...

Ich war vierzehn Jahre alt. Ich saß in der letzten Bank und war nicht besonders aufmerksam. Vor mir auf der polierten Platte lag ein blaues Oktavheftchen, in das ich die neuen Wörter eintragen sollte. Doch ich malte rechts und links von meinem Namen eine Blume. Unter dem Oktavheftchen lag ein Spiegel, in den ich ab und zu sah. Ich sah gern in den Spiegel, zupfte an meinen Haaren vor der Stirn und schnitt Gesichter. Ich wollte nämlich Schauspieler werden. Auf dem Heimweg überholten mich drei Jungen der Parallelklasse: Walter, Horst und Siegbert. Siegbert sagte: »Da geht die Brigitte Horney!« Die anderen lachten. – Was hatte nur dieser Siegbert gegen mich? Er reizte, neckte mich, blies die Backen auf, ich aber freute mich, wenn ich ihn sah ...

Es war Anfang April. Der Krieg ging dem Ende zu. Von Vater kamen keine Briefe mehr. Mutter saß am Abend ohne Worte an meinem Bett.

Einige Tage später wurden wir aus der Schule nach Hause geschickt. Um die Mittagszeit surrten amerikanische Tiefflieger über die Dächer. In der Nacht fuhren Lastwagen mit SS-Leuten der Rheinbrücke zu, und die Fenster schütterten vom Gedröhn der Front. Dann drängten sich Autos, Pferdewagen und Panzer durch die Straßen, über die Trottoirs. Infanteristen zogen zurück, in Gruppen, vereinzelt, abgerissen, verwundet.

Unsere kleine Stadt war aufgewühlt von Angst, Unruhe, Ungewißheit und der Erwartung, daß alles zu Ende sei. Beck, ein fanatischer

Anhänger Hitlers, bewaffnete junge und alte Leute. Er verteilte Gewehre und Panzerfäuste, er ließ Sperren errichten, Gräben ausheben. Die Alten machten nur widerwillig mit, aber die Jungen hatten keine Ahnung, und deshalb waren sie vielleicht sogar begeistert. Auch Siegbert. Siegbert lag unter dem Befehl eines ehemaligen Weltkriegsoffiziers auf einem Hügel vor der Stadt. Ich trug Wasser zum Hügel, Kaffee, Kuchen, Zigaretten, und die letzte Tafel Schokolade, die Vater zu Weihnachten geschickt hatte, brachte ich Siegbert. Ich saß im Graben neben ihm. Er sagte: »Du, ich habe mich getäuscht, du bist kein Flittchen – eher ein Junge.« Das machte mich stolz. Ich rauchte kurz danach, ohne zu husten, meine erste Zigarette. Aber ich war kein Junge! Nein, ich war kein Junge ...

An einem frühen Vormittag ging ich wieder zum Hügel. Die Wege und Felder lagen wie ausgestorben, nur die Lerchen stiegen aus den Furchen. Seit diesem Morgen weiß ich, wie schön der Gesang der Lerchen ist. Auf dem Hügel wurde ich nicht gerade freundlich empfangen. Einer sagte: »So'n Wahnsinn.« Und der Weltkriegsoffizier sagte: »Tolles Mädchen, du kannst nicht mehr zurück.«

»Warum?« fragte ich.

»Es geht los«, sagte er.

»Was? Was geht los?«

Niemand antwortete. Eine unheimliche Stille. Ich stolperte über den Hügel zu Siegbert. Er riß mich in den Graben, neben sich, preßte meinen Kopf in seine Arme und sagte: »Warum bist du nur gekommen! Warum bist du nur heute gekommen.«

Dann explodierte die Ruhe. Einschläge schüttelten den Hügel. Zornige Granaten durchwühlten die Erde, die wenigen Leben herauszuwerfen, herauszupflügen wie Kartoffeln auf dem Felde. Hatte ich Angst? Hatte ich keine Angst? Ich weiß es nicht.

Erdfontänen sprangen hoch. Splitter regneten, und der Rauch nahm den Atem.

Eine Stimme gellte: »Sie sind auf der Straße!«

Dann wurde es ruhig, doch in der Ruhe war ein dunkles Rollen.

Siegbert sagte: »Mal nachsehen.« Er richtete sich auf und schaute mit dem Kopf über den Grabenrand, zur Straße hinüber. Ich sah zu ihm auf und fragte: »Siehst du etwas? Siehst du – – –?« Da schoß das Blut aus seinem Hals, ein roter Strahl, wie aus einer Röhre ...

In der Kirche war ein Bild: Das Lamm Gottes über einem Kelch. Blut; ein roter Bogen, wölbte sich aus einer klaffenden Halswunde zum Kelchrand. So war es bei Siegbert. Ich hatte das Bild in der Kirche lange nicht gesehen. Jetzt sah ich es genau. Das Bild war mein einziger Gedanke, ein dummer, deplazierter Gedanke. Lähmend. Ich konnte nicht schreien, nichts tun. Ich sah das Blut aus seinem Hals stoßen – und dachte an das Bild in der Kirche ... Dann brach sein Köper zusammen, nach vorn, zu mir, sackte in die Hocke, die Stirn schlug auf die Knie, und die Hände legten sich nach unten geöffnet neben die Füße auf die Erde.

In die Unheimlichkeit meiner Angst fiel ein Schatten. Oben, am Grabenrand, stand ein Soldat, ein fremder Soldat, in fremder Uniform, mit einem fremden Stahlhelm und einer fremden Waffe, die noch nach Siegbert zielte.

Sein Mörder!

Aber der senkte die Waffe, warf sie zur Erde und sagte: »Forgive me.« Er beugte sich herab, riß meine Hände an seine Brust und sagte: »Forgive me.«

Reinhold Schneider

Ende des vorigen Jahrhunderts starb in Brügge, im Hause der Englischen Fräulein, der vlämische Dichter Guido Gezelle. Brügge war sein Geburtsort. Er war Priester. Auf dem greisen Gesicht haben sich sehr viel Kummer, Enttäuschung, Empfindsamkeit und doch Festigkeit ausgeprägt. Er ist eine der reinsten Gestalten des neueren gesamteuropäischen Schrifttums, dem er durchaus angehört. In seiner herzensreinen Sprache von kindhaft-männlicher Frömmigkeit, seinem Vlämisch, dankte er der Sonne, aber auch der Nebeldüsternis, in die er sich ergab. Er besang mit Vorliebe das Geringgeschätzte: die Distel, die Winden, das Hasenkraut, das Moos zwischen Steinplatten, die Knospen, die ihm lieber waren als Blüten und Früchte, die vom Menschen mißhandelten Bäume, die müden Tiere; das Rauschen des Korns und des Rieds waren sein Glück, Widerhall seiner Dankbarkeit und seiner Trauer, kurzum: er war ein Dichter, ein armer Gärtner in der Schöpfung; Franziskanisches war in ihm, umwölkt von nordischem Dämmer. Nach drei Jahrhunderten hat mit ihm die niederländische Dichtung noch einmal in Sprache, Formenreichtum und Innigkeit den Rang des goldenen Zeitalters [gouden eeuw] erreicht. »Ein altes Wort ist kostbarer als altes edles Gestein«, sagte er kurz vor seinem Tode – und dann dankte er noch einmal den Vögeln für den Gesang. »Ich habe die Vögel so gerne singen hören«, soll eines seiner letzten Worte gewesen sein. In seinem Nachlaß fanden sich 150 000 Zettel, auf denen er alte Wörter, den Kronschatz seines Volkes, rettete und erklärte. Aber als Lehrer im Seminar hatte er schon in jungen Jahren seine Schüler vertraut gemacht mit den Werken der norwegischen, englischen, italienischen, spanischen, deutschen Literatur: der bescheidene Mann hat gewiß den ganzen Westen überblickt und in ihm gelebt. Es versteht sich, daß er mit Homer und Aeschylus, mit Virgil und Horaz begann. Mit Dante und Tasso hatten Franziskus, Jacopone da Todi, Maria de Liguori sein Herz gewonnen.

Fjodor Dostojewskij
Verbrechen und Strafe

[Und Er wird alle richten und allen vergeben]

Er wollte sich einschenken, aber es war nichts mehr da. Die Flasche war leer. »Weshalb soll man Erbarmen mit dir haben?« rief der Wirt, der wieder in ihrer Nähe aufgetaucht war. Man hörte Lachen und sogar Schimpfen.

Es schimpften und lachten die Zuhörer und anderen Gäste, einfach so, beim bloßen Anblick des einstigen Beamten.

»Erbarmen! Weshalb man Erbarmen mit mir haben soll?« brüllte Marmeladow plötzlich, indem er sich mit ausgestrecktem Arm erhob, in regelrechter Begeisterung, als hätte er nur auf diese Worte gewartet. »Weshalb man mit mir Erbarmen haben soll, fragst du? Stimmt! Ich habe kein Erbarmen verdient! Kreuzigen sollte man mich, kreuzigen, statt sich meiner zu erbarmen! Kreuzige mich, so kreuzige mich doch, mein Richter, kreuzige mich, aber wenn du mich gekreuzigt hast, erbarme dich meiner! Dann will ich mich selbst dir überantworten, denn ich dürste nicht nach Freude, sondern nach Leid und Tränen! ... Glaubst du etwa, du Krämerseele, daß diese deine Flasche mir Lust bedeutet? Leid, Leid suchte ich auf ihrem Boden, Leid und Tränen. Und ich habe sie gefunden und ausgekostet; unser erbarmen aber wird sich Jener, der sich aller erbarmt und der alle und alles versteht. Er ist der Einzige, und Er ist auch der gerechte Richter. An jenem Tag wird Er kommen und fragen: ›Wo ist die Tochter, die sich für die Stiefmutter, die böse und schwindsüchtige, und für die unmündigen Kinder, die fremden, geopfert hat? Wo ist die Tochter, die sich ihres Vaters auf Erden, des unflätigen Trunkenbolds, ungeachtet des Tiers in ihm, erbarmt hat?‹ Und Er wird sagen: ›Komme! Ich habe dir schon einmal vergeben ... Schon einmal ... So werden dir auch jetzt deine Sünden vergeben, denn du hast viel geliebt!‹ Und Er wird meiner Sonja vergeben. Er wird ihr vergeben, das weiß ich, Er wird ihr vergeben ... Ich habe es vorhin, als ich bei ihr war, in meinem Herzen gespürt! ... Und Er wird alle richten und wird allen vergeben, den Guten wie den Bösen, den Weisen wie den Einfältigen ... Und dann, wenn Er alle gerichtet hat, dann wird Er auch zu uns sprechen: ›Kommet hervor!‹ wird Er sagen, ›kommet auch Ihr! Kommet, Ihr Trinker, kommet, Ihr Schwachen, kommet, Ihr Schändlichen!‹ Und wir werden hervorkommen, alle, ohne uns zu schämen, und werden vor ihm dastehen. Und Er wird sagen: ›Schweine seid Ihr! Das Bild des Viehs habet Ihr angenommen und traget sein Malzeichen; dennoch, kommet auch Ihr!‹ Und aufbegehren werden die Weisen, und aufbegehren werden die Gescheiten: ›Herr, warum nimmst Du diese auf?‹ Und Er wird sagen: ›Darum nehme ich sie auf, ihr Weisen, darum nehme ich sie auf, ihr Gescheiten, weil kein einziger unter ihnen sich dessen für würdig hielt ...‹ Und Er wird Seine Arme ausbreiten, und wir werden Ihm zu Füßen fallen ... Und weinen ... Und alles erkennen! Dann werden wir alles erkennen ... Und alle werden es erkennen, auch Katerina Iwanowna ... auch sie wird es erkennen ... Herr, Dein Reich komme!«

Er sank auf die Bank zurück, erschöpft und entkräftet, ohne jemand anzusehen, in sich versunken, als hätte er seine Umgebung vergessen. Seine Worte hatten einen gewissen Eindruck gemacht; einen Augenblick lang herrschte Schweigen, gleich darauf aber hörte man wieder Lachen und Schimpfen:

»Der muß es ja wissen!«

»Reden kann er ja!«

»Ein schöner Beamter!«

Und so fort, und so fort.

»Gehen wir, mein Herr,« sagte Marmeladow plötzlich, indem er den Kopf hob und Raskolnikow ansah. »Bringen Sie mich nach Hause ... Haus Kosel, im Hinterhof. Es wird Zeit ... Zu Katerina Iwanowna ...«

Friedrich Hölderlin
[Versöhnender, der du nimmergeglaubt]

Dritte Fassung

Versöhnender, der du nimmergeglaubt
Nun da bist, Freundesgestalt in mir
Annimmst, Unsterblicher, aber wohl
Erkenn ich das Hohe,
Das mir die Knie beugt,
Und fast wie ein Blinder muß ich
Dich, Himmlischer, fragen, wozu du mir,
Woher du seiest, seliger Friede!
Dies Eine weiß ich, Sterbliches bist du nichts,
Denn manches mag ein Weiser oder
Der treuanblickenden Freunde einer erhellen, wenn aber
Ein Gott erscheint, auf Himmel und Erd und Meer
Kömmt allerneuende Klarheit.

Drum hab ich heute das Fest, und abendlich in der Stille
Blüht rings der Geist und wär auch silbergrau mir die Locke,
Doch würd ich raten, daß wir sorgten, ihr Freunde,
Für Gastmahl und Gesang, und Kränze genug und Töne,
Bei solcher Zeit unsterblichen Jünglingen gleich.

Des Göttlichen aber empfingen wir
Doch viel. Es ward die Flamm uns
In die Hände gegeben, und Boden und Meersflut.
Denn nur auf menschliche Weise, nimmermehr
Sind jene mit uns, die fremden Kräfte, vertraut
Und es lehret das Gestirn dich, das

Vor Augen dir ist, denn nimmer kannst du ihm gleichen.
Vom Allebendigen aber, von dem
Viele Freuden sind und Gesänge,

Ist einer ein Sohn, ein Ruhigmächtiger ist er,
Denn nun erkennen wir ihn,
Jetzt da wir kennen den Vater,
Und Feiertage zu halten
Der Hohe sich der Geist
Froh zu den Menschen geneigt hat.
Zur Herrschaft war der immer zu groß
Und geringer denn er, so weit es auch gereichet, sein Feld.
Es mag ein Gott auch, Sterblichen gleich,
Erwählen ein Tagewerk und teilen alles das Schicksal,
Daß alle sich einander erfahren, und wenn
Die Stille wiederkehret, eine Sprache unter Lebenden sei.
Wie der Meister tritt er dann, aus der
Werkstatt, geringer und größer, und andres Gewand nicht denn ein festliches zieht er an. Und alle die wandelnden Menschen

Denn siehe es ist der Abend der Zeit

Die Gesetze aber, die unter Liebenden gelten,
Die schönausgleichenden, sie sind dann allgeltend
Von der Erde bis hoch in den Himmel.
Und der Vater thront nun nimmer oben allein.
Und andere sind noch bei ihm.
Viel hat erfahren der Mensch. Der Himmlischen viele genannt,
Seit ein Gespräch wir sind
Und hören können voneinander.

Fuad Rifka
Hymne

Die Sehnsucht der Oliven nach der Ölpresse,
die Sehnsucht der Ölpresse nach den Krügen,
die Sehnsucht der Krüge nach dem Öl,
die Sehnsucht des Öls nach dem Brot,
die Sehnsucht des Brots nach den Händen.
Die Sehnsucht der Erde nach dem Himmel,
die Sehnsucht des Himmels nach der Erde.

Yunus Emre
[Mit Bergen und mit Steinen ruf ich Herr nach dir]

Mit Bergen und mit Steinen ruf ich Herr nach dir
Mit den Morgenvögeln ruf ich Herr nach dir
Mit dem Grundelfisch und der Sandgazelle
Immer nur als Derwisch ruf ich Herr nach dir
Mit Jesus in den Sphären mit Moses auf dem Berg
Mit dem Zepter in der Hand ruf ich Herr nach dir
Mit Hiob seinem Leid und Jakob seinen Tränen
Mit dem geliebten Muhammed ruf ich Herr nach dir
Den Lebensnerv verspürend blieb ich dem Leben fern
Barfuß entblößten Hauptes ruf ich Herr nach dir
Yunus' Zunge Taubenzunge Nachtigallenzunge
Als Diener von Liebe bewegt ruf ich Herr nach dir

Elisabeth Borchers
Der Turm

Hier einzuhalten
inmitten des Waldes
auf dem Bollwerk aus Holz.

Standzuhalten
der Flut der Wipfel und Wolken.
Ausschau zu halten
nach höheren, tieferen Regionen.

Und nach dem großen
lichtgepolsterten Wagen.
Einzugehen in die Ruhe des Flugs.

Johannes Kühn
Hochhaus

Das Hochhaus wirkt sieggewaltig
wie ein Handgriff in den Himmel.
Stockwerk an Stockwerk dringt empor.
Am obersten Fenster stehend
sähst du spielend
auf die Rücken
von Habichten und Lerchen,
wenn sie kämen,
auch Krähen,
an den Rand der Stadt,
um es zu sehen,
um es zu umfliegen.

Auf die anderen Häuser sähst du tief hinab,
die ringsum unter ihm stehn
wie niedere Knechte.
Kalkweiß dein Gesicht
vor der Tiefe,
Hinabsturz
kein Kinderspiel,
keine Mannestat,
Tod.

Keine Furcht,
daß es selber stürzt!
Seine Wurzeln aus Stein
haben die Baumeister tief in die Erde gerammt.
Und die Wände, daß in Wohnungen sei

Sicherheit für Kind, Mann und Frau,
haben sie sorglich
aus bestem Mörtel gefügt,
Stahlstrang und Stahlstrang
zieht sich durch steinharte Haut.

Teufelsmüh schmerzte den Männern in Gelenken,
den Männern allen
an diesem Haus
in Arbeit
durch Monat und Monat,
da das Bauwerk wuchs.

Unter ihm geh ich staunend hin,
verwünsch die Bombe,
die es treffen könnte,
und bin in Kriegsangst.

Aufdämmern läßt sie ein Flugzeug,
das noch höher fliegt
als das Haus steht,
in lauter Raserei voll Raketenlärm
am Mittagshimmel.

Rainer Maria Rilke
[Ich lebe mein Leben in wachsenden Ringen]

Ich lebe mein Leben in wachsenden Ringen,
die sich über die Dinge ziehn.
Ich werde den letzten vielleicht nicht vollbringen,
aber versuchen will ich ihn.

Ich kreise um Gott, den uralten Turm,
und ich kreise jahrtausendelang;
und ich weiß noch nicht:
bin ich ein Falke,
ein Sturm oder ein großer Gesang.

Dietrich Bonhoeffer
Von guten Mächten

Ein Brief und ein Gedicht

[Prinz-Albrecht-Straße]
28. Dez. 44

Liebe Mama! Eben habe ich zu meiner ganz großen Freude die Erlaubnis bekommen, Dir zum Geburtstag zu schreiben. Ich muß es etwas in Eile tun, da der Brief gleich noch fort soll. Eigentlich habe ich nur einen einzigen Wunsch, nämlich Dir in diesen für euch so trüben Tagen irgendeine Freude machen zu können. Liebe Mama, du mußt wissen, daß ich jeden Tag unzählige Male an Dich und Papa denke und daß ich Gott danke, daß Ihr da seid für mich und für die ganze Familie. Ich weiß, daß Du immer nur für uns gelebt hast und daß es für Dich ein eigenes Leben nicht gegeben hat. Daher kommt es, daß ich alles, was ich erlebe, auch nur mit euch zusammen erleben kann. Daß Maria bei euch ist, ist mir ein ganz großer Trost. Ich danke Dir für alle Liebe, die im vergangen Jahr von Dir zu mir in meine Zelle gekommen ist und mir jeden Tag hat leichter werden lassen. Ich glaube, daß diese schweren Jahre uns noch enger miteinander verbunden haben als es je war. Ich wünsche Dir und Papa und Maria und uns allen, daß das neue Jahr uns doch wenigstens hier und da einen Lichtblick bringt und daß wir uns doch noch einmal zusammen freuen können. Gott erhalte euch gesund!

Es grüßt Dich, liebe Mama, und denkt an Dich an Deinem Geburtstag von ganzem Herzen

Euer dankbarer Dietrich.

1. Von guten Mächten treu und still umgeben
behütet und getröstet wunderbar, –
so will ich diese Tage mit euch leben
und mit euch gehen in ein neues Jahr;

2. noch will das alte unsre Herzen quälen
noch drückt uns böser Tage schwere Last,
Ach Herr, gib unsern aufgeschreckten Seelen
das Heil, für das Du uns geschaffen hast.

3. Und reichst Du uns den schweren Kelch, den bittern,
des Leids, gefüllt bis an den höchsten Rand,
so nehmen wir ihn dankbar ohne Zittern
aus Deiner guten und geliebten Hand.

4. Doch willst Du uns noch einmal Freude schenken
an dieser Welt und ihrer Sonne Glanz,
dann woll'n wir des Vergangenen gedenken,
und dann gehört Dir unser Leben ganz.

5. Laß warm und hell die Kerzen heute flammen
die Du in unsre Dunkelheit gebracht,
führ, wenn es sein kann, wieder uns zusammen!
Wir wissen es, Dein Licht scheint in der Nacht.

6. Wenn sich die Stille nun tief um uns breitet,
so laß uns hören jenen vollen Klang
der Welt, die unsichtbar sich um uns weitet,
all Deiner Kinder hohen Lobgesang.

7. Von guten Mächten wunderbar geborgen
erwarten wir getrost, was kommen mag.
Gott ist bei uns am Abend und am Morgen,
und ganz gewiß an jedem neuen Tag.

Reinhold Schneider
Der Turm des Freiburger Münsters

Steh' unerschüttert herrlich im Gemüte,
Du großer Beter glaubensmächtiger Zeit!
Wie dich verklärt des Tages Herrlichkeit,
Wenn längst des Tages Herrlichkeit verglühte,

So will ich bitten, daß ich treulich hüte
Das Heilige, das du ausstrahlst in den Streit,
Und will ein Turm sein in der Dunkelheit,
Des Lichtes Träger, das der Welt erblühte.

Und sollt' ich fallen in dem großen Sturm,
So sei's zum Opfer, daß noch Türme ragen
Und daß mein Volk der Wahrheit Fackel werde.

Du wirst nicht fallen, mein geliebter Turm.
Doch wenn des Richters Blitze dich zerschlagen,
Steig' in Gebeten kühner aus der Erde!

3. Kapitel:
»We are all waves to the same sea«
Wir sind alle Wellen zum selben Meer

Friedrich Hölderlin
Kolomb

Wünscht' ich der Helden einer zu sein
Und dürfte frei   es bekennen
So wär' es ein Seeheld.

    So du
Mich aber fragest

So weit das Herz
Mir reichet, wird es gehen.

Christoph Kolumbus
Ende des Bordbuches

Mittwoch, den 13. März
Heute, um acht Uhr morgens, ließ ich bei Flut und mit Nordwestwind die Anker lichten und die Segel setzen, um Sevilla zu erreichen.

Donnerstag, den 14. März
Gestern, nach Sonnenuntergang, setzte ich meine Fahrt gegen Süden fort und befand mich noch vor der Morgendämmerung auf der Höhe des Kap San Vincenzo in Portugal. Hierauf segelte ich nach Osten in der Richtung auf Saltes. Den ganzen Tag über fuhr ich mit mäßigen Winden, bis ich an Faro vorbeisegelte.

Freitag, den 15. März
In der Nacht auf Freitag setzte ich meine Fahrt in derselben Richtung mit schwachem Winde weiter fort und befand mich bei Tagesanbruch auf der Höhe von Saltes. Um zwölf Uhr mittags fuhr ich bei Flut an der Felsbank von Saltes vorbei in den Hafen ein, von dem aus ich am 3. August des vergangenen Jahres meine Fahrt angetreten hatte.

Damit will ich mein Bordbuch beschließen. Ich möchte nur noch bemerken, daß ich mir vorgenommen habe, mich auf dem Seewege nach Barcelona zu begeben, wo ich wußte, daß zu dieser Zeit der König und die Königin sich aufhielten, um ihnen einen ausführlichen Bericht über meine ganze Reise, die die Gnade Gottes mir eingegeben und zu glücklichem Ende hatte bringen lassen, vorzulegen. Denn ich bin von ganzer Seele davon überzeugt, daß die Allmacht Gottes alles Gute wirkt und daß alles gut ist, was keine Sünde darstellt; denn es gibt schlechterdings nichts, was ohne die Einwilligung Gottes geschehen könnte.
Der glückliche Ausgang meiner Seefahrt ist der wunderbarste göttliche

Beweis dessen, was ich behauptet habe. Überdies bewiesen dies auch die zahlreichen Wunder, die Er während meiner ganzen Fahrt gewirkt und die ich hier verzeichnet habe. Vor allem erhellt die Gnade Gottes auch aus der Tatsache, daß ich mich trotz der Gegnerschaft so vieler Persönlichkeiten am Hofe meiner Herren und Gebieter, die sich mir alle entgegengestellt und meinen Plan als ein schwindelhaftes und undurchführbares Unternehmen angesehen hatten, solange am Hofe Eurer Hoheiten habe behaupten und durchsetzen können. Ich will zu Gott hoffen, daß die von mir vollbrachte Tat zur höchsten Ehre der Christenheit gereichen werde und keine ihresgleichen finden möge. –

deo gratias.

Mit diesen Worten beschließt der Admiral Don Christoph Kolumbus seinen Bericht über seine erste Amerikafahrt, die er unternahm, um Indien zu suchen. Kolumbus führte die Rede eines klugen Mannes und weisen Propheten. Allein die törichten Menschen wußten die geistlichen und zeitlichen Güter nicht zu schätzen, die der Allmächtige Spanien gewährte, da Spanien vor lauter Gier und Ehrgeiz sich der geistlichen Güter nicht würdig erwies, wenn man von einigen treuen Dienern des Herrn absieht.

Orhan Veli
Für die, die sich nach dem Meer sehnen

Schiffe gleiten durch meine Träume,
Schwerbeladene Schiffe, über die Dächer.
Ich Armer
Sehne mich jahrelang nach dem Meer.
»Ich schaue und schaue und weine.«
Ich denke daran, wie ich die Welt zuerst sah
Durch einen Haufen von Muschelschalen:
Das Grün des Wassers, das Blau des Himmels,
Die stachligsten bunten Fische ...
Noch jetzt fließt salzig mein Blut,
Wo mich die Austern geschnitten.
Wie sind wir ins Weite gelaufen
Wie toll mit dem schneeweißen Wellenschaum!
Dem Schaum, der kein böses Herz hat,
Dem Schaum, der den Lippen gleicht,
Der Schaum, der mit den Menschen
Ehebruch treiben darf.

Schiffe gleiten durch meine Träume,
Schwerbeladene Schiffe, über den Dächern.
Ich Armer
Sehne mich jahrelang nach dem Meer.

Herman Melville
Moby Dick

Kapitel 1: Ausblick

Nennt mich Ismael. Vor einigen Jahren – wie viele es sind, tut nichts zur Sache –, als mein Beutel so gut wie leer war und an Land mich nichts Besonderes hielt, kam mir der Gedanke, ich könnte ein bißchen zur See fahren und mir den wässerigen Teil der Welt besehen. Das ist so meine Art, den Trübsinn zu verjagen und die Säfte wieder in Fluß zu bringen. Immer wenn ich merke, daß ich grämliche Falten um den Mund bekomme, immer wenn müder, nieselnder November meine Seele erfüllt, wenn ich mich dabei ertappe, wie ich unwillkürlich vor Sargmagazinen stehenbleibe und hinter jedem Leichenzug hertrotte, der mir begegnet; ganz besonders aber, wenn Gift und Galle in mir so überhand nehmen, daß ich all meine moralischen Grundsätze aufbieten muß, um nicht auf die Straße hinauszulaufen und den Leuten mit vollem Bedacht die Hüte herunterzuschlagen – dann halte ich's für die allerhöchste Zeit, zur See zu gehen, und zwar sofort. Das ersetzt mir den Pistolenschuß. Mit einer schwungvollen philosophischen Tirade stürzt Cato sich in sein Schwert; ich begebe mich still an Bord. Dabei ist durchaus nichts Absonderliches. Unbewußt hegen fast alle Menschen, jeder auf seine Weise, zuweilen ähnliche Empfindungen für das Meer wie ich.

Da liegt eure Inselstadt Manhattan, mit Docks umgürtet wie eine Südseeinsel mit Korallenriffen – Handel brandet rings um ihr Gestade. Rechts und links führen die Straßen wasserwärts. Das äußerste Ende der Stadt ist die Battery, wo diese stolze Mole von Wellen bespült und von Lüften gefächelt wird, die sich ein paar Stunden zuvor noch weit draußen auf dem offenen Meere tummelten. Seht euch die Scharen von Menschen an, die dort aufs Wasser hinausstarren.

Wandert an einem müßigen Sonntagnachmittag um die Stadt. Geht von Corlears Hook nach Coenties Slip, und von da durch Whitehall nordwärts. Was seht ihr? Wie schweigende Schildwachen stehen da Tausende und aber Tausende aus Adams Geschlecht, in Meeresträumereien versunken. Manche lehnen an den dicken Pfählen auf dem Hafendamm, andere sitzen auf den Molenköpfen; sie schauen über die Reling der Chinafahrer, sie hängen oben im Takelwerk, um noch besseren Ausblick auf die See zu gewinnen. Und alle sind Landratten, sechs Werktage lang zwischen ihren vier Wänden eingepfercht: an Ladentische gefesselt, an die Werkbank geschmiedet, ans Schreibpult gebannt. Wie soll man das erklären? Locken die grünen Felder nicht mehr? Was wollen sie hier?

Seht, da kommen neue Scharen; geradenwegs streben sie auf das Wasser zu, als wollten sie sich kopfüber hineinstürzen. Sonderbar! Sie sind erst zufrieden, wenn sie den äußersten Saum des Landes erreicht haben; weiter hinten im schützenden Schatten der Lagerhäuser umherzuschlendern, genügt ihnen nicht. Nein, sie müssen so nahe ans Wasser, wie sie irgend können, ohne hineinzufallen. Und da stehen sie, Meilen um Meilen. Lauter binnenländisch Volk: sie kommen aus Gassen und Gäßchen, aus Straßen und Alleen, von Nord und Ost und Süd und West. Doch hier strömt alles zusammen. Ist es vielleicht die magnetische Kraft der Kompaßnadeln auf all den Schiffen, die sie hierherzieht?

Oder etwas anderes. Stellt euch vor, ihr wäret irgendwo auf dem Hochland, zwischen Hügeln und Seen. Welchen Pfad ihr auch einschlagt, er führt euch zehn gegen eins hinab ins Tal, wo ein Bach sich zur stillen Wasserfläche weitet. Ein geheimnisvoller Zauber ist da im Spiel. Der größte Träumer in seiner tiefsten Versunkenheit – stellt ihn auf die Füße und laßt ihn gehen: er wird unfehlbar zum Wasser finden, wenn es in der Gegend überhaupt welches gibt. Macht die Probe aufs Exempel, falls ihr einmal in der weiten amerikanischen Steppe von

Durst geplagt sein solltet und zufällig ein Professor der Metaphysik sich bei eurer Karawane befindet. Jedermann weiß ja: Wasser und betrachtender Geist sind auf ewig miteinander verbunden.

Und hier ist ein Künstler. Das verträumteste, schattigste, stillste, das bezauberndste Fleckchen der romantischen Landschaft im Saco-Tal möchte er euch malen. Was ist das wichtigste auf seinem Bilde? Da stehen die Bäume, als hauste in jedem ihrer hohlen Stämme ein Einsiedler mit seinem Kruzifix; hier schlafen die grünen Matten, dort schläft die Herde, und aus der Hütte drüben steigt schläfriger Rauch. Ein gewundener Pfad zieht tief in die fernen Wälder, bis dahin, wo die Ausläufer der Berge sich hintereinanderschieben und die Hänge im blauen Duft verschwimmen. Doch wenn auch das Bild so still entrückt vor uns liegt, wenn auch die Kiefer dort ihre Seufzer sacht wie fallende Nadeln auf des Hirten Haupt herniederrieseln läßt – das alles wäre zu eitel, schaute nicht sein Auge auf das zauberische Wasser des Baches zu seinen Füßen. Geht einmal im Juni in die Prärie, wenn man Meilen und Meilen weit bis über die Knie in Feuerlilien watet – was ist das einzige Glück, das fehlt? Wasser! Es gibt keinen Tropfen Wasser dort! Wäre der Niagara nur eine stürzende Sandflut: würdet ihr tausend Meilen weit reisen, um ihn zu sehen? Warum überlegte der arme Dichter aus Tennessee, als er unverhofft ein paar Silberlinge in die Hand bekam – warum überlegte er, ob er sich den Rock, den er bitter nötig hatte, kaufen oder für sein Geld lieber nach Rockaway Beach an den Meeresstrand pilgern sollte? Warum ist fast jeder Junge mit gesundem Leib und gesunder Seele irgendwann einmal darauf versessen, zur See zu gehen? Warum verspürtet ihr selber bei eurer ersten Seereise solch ein geheimnisvolles Erschauern, als zum ersten Male für euch das Land unter den Horizont versank? Warum war den alten Persern das Meer heilig? Warum gaben ihm die Griechen einen eigenen Gott, den leiblichen Bruder des Zeus? Sicher hat das alles einen Sinn. Aber tiefer noch ist der Sinn jener Geschichte von Narziß, der im Quell sein schmerzvoll liebliches Bild erblickte: weil seine Hände es nicht fassen konnten, stürzte er sich hinab und ertrank. Und das gleiche Bild sehen wir selber in allen Strömen und Meeren. Das nie zu fassende Trugbild des Lebens schaut uns an, und das ist der Schlüssel zu allem.

Wenn ich nun sage, daß ich die Gewohnheit habe, zur See zu gehen, sobald mir's diesig vor den Augen wird und ich zuviel an meine Lunge denke, so sollt ihr nicht etwa meinen, ich führe als Passagier. Um als Passagier zu reisen, braucht man nämlich unbedingt einen Geldbeutel, und wenn man nichts drin hat, ist er bloß ein Fetzen Stoff. Außerdem werden Passagiere seekrank, sie suchen Zank und Streit, können nachts nicht schlafen, fühlen sich überhaupt nicht recht wohl in ihrer Haut – nein, als Passagier fahre ich nicht; auch nicht, obwohl ich ein ganz leidlicher Seemann bin, als Kommodore, als Kapitän oder als Koch. Ruhm und Würde solcher Ämter überlasse ich denen, die so etwas gern haben. Mir für mein Teil ist diese ganze hochachtbare und ehrenvolle Rackerei und Plackerei mit ihrem ewigen Verdruß ein Greuel. Ich habe schon gerade genug mit mir selber zu tun, auch ohne daß ich für Vollschiffe, Barken, Briggs, Schoner und was noch alles zu sorgen habe. Und als Koch? Gut, ich gebe zu, das ist ein feiner Posten: an Bord ist der Koch ja eine Art Offizier – doch der Gedanke, ein Federvieh braten zu sollen, war mir, ich weiß nicht warum, niemals angenehm, obwohl von so einem Huhn, wenn es erst einmal gebraten, klug mit Butter beträufelt und verständig gesalzen und gepfeffert ist, keiner mit mehr Hochachtung, um nicht zu sagen Ehrfurcht sprechen wird als ich. Der abgöttischen Schwärmerei der alten Ägypter für gebratenen Ibis und Flußpferd vom Rost haben wir es zu danken, daß die Mumien dieser Tiere noch heute in ihren riesigen Backhäusern, den Pyramiden, zu sehen sind.

Nein, wenn ich zur See gehe, dann fahre ich als gewöhnlicher Matrose, vor dem Mast: drunten im Mannschaftslogis, droben im höchsten Ausguck. Gewiß, sie jagen mich ziemlich herum; ich muß von

Rahe zu Rahe springen wie ein Grashüpfer auf einer Maienwiese. Zuerst ist das alles andere als ein Vergnügen. Es geht einem gegen die Ehre, besonders wenn man aus einer alteingesessenen Familie stammt, von den van Rensselaers, den Randolphs oder Hardicanutes. Ganz besonders aber, wenn man eben noch ein Landschulmeister war, und nun soll dieselbe Hand den Teerquast schwingen, die vorher den größten Jungen heilsamen Respekt einflößte. Der Übergang vom Schulmeister zum Matrosen ist bitter, das steht fest, und es erfordert eine starke Dosis Gelassenheit, aus Seneca und den Stoikern zusammengebraut, um gute Miene zum bösen Spiel zu machen. Aber mit der Zeit gibt sich auch das.

Was ist schon dabei, wenn so ein alter Knicker von Kapitän mir befiehlt, einen Besen zu holen und das Deck zu schrubben? Was bedeutet dieser Schimpf, gewogen auf der Waage des Neuen Testaments? Meint ihr, der Erzengel Gabriel denkt im mindesten schlechter von mir, weil ich dem Alten in diesem besonderen Fall pünktlich und ergebenst gehorche? Wer ist kein Sklave? Sagt mir das. Wie die Herren Schiffskapitäne mich also auch herumkommandieren mögen, wie sie mich auch puffen und knuffen mögen – ich habe die beruhigende Gewißheit, daß dies der Lauf der Welt ist, daß jeder andere so oder so in ungefähr derselben Weise sein Teil bekommt, physisch oder metaphysisch: der Knuff wandert reihum über Land und Meer, und einer sollte dem andern den Buckel reiben und zufrieden sein. Außerdem gehe ich als Matrose zur See, weil sie sich's angelegen sein lassen, mich für meine Mühe zu bezahlen, während ich noch nie gehört habe, daß Passagiere auch nur einen Penny bekommen. Im Gegenteil, Passagiere müssen ihrerseits zahlen. Und zwischen Bezahlen und Bezahltwerden ist ein himmelweiter Unterschied. Das Zahlen ist vielleicht das Unerfreulichste von allem, was uns die beiden Apfeldiebe im Paradies eingebrockt haben. Dagegen Bezahltwerden – was käme dem gleich? Die verbindliche Geschaftigkeit, mit der ein Mann Geld in Empfang nimmt, ist kaum zu fassen – wenn man bedenkt, daß wir doch in vollem Ernst glauben, Geld sei die Wurzel alles irdischen Übels und ein reicher Mann könne um keinen Preis ins Himmelreich kommen. Ach, wie frohgemut überliefern wir uns selber der ewigen Verdammnis!

Endlich aber fahre ich stets als Matrose zur See wegen der gesunden körperlichen Ausarbeitung und wegen der reinen Luft auf dem Vorderdeck. Auf dieser Welt bläst ja der Wind, sofern man die Lehre des Pythagoras nicht umstoßen will, viel häufiger von vorn als von achtern; deshalb bekommt der Kommodore auf dem Achterdeck seine Luft meistens aus zweiter Hand von den Matrosen auf dem Vorschiff. Er bildet sich ein, sie als erster zu atmen; doch da ist er im Irrtum. Ganz ähnlich führt der kleine Mann auch in anderen Dingen seine Führer, und gerade dann, wenn die Führer es am wenigsten vermuten. Weshalb ich mir's aber damals in den Kopf setzte, auf einen Walfänger zu gehen, nachdem ich mir zuvor nur auf Kauffahrern den Salzwind hatte um die Nase wehen lassen – das müßt ihr den unsichtbaren Schutzmann fragen, den mir die Parzen beigesellt haben, damit er mich ständig überwacht, mir im geheimen nachspürt und meine Schritte lenkt, ohne daß ich's merke: er kann euch besser Bescheid geben als sonst jemand. Sicherlich stand meine Walfangreise schon längst auf dem Riesenprogramm der Vorsehung, als eine Art Solo und kurzes Zwischenspiel zwischen anderen, größeren Darbietungen. Ich denke mir, dieser Teil des Theaterzettels dürfte etwa so gelautet haben:

Heißer Präsidentschaftswahlkampf in USA
Ein gewisser Ismael geht auf den Walfang
Blutige Schlacht in Afghanistan

Obwohl ich nicht weiß, warum eigentlich die Parzen, die Regisseure des großen Welttheaters, mich gerade mit der kümmerlichen Rolle des Waljägers bedachten, während sie andere als Helden in der hohen Tragödie glänzen ließen, wieder anderen nette, harmlose Rollen im gepflegten Lustspiel oder die Rolle der komischen Person im Schwank zuteilten – obwohl ich das nicht genau weiß, meine ich jetzt, wenn ich mir alle Begleitumstände ins Gedächtnis rufe, doch einen kleinen Blick hinter die Kulissen tun zu können und die Beweggründe etwas zu durchschauen, die in mancherlei listiger Verkleidung mich dahin brachten, daß ich meine Rolle übernahm und mich sogar noch in dem Wahne wiegte, dieser Entschluß sei meinem eigenen freien Willen und reiflichem Erwägen entsprungen.

Der Hauptgrund war der überwältigende Gedanke an den großen Wal selber. Solch ein geheimnisvoll drohendes Ungeheuer weckte meine ganze Neugier. Dazu lockten die fernen wilden Meere, durch die er seinen Riesenleib wälzt wie eine schwimmende Insel, die unausdenkbaren, namenlosen Gefahren des Walfangs, die tausend farbigen und tönenden Wunder der Weite – das alles bestärkte mich noch in meinem Wunsch. Für andere hätten solche Dinge vielleicht nichts Verführerisches gehabt; mich aber stachelt ein ewiges Verlangen nach den fernsten Fernen. Ich liebe es, verbotene Meere zu befahren und an Barbarenküsten zu landen. Wohl weiß ich, was Gut und Böse ist, und kenne das Grauen, und doch könnte ich mich, wenn ich's dürfte, auch mit ihm befreunden; denn man soll auf gutem Fuße mit allem leben, was mit uns auf dieser Erde wohnt.

Aus diesen Gründen also war mir die Walreise willkommen; die großen Schleusentore der Wunderwelt taten sich auf, und mit den abenteuerlichen Bildern der Phantasie, die mich auf meine Bahn drängten, fluteten Paar um Paar endlose Züge von Walen in meine innerste Seele hinein – in ihrer aller Mitte aber das eine verhüllte Trugbild, gewaltig wie ein Schneegipfel im Ätherblau.

Ovid
Metamorphosen

Dädalus und Ikarus

Dem Dädalus war unterdessen Kreta und die lange Verbannung unerträglich geworden. Er sehnte sich nach seinem Vaterland zurück, aber Meer umgab ihn. »Mag immerhin Minos« –, sprach er endlich, »mir Wasser und Land versperren, der Himmel bleibt mir doch offen. Dort finden wir unseren Weg. Denn besäße er auch alles, die Luft besitzt Minos nicht.«

Nach diesen Worten versenkt er sich tief in verborgene Künste und ersinnt etwas ganz Neues. Denn er legt Federn dergestalt in Reihen, daß, mit der kleinsten beginnend, der langen eine kürzere das Geleit gibt, so daß man meinen könnte, sie seien auf einer Schräge gewachsen. Ebenso entstand einst die ländliche Hirtenflöte aus Rohren von zunehmender Länge. Darauf verbindet er die Schwungfedern in der Mitte mit Faden, am Ende aber mit Wachs, und nachdem er sie so befestigt hat, gibt er ihnen eine sanfte Krümmung, so daß sie wirklichen Vogelflügeln gleichen. Der kleine Ikarus stand dabei, ahnte nicht, daß er mit Dingen spielte, die ihm gefährlich werden sollten, strahlte vor Freude und haschte bald nach Federn, die ein zufälliger Luftzug fortgeweht hatte, bald drückte er den Daumen in das gelbe Wachs und störte durch sein Spiel den Vater bei seinem Wunderwerk. Endlich, als an die Erfindung letzte Hand gelegt ist, erhebt erst ihr Schöpfer sich mit beiden Schwingen zugleich und hält sich mit Flügelschlägen in der Luft. Darauf unterweist er auch seinen Sohn und spricht: »Halte dich ja auf mittlerer Bahn, mein Ikarus! Ich warne dich! Laß dich weder zu tief herab, damit kein Wasser dein Gefieder beschwert, noch erhebe dich zu hoch, daß die Sonne es nicht versengt. Flieg zwischen beiden dahin. Auch brauchst du nicht nach dem Bootes oder dem Großen Bären oder nach Orions gezücktem Schwert zu spähen; richte dich nur nach mir!«

Zugleich lehrt er ihn fliegen und befestigt die ungewohnten Flügel an seinen Schultern. Während er das tat und Ikarus warnte, rannen Tränen über die Wangen des Alten, und seine Vaterhände zitterten. Er küßt – zum letzten Mal – seinen Sohn, erhebt sich auf seinen Schwingen, fliegt voran und sorgt sich um seinen Begleiter, gleich dem Vogel, der seine zarte Brut zum ersten Mal aus dem hohen Nest in die Luft führt, mahnt ihn, zu folgen, lehrt ihn die Kunst, die ihm zum Verhängnis werden sollte, regt die eigenen Schwingen und achtet auf die seines Sohnes.

Mancher, der mit schwankender Angelrute fischte, mancher Hirte, der sich auf seinen Stab, manch ein Bauer, der sich auf den Pflug stützte, erblickte die beiden, staunte und hielt sie für Götter, da sie die hohe Luft durchqueren konnten.

Schon lag ihnen zur Linken Samos, die heilige Insel der Juno, samt Delos und Paros, und zur Rechten Lebinthos und das honigreiche Kalymne. Da machte dem Knaben der kühne Flug allmählich Freude: er verließ seinen Führer und schlug, voll Verlangen nach dem Himmel, eine höhere Bahn ein. Die Nähe der glühenden Sonne erweichte das duftende Wachs, das die Federn zusammenhielt. Schon war das Wachs geschmolzen, und Ikarus schwingt die bloßen Arme. Da er keine Flügel mehr hat, kann er die Luft nicht mehr fassen, und während sein Mund noch den Namen des Vaters ruft, verschlingt ihn die blaue Flut, die von ihm den Namen erhielt.

»Ikarus!« ruft der unglückliche Vater, der schon kein Vater mehr ist. »Ikarus!« ruft er, »wo bist du? In welcher Gegend soll ich dich suchen? – Ikarus!« wollte er rufen, da erblickte er auf den Wellen die Federn. Er verwünschte seine Erfindung und barg den Toten im Grab – und auch das Land ist nach dem benannt, der dort bestattet ist.

Abraham a Sancta Clara

Viele Leute fürchten sich vor dem Tod,
wie die Kinder vor dem Wau-Wau

Die Welt ist ein Meer, die Menschen sind die stolzen und aufgeblasenen Wellen, das Ufer ist der Tod.

An diesem Gestad wirst du deine aufgeblasenen Wellen zerbrechen. Oh, du Geizhals und reicher Batzengesell, schaue und gehe hin und öffne jenes Grab, dort liegt Krösus, der Reichste. Da wirst du finden statt der angefüllten Geldsäck eine Handvoll Asche, statt des Kapitals den staubigen Zins, und so weit wirst auch du kommen.

An diesem Gestad wirst du deine stolzen Wellen zerbrechen, du hochgelehrter Kopf. Schau, geh' hin und öffne jenes Grab, dort liegt Salomon, der Weiseste. Da wirst du finden einen Kopf ohne Hirn, einen kahlen Schädel, einen ausgefaulten Kinnbacken; da hat alle Beredsamkeit ihr Ende, und so wirst du auch enden.

An diesem Gestad wirst du deine stolzen Wellen zerbrechen, du gewaltiger Federhans. Schau, geh' hin und öffne jenes Grab, dort liegt Samson, der Stärkste. Da wirst du finden ein halbverfaultes Totengeripp, einige Knochen, mit welchen nicht einmal ein Gassenbub eine Haselnuß kann aufschlagen, und so weit wirst du auch kommen.

An diesem Gestad wirst du deine stolzen und übermütigen Wellen zerbrechen, du glattes Frauenzimmergesicht. Schau und geh' hin, öffne jenes Grab, dort liegt Helena, die Allerschönste. Da wirst du finden eine abscheuliche Totenlarve, einen garstigen Wauwau, anstatt einer irdischen Göttin einen schändlichen Pfui-Teufel, und so wirst du auch enden.

Miguel de Cervantes
Don Quixote

Achtes Kapitel

Von dem glücklichen Ausgang des entsetzlichen und unerhörten Abenteuers mit den Windmühlen, das der tapfere Don Quixote bestand, samt andern, ewigen Gedächtnisses würdigen Ereignissen

Eben entdeckten sie dreißig bis vierzig Windmühlen auf dem Felde, wie man sie in jenen Gegenden findet. Kaum hatte Don Quixote sie erblickt, so sprach er zu seinem Schildknappen: »Das Glück führt unser Unternehmen besser, als wir verlangen konnten; denn sieh, Freund Sancho, dort zeigen sich dreißig oder mehr ungeschlachte Riesen, mit denen ich ein Treffen zu halten und ihnen sämtlich das Leben zu nehmen gedenke. Mit ihrer Beute wollen wir den Anfang machen, uns zu bereichern. Es ist ein redlicher Krieg, und es geschieht Gott zu Dienst und Ehren, wenn man solche böse Brut vom Angesicht der Erde vertilgt.« »Was für Riesen?« fragte Sancho Pansa. »Die du dort siehst,« erwiderte sein Herr, »die mit den langen Armen, denn manche haben ihrer, die sind an die zwei Meilen lang.« »Gebt wohl acht, gestrenger Herr, was Ihr tut, denn was wir dort sehen, das sind keine Riesen, sondern Windmühlen, und was Ihr für die Arme haltet, das sind die Flügel, die den Mühlstein treiben, wenn der Wind sie dreht.« »Da sieht man,« sprach Don Quixote, »wie schlecht du dich auf Abenteuer dieser Art verstehst. Und kommt dich etwa Furcht an, so hebe dich weg und bete ein Vaterunser, dieweil ich hingehe, um den kühnen, wenn auch ungleichen Kampf zu bestehen.«

Mit diesen Worten gab er seinem Gaul Rosinante die Sporen, ohne weiter auf den Schildknappen Sancho zu hören, der ihm immer noch nachschrie: es seien gewiß und wahrhaftig Windmühlen und keine Riesen, die er angreifen wollte. Allein die Riesen saßen ihm schon so fest im Kopfe, daß er weder auf Sanchos Rufe hörte, noch sich die Mühe gab, ihr wahres Wesen zu erkennen, so dicht er auch vor ihnen war. Mit lautem Feldgeschrei sprengte er auf sie ein: »Flieht nicht, ihr feigen, elenden Geschöpfe, ein einziger Rittersmann kündigt euch Fehde an.« In diesem Augenblick erhob sich ein leiser Wind, der die großen Flügel bewegte. Das sah Don Quixote, und er rief: »Ha! wenn ihr auch mehr Arme ausstrecktet als der Riese Briareus, ihr solltet mir doch die Zeche bezahlen.« Und damit empfahl er sich seinem Fräulein Dulcinea, das er demütig bat, sie wolle ihm in diesem schweren Strauß zu Hilfe eilen, deckte sich mit der Tartsche, legte die Lanze ein und sprengte mit seinem Rosinante in vollem Galopp auf die erste Mühle los. Als er nun eben wider den einen Flügel einen Stoß führte, drehte der Wind ihn so wütend herum, daß die Lanze in Splitter ging und Gaul und Ritter übel zugerichtet auf das Feld hinausgeschleudert wurden. Sancho eilte, so schnell sein Esel nur laufen konnte, herbei und sah, daß sein Herr sich kaum noch rühren konnte, einen solchen Sturz hatte er mit seinem Rosinante getan. »Gott steh mir bei!« sprach Sancho; »hab ich es Euer Gnaden nicht gesagt, Ihr solltet achtgeben, was Ihr tut, und es seien nur Windmühlen? Meiner Treu! man mußte selber Windmühlen im Kopfe haben, wenn man das nicht sehen wollte.« »Schweig, Freund Sancho,« sagte Don Quixote; »das Kriegsglück ist veränderlicher als alles andre. Und sicherlich ist es so, wie ich dir sage; jener weise Zauberer Friston, der mir Kammer und Bücher entführte, hat auch diese Riesen in Windmühlen verwandelt, nur damit er mir nicht die Ehre des Sieges zu lassen brauchte; so heftig ist sein Haß wider mich. Aber sicherlich sollen ihm seine bösen Künste wenig helfen wider mein gutes Schwert.« »Gott füge es, wie er vermag!« sprach Sancho, hob seinen Herrn von der Erde auf und half ihm wieder auf den Rücken Rosinantes, der nahezu kreuzlahm war. Sie zogen von dannen, besprachen sich über das bestandene Abenteuer und schlugen die Richtung nach dem Paß Lapice ein. »Denn dort«, sagte Don Quixote,

»müssen wir, es ist nicht anders möglich, manches seltsame Abenteuer finden, zumal es eine viel begangene Straße ist.« Sehr aber betrübte ihn der Verlust seiner Lanze, und er wandte sich mit seiner Klage an Sancho und sprach: »Ich erinnere mich, gelesen zu haben, daß ein spanischer Ritter namens Diego Perez de Vargas*, als ihm das Schwert im Kampfe zersprungen war, einen Ast von einem Eichbaum herunterriß und damit selbigen Tages solche Taten verrichtete und so viele Mohren klopfte, daß er den Zunamen ›der Klopfer‹ bekam, und er sowohl wie seine Nachkommen nannten sich zum ewigen Gedächtnis dessen für der Vargas y Machuca. Ich sage dir dies, weil ich mir von der ersten Kork- oder Steineiche, die mir begegnet, einen ebenso starken und schönen Ast herunterreißen und damit solche Taten verrichten will, daß du Gott danken und dich glücklich preisen sollst, sie nur sehen zu können und Zeuge von Dingen zu werden, die kaum jemand glauben wird.« »In Gottes Namen!« sprach Sancho; »ich glaube ja alles, wie Euer Gnaden es erzählen. Aber setzt Euch doch ein wenig gerade; mich dünkt, Ihr hängt ganz auf der einen Seite, und das werden wohl die Nachwehen Eures jämmerlichen Falles sein.« »Du hast es getroffen, Freund Sancho!« versetzte Don Quixote; »wenn ich mich nicht über Schmerzen beklage, so hat das seinen Grund darin, daß es den fahrenden Rittern nicht ziemt, über eine Wunde zu klagen, und hingen ihm auch die Därme heraus.« »Wenn es so ist, nun, so habe ich nichts zu erwidern,« sagte Sancho; »aber Gott weiß, wie gern ichs sähe, daß der gestrenge Herr sich beklagte, wenn ihn etwas schmerzt. Bei mir ist es ganz anders; ich muß klagen, wenn es mir irgendwo weh tut; hoffentlich gilt das Verbot des Klagens nicht auch für die Schildknappen fahrender Ritter?«

Don Quixote konnte sich des Lachens über die Einfalt seines Schildknappen nicht enthalten, und er erklärte ihm, er könne sich, solange

* Dieses Abenteuer ereignete sich bei der Einnahme von Xerez unter dem heiligen Ferdinand. Vargas bekam den Beinamen el Machuca, der Klopfer.

und wie und wann er wolle, gutwillig oder widerwillig beklagen, denn bis jetzt habe er noch kein derartiges Verbot in der Ritterordensregel gelesen. Sancho ließ zur Antwort die Bemerkung fallen, es sei Essenszeit. Doch Don Quixote erwiderte, er fühle vorläufig kein Bedürfnis; übrigens könne Sancho essen, wann es ihm beliebe. Mit dieser Erlaubnis machte Sancho es sich auf seinem Esel so bequem, wie er nur konnte, holte aus seinem Quersack hervor, was er hatte, und zog, reitend und essend, ganz gemächlich hinter seinem Herrn einher, wobei er von Zeit zu Zeit seinem Schlauch mit solchem Wohlbehagen zusprach, daß ihn der wohlgenährteste Weinschenk von Malaga hätte beneiden können. Und während er so dahintrabte und einen Schluck um den andern tat, dachte er an kein einziges Versprechen seines Herrn, und ihm erschien das Suchen von Abenteuern, so gefährlich sie auch sein mochten, als eitel Scherz und Kurzweil.

Gottfried Benn
Reisen

Meinen Sie Zürich zum Beispiel
sei eine tiefere Stadt,
wo man Wunder und Weihen
immer als Inhalt hat?

Meinen Sie, aus Habana,
weiß und hibiskusrot,
bräche ein ewiges Manna
für Ihre Wüstennot?

Bahnhofstraßen und Ruen,
Boulevards, Lidos, Laan –
selbst auf den Fifth Avenuen
fällt Sie die Leere an –

Ach, vergeblich das Fahren!
Spät erst erfahren Sie sich:
bleiben und stille bewahren
das sich umgrenzende Ich.

Nur zwei Dinge

Durch so viel Formen geschritten,
durch Ich und Wir und Du,
doch alles blieb erlitten
durch die ewige Frage: wozu?

Das ist eine Kinderfrage.
Dir wurde erst spät bewußt,
es gibt nur eines: ertrage
– ob Sinn, ob Sucht, ob Sage –
dein fernbestimmtes: Du mußt.

Ob Rosen, ob Schnee, ob Meere,
was alles erblühte, verblich,
es gibt nur zwei Dinge: die Leere
und das gezeichnete Ich.

Konrad Weiß
Eines Morgens Schnee

Was man gelebt, was immer mehr geblieben,
stets mehr gelesen, um so dunkler nur,
was man im Lichte schon wie aufgeschrieben
vorfand und ging auf unstörbarer Spur,
was man mit Sinn erreicht, was man mit Lieben
doch nie vollbringen konnte, – deine Flur
wird dir, du Mensch von Ernte niemals satt,
mit eines Morgens Schnee ein reines Blatt.

Es ist kein Trost; und nun der Sonne Scheinen
teilt alles nur noch weiter vor dir aus,
so spurlos steht die Zeit, du willst sie einen
gleich einer Träne dort am letzten Strauß,
du horchst auf einen Laut, nun hörst du keinen,
der Schnee macht nur ein regungsloses Haus, –
geh fort, und wie es dir im Busen klopft,
fühlst du den Schnee, der kalt vom Baume tropft.

Du fühlst nicht Nähe mehr, nur noch dies Pochen,
das dir die kalte Wange seltsam näßt,
das Land scheint dir so weit und ganz zerbrochen,
die weißen Berge gleich dem schweren Rest
von einem Himmel, den du nie besprochen,
und der, je mehr du sprichst, dich werden läßt
gleich einer Spur, die sich aus ihm verlor,
und die du kennst, wenn dir im Herzen fror.

So geh nun fort, und was umsonst bestritten
du Tag und Nacht, was schon im Licht verdorrt,
was du gelebt, was du dir selbst inmitten
gelöst, du Mensch, im stets zerbrochnen Wort,
auf dunkler Spur mit unhörbaren Schritten
gewinnt die Zeit ihr Licht, geh mit ihr fort,
noch blüht zur stillen Nacht die Spur so frisch
wie alle Ernte auf dem Ladentisch.

Bertolt Brecht
Vom armen B. B.

1
Ich, Bertolt Brecht, bin aus den schwarzen Wäldern.
Meine Mutter trug mich in die Städte hinein
Als ich in ihrem Leibe lag. Und die Kälte der Wälder
Wird in mir bis zu meinem Absterben sein.

2
In der Asphaltstadt bin ich daheim. Von allem Anfang
Versehen mit jedem Sterbsakrament:
Mit Zeitungen. Und Tabak. Und Branntwein.
Mißtrauisch und faul und zufrieden am End.

3
Ich bin zu den Leuten freundlich. Ich setze
Einen steifen Hut auf nach ihrem Brauch.
Ich sage: Es sind ganz besonders riechende Tiere
Und ich sage: Es macht nichts, ich bin es auch.

4
In meine leeren Schaukelstühle vormittags
Setze ich mir mitunter ein paar Frauen
Und ich betrachte sie sorglos und sage ihnen:
In mir habt ihr einen, auf den könnt ihr nicht bauen.

5
Gegen Abend versammle ich um mich Männer
Wir reden uns da mit »Gentleman« an.
Sie haben ihre Füße auf meinen Tischen
Und sagen: Es wird besser mit uns. Und ich frage nicht: Wann?

6
Gegen Morgen in der grauen Frühe pissen die Tannen
Und ihr Ungeziefer, die Vögel, fängt an zu schrein.
Um die Stunde trink ich mein Glas in der Stadt aus und schmeiße
Den Tabakstummel weg und schlafe beunruhigt ein.

7
Wir sind gesessen, ein leichtes Geschlechte
In Häusern, die für unzerstörbare galten
(So haben wir gebaut die langen Gehäuse des Eilands Manhattan
Und die dünnen Antennen, die das Atlantische Meer unterhalten).

8
Von diesen Städten wird bleiben: der durch sie hindurchging, der Wind!
Fröhlich machet das Haus den Esser: er leert es.
Wir wissen, daß wir Vorläufige sind
Und nach uns wird kommen: nichts Nennenswertes.

9
Bei den Erdbeben, die kommen werden, werde ich hoffentlich
Meine Virginia nicht ausgehen lassen durch Bitterkeit
Ich, Bertolt Brecht, in die Asphaltstädte verschlagen
Aus den schwarzen Wäldern in meiner Mutter in früher Zeit.

Friedrich Hölderlin
An die Parzen

Nur Einen Sommer gönnt, ihr Gewaltigen!
  Und einen Herbst zu reifem Gesange mir,
    Daß williger mein Herz, vom süßen
      Spiele gesättigt, dann mir sterbe.

Die Seele, der im Leben ihr göttlich Recht
  Nicht ward, sie ruht auch drunten im Orkus nicht;
    Doch ist mir einst das Heilge, das am
      Herzen mir liegt, das Gedicht, gelungen,

Willkommen dann, o Stille der Schattenwelt!
  Zufrieden bin ich, wenn auch mein Saitenspiel
    Mich nicht hinab geleitet; Einmal
      Lebt ich, wie Götter, und mehr bedarfs nicht.

Hyperions Schicksalslied

Ihr wandelt droben im Licht
  Auf weichem Boden, selige Genien!
    Glänzende Götterlüfte
      Rühren euch leicht,
        Wie die Finger der Künstlerin
          Heilige Saiten.

Schicksallos, wie der schlafende
Säugling, atmen die Himmlischen;
Keusch bewahrt
In bescheidener Knospe,
Blühet ewig
Ihnen der Geist,
Und die seligen Augen
Blicken in stiller
Ewiger Klarheit.

Doch uns ist gegeben,
Auf keiner Stätte zu ruhn,
Es schwinden, es fallen
Die leidenden Menschen
Blindlings von einer
Stunde zur andern,
Wie Wasser von Klippe
Zu Klippe geworfen,
Jahr lang ins Ungewisse hinab.

Da ich ein Knabe war ...

Da ich ein Knabe war,
Rettet' ein Gott mich oft
Vom Geschrei und der Rute der Menschen,
Da spielt ich sicher und gut
Mit den Blumen des Hains,
Und die Lüftchen des Himmels
Spielten mit mir.

Und wie du das Herz
    Der Pflanzen erfreust,
        Wenn sie entgegen dir
            Die zarten Arme strecken,

So hast du mein Herz erfreut,
    Vater Helios! und, wie Endymion,
        War ich dein Liebling,
            Heilige Luna!

O all ihr treuen
    Freundlichen Götter!
        Daß ihr wüßtet,
            Wie euch meine Seele geliebt!

Zwar damals rief ich noch nicht
    Euch mit Namen, auch ihr
        Nanntet mich nie, wie die Menschen sich nennen,
            Als kennten sie sich.

Doch kannt ich euch besser,
    Als ich je die Menschen gekannt,
        Ich verstand die Stille des Aethers,
            Der Menschen Worte verstand ich nie.

Mich erzog der Wohllaut
    Des säuselnden Hains
        Und lieben lernt ich
            Unter den Blumen.

Im Arme der Götter wuchs ich groß.

Ernst Meister
[Was Götter waren einst]

Was Götter waren einst,
sind Schauens
hell lebendige Augen jetzt,
blaue Iris, blauende Pupille,
Blicken, das der Himmel blüht,
ein Beet aus Blick.

Nein, nicht leer
der Himmel. Nick nicht,
Staubgefäß, dem
schweren Blute, denn
von Wächtern oben, Betrachtern
deiner Wachheit, wimmelts.

Nein, nicht
leer der Himmel,
doch geklärt.

[Denk, in den Jahrtrillionen]

Denk, in den
Jahrtrillionen
darfst du
kein Heimweh mehr haben
nach Mensch und Erde.

Dies, daß du
ein Kind warst
des Alls,
ist dahin,
und wo

ist die Unheilige,
die Mutter mit Sinnen
allsamt geblieben
und wo
das Gestirn, das uns schien?

Mir schwindelt.

Ich wünscht auch,
eh geendet, ich säh
einen Traum.

[Lang oder kurz ist die Zeit]

Lang oder kurz ist die Zeit,
und das Wahre,
das sich ereignen wird,
heißt Sterben.

Danach bist du
gleichsinnig mit
der Erde, dem Himmel,
die sich nicht wissen.
(Aber wer bist du noch?)

Was eigentlich hieß denn das:
geboren, Zeit zu gebären
im Unterfangen des Bewußtseins –
wozu »ich«?

Adonis
[Hier– in dem dürren Gras]

Hier – in dem dürren Gras zwischen Ader und Ader
    in dem Stuhl der mit Nacht bedeckt
    in dem Buchladen dieser kränkelnden Völker die sich umarmen und
        schlafen um mich herum
        wandere ich
In der Leere und ihrer Geometrie – wo ich schreibe und lese:
                »Hier ruht Euklid ...«
wo Mutanabbis Grab ist in seiner Stimme
und es lebt al-Maarri unter seinen Augen
wo Halladsch gehenkt ward auf einem Galgen im Atlas der Seele
Wo Razi und Dschabir und Suhrawardi und ihre Gefährten sich hüllen
                in ihre Stimmen
und sie verteilen als Leichentücher und Gräber

Hier, wo die Leere ist und ihre Geometrie
    der Schatten des Lichtes, und der Schatten die Stimme
                der Funken
    sattgrüner Lobatschewski
        Sela Sela Sela ...

Paul Celan
[Es war Erde in ihnen]

Es war Erde in ihnen, und
sie gruben.

Sie gruben und gruben, so ging
ihr Tag dahin, ihre Nacht. Und sie lobten nicht Gott,
der, so hörten sie, alles dies wollte,
der, so hörten sie, alles dies wußte.

Sie gruben und hörten nichts mehr;
sie wurden nicht weise, erfanden kein Lied,
erdachten sich keinerlei Sprache.
Sie gruben.

Es kam eine Stille, es kam auch ein Sturm,
es kamen die Meere alle.
Ich grabe, du gräbst, und es gräbt auch der Wurm,
und das Singende dort sagt: Sie graben.

O einer, o keiner, o niemand, o du:
Wohin gings, da's nirgendhin ging?
O du gräbst und ich grab, und ich grab mich dir zu,
und am Finger erwacht uns der Ring.

Psalm

Niemand knetet uns wieder aus Erde und Lehm,
niemand bespricht unsern Staub.
Niemand.

Gelobt seist du, Niemand.
Dir zulieb wollen
wir blühn.
Dir
entgegen.

Ein Nichts
waren wir, sind wir, werden
wir bleiben, blühend:
die Nichts-, die
Niemandsrose.

Mit
dem Griffel seelenhell,
dem Staubfaden himmelswüst,
der Krone rot
vom Purpurwort, das wir sangen
über, o über
dem Dorn.

Nâzim Hikmet
Die vierte und letzte Nacht

Plötzlich blieb der Zug stehen
                mitten im Dunkel.
Auf warmem,
    weichem
        Sand stieg ich aus.
Ich dehnte meine Glieder,
        die vom vielen Sitzen eingeschlafen waren ...
Der Himmel ist wie ein Schlaf voll farbenfroher Träume,
wie ein tiefblaues Wasser voll stiller Lichter.
Eine Stimme in mir sagt, sieh dir dieses Wasser an,
lege dich hin unter die Sterne und schlafe!
Wenn erst aus dem Sand
        der schmierige Geruch des Erdöls steigt,
wird dieser müde Sommerschlaf
        aus meinen Augen verschwinden! ...

»Warum stehen wir?«
»Worauf warten wir?«
»Auf den entgegenkommenden Zug aus Baku ...«

Plötzlich
fing die Dunkelheit, einem schwarzen Seidenstoff gleich,
        von unten her Feuer.
Der Sand glühte rot.
Die Schienen brannten.
Der entgegenkommende Zug
    fuhr vorbei,
aus seiner rotgoldenen Haube Funken in die Luft sprühend.

Eine Schlange mit funkelndem schuppenartigem Rücken
huschte zischend über den Sand ...

»Wie spät ist es?«
»Acht!«
»In drei Stunden sind wir in Baku ...«
»Nein, in zwei Stunden«
»Nein, in einer Stunde! ...«

Könnte man doch den Stunden Flügel ankleben ...

Briefträger

Reisenotizen aus Ungarn

Nachrichten von den Menschen, der Welt, der Heimat,
Nachrichten vom Baum, Vogel und Wolf
brachte ich in der Morgendämmerung
oder
um Mitternacht
den Menschen in der Tasche meines Herzens,
ich machte einen Dichter,
also eine Art Briefträger.
Als Kind wollte ich Briefträger werden,
aber nicht auf den Wegen des Dichters etwa,
sondern tatsächlich ein richtiger Briefträger.
Mit bunten Stiften hätte man dann tausendfach das Bild
des immer gleichen Briefträgers, Nâzims Bild,
in die Romane Jules Vernes und die Geographiebücher gemalt.
Da bin ich, treibe den Hundeschlitten
über das Eis.

Das morgendliche Nordlicht
          glänzt auf den Konservendosen und Postpaketen.
Ich überquere die Bering-Straße.
Oder teile in der Steppe im Schatten schwerer Wolken
die Soldatenpost aus und trinke Ayran dabei.
Oder stehe auf dem sirrenden Asphalt einer Großstadt,
in meiner Tasche nur Schreiben mit frohen Botschaften,
               voller Hoffnungen.
Oder ich bin in der Wüste, unter den Sternen.
Ein kleines Mädchen hat Fieber, ist krank.
Um Mitternacht pocht es an die Tür:
»Die Post!«
Die Augen des kleinen Mädchens öffneten sich blau in Blau.
Morgen abend kommt sein Vater aus dem Gefängnis zurück.

Ich war's, der in diesem wüsten Schneetreiben das Haus ausfindig
machte,
ich war's, der dem Nachbarmädchen das Telegramm überbrachte.
Als Kind wollte ich Briefträger werden.
Doch ist es in meiner Türkei ein schwieriger Beruf, Briefträger zu sein.
In den Telegrammen überbringt der Briefträger in diesem schönen Land
          vielerlei Schmerz,
               in den Briefen Zeile um Zeile Kummer.
Als Kind wollte ich Briefträger werden.
Mein Wunsch ging in Ungarn in Erfüllung, in meinen Fünfzigern.
In meiner Tasche der Frühling.
In meiner Tasche Briefe, erfüllt vom Donaugeglitzer,
                    Vogelgezwitscher,
vom Duft der frischen Wiese,
Briefe von Budapest nach Moskau,
     Briefe von Kindern an Kinder.

In meiner Tasche das Paradies ...
Auf einem Umschlag
steht:
»Memet,
            Sohn Nâzim Hikmets,
                  Türkei«.
In Moskau werde ich selbst
die Briefe einen nach dem anderen zustellen.
Nur den Brief an Memet kann ich nicht zu seinem Ort tragen,
nicht einmal schicken.
Nâzims Sohn,
die Räuber haben den Weg abgeschnitten,
                        überreichen dir den Brief nicht.

Mai 1954

Der Mittag
Meister Hanuš' Glockenspiel

Erst ließ der Schnee auf der Anhöhe
                        dort bei der Prager Burg nach.
Dann legte sich mit einem Mal ein klares
      zartes, kühles Blau
            auf die Kastanienbäume herab.
                  Ein matter Glanz.

Der Dichter, fern der Heimat,
stand, von Sehnsucht durchbohrt,
in der Altstadt
                        auf dem Platz, mutterseelenallein.

An einer gotischen Fassade
schlug Meister Hanuš' Glockenspiel
die zwölfte Stunde.
Ihre Kutten golddurchwirkt
und allen voran der allerheiligste Petrus,
traten aus der Uhr
zwölf müde Apostel hervor,
und auch Judas mit seinem Beutel,
dann der Glaube und das Übel und die Niedertracht.
»Und wir kamen und gehen«.
Und darunter ein Janitschar aus Stein,
hoffnungslos und bedrückt.
Und der Glöckner ist der Tod,
und drüber krähte der Hahn.

Der Dichter, fern der Heimat,
sah sich von Sehnsucht durchbohrt,
gedankenverloren um.
Ein zartes, kühles Blau
kam und schwebte
um die Mittagszeit auf den Platz herab.

Jeseník, den 29. Dezember 1956

Sechster Brief

Heute morgen betrachtete ich den Indischen Ozean.
Über die Ozeane will ich dir ein paar Worte schreiben:
Betrachtet man den Ozean vom Ufer aus,
unterscheidet er sich überhaupt nicht vom Marmarameer
in Küstenferne.
Was ich also sagen möchte:
Die Ozeane sind wie große Liebschaften, Tulyakova,
man sollte sie nicht betrachten,
nur erleben, die Ozeane.

Friedrich Hölderlin

Wie der Sternenhimmel bin ich,
still und bewegt

Gustav Januš
[Eingespannt]

Eingespannt zwischen Wasser und Fließendes,
irrst du, Spaziergänger,
dir selber entgegen.

Mit erdigen Augen
starrst du ins Blendlicht und
willst die Leere füllen
mit den Spiegelbildern des Flusses,
um nicht sinnlos
im Feuer zu verbrennen.

Du spannst dich ein, zeichnest und
vervielfachst unergründbare Kreise.
Muster suchst du und findest sie zuzeiten
auf dem Rücken des Rucks weg von der Welt.

Unentwegt stopfst du den Mund
mit fraglichen Antworten,
bemerkst aber nicht das Fließen des Flusses in dir.

[Auf die ganz einfache Frage]

Auf die ganz einfache Frage,
warum das Laub im Herbst sich
in Farben und dann in Träume
verwandelt, findest du keine Antwort.

Obwohl du behauptest, hinten hinter
dem Willen verstecke sich das Glück,
findest du den Übergang nicht.

An den dir zugewendeten Blättern
spürst du Abschied, nicht Ursprung.

Das Bild ist zwischendurch anders:
keine unvergängliche Trauer,
und das wechselnde Rauschen der Blätter
tröstet.

[Der unbekannte Tod dort]

Der unbekannte Tod dort,
wo die Nacht weiß ist,
ist nur eines der Beispiele.

Zuviele Fragen sind noch offen.

Auf der anderen Seite des Atems
vielleicht der Geburtsort der Offenbarung?
Enden die Schritte an
der eingestürzten Mauer?
Finden wir im Reden noch
einen Zusatz zur Auslegung?

Eine Öffnung auch im Schnee.

»Die Spur führt zum Haus.«

Der Seitenweg ist heute
noch zugeschneit, und unterm Schnee
bildet der Sproß schon seine Schrift aus,
im Augenblick noch nicht lesbar.

[Sätze, gebildet aus Sprache und Gras]

»Sätze, gebildet aus Sprache
und Gras, hast du niedergeschrieben.«

»Als ich die ersten Zeilen las,
war ich noch anders.«

Die Beschreibung war danach
der Aufbruch;
die bezeichneten Unterstände
waren Schrägdächer,
unten eine Mitte, schattenlos
zwischen Geburt und Tod.

»Die Erzählung ist notwendig gewesen.«

Die hier aufgelesenen Worte
glichen Ameisen.

Die Strahlen von außen,
gefächert im farbigen Glas,
stärkten die Aussage.

»Und kraft deines Worts holte ich
doch noch den Lufthauch ein, der
im Frühjahr die Wiesen belebt.«

[Von Rost zerfressene Oberfläche]

Von Rost zerfressene Oberfläche,
das sind wir in der Hoffnungslosigkeit.

Wenn wir unentwegt unser Ende
beschreiben, reden wir nicht
mehr in Sätzen, sondern
klagen wortlos.

Von Geburt an sind wir geboren
ohnehin in die Antwort, und gleichwohl
suchen wir noch immer andere Antworten.

Denken uns sogar Gegensätze aus,
weil wir fürchten auszusterben.

Wenngleich wir den Zerfall spüren,
erneuern wir noch immer die Widersprüche.

Daher ist auch unsere
alltägliche Ausrede fraglich.

[Fragend suche ich das Wort]

Fragend suche ich das Wort,
bevor ich Abschied nehme.

Auch der Hügel, bedeckt schon
mit Herbstgras, erzählt
noch vor Sonnenuntergang
schnell seine Geschichte.

Aus dem Nebel steigt Rauch
mit der Nachricht bellender Hunde.
Lärm kommt auf, der Rauchbogen
überzieht zusammen mit den Augen
als Wiederholung den Weg dort draußen.

Der Zweifel verliert an diesem Ort
sein Gesicht.

Die alltägliche Trauer verfliegt,
und mit dem Rauch kehre ich
zeitweise schon heim.

Ezra Pound
Δώρια

Sei in mir wie die steten Launen
des kahlen Windes, nicht
Wie Dinge die vergehen:
blumenbunt.
Nimm mich in der harten Öde
sonnloser Felsen
Und grauer Gewässer.
Laß die Götter in späteren Tagen
Leise von uns erzählen.
Die Schattenblumen des Orkus
Gedenken dein.

William Shakespeare
Sonnet CXVI

Let me not to the marriage of true minds
Admit impediments: love is not love
Which alters when it alteration finds,
Or bends with the remover to remove.

Oh no! it is an ever-fixèd mark
That looks on tempests and is never shaken;
It is the star to every wandering bark,
Whose worth's unknown although his height be taken.

Love's not Time's fool, though rosy lips and cheeks
Within his bending sickle's compass come;
Love alters not with his brief hours and weeks,
But bears it out even to the edge of doom.

If this be error and upon me prov'd,
I never writ, nor no man ever lov'd.

Sonett CXVI

Ich laß, wo treue Geister sich vermählen,
kein Hemmnis gelten. Liebe wär nicht sie,
wollt sie, wo Wandlung ist, die Wandlung wählen;
noch beugt sie vor dem Beugenden die Knie.

O nein, sie steht, ein unverrückbar Zeichen,
sie sieht über die Stürme weg, sie währt;
sie ist der Barke Stern, hoch, ohnegleichen –:
die Höh – ermessen, unbekannt sein Wert.

Legt sie, die Sichel, sich auch um die Wangen,
die rosigen – Lieb' ist kein Narr der Zeit.
Nicht können Stunden, Wochen sie belangen;
der Jüngste Tag, er findet sie bereit.

So ich dies hier als Wahn erwiesen seh,
so schrieb ich nie und keiner liebte je.

Yunus Emre
[Mein Auge ist, um Dich zu sehen]

»Mein Auge ist, um Dich zu sehen,
Dich zu erreichen, meine Hand.
Schick' heut' die Seele auf den Weg ich,
daß ich Dich morgen – hoff' ich – fand.
Schick' heut' die Seele auf den Weg ich,
daß morgen Du Ersatz mir schenkst,
Doch biet' mir nicht Dein Paradies, Herr –
ich will ja nicht solch einen Tand.
Was soll ich mit dem Paradies denn?
Mein Herz will davon gar nichts seh'n,
Mein Klagen und mein Jammern, Weinen
ist doch nicht für ein Gartenland!
Das, was Du Paradies genannt hast,
wohin die Gläubigen Du lockst –
Ein Haus und ein paar Huris – nein, Herr –
sie streicheln will nicht meine Hand!
Solch' Huris kann ich hier auch finden,
erlaubte Gattinnen für uns –
Darüber bin auch ich gegangen!
Zu Dir zu fleh'n bin ich entbrannt.
Den frommen Sufis schenk die Huris,
ich brauche Dich, nur Dich allein,
ich hab' nicht die geringste Sehnsucht
nach solcher Schlösser Dach und Wand!
Ach, Yunus sehnt so sehr nach Dir sich,
so zeige, daß auch Du Dich sehnst!
Bist Du kein grausamer Tyrann, Herr –
Gerechter, hilf, bis ich Dich fand!«

San Juan de la Cruz
[En una noche escura]

En una noche escura
Con ansias en amores inflamada,
¡O dichosa ventura!
Salí sin ser notada,
Estando ya mi casa sosegada.

A escuras y segura
Por la secreta escala disfrazada
¡O dichosa ventura!
¡A escuras y en celada
Estando ya mi casa sosegada!

En la noche dichosa
En secreto que nadie me veia,
Ni yo miraba cosa,
Sin otra luz ni guia
Sino la que en el corazon ardia.

Aquesta me guiaba
Mas cierto quc la luz dc mcdio dia
A donde me esperaba
Quien yo en me sabia
En parte donde nadie parecia.

[In einer dunklen nacht]

In einer dunklen nacht
Voll liebesflammen und voll bangem beben
O glückliches geschick
Enteilt ich unbewacht
Da schon mein haus zur ruhe sich begeben.

Im dunkel sicher schritt
Ich die geheime treppe in verkleidung
O glückliches geschick
Im dunkel und verhüllt
Da schon mein haus zur ruhe sich begeben.

In der beglückten nacht
Geheim wo keiner mich erkannte
Noch ich ein ding erspäht
Kein leiter und kein licht
Nur das was innen mir im herzen brannte.

Dorthin entführt' es mich
So sicher wie durch mittagliche helle
Dorthin wo er mein harrte
Den ich am orte wußte
Wo niemand anders konnte sein.

Joseph von Eichendorff
Mondnacht

Es war, als hätt der Himmel
Die Erde still geküßt,
Daß sie im Blütenschimmer
Von ihm nun träumen müßt.

Die Luft ging durch die Felder,
Die Ähren wogten sacht,
Es rauschten leis die Wälder,
So sternklar war die Nacht.

Und meine Seele spannte
Weit ihre Flügel aus,
Flog durch die stillen Lande,
Als flöge sie nach Haus.

Johann Peter Hebel
Die Vergänglichkeit

(Gespräch auf der Straße nach Basel zwischen Steinen und Brombach, in der Nacht.)

Der Bub seit zum Aetti:
Fast allmol, Aetti, wenn mer’s Röttler Schloß
so vor den Auge stoht, se denki dra,
öbs üsem Hus echt au e mol so geht.
Stohts denn nit dört, so schuderig, wie der Tod
im Basler Todtetanz? Es gruset eim,
wie länger as me’s bschaut. Und üser Hus,
es sitzt io wie ne Chilchli uffem Berg,
und d’Fenster glitzeren, es isch e Staat.
Schwetz Aetti, gohts em echterst an no so?
I weih emol, es chönn schier gar nit sy.

Der Aetti seit:
Du gute Burst, ’s cha frili sy, was meinsch?
’s chunnt alles iung und neu, und alles schlicht
sim Alter zu, und alles nimmt en End,
und nüt stoht still. Hörsch nit, wie’s Wasser ruuscht,
und siehsch am Himmel obe Stern an Stern?
Me meint, vo alle rühr si kein, und doch
ruckt alles witers, alles chunnt und goht.
Je, ’s isch nit anderst, lueg mi a, wie d’witt.
De bisch no iung; närsch, ich au so gsi,
iez würds mer anderst, s’Alter, s’Alter chunnt,
und woni gang, go Gresgen oder Wies,
in Feld und Wald, go Basel oder heim,

Die Vergänglichkeit

(Gespräch auf der Straße nach Basel zwischen Steinen und Brombach, in der Nacht.)

Der Junge sagt zum Vater:
Fast jedesmal, Vater, wenn mir das Schloß von Rötteln so vor Augen steht, muß ich daran denken, ob es unserem Haus auch einmal so gehen wird. Steht es denn nicht da so schauderhaft wie der Tod im Basler Totentanz? Es graust einem, je länger man hinsieht. Und unser Haus steht wie eine Kirche auf dem Berg. Die Fenster glitzern. Es ist wunderbar. Sag, Vater, wird es ihm wohl auch einmal so ergehen? Ich kann mir gar nicht vorstellen, daß das je sein könnte.

Der Vater sagt:
Guter Junge, gewiß kann das sein! Was glaubst du! Alles beginnt jung und neu; und alles geht dem Alter zu, schleichend, und alles hat ein Ende. Nichts steht still. Hörst du nicht, wie das Wasser rauscht? Siehst du am Himmel oben Stern an Stern? Man glaubt, keiner von ihnen rühre sich; und doch läuft alles weiter. Alles kommt und geht. So ist es. Sieh mich an, wie du willst. Du bist noch jung. Voller Leben, ich war es auch. Jetzt ändert sich das. Das Alter, das Alter kommt. Und wo ich hingehe, nach Gresgen oder zur Wiese hin, aufs Feld oder in den Wald, nach Basel oder nach Hause:

s'isch einerley, i gang im Chilchhof zu, –
briegg, alder nit! – und biß de bisch wien ich,
e gstandene Ma, se bini nümme do,
und d'Schof und Geiße weide uf mi'm Grab.
Jo wegerli, und s'Hus wird alt und wüst;
der Rege wäscht der's wüster alli Nacht,
und d'Sunne bleicht der's schwärzer alli Tag,
und im Vertäfer popperet der Wurm.
Es regnet no dur d'Bühne ab, es pfift
der Wind dur d'Chlimse. Drüber thuesch du au
no d'Auge zu; es chomme Chindes-Chind,
und pletze dra. Z'lezt fuults im Fundament,
und s'hilft nüt me. Und wemme nootno gar
zweytusig zehlt, isch alles z'semme g'keit.
Und s'Dörfli sinkt no selber in si Grab.
Wo d'Chilche stoht, wo's Vogs und 's Here Hus,
goht mit der Zit der Pflug –

Der Bub seit:
Nei, was de seisch!

Der Aetti seit:
Je, 's isch nit anderst, lueg mi a, wie d'witt!
Isch Basel nit e schöni tolli Stadt?
's sin Hüser drinn, 's isch mengi Chilche nit
so groß, und Chilche, 's sin in mengem Dorf
nit so viel Hüser. 's isch e Volchspiel, 's wohnt
e Richthum drinn, und menge brave Her,
und menge, woni gchennt ha, lit scho lang,
im Chrütz Gang hinterm Münster-Platz und schloft.
's isch eithue, Chind, es schlacht e mol e Stund,

einerlei, ich gehe Richtung Friedhof – weine oder weine nicht! – und wenn du einmal das sein wirst, was ich bin, ein richtiger Mann, dann werde ich nicht mehr hier sein. Die Schafe und Ziegen werden auf meinem Grab weiden. Wahrlich! Und das Haus? wird alt und leer sein. Der Regen wird es immer mehr auswaschen, jede Nacht. Und die Sonne wird dir's jeden Tag noch mehr ausbleichen. Im Holz wird leise der Wurm klopfen. Und danach wird es durch den Dachboden regnen. Der Wind wird durch die Risse in der Wand pfeifen. Irgendwann wirst auch du die Augen schließen. Kindeskinder werden kommen und daran herumflicken. Zuletzt wird es im Fundament faulen. Umsonst. Und wenn man dann einmal gar das Jahr 2000 zählt, ist alles zusammengefallen. Und das kleine Dorf wird dann selbst ins Grab sinken. Da, wo die Kirche steht, da, wo das Haus des Bürgermeisters und das Pfarrhaus stehen, wird dann einmal der Pflug gezogen werden.

Der Junge sagt:
Nein! was sagst du!

Der Vater sagt:
Ach, so ist es. Du magst mich anschauen, wie du willst. Ist Basel nicht eine wunderschöne Stadt? Da gibt es Häuser, größer als manche Kirche, und so viele Kirchen, mehr als Häuser in manchem Dorf. Unzählige Menschen, eine Stadt voller Reichtümer, und mancher hochangesehene Herr, und mancher von ihnen, den ich kannte, liegt schon lange im Kreuzgang hinter dem Münsterplatz und schläft. Wie auch immer, Kind, einmal schlägt die Stunde,

goht Basel au ins Grab, und streckt no do
und dört e Glied zum Boden us, e Joch,
en alte Thurn, e Giebel-Wand; es wachst
do Holder druf, do Büechli, Tanne dört,
und Moos und Farn, und Reiger niste drinn –
’s isch schad derfür! – und sin bis dörthi d’Lüt
so närsch wie iez, se göhn au Gspenster um,
d’Frau Faste, ’s isch mer iez sie fang scho a,
me seits emol, – der Lippi Läppeli,
und was weis ich, wer meh. Was stoßisch mi?

Der Bub seit:
Schwetz lisli, Aetti, bis mer über d’Bruck
do sin, und do an Berg und Wald verbey!
Dört obe iagt e wilde Jäger, weisch?
Und lueg, do niden in de Hürste seig
gwiß ’s Eyer-Meidli g’lege, halber ful,
’s isch Johr und Tag. Hörsch, wie der Laubi schnuft?

Der Aetti seit:
Er het der Pfnüsel! Seig doch nit so närsch!
Hüst Laubi, Merz! – un loß die Todte go,
sie thüen der nüt meh! – Je, was hani gseit?
Vo Basel, aß es au e mol verfallt. –
Und goht in langer Zit e Wanders-Ma
ne halbi Stund, e Stund wit dra verbey,
se luegt er dure, lit ke Nebel druf,
und seit si’m Camerad, wo mittem goht:
»Lueg, dört isch Basel gstande! Selle Thurn
seig d’Peters-Chilche gsi, ’s isch schad derfür!«

einmal wird auch Basel ins Grab gehen und wird noch da und dort ein Glied zum Boden herausschauen, ein Brückenpfeiler, ein alter Turm, ein Giebel. Holunder, – wird darauf Holunder wachsen, da kleine Buchen, dort Tannen, Moos und Farn. Drinnen werden Reiher nisten. Schade drum! ––– Und werden die Menschen dann genauso verrückt sein wie heute, so werden auch Gespenster umgehen. Die *Frau Faste*, zum Beispiel, es scheint mir gerade, als begänne sie schon. Jedenfalls spricht man davon –– der *Lippi Läppeli*, und was weiß ich, wer noch. Warum gibst du mir einen Stoß?

Der Junge sagt:
Nicht so laut, Vater! So lange, bis wir über der Brücke sind und an Berg und Wald vorbei! Dort oben jagt ein wilder Jäger, weißt du? Und dort unten im Gebüsch lag bestimmt das *Eiermeidli*, ganz müde, –– es ist schon so lange her. Hörst du, wie der *Laubi* schwer atmet?

Der Vater sagt:
Er hat einen Schnupfen. Sei doch nicht so schreckhaft! – Nach links! *Laubi! Merz!* – und laß die Toten in Ruhe! Sie tun dir nichts mehr! Gut, was habe ich gesagt? – Von Basel! – Daß es auch einmal untergehen wird. Wenn dann in ferner Zeit ein Wanderer vorbeigehen wird, eine halbe, eine Stunde weit weg, wird er hindurchsehen können, wenn es nicht im Nebel liegt. Und wird seinem Freund, der neben ihm geht, sagen: Schau! Dort stand einmal die Stadt Basel. Der Turm dort, das war die Peterskirche. Schade drum!

Der Bub seit:
Nei Aetti, ischs der Ernst, es cha nit sy?

Der Aetti seit:
Je 's isch nit anderst, lueg mi a, wie d'witt,
und mit der Zit verbrennt die ganzi Welt.
Es goht e Wächter us um Mitternacht,
e fremde Ma, me weiß nit, wer er isch,
er funklet, wie ne Stern, und rüeft:
»Wacht auf!
Wacht auf, es kommt der Tag!« –
Drob röthet si
der Himmel, und es dundert überall,
z'erst heimlig, alsg'mach lut, wie sellemol
wo Anno Sechsenünzgi der Franzos
so uding gschoße het. Der Bode schwankt,
aß d'Chilch-Thürn guge; d'Glocke schlagen a,
und lüte selber Bett-Zi wit und breit,
und alles bettet. Drüber chunnt der Tag;
o, b'hütis Gott, me brucht ke Sunn derzu,
der Himmel stoht im Blitz, und d'Welt im Glast.
Druf gschieht no viel, i ha iez nit der Zit;
und endli zündets a, und brennt und brennt,
wo Boden isch, und niemes löscht. Es glumst
wohl selber ab. Wie meinsch, siehts us derno?

Der Bub seit:
O Aetti, sag mer nüt me! Zwor wie gohts
de Lüte denn, wenn alles brennt und brennt?

Der Junge sagt:
Nein! – Vater, ist das dein Ernst? – Das darf nicht so sein!

Der Vater sagt:
Ach, es wird nicht anders sein, du magst mich anschauen, wie du willst. Und nach und nach wird die ganze Welt verbrennen. Ein Wächter wird um Mitternacht hinausgehen, ein Fremder, keiner weiß, wer er ist, er wird wie ein Stern leuchten und wird rufen: *Wacht auf! Wacht auf, es kommt der Tag!* – Über allem wird sich der Himmel röten. Es wird donnern, überall, zuerst ganz leise, danach so laut, wie damals, als im Jahr 96 die Franzosen so fürchterlich geschossen haben. Die Erde wird wanken, und die Kirchtürme werden hin und her wanken. Die Glocken werden von selbst schlagen und werden zum Beten läuten weit und breit. Alle werden beten. Dann wird dieser Tag kommen. Gnade uns Gott! Dieser Tag wird ohne Sonne auskommen. Himmel und Welt werden hell erleuchtet sein. Dann werden noch viele Dinge geschehen. Ich habe jetzt keine Zeit –; und schließlich wird alles Feuer fangen und brennen und brennen, der ganze Boden, und keiner wird dasein, der löscht. Alles wird wohl von selbst verkohlen. Was glaubst du, wie wird's danach aussehen?

Der Junge sagt:
O, Vater, sag mir nichts mehr! – Doch – wie wird's den Menschen ergehen, wenn alles brennt und brennt?

Der Aetti seit:
He, d'Lüt sin nümme do, wenns brennt, sie sin –
wo sin sie? Seig du frumm, und halt di wohl,
geb, wo de bisch, und bhalt di Gwisse rein!
Siehsch nit, wie d'Luft mit schöne Sterne prangt!
's isch iede Stern verglichlige ne Dorf,
und witer obe seig e schöni Stadt,
me sieht si nit vo do, und haltsch di gut,
se chunnsch in so ne Stern, und 's isch der wohl!,
und findsch der Aetti dört, wenns Gottswill isch,
und 's Chüngi selig, d'Mutter. Oebbe fahrsch
au d'Milchstroß uf in die verborgeni Stadt,
und wenn de sitwärts ab luegsch, was siehsch?
e Röttler Schloß! Der Belche stoht verchohlt,
der Blauen au, as wie zwee alti Thürn,
und zwische drinn isch alles use brennt,
bis tief in Boden abe. D'Wiese het
ke Wasser meh, 's isch alles öd und schwarz,
und todtestill, so wit me luegt – das siehsch,
und seisch di'm Camerad, wo mitder goht:
»Lueg, dört isch d'Erde gsi, und selle Berg
het Belche gheiße! Nit gar wit dervo
isch Wisleth gsi, dört hani au scho glebt,
und Stiere g'wettet, Holz go Basel g'führt,
und brochet, Matte g'raust, und Liecht-Spöh' g'macht,
und g'vätterlet, biß an mi selig End,
und möcht iez nümme hi.« – Hüst Laubi, Merz!

Der Vater sagt:
Ja, – die Menschen – werden nicht mehr dasein, wenn alles brennt. Sie werden – ja, wo werden sie sein? Sei *du* gottergeben und gelassen, wo du auch sein magst, und halte dein Gewissen rein! – Siehst du nicht, wie der Himmel voller schöner Sterne ist? Jeder Stern ist einem Dorf zu vergleichen. Und weiter oben soll eine schöne Stadt sein, von hier nicht zu sehen. Und wenn du gottgefällig lebst, so kommst du in solch einen Stern, und dir ist wohl, und du wirst deinen Vater dort finden, wenn dies Gottes Wille ist, und die liebe Kunigunde, deine Mutter. Du wirst etwa auch die Milchstraße hinauffahren, hinein in die geheime Stadt, und wenn du von dort aus zur Seite hinunterschaust, was wirst du sehen? – Das Schloß, das Rötteler Schloß! Der Belchen wird verkohlt dastehen, der Blauen auch, ganz wie zwei alte Türme. Dazwischen wird alles ausgebrannt sein bis tief ins Tal. Die Wiese wird kein Wasser mehr führen. Es wird alles schwarz und leer sein, totenstill, so weit du siehst. *Das* wirst du sehen. Und deinem Freund, der dich begleitet, wirst du sagen: »Schau, das dort war die Erde, und jener Berg: *der Belchen* hieß er. Nicht weit davon der Weiler Wislet. Dort lebt' ich auch schon und habe Stiere ins Joch gespannt, Holz nach Basel gefahren und gepflügt, Wassergräben angelegt in Wiesen und Lichtspäne gemacht und dies und das, solange ich am Leben war, und möchte nicht mehr zurückkehren.« – Nach links, *Laubi, Merz!*

Statt eines Epilogs: »Z'semmekeit« – Eingestürzt

»Und wemme nootno gar zweiytusig zehlt,
isch alles z'semme g'keit«
Zu einem Vers aus Johann Peter Hebels Gedicht
Die Vergänglichkeit im Jahr 2001

»I have a question«

Vor wenigen Wochen starb ein Philosoph, der das Fragen abgeschafft und aus seiner Schreibmaschine das Fragezeichen eigenhändig ausgebaut hatte. Es reizte mich, über einen solchen Menschen ein Buch zu schreiben, wenn nicht einen Roman. Anders, schien mir, könnte das spracheverschlagende Ansinnen nicht zur Sprache gebracht werden. Es schien mir auch so, als ob sich dahinter ein alter Haß gegen das Haupt- und Grundkapital aller Suchenden, das Fragen nämlich, versteckte. Oder nicht? Oder nicht. Von Platos Staunen bis Schelling, nein bis in alle Zukunft, dürfte gefragt werden, »warum überhaupt Seiendes sei, und nicht vielmehr nichts«, wie dies auch Heidegger tut, indem er diese Frage seinem Hauptwerk mit dem skulptur- und antwortartigen Titel »Sein und Zeit« voranstellt. Heidegger, der das Fragen »die Frömmigkeit des Denkens« nannte, hat auch ein Hebel-Buch geschrieben und ist trotzdem, wie alle lebenslänglich Fragenden, gestorben. Auch der arme amerikanische Philosoph (die Frage, wie dieser Philosoph hieß, tut nichts zur Sache), der das Fragen als philosophisch irrelevant deklarierte, ist gestorben. Was wäre der Mensch für ein Gott! dachte ich, wenn man ihn tatsächlich »machen« ließe, wie es im achten Psalm heißt, der vielleicht zum ersten Mal in der Weltliteratur, noch vor den Vorsokratikern, fragt und staunt: »Was ist der Mensch, daß du an ihn gedacht hast?

Dieses Menschenkind, daß du es machen läßt? – – Du hast ihn ja nur um ein paar Zentimeter unter die Engel (mit ihren Flügeln) gestellt« – – – –.

Eines Tages ging ich mit der kleinen Frage »I have a question!« in einer hinterwäldlerischen Schüchternheit wie »Der Schwarzwälder im Breisgau« von Johann Peter Hebel auf den weltberühmten baskischen Künstler Eduardo Chillida zu. – – »I have many questions!« antwortete er mir freundlich. Eigentlich wollte ich nur den Katalog, der zur Vernissage in der Erker Galerie Sankt Gallen erschienen war, signiert haben. Fragen und Bitten fallen manchmal zusammen, vor allem in Fremdsprachen, die einer nicht beherrscht. Aber, frage ich: Ist das nicht eine schauderhafte Möglichkeit der deutschen Sprache, sagen zu können, »ich beherrsche eine Sprache«? Was mich fragen und zweifeln läßt am Hochdeutschen, sind auch Wörter wie das in den Hauptnachrichten gehörte »Kälbervernichtungsprogramm« (freilich im Zusammenhang mit der sogenannten BSE-Krise), und es schauderte mich, und traurig war ich, daß in dieser Sprache solche Wörter und Dinge möglich sind wie »Keulen« oder auch harmlosere wie »Festnetzanschluß« oder »Arbeitsbeschaffungsprogramm«, das ja auch metrisch dem »Kälbervernichtungsprogramm« entspricht. Ach, »Mit meinem roten Hotzenwäldergesicht konnte ich hier nicht auftrumpfen, mein Gesicht war nicht die Welt, sondern der Hotzenwald. In ihm spiegelte sich nicht die Welt, sondern die Hinterwelt. Ich kam aus dem Hinterland des Schmerzes«, sagt ein Ich-Erzähler in meinem kleinen »Ausflug nach Afrika«, als er sich an das Überfliegen des Hotzenwaldes und des Belchen und Blauen erinnert, und an das Gedicht »Die Vergänglichkeit«, in dem auch dieses gewaltige Hinterland aus Belchen und Blauen vorkommt, geradezu erscheint. Auch die Hinterwelt* zählt noch zur Welt und sollte nicht mit Heimat oder sonst etwas verwechselt werden. Das gilt für

* Ist vielleicht noch abgründiger: so wie das Unterbewußtsein abgründiger ist als das Bewußtsein.

die »Alemannischen Gedichte« Hebels, die Welt-Beschreibung, ja: Weltraum-Beschreibung, sind und von Anfang an zur Welt-Literatur zählen, und nicht zu irgendeiner Heimatliteratur. Auch der Erzähler des »Ausflug nach Afrika« beschreibt mit der Hinterwelt die Welt, und ist auch da vor Ort, und ganz auf der Welt, so klein sie sein mag: die Welt. Es ist ein Gelände (Hotzenwald und Schüchternheit), das Johann Peter Hebel vertraut war, sein Weltraum. Oder etwa nicht?

Eines Tages, vielleicht auch Nachts

Wir sind überall auf der Welt, solange wir auf der Welt sind. Es bedarf nicht der nach Millionen berechneten Größe, um ganz da zu sein oder nicht. Für mich zum Beispiel ist Berlin größer als die Stadt Mexiko, und Rom ist größer als Berlin, obwohl Rom viel weniger Einwohner hat. Und wenn schon, dann ist der Himmel über der Erde am größten. Von da Hebels Blick in seinem eschatologischen Gedicht »Die Vergänglichkeit«: auf eine Stadt (Beispiel Basel), wo alles »z'semme g'keit« (»zusammengefallen«) ist.

»Ich habe eine Frage«, ja, viele Fragen, Johann Peter Hebel betreffend. Was war das für einer? Gewiß, ich weiß, was die Hebel-Gemeinde unter Führung protestantisch-heimatlicher Verbände für ein Hebel-Bild verbreitete und hegt. Schließlich war Johann Peter Hebel auch der erste evangelische, wenn auch nicht so genannte »Bischof« des neuen, aufgrund von Napoleons Gnade ermöglichten Großherzogtums Baden. Aber wäre es bei dieser Rolle geblieben, wüßten wir nichts mehr von Hebel. Und ich, als Katholik, schon gar nicht. Tatsächlich aber ist Hebel der erste und bisher einzige, der in einer der deutschen Sprachen, dem Alemannischen, einen »Beitrag zur Weltliteratur geleistet hat«, sage ich einmal ganz gelehrt. (Sprechen wir nicht von Totem und Aussterbendem, von sogenannten Dialekten. Das sollen Linguisten, Volkskundler oder sogenannte empirische Kunstwissenschaftler tun.) Für

Hebel war das Alemannische seine erste oder Muttersprache, wenn er auch zeitlebens souverän die meisten seiner Schriften im sogenannten Schriftdeutschen verfaßte (verfassen musste, da das Alemannische ja keine Schriftsprache war oder ist). Dabei war sein Schriftdeutsch wohl besser als das internationale Koiné-Englisch, in dem heute ein immer noch so genannter Wissenschaftler aus Basel, Karlsruhe oder Göttingen seine sogenannten wissenschaftlichen Beiträge verfasst, eine Art Neo-Pidgin, das die Sprache, auch Shakespeares, als bloße Informationsträgerin mißbraucht, umlügt und degradiert. Armes Englisch! Hebel schrieb also ein gediegenes Schriftdeutsch, das seine erste Fremdsprache war.

Eines Tages aber, vielleicht auch eines Nachts, begann er – und er war der erste, der auf diese grandiose Weise begann, in seiner Muttersprache zu dichten, das heißt: Gedichte aufzuschreiben, denn Gedichte in dieser Sprache (Muttersprache) gehört hat er vielleicht schon von seiner Mutter. Das Aufschreiben war eine Arbeit von Adam und Eva an. Er mußte, da das Alemannische, wie gesagt, keine Schriftsprache ist oder war, für jeden Laut (und darauf kommt es doch in der Sprache an) eine Entsprechung unter den Schriftzeichen finden. Da er keine neuen Zeichen erfunden hat, sondern unter den für das Schriftdeutsche vorhandenen auswählte, konnte er den Vokalreichtum im Alemannischen mit den vorhandenen Vokalzeichen nicht ganz genau wiedergeben; und auch die Konsonantenäquivalente nicht. Freilich wußte er, wie seine Wörter auszusprechen waren und daß es darauf ankam, wie sie ausgesprochen klangen. Aber die anderen, so sie nicht aus seinem Sprachraum waren, wußten und wissen dies nicht. Hebel hat uns, in gewisser Weise, eine Partitur hinterlassen: die »Alemannischen Gedichte«. Wie vorzutragen? Dazu bedarf es wohl keines Schauspielers, sondern eines Vortragenden, der dieser Sprache mächtig ist. Gelesen und verstanden werden können diese Gedichte freilich auch von einem sogenannten Sprach- oder Literaturwissenschaftler, wo auch immer, zumal es sich ja gerade bei der »Vergänglichkeit« um eine »welthaltige«, um »Weltliteratur« handelt. Jeder Text, in welcher Sprache auch immer, ist ja auch eine Partitur, die mehr oder weniger des Genies des Lesers bedarf. Die »Alemannischen Gedichte« sind nicht deswegen gut oder unvergänglich, weil Goethe sie gelobt hat. Der konnte ja, so fürchte ich, unmöglich das, worauf es hier ankommt: wie die Partitur klingt, wie es klingt, erfassen. Trotzdem ist es schön, daß Goethe überhaupt etwas dazu gesagt hat. Für solche, die des Alemannischen nicht – oder nicht mehr – mächtig sind, aber des Hörens, empfehle ich eher das sogenannte Hörbuch als die Partitur. Das ist eine der wunderbaren Möglichkeiten unserer Zeit um das Jahr 2000, da ja (wie es im Gedicht »Die Vergänglichkeit« heißt) »alles z'semme g'keit« (»zusammengefallen«) sein sollte. Hat sich Hebel etwa getäuscht? War er ein sogenannter Unheilsprophet? Wie auch immer: das »Hörbuch« schlägt einen Bogen zur Frühe, als der Mensch, wie ich las, noch nicht schreiben und lesen, aber schon hören konnte, und da jedes Gedicht ein Lied war, das jeder, der in der Lage war zu hören, hören konnte. Seitdem es Menschen und Gedichte gibt, kam es eher auf das Hören an als auf das Lesen. Gewiß gab es zu allen Zeiten auch Menschen, die ein Gehör hatten und trotzdem nichts hörten, außer Information. Nun aber.

Es müßte »Die Unvergänglichkeit« heißen

Was ist Hebels Nacht-Text »Die Vergänglichkeit« überhaupt? Veröffentlicht ist es unter den »Alemannischen Gedichten«. Ein Gedicht? ––– Ein Gespräch, ein eschatologischer Entwurf, ein Selbstgespräch, ein philosophisches Lehrgedicht, eine Erzählung für Kinder, eine kunstvolle Bankrotterklärung? Hebel selbst schickt die dem Titel folgende Erklärung in Klammer und auf hochdeutsch voraus: »(Gespräch auf der Straße nach Basel zwischen Steinen und Brombach, in der Nacht.)« Es ist ein Gespräch zwischen einem Vater und einem Sohn. Dabei kann es sich nicht um eine Erinnerung Hebels an ein solches Gespräch handeln: höchstens um eine erfundene. Denn Hebels Vater, ein Saisonarbeiter aus dem Hunsrück, der zeitweise bei reichen Leuten in Basel in unteren Diensten beschäftigt war, starb 41jährig an Typhus. Da war Johann Peter gerade ein Jahr alt und konnte sich wohl später nicht an seinen Vater erinnern, schon gar nicht an ein solches Gespräch. Das mußte sich Hebel Jahrzehnte später ausdenken oder erdichten, als ob es ein Gang nach Emmaus wäre, geborgen und getrost, wie unter den Flügeln einer guten Macht wunderbar aufgehoben. Das Gespräch hat aber leider so nie stattfinden können, nicht nur, weil ein Vater mit seinem Sohn wohl nicht in gebundener Sprache, als Dichter, spricht, wenn er seinem Sohn etwas sagen will; und wäre es zu den letzten Dingen. Auch dürfte ein Vater, das hoffe ich wenigstens, nicht derart grauenvolle Perspektiven entwerfen – – –, wenn er seinem Sohn etwas fürs Leben mitgeben möchte. Da dürfte er doch kein solcher Unheilsprophet sein, auch wenn sich dieselbe Prophetie im Gewand einer kindlichen Aufklärung versteckt. Es ist wohl Hebel selbst Vater und Sohn zugleich, der sich all diese Dinge sagt und sagen muß, spät im Leben, nachdem alles schon fast vorbei ist (und Vater und Mutter, die Hebel einst auf den Weg schickten, längst gestorben waren; schon tot, als er noch ein Kind war). Das Gespräch hat also so nie stattgefunden (das heißt: es hat doch stattgefunden, als Selbstgespräch Hebels, als er es aufschrieb.) – – – Aber die zu Beginn des Gedichts in Klammer genannte Strecke kannte Hebel wohl: Da starb seine Mutter, nachts, allerdings in Gegenrichtung, auf dem Nachhauseweg nach Hausen im Wiesental, auf einem Ochsenkarren, in Gegenwart des dreizehnjährigen Johann Peter, der von da an allein war, ein übriggebliebenes Fast-noch-Kind, das nun (Eltern und Schwester sind tot) in die Obhut eines Großonkels und der evangelischen Kirche, bis hin zur Freitischexistenz, kommt. Diese Lebensgeschichte hat also gar nichts von Idyll à la Emmaus und Psalm 23 (»Der Herr ist mein Hirt und mir fehlt nichts«. – – – »Auch wenn ich durch die

Nacht muß –– ich habe keine Angst, denn da bist du. Dein Stab und Stecken sind mein Trost«), das scheint nur im Gedicht so zu sein.

»Und wemme nootno gar zweytusig zehlt, isch alles z'semme g'keit«

Wenigstens manchmal während des Gesprächs, das Hebel an diesen Ort seines Lebens verlagert, auf einen Weg, den er kannte, als ob's der Nachhauseweg wäre, scheint er sich an den Psalm 23 und den Gang nach Emmaus zu erinnern. Doch im Grunde gestaltet Hebel eine Ruinenlandschaft bei Nacht: Das ist die Zeit, und »Die Vergänglichkeit« ist die dazugehörende Überschrift. Hebels Blick auf dieses Gelände zeigt gleich zu Beginn eine Ruine: Das Rötteler Schloß, und bald auch, schon in seiner ersten Antwort-Sequenz, ist der Dichter bei »alles z'semme g'keit« (»alles zusammengefallen«) angekommen. Sagt man so etwas einem Kind?

Eine Frage: Wie soll ich mir diese Widersprüchlichkeit in diesem wunderbaren Text erklären? Daß Hebel hier Vater und Sohn zugleich ist; derselbe, der fragt und antwortet? Mit der Widersprüchlichkeit Hebels wie der Welt? Muß ich mir denn überhaupt erklären? Warum habe ich das Fragezeichen aus meiner Schreibmaschine nicht ausgebaut? Etwa weil ich (vielleicht) nicht so praktisch bin wie der verstorbene Philosoph? Gut, jener Vater im Gedicht ist jünger, als ich heute bin, soviel weiß ich, weiß ich nun: Daß ein Kind Fragen stellt; Kinderfragen, die über die Möglichkeiten eines Vaters und Menschen hinausgehen. Daß Hebel im Leben niemals einem Vater eine Frage stellen konnte, da dieser ja starb, bevor das Kind sprechen konnte. Er hat es aber doch getan: in diesem Gedicht. Also ist alles im Nachhinein die reinste, utopische, durch keine Realität getrübte, selbstentworfene, dichterische Erinnerung an die Zukunft, eigentlich nur einem Visionär möglich. Hebel ist das Kind, das erste Fragen stellt, die die letzten sind, ja, über jede Ant wortmöglichkeit hinausgehen. Hebel bricht das kindliche Fragen an sich selbst und das Antworten ab mit der Ermahnung, daß ein Kind fromm zu sein hat und nicht weiterfragen soll: »Seig du frumm«, das sagt er zu sich selbst. Da spricht aber nicht der evangelische Bischof, sondern die reinste Ratlosigkeit. Als Bischof, der er war, hätte er doch Antworten haben müssen: ja, genügend Antworten gehabt, jenseits der Ergebenheit ins Unerklärliche, die Hebel sich und dem Kind und uns mit auf den Weg gibt. Hebel war ein sonderbarer evangelischer Geistlicher, der in diesem Gedicht, in dem es um nichts als um die sogenannten »letzten Dinge« (Eschata) geht, völlig ohne den Trost vom Erlöser herauskommt. Und im Leben hat Hebel, der höchstrangige evangelische Funktionär, die Katholiken um ihre Heiligen beneidet, da diese als gnädige Zwischeninstanz zwischen dem kleinen Menschen und dem großen Gott fungierten, den griechischen Göttern vergleichbar, die den Menschen von der unmittelbaren Konfrontation mit dem Absoluten dispensierten. Sich nicht mit der Frage (Luthers): »Wie finde ich einen gnädigen Gott?« herumschlagen mußten und dem Allmächtigen nicht direkt ausgesetzt waren wie ein evangelischer Christ, sondern ihre Heiligen und Schutzengel hatten. Wie ich Hebel und seinen Neid nachfühlen konnte!

»Z'Basel an mi'm Rhi«

Ein Kind, das fragt, hat eine Antwort verdient. Welche Fragen verdienen mehr eine Antwort als Kinderfragen? Die Rötteler Schloßruine, Belchen und Blauen, vor allem aber Basel dient als Beispiel der Auslöschung, die mit einer Datumsangabe versehen ist: »um das Jahr 2000«.

Diese Datums- und Ortsangabe hat Hebel wohl nicht nur dem Metrum zuliebe oder als Fanal in einem chiliastischen Zusammenhang gewählt. Vielleicht bedachte Hebel dabei auch, daß »zwei« eine Unzahl ist, zwischen der göttlichen »Eins« und der gemeinschaftstiftenden

»Drei«. Zwei ist die Zahl der Entzweiung, darum – um das Nicht-eins-Sein – geht es in der »Vergänglichkeit«. Mag sein, daß ich jetzt etwas auf die schiefe Ebene gekommen bin; daher kehre ich auch gleich zurück: Anhand der schönen Stadt Basel erfolgt eine Orts- und Zeitbestimmung des Untergangs. Das von Hebel geliebte Basel hat das Vorrecht, als Exemplum von Vergänglichkeit, des Verschwindens des Geliebtesten, als Beispiel der Welt zu dienen. Denn es ist schade drum. Auch das nehme ich aus diesem Gedicht mit nach Hause zu mir selbst. Das Gastarbeiterkind Hebel hat Basel und der Welt zeitlebens eine anhängliche Liebe bewahrt. Der Heimat, die Welt ist, und der Welt, die Heimat ist. Soll ich *trotz allem* sagen? Darum hatte er Angst um sie, die in diesem Gedicht anschaulich wird (vgl. »Die Vergänglichkeit«). Aber Basel ist auch im Jahr 2000 immer noch schön. Manches davon und daran würde Hebel sogar noch erkennen: Dazu müßte er aber den Blickwinkel sorgsam wählen, etwa mit dem Rücken zu dem, was den Reichtum Basels heute ausmacht, jener abscheulich anzusehenden Chemielandschaft, die nun etwa da, wo Hebels ebenfalls geliebte Wiese (von Hebel im Gedicht »Die Wiese« besungener Hauptbach des Wiesentals) in den Rhein mündet, alles verstellt. Ach, sein Blicken auf Basel wäre zumeist ein Ausblenden. Aber einiges steht noch, ganz gegen die Prophezeiung Hebels; wenn auch nicht mehr der berühmte »Totentanz« an Ort und Stelle, von dem ja nur noch Reste im Historischen Museum zu besichtigen sind.

Der Abriß jenes Kreuzgangs mit dem Totentanzzyklus zu Zeiten Hebels mag diesen ja zu seinem eigenen düsteren Gemälde voller Liebe, das »Die Vergänglichkeit« ist, angestiftet haben. Das sage ich ganz vorsichtig, und glaube ich fest.

Vielleicht ist »Die Vergänglichkeit« das einzige, was von Hebels Basel übriggeblieben ist. Dazu das Münster, die Reste des Totentanzes und der grüne Rhein. »Mr. Chillida, I have a question!« Bei Hebel muß die Stadt

Basel, weil er sie liebt, für den Weltuntergang herhalten und wird schon im voraus beweint. Aber so, wie einer, der durch die Schule der Aufklärung gegangen ist, etwas beweinen kann. Tatsächlich ist Hebels Basel, bis auf den heiligen Rest, vom Erdboden verschwunden. Mit Ansichten dazwischen, als ob die Stadt im Zweiten Weltkrieg von Bomben zerstört worden wäre, und nach dem Krieg wieder aufgebaut. Basel heute ist ein sogenannter Standort, eine Banken- und Chemiestadt, die sich immer noch gelegentlich ihrer sogenannten humanistischen Tradition wegen loben läßt. Das neue Bankengebäude, von Botta entworfen, so rund wie ein Gold-Vreneli, einer Kathedrale nicht unähnlich, hätte Hebel vielleicht gefallen.

»Und um das Jahr 2000 ist alles zusammengefallen.« --- Da hat sich Hebel getäuscht, wenn auch nicht ganz. Denn von Hebels Basel und Welt ist nicht mehr viel da. »Und es zerriß mich vor Schmerz, daß es mich nicht vor Schmerz zerriß.« (Roman »Ich war einmal«) Was für ein Aufklärer! Ich stoße auf einen einsamen Menschen, der vor bald zweihundert Jahren im gerade erst gegründeten Karlsruhe sitzt und sich das Ende Basels wie der Welt ausmalt. Er weiß nicht, wie's weitergeht, aber die Macht des Bildes ist gewaltig. Und eine Sprache gefunden hat er auch – dafür: wie man einem Kind sagt, daß man nicht sagen kann, wie ratlos nur ein Mensch sein kann. Dafür hat Hebel – sozusagen – die richtigen Worte gefunden, auch für sich selbst.

»Z'semme g'keit «

Z'semme g'keit --- Das ist wirklich ein erschütterndes Wort. Ein Erdbeben-artiges Wort. Mit diesem Wort ist die ganze aufklärerische Gewißheit und auch alle christliche Ergebenheit zusammengebrochen. Es ist eine Bankrotterklärung. Es friert mich bis in die Seele, spreche ich dieses Wort halblaut nach. Es ist ein endgültiges Wort, ein Wort für immer. Kei it na! sagte meine Großmutter. Sie wollte nicht und nie, daß ich hinfalle. Und schon lag ich auf dem Boden. »Z'semme g'keit« verstehe ich ganz und gar. Es hat nichts mit dem lächerlichen »zusammengefallen« zu tun. Es hat mit *zuhause* und *daheim* zu tun, das »z'semme g'keit« ist wie Basel im Hebel-Gedicht. Es ist ein herzzerreißendes Wort aus Stein. Das Wort liegt nun da, wie ein Steinhaufen aus Ewigkeit, ganz tot, ein hartes Wort, ein steinernes Wort, ganz anders als das kleine, sprudelnde, fortlaufende »zusammengefallen«, das nichtssagende. Zu einer Endgültigkeit fast schon verdichtet. Da gibt es nichts mehr daneben außer »z'semme g'keit«, das alles sagt, was zu sagen ist. Z'semme g'keit ist das Fanalwort von Hebels Vision kurz nach der französischen Revolution und vor allem Fortschritt des vergangenen Jahrhunderts des Fortschritts. Hebels Gedicht scheint aber wie für uns und mich geschrieben, für unser unglaubliches Jahrhundert aus Atombombe und Auschwitz. (»Die Vergänglichkeit« ist auch ein Gedicht vor und nach jeder Katastrophe.)

Alphabetisches Verzeichnis der Texte nach Autoren

Abraham a Sancta Clara (d. i. Johann Ulrich Megerle) (1644–1709)
Barockprediger und Sprachschöpfer
Viele Leute fürchten sich vor dem Tod wie die Kinder vor dem Wau-Wau; *Die Welt ist ein Meer*, aus: Ein Hui und Pfui auf die Welt. Zusammengestellt und hg. v. Birgit K. Bader. Augsburg: Pattloch Verlag 1999.

Adonis (* 1903)
Syrischer Lyriker
Hier – in dem dürren Gras, aus: Nimm eine Rose und nenne sie Lieder. Poesie der islamischen Völker. Übertragen und hg. v. Annemarie Schimmel. Köln: Diederichs 1987.

Aischylos (525/24–456/55 v. Chr.)
Griechischer Dichter, »Vater der Trägödie«
Denn der Krieg ist ein Bankier, zitiert bei: John Berger: Gute Nachrichten, schlechte Nachrichten. Fünf Essays 1989–1992. Leipzig: Reclam 1992 (Reclam-Bibliothek Bd. 1455).

Baidûn, Abbâs (* 1945)
Libanesischer Lyriker
Ein einzelner für einen Kranken zurückgelassener Stuhl, aus: Die Farbe der Ferne. Moderne arabische Dichtung. Hg. und übersetzt von Stefan Weidner. München: C. H. Beck 2000.

Beckett, Samuel (1906–1989)
Irischer Dichter
Warten auf Godot, aus: Werke. Bd. I,1. Frankfurt am Main: Suhrkamp 1979, S. 11-16, S. 57-59, S. 79-81. © Suhrkamp Verlag Frankfurt am Main, 1979.

Bender, Hans (* 1919)
Deutscher Schriftsteller
Forgive me, aus: Worte, Bilder, Menschen. München: Hanser 1969, S. 52–55. © 1969 Carl Hanser Verlag, München–Wien.

Benn, Gottfried (1886–1956)
Deutscher Lyriker
Reisen; Nur zwei Dinge, aus: Sämtliche Gedichte. Stuttgart: Klett-Cotta 1998.

Berger, John (* 1926)
Englischer Schriftteller, lebt in Frankreich
Ich habe nie davon geträumt, General oder Politiker zu werden, aus: Gute Nachrichten, schlechte Nachrichten. Fünf Essays 1989–1992. Leipzig: Reclam 1992 (Reclam-Bibliothek Bd. 1455).

Die Bibel: Altes und Neues Testament. Einheitsübersetzung. Freiburg im Breisgau u. a.: Herder 1980.

Bonhoeffer, Dietrich (1906–1945)
Deutscher Theologe
Von guten Mächten. Ein Brief und ein Gedicht, aus: Dietrich Bonhoeffer: Widerstand und Ergebung. Gütersloh: Chr. Kaiser/Gütersloher Verlagshaus 1997[16]. © Chr. Kaiser/Gütersloher Verlagshaus GmbH, Gütersloh.

Borchers, Elisabeth (* 1926)
Deutsche Lyrikerin
Der Turm, aus: Von der Gramatik des heutigen Tages. Gedichte. Frankfurt am Main: Suhrkamp 1992. © Suhrkamp Verlag Frankfurt am Main, 1992.

Brecht, Bertolt (1898–1956)
Deutscher Dichter
Der Radwechsel; Fragen eines lesenden Arbeiters; Vom armen B. B., aus: Gesammelte Werke in acht Bänden. Hg. v. Suhrkamp Verlag i. Zus. m. Elisabeth Hauptmann. Band IV. Frankfurt am Main: Suhrkamp 1967, S. 1009, S. 656, S. 261ff. © Suhrkamp Verlag Frankfurt am Main, 1967.

Brodski, Jossif (* 1940)
Russischer Lyriker
Ich denke, daß ... von Gott ... [*Der Prozeß wegen Parasitismus gegen Brodski 1964*], zitiert bei: Ulrich Enzensberger: Parasiten. Ein Sachbuch. Frankfurt am Main: Eichborn 2001 (Die Andere Bibliothek Bd. 198).

Büchner, Georg (1813–1837)
Deutscher Dramatiker
Dantons Tod. Ein Drama, in: Werke und Briefe. Nach der historisch-kritischen Ausgabe von Werner R. Lehmann. München: Deutscher Taschenbuch Verlag 1980, S. 8 f., S. 12 f., S. 41f., S. 42–44.

Canetti, Elias (1905–1994)
Schriftsteller, in Bulgarien geboren, emigrierte 1938 von Wien nach London, lebte bis zu seinem Tod in Zürich.
Zerstörungssucht; Hetzmassen; Zur Dynamik des Krieges: Der erste Tote – Der Triumph; Urteilen und Aburteilen: Elemente der Macht, aus: Masse und Macht. Hamburg: Claassen 1960.

Celan, Paul (1920–1970)
In Rumänien geborener Lyriker, 1948 nach Paris emigriert
Sprich auch du, aus: Von Schwelle zu Schwelle. Stuttgart: Deutsche Verlags-Anstalt 1955. © 1995 Deutsche Verlags-Anstalt GmbH, Stuttgart.
Zürich, zum Storchen; Es war Erde in ihnen; Psalm, aus: Die Niemandsrose. Frankfurt am Main: S. Fischer Verlag 1963. © S. Fischer Verlag GmbH, Frankfurt am Main, 1963.

Cervantes Saavedra, Miguel de (1547–1616)
Spanischer Schriftsteller
Der Kampf gegen die Windmühlen, aus: Der scharfsinnige Ritter Don Quixote von der Mancha [Nach der anonymen Ausg. von Konrad Thorer 1837]. Unbekannter Übersetzer. Frankfurt am Main: Insel 1975, 8. Kapitel.

Cioran, Emile M. (1911–1995)
Französischer Schriftsteller aus Rumänien
Warum können die Heiligen so gut schreiben?, aus: Von Tränen und von Heiligen. Aus dem Französischen von Verena von der Heyden-Rynsch. Frankfurt a. M.: Suhrkamp 1988 (Bibliothek Suhrkamp Bd. 979). © der dt. Übersetzung Suhrkamp Verlag Frankfurt am Main, 1988

Cruz, Juan de la (1542–1591)
Spanischer Mystiker
En una noche escura / In einer dunklen nacht. Deutsch von Stefan George, aus: Poesie der Welt. Spanien. Auswahl von Barbara Mitterer. Berlin: Propyläen 1985.

Dostojewskij, Fjodor (1821–1881)
Russischer Schriftsteller
Verbrechen und Strafe. Aus dem Russischen von Svetlana Geier. Zürich: Amman 1994, S. 15, S. 17–35. © 1994 by Ammann Verlag & Co., Zürich

Eichendorff, Joseph von (1788–1857)
Deutscher Dichter
Mondnacht, aus: Werke in sechs Bänden. Bd. 1. Hg. v. Hartwig Schulz u. a. Frankfurt am Main: Deutscher Klassiker Verlag 1987. © Deutscher Klassiker Verlag Frankfurt am Main, 1987

Emre, Yunus (1240/41–1320/21)
Türkischer Dichter
Mit Bergen und Steinen ruf ich Herr nach dir, aus: Das Kummerrad. Übersetzt von Zafer Senocak. Frankfurt am Main: Dagyeli 1986.
Mein Auge ist, um Dich zu sehen, meine Hand, aus: Ausgewählte Gedichte. Hg. und übersetzt v. Annemarie Schimmel. Köln: Önel 1991.

Goethe, Johann Wolfgang von (1749–1832)
Deutscher Dichter
Das Erdbeben von Lissabon im Jahre 1755, aus: Dichtung und Wahrheit, aus: Sämtliche Werke, Briefe, Tagebücher und Gespräche. Bd. I,14. Hg. v. Klaus-Detlev Müller. Frankfurt am Main: Deutscher Klassiker Verlag 1986. © Deutscher Klassiker Verlag Frankfurt am Main, 1986

Green, Julien (1900–1998)
Französisch schreibender, US-amerikanischer Schriftsteller
Tagebuch Crawford Notch 7. August und 14. August 1945, aus: Tagebücher 1943–1954. Übersetzt von Alain Claude Sulzer. München–Leipzig: List 1990.

Hauptmann, Gerhart (1862–1946)
Deutscher Schriftsteller
Und ich habe den Untergang Dresdens [...] erlebt, zitiert bei: Kurt Lothar Tank: Gerhart Hauptmann. Reinbek: Rowohlt 2000.

Hebel, Johann Peter (1760–1826)
Deutscher Dichter
Die Vergänglichkeit, aus: Alemanische Gedichte, Werke. Bd. 2. Hg. v. Eberhard Meckel. Frankfurt am Main: Insel 1968, S. 122-126. Die schriftdeutsche Prosafassung stammt von Arnold Stadler, aus: Arnold Stadler: Johann Peter Hebel. Die Vergänglichkeit. Stuttgart: Mayer Verlag 1997.

Hikmet, Nâzim (1902–1963)
Türkischer Dichter
Die vierte und letzte Nacht; Briefträger; Der Mittag; Sechster Brief, aus: Eine Reise ohne Rückkehr. Aus dem Türkischen von Helga und Yildirim Dagyeli. Berlin: Dagyeli 2001.

Hölderlin, Friedrich (1770–1834)
Deutscher Dichter
Versöhnender, der du nimmer geglaub; Kolomb; An die Parzen; Hyperions Schicksalslied; Da ich ein Knabe war; Wie der Sternenhimmel, aus: Sämtliche Werke und Briefe. Bd. 1. Hg. v. Jochen Schmidt. Frankfurt am Main: Deutscher Klassiker Verlag 1992. © Deutscher Klassiker Verlag Frankfurt am Main, 1992.

Ionesco, Eugène (1912–1994)
Französischer Dichter aus Rumänien
Pour la culture, contre la politique/Für Kultur, gegen Politik. Übersetzt aus dem Französischen von Lore Kornell. St. Gallen: Erker-Verlag 1979. S. 28–29, S. 29–31, S. 35–36, S. 40, S. 42–43.

Januš, Gustav (* 1939)
Österreichischer Schriftsteller slowenischer Sprache
Eingespannt; Auf die ganz einfache Frage; Der unbekannte Tod dort; Sätze, gebildet aus Sprache und Gras; Von Rost zerfressene Oberfläche; Fragend suche ich das Wort, aus: Mitten im Satz. Gedichte. Aus dem Slowenischen von Peter Handke. Salzburg: Residenz 1991. © 1991 Residenz Verlag.

Kaschnitz, Marie Luise (1901–1974)
Deutsche Lyrikerin
Hiroshima, aus: Gesammelte Werke. Hg. v. Christian Büttrich und Norbert Miller. Bd. 5. Die Gedichte. Frankfurt am Main: Insel 1985. © Insel Verlag Frankfurt am Main, 1985.

Kolumbus, Christoph (1451–1506)
Seefahrer
Ende des Bordbuches, aus: Bordbuch. Unbekannter Übersetzer der 1941 in Zürich erschienenen Ausgabe. Frankfurt am Main: Insel 1989.

Der Koran. Aus dem Arabischen übertragen von Max Henning. Stuttgart: Reclam 1960 (Reclams Universal-Bibliothek Bd. 4206/4210).

Kühn, Johannes (* 1934)
Deutscher Schriftsteller
Hochhaus. In verschiendenen Zeitungen und Zeitschriften bereits erschienen. © Johannes Kühn.

Lasker-Schüler, Else (1869–1945)
Deutsche Lyrikerin
Gott hör; Ich weiß, daß ich bald sterben muß; Mein blaues Klavier; Gebet; An Gott; Abendlied; Weihnachten; Letzter Abend im Jahr, aus: Gesammelte Werke. Erster Band. Gedichte. Hg. v. Friedhelm Kemp. München: Kösel 1959. © Kösel Verlag München, 1959. Alle Rechte bei und vorbehalten durch Suhrkamp Verlag.

Lavant, Christine (1915–1973)
Kärntner Lyrikerin
Sehr schön ist alles, wohl, Herr Vater, wohl, aus: Die Bettlerschale. Salzburg: Otto Müller 1991[6].

Lessing, Gotthold Ephraim (1729–1781)
Deutscher Schriftsteller
Nathan der Weise, aus: Werke und Briefe in zwölf Bänden. Bd. 9. Hg. v. Klaus Bohnen und Arno Schilson. Frankfurt am Main: Deutscher Klassiker Verlag 1993, S. 555–560. © Deutscher Klassiker Verlag Frankfurt am Main, 1993.

Mann, Thomas (1875–1955)
Deutscher Schriftsteller
Tagebuch Pacific Palisades 6., 9. und 10. VIII. 45, aus: Tagebücher 1944–1946. Hg. von Inge Jens. Frankfurt am Main: S. Fischer 1986.

Meister, Ernst (1911–1979)
Deutscher Lyriker
Was Götter waren einst; Denk, in den Jahrtrillionen; Lang oder kurz ist die Zeit, aus: Ausgewählte Gedichte 1932–1979. Darmstadt und Neuwied: Luchterhand 1979. © Rimbaud Verlag.

Melville, Hermann (1819–1891)
US-amerikanischer Schriftsteller
Moby Dick. Übertragen von Alice und Hans Seiffert. Frankfurt am Main: Insel 1989, 1. Kapitel.

Ovid (43 v. Chr.–17/18 n. Chr.)
Römischer Dichter
Metamorphosen. Nach der ersten deutschen Prosaübertragung durch August von Rode neu übersetzt und hg. v. Gerhard Fink. Zürich–München: Artemis & Winkler 1989.

Pascal, Blaise (1623–1662)
Französischer Philosoph, Theologe und Mathematiker
Das Memorial, aus: Pascal. Ausgewählt und eingeleitet von Reinhold Schneider. Frankfurt am Main / Hamburg: S. Fischer 1954.
Gedanken [Pensées]. Nach der endgültigen Ausgabe übertragen von Wolfgang Rüttenauer. Wiesbaden: Dieterich [1946] (Sammlung Dieterich Bd. 7), Nr. 14, 125, 128, 315.

Pound, Ezra (1885–1972)
US-amerikanischer Schriftsteller und Kritiker
Doria, aus: Personae. Masken. Übertragen von Eva Hesse. Zürich: Arche 1959. © 1959 by Verlags AG Die Arche, Zürich.

Die Psalmen. Das Buch der Psalmen innerhalb der Bibel. Übertragen von Arnold Stadler. Psalm 2; 8; 22; 23; 36; 39; 42; 49; 73; 96; 114; 122; 124; 130; 137; 139; 146; 150, aus: Die Menschen lügen. Alle und andere Psalmen. Aus dem Hebräischen übertragen und mit einem Nachwort versehen von Arnold Stadler. Frankfurt am Main -Leipzig: Insel 1999.

Quasimodo, Salvatore (1901–1968)
Italienischer Lyriker
Ognuno sta solo, aus: Ed è subito sera. Mailand: Mondadori 1991. Übersetzung für diese Ausgabe von Arnold Stadler: *Ein jeder steht [...] allein.*

Rifka, Fuad (∗ 1930)
Syrischer Lyriker
Hymne, aus: Die Farbe der Ferne. Moderne arabische Dichtung. Hg. und übersetzt von Stefan Weidner. München: C. H. Beck 2000.

Rilke, Rainer Maria (1875–1926)
Deutscher Lyriker
Ich lebe mein Leben in wachsenden Ringen, aus: Werke. Bd. 1. Hg. v. Manfred Engel und Ulrich Fülleborn. Frankfurt am Main: Insel 1996.

Schimmel, Annemarie (∗ 1922)
Deutsche Orientalistin
Einleitung in den Koran, aus: Der Koran. Aus dem Arabischen übertragen von Max Henning. Stuttgart: Reclam 1960, 1991. (Reclams Universal-Bibliothek Bd. 4206/4210). © 1960 Philipp Reclam jun. GmbH & Co., Stuttgart.

Schneider, Reinhold (1903–1958)
Deutscher Schriftsteller
Ende des vorigen Jahrhunderts, aus: Europa als Lebensform. Gesammelte Werke. Bd. 8, Schwert und Friede. Essays. Frankfurt am Main: Insel 1977 © Insel Verlag Frankfurt am Main, 1977.
Der Turm des Freiburger Münsters, aus: Gesammelte Werke. Bd. 5 Lyrik. Hg. v. Christoph Perels. Frankfurt am Main: Insel 1981. © Insel Verlag Frankfurt am Main, 1981.

Shakespeare, William (1564–1616)
Englischer Dichter
Sonett CXVI: Let me not to the marriage of true minds admit impediments, aus: Complete Works. Hg. v. W. J. Craig. London u. a.: Oxford University Press 1966. Übersetzung von Paul Celan. © Insel Verlag Frankfurt am Main und Leipzig, 1967 und 2001.

Stadler, Arnold (∗ 1954)
Deutscher Schriftsteller
»Und wemme nootno gar zweiytusig zehlt, isch alles z'semme g'keit«. Zu einem Vers aus Johann Peter Hebels Gedicht »Die Vergänglichkeit« im Jahr 2001, aus: Text + Kritik, Heft 151, VII/01. Hg. v. Heinz Ludwig Arnold. Müchen: edition text + kritik, 2001.

Ungaretti, Giuseppe (1888–1970)
Italienischer Lyriker
Dannazione / Verdammnis; Mattina / Morgen, aus: Gedichte. Italienisch und deutsch. Übertragung und Nachwort von Ingeborg Bachmann. Frankfurt am Main: Suhrkamp 1961. © Suhrkamp Verlag Frankfurt am Main, 1961.

Veli, Orhan (1914–1950)
Türkischer Lyriker
Für die, die sich nach dem Meer sehnen, aus: Nimm eine Rose und nenne sie Lieder. Poesie der islamischen Völker. Übertragen und hg. v. Annemarie Schimmel. Köln: Diederichs 1987.

Vogelweide, Walther von der (um 1170–um 1230)
Deutscher Dichter
Ich saz uf eime steine / Ich saß auf einem Stein, aus: Die Lieder. Mittelhochdeutsch und neuhochdeutsche Prosa. Mit einer Einführung in die Liedkunst Walthers. Hg. und übertragen von Friedrich Mauerer. München: Fink 1972.

Weiß, Konrad (1880–1940)
Deutscher Schriftsteller
Eines Morgens Schnee, aus: Dichtungen und Schriften. Hg. v. Friedhelm Kemp. München: Kösel 1955. © Friedhelm Kemp.

Wilde, Oscar (1854–1900)
Irischer Schriftsteller
Christi Platz ist bei den Dichtern, aus: Aphorismen. Hg. und übersetzt von Frank Thissen. Frankfurt am Main: Insel 1987 (Insel-Taschenbuch Bd. 1020).